30
ANOS

CB000428

Obras de Salman Rushdie publicadas pela Companhia das Letras

O chão que ela pisa
Cruze esta linha
Dois anos, oito meses e vinte e oito noites
A feiticeira de Florença
Os filhos da meia-noite
Fúria
Haroun e o Mar de Histórias
Joseph Anton
Luka e o Fogo da Vida
Oriente, Ocidente
Shalimar, o equilibrista
O último suspiro do mouro
Vergonha
Os versos satânicos

SALMAN RUSHDIE

Dois anos, oito meses e vinte e oito noites

Tradução
Donaldson Garschagen

COMPANHIA DAS LETRAS

Grafia atualizada segundo o Acordo Ortográfico da Língua Portuguesa de 1990, que entrou em vigor no Brasil em 2009.

Título original
Two Years Eight Months and Twenty-Eight Nights

Capa
Victor Burton

Foto de capa
WIN-Initiative/ Getty Images

Preparação
Silvia Massimini Felix

Revisão
Valquíria Della Pozza
Clara Diament

Dados Internacionais de Catalogação na Publicação (CIP)
(Câmara Brasileira do Livro, SP, Brasil)

Rushdie, Salman
Dois anos, oito meses e vinte e oito noites/ Salman Rushdie ; tradução Donaldson M. Garschagen — 1ª ed. — São Paulo : Companhia das Letras, 2016.

Título original : Two Years Eight Months and Twenty-Eight Nights
ISBN 978-85-359-2698-9

1. Ficção indiana (Inglês) I. Título.

16-01087 CDD-823

Índice para catálogo sistemático:
1. Ficção indiana em inglês 823

[2016]
Todos os direitos desta edição reservados à
EDITORA SCHWARCZ S.A.
Rua Bandeira Paulista, 702, cj. 32
04532-002 — São Paulo — SP
Telefone: (11) 3707-3500
Fax: (11) 3707-3501
www.companhiadasletras.com.br
www.blogdacompanhia.com.br

Para Caroline

Sumário

El sueño de la razón produce monstruos.
[O sono da razão cria monstros.]

Los Caprichos, *nº* 43, de Francisco de Goya; na íntegra, a legenda na gravura do Museu do Prado diz: "Abandonada pela razão, a fantasia cria monstros absurdos; unida a ela, é a mãe das artes e a origem de suas maravilhas".

Uma pessoa não "acredita" em contos de fadas. Não *existe neles uma teologia, um conjunto de dogmas, um ritual, uma instituição, a expectativa de uma forma de comportamento. Esses contos falam da imprevisibilidade e da mutabilidade do mundo.*

George Szirtes

Em vez de me obrigar a escrever o romance que se esperava de mim, imaginei o livro que eu teria gostado de ler, o livro de um escritor desconhecido, de outra época e de outro país, um livro descoberto num sótão.

Italo Calvino

Ela percebeu que a alvorada se avizinhava e, discretamente, calou-se.

As mil e uma noites

Os filhos de Ibn Rushd

Pouquíssimo se sabe, embora muito se tenha escrito, sobre a verdadeira natureza dos djins, criaturas feitas de fogo sem fumaça. Discute-se acaloradamente se são bons ou maus, diabólicos ou benignos. Quanto a seus atributos, há um consenso geral: são caprichosos, inconstantes, maldosos, capazes de se mover em alta velocidade, alterar suas dimensões e sua forma e conceder muitos desejos de homens e mulheres mortais, se assim desejarem ou se a tanto forem obrigados mediante coerção; e sabe-se também que têm uma percepção de tempo absolutamente diversa daquela dos seres humanos. Não devem ser confundidos com os anjos, embora algumas histórias antigas declarem de maneira incorreta que o Diabo em pessoa, o anjo decaído Lúcifer, o filho da manhã, foi o maior dos djins. Durante muito tempo, tampouco houve acordo em relação a suas moradas. Histórias antigas caluniosas afirmavam que os djins viviam entre nós aqui na terra, o chamado "mundo inferior", em construções caindo aos pedaços e em muitos locais insalubres — lixões, cemitérios, fossas sépticas, esgotos e, sempre que possível, esterqueiras. De acordo com essas versões maledicentes, faríamos bem nos banhando de cima a baixo depois de qualquer contato com um djim. São malcheirosos e transmitem doenças. No entanto, os mais eminentes comentaristas vêm sustentando há muito tempo o que hoje sabemos ser verdade: que os djins habitam seu próprio mundo, separado do nosso por um véu, e que esse mundo superior, às vezes chamado Peristão ou Mundo Encantado, é muito extenso, ainda que sua natureza nos seja oculta.

Dizer que os djins não são humanos pode parecer uma obviedade, mas o homem tem ao menos alguns atributos em comum com seus congêneres fantásticos. No que diz respeito à religião, por exemplo, entre os djins há seguidores de todos os credos existentes na terra, e existem djins descrentes, para os quais a ideia de deuses ou anjos é tão estranha quanto os próprios djins são estranhos aos homens. E conquanto muitos djins sejam amorais, pelo menos alguns desses seres portentosos conhecem a diferença entre o bem e o mal, entre a senda direita e a esquerda.

Alguns djins podem voar, enquanto outros rastejam pelo chão como cobras ou correm de um lado para outro, ladrando e arreganhando as presas como canzarrões. No mar, e às vezes também no céu, assumem o aspecto externo de dragões. Alguns djins mais subalternos são incapazes, quando em terra firme, de manter sua forma por longos períodos. Essas criaturas amorfas às vezes se introduzem no corpo de seres humanos, através do nariz, das orelhas ou dos olhos, ocupando-lhes os corpos por algum tempo e descartando-os ao se cansarem deles. Lamentavelmente, as pessoas ocupadas por djins não sobrevivem.

As djínias ou djiniri, djins do sexo feminino, são ainda mais misteriosas, ainda mais sutis e difíceis de entender, pois são mulheres-sombras feitas de fumaça sem fogo. Existem djiniri selvagens e djiniri do amor, porém também pode ser que essas duas espécies distintas de djiniri na realidade sejam a mesma — que um espírito selvagem possa ser apaziguado pelo amor ou que uma criatura amorosa seja levada por abusos a uma selvageria que ultrapassa a compreensão dos mortais.

Esta é a história de uma djínia, uma ilustre princesa dos djins, dita Princesa dos Relâmpagos em virtude de seu domínio sobre os raios, que amou um mortal há muito tempo, no século XII, segundo nosso calendário, e de seus muitos descendentes; e como de seu retorno ao mundo, depois de uma longa ausência, quando se apaixonou de novo, ao menos por um momento, para logo ir à guerra. É também a história de muitos outros djins, masculinos e femininos, voadores e rastejantes, bondosos, ruins e desinteressados pela moral; e do tempo de crise, o tempo fora dos eixos, que chamamos de época das estranhezas, que durou dois anos, oito meses e vinte e oito noites — ou seja, mil noites e mais uma. E é verdade, vivemos outros mil anos desde aqueles dias, mas aquela época nos transformou para sempre. Mas, se mudamos para melhor ou para pior, cabe a nosso futuro decidir.

No ano 1195, o grande filósofo Ibn Rushd, que fora o cádi ou juiz de Sevilha e, mais tarde, o médico pessoal do califa Abu Yusuf Yaqub, em Córdoba, sua cidade natal, foi formalmente desacreditado e caiu em desgraça em decorrência de suas ideias liberais, inaceitáveis para os fanáticos berberes, cada vez mais fortes, que estavam se espalhando como uma peste pela Espanha árabe. Depois, Ibn Rushd foi confinado na aldeia de Lucena, nas cercanias de sua cidade natal, um lugarejo cheio de judeus que já não podiam dizer-se judeus, uma vez que a anterior dinastia governante de al-Andalus, os almorávidas, os obrigara a converter-se ao islã. Ibn Rushd, o filósofo que já não tinha autorização para expor sua filosofia, sentiu-se imediatamente à vontade entre os judeus que não podiam dizer-se judeus. Fora o favorito do califa da atual dinastia governante, os almôadas, mas os favoritos deixam de sê-lo, e Abu Yusuf Yaqub permitiu que os fanáticos banissem da cidade o grande comentarista de Aristóteles.

O filósofo que não podia lecionar sua filosofia vivia numa ruela de terra batida, numa casa humilde de janelas pequenas, e se sentia infelicíssimo com a falta de luz. Passou a praticar a medicina em Lucena, e sua fama como ex-médico do próprio califa lhe valeu pacientes; além disso, ele lançou mão de seus parcos haveres para começar um negócio modesto de compra e venda de cavalos e também para financiar a fabricação dos grandes vasos de barro, as *tinajas*, nos quais os judeus que não eram mais judeus armazenavam e vendiam azeite e vinho. Um dia, pouco depois de iniciado o exílio de Ibn Rushd, uma mocinha que não teria mais de dezesseis primaveras surgiu diante de sua porta, sorrindo com delicadeza, sem bater nem perturbar de outra maneira as reflexões do filósofo, e ali se postou, esperando paciente que o filósofo desse por sua presença e a convidasse a entrar. A menina lhe contou que ficara órfã havia pouco tempo, que não tinha nenhuma fonte de renda, mas preferia não trabalhar no prostíbulo, e que se chamava Dúnia, nome que não parecia ser judeu, pois ela não podia pronunciar seu nome judaico e, como era analfabeta, não sabia escrevê-lo. Contou ainda que um viajante lhe sugerira aquele nome, dizendo que era uma palavra grega que queria dizer "o mundo" e que ela tinha gostado da ideia. Ibn Rushd, o tradutor de Aristóteles, nada comentou, pois sabia que o termo significava "o mundo" num número de línguas suficiente para tornar desnecessária qualquer demonstração de vaidade. "Por que você adotou o nome do mundo?", perguntou, e ela respondeu, olhando-o nos olhos: "Porque um mundo vai emanar de mim, e aqueles que emanarem de mim vão se espalhar por todo o mundo".

Sendo um racionalista, Ibn Rushd não adivinhou que Dúnia era uma criatura sobrenatural, uma djínia ou djim feminina: uma ilustre princesa dedicada a uma aventura terrestre, movida por fascínio pelos seres humanos em geral e pelos homens brilhantes em particular. Ele a recebeu em sua casinha como governanta e amante, e na noite silenciosa ela lhe sussurrou ao ouvido seu nome judaico "verdadeiro" — isto é, falso —, que passou a ser o segredo deles. A djínia Dúnia era de uma fertilidade assombrosa, como sua profecia indicara. Nos dois anos, oito meses e vinte e oito dias seguintes ela engravidou três vezes e de cada feita deu à luz uma penca de filhos, pelo menos sete de cada vez, ao que parecia, e em certa ocasião onze, ou talvez dezenove, embora os registros sejam vagos e inexatos. Todas as crianças herdaram o traço mais característico dela: faltavam-lhes os lóbulos auriculares.

Fosse Ibn Rushd adepto das ciências ocultas, teria compreendido num átimo que seus filhos eram a prole de uma mãe não humana, mas ele era muito ensimesmado para se dar conta disso. (Achamos às vezes que foi uma felicidade para ele, e para toda a nossa história, que Dúnia o amasse pelo brilho de seu espírito, já que sua natureza talvez fosse egocêntrica demais para inspirar amor por si mesma.) O filósofo que não podia filosofar temia que os filhos herdassem dele os tristes dons que eram seu tesouro e sua maldição. "Ser sensível, perspicaz e loquaz", dizia, "significa emocionar-se demais, ver as coisas com excessiva clareza e falar com demasiada liberdade. É estar vulnerável ao mundo quando o mundo se julga invulnerável, entender sua mutabilidade quando ele se acredita imutável, perceber antes dos outros o que se aproxima, saber que a barbárie futura está demolindo as portas do presente enquanto os outros se apegam ao passado vazio e decadente. Se nossos filhos tiverem sorte, Dúnia, só herdarão suas orelhas, mas por infelicidade, como são inegavelmente meus, é provável que pensem em excesso cedo demais, e ouçam coisas em demasia antes da hora, inclusive coisas proibidas de serem pensadas ou ouvidas."

"Conte-me uma história", exigia Dúnia no leito, com frequência, nos primeiros tempos da coabitação. Ele logo descobriu que, apesar da aparente juventude, ela podia ser exigente e resoluta, tanto no leito como fora dele. Ibn Rushd era um homem corpulento e ela parecia um passarinho ou um bicho-pau, mas muitas vezes ele se dava conta de que ela era a mais forte dos dois. Dúnia era a alegria de sua velhice, mas exigia dele um nível de energia que lhe era difícil manter. Em sua idade, às vezes tudo o que ele queria fazer ao deitar-se era dormir, mas Dúnia encarava suas tentativas de cochilar como atos hostis. "Quem fica acordado a noite toda, dedicando-se aos folguedos amorosos", dizia ela, "na verdade se sente melhor do que quem ronca durante horas como um boi. Todo mundo sabe disso." Na idade dele, nem sempre era fácil assumir a condição necessária para o ato sexual, sobretudo em noites seguidas, mas ela via as dificuldades do ancião como provas de sua natureza frígida. "Para quem acha uma mulher atraente, nunca haverá problema", ela dizia. "Não importa quantas noites seguidas houver. Quanto a mim, estou sempre disposta, quero sempre e sempre, nunca penso em parar."

Descobrir que as narrativas arrefeciam o ardor físico de Dúnia proporcionou certo lenitivo a Ibn Rushd. "Conte-me uma história", ela pedia, enroscando-se sob o braço do companheiro, de forma que a mão dele repousava na cabeça dela, e ele pensava: ótimo, com isso estou livre esta noite, e lhe narrava, pouco a pouco, a história de seu espírito. Usava palavras que muitos contemporâneos seus julgavam chocantes, como "razão", "lógica" e "ciência", os três pilares de seu pensamento, as ideias que tinham feito seus livros serem queimados. Tais palavras atemorizavam Dúnia, mas seu medo a excitava, ela se aconchegava mais a ele e pedia: "Segure minha cabeça, enquanto você a enche com suas mentiras".

Havia nele uma lesão funda e triste, pois era um homem derrotado, que perdera a grande batalha de sua vida para um persa já falecido, Ghazali de Tus, um adversário que morrera havia oitenta e cinco anos. Cem anos antes, Ghazali tinha escrito um livro intitulado *A incoerência dos filósofos*, no qual investia contra gregos como Aristóteles, os neoplatônicos e seus aliados, Ibn Sina e al-Farabi, os famosos precursores de Ibn Rushd. Em certo momento, Ghazali sofrera uma crise de fé, mas voltara para se tornar o maior flagelo da filosofia na história do mundo. A filosofia, escarnecia, era incapaz de provar a existência de Deus ou mesmo de provar a impossibilidade de existirem dois deuses. A filosofia acreditava na inevitabilidade de causas e efeitos, o que redundava numa diminuição do poder de Deus, que, se assim desejasse, poderia facilmente intervir a fim de alterar os efeitos e tornar as causas ineficazes.

"O que acontece", perguntou Ibn Rushd a Dúnia quando a noite os envolveu com o manto do silêncio, a hora em que podiam falar de coisas proibidas, "se uma tocha é posta em contato com uma bola de algodão?"

"O algodão pega fogo, é claro", ela respondeu.

"E por que ele pega fogo?"

"Porque assim são as coisas", ela disse. "O fogo lambe o algodão, e o algodão se torna parte do fogo, é isso que acontece."

"A lei da natureza", ele disse. "As causas têm efeitos", e a cabeça dela assentiu sob a mão dele, que a afagava.

"Ele discordava", disse Ibn Rushd, e Dúnia sabia que ele se referia ao inimigo, a Ghazali, aquele que o derrotara. "Ele dizia que o algodão pegava fogo porque Deus o fizera de modo que isso acontecesse, porque no universo de Deus a única lei é a vontade de Deus."

"Então, se Deus tivesse desejado que o algodão apagasse o fogo, se ele quisesse que o fogo se tornasse parte do algodão, poderia ter feito isso?"

"Sim", respondeu Ibn Rushd. "De acordo com o livro de Ghazali, Deus poderia ter feito isso."

Ela pensou por um momento. "Isso é uma tolice", disse por fim. Mesmo no escuro, ela percebeu o sorriso resignado, o sorriso em que havia cinismo, assim como dor, estender-se, torto, pelo rosto barbudo do velho.

"Ele diria que essa era a verdadeira fé", Ibn Rushd respondeu, "e discordar disso seria... incoerente."

"Nesse caso, qualquer coisa pode acontecer se Deus assim quiser", disse Dúnia. "Por exemplo, os pés de uma pessoa podem não tocar mais no chão... e então ela sairia andando no ar."

"Tem-se um milagre", disse Ibn Rushd, "quando Deus modifica as regras à sua vontade, e se não entendemos o que ocorre é porque Deus, em última análise, é inefável, quer dizer, está além de nossa compreensão."

Ela se calou de novo. "Suponha que eu imagine", disse ela por fim, "que Deus não existe. Suponha que você me faz imaginar que a 'razão', a 'lógica' e a 'ciência' possuem uma magia que torna Deus desnecessário. Alguém pode ao menos supor que seria possível supor tal coisa?" Ela sentiu o corpo dele se retesar. Agora *ele* estava com medo das palavras *dela*, pensou Dúnia, e aquilo lhe agradou de uma maneira estranha. "Não", respondeu ele, com dureza excessiva. "Isso seria mesmo uma suposição idiota."

Ele também escrevera um livro, *A incoerência da incoerência*, respondendo a Ghazali, dele separado por cem anos e por mil e seiscentos quilômetros, mas, apesar do título incisivo, a influência do persa morto em nada diminuiu e por fim foi Ibn Rushd quem caiu em desgraça, seu livro é que foi jogado ao fogo, que queimou suas páginas pois foi isto que Deus decidiu naquele momento: que o fogo devia ter permissão para queimá-las. Em todos os seus textos, ele tinha procurado conciliar as palavras "razão", "lógica" e "ciência" com as palavras "Deus", "fé" e "Corão", mas sem êxito, ainda que usasse com muita sutileza o argumento da bondade, mostrando com citações corânicas que Deus tinha de existir por causa do jardim de delícias terrenas que ele proporcionara à humanidade, *e não enviamos chuvas do alto das nuvens, água em abundância, para que possais com ela produzir grãos e ervas e hortos cobertos de árvores?* Ibn Rushd era um entusiástico hortelão amador, e o argumento da bondade parecia-lhe provar tanto a existência de Deus quanto sua natureza essencialmente amorosa e liberal, porém os proponentes de um Deus mais severo haviam-no derrotado. Agora estava deitado com uma judia convertida, ou assim acreditava, a quem salvara do prostíbulo e que parecia ser capaz de ler seus sonhos, nos quais ele argumentava com Ghazali na língua dos irreconciliáveis, a língua do entusiasmo, a língua que não cedia, a língua que faria com que ele fosse condenado a ser entregue ao verdugo se a usasse na vida da vigília.

À medida que Dúnia se enchia de filhos e os despejava na casa em que viviam, havia cada vez menos espaço para as "mentiras" excomungadas de Ibn Rushd. Os momentos de intimidade do casal diminuíram e o dinheiro tornou-se um problema. "Um homem de verdade enfrenta as consequências de suas ações", disse-lhe ela, "sobretudo um homem que crê em causas e efeitos." Todavia, ganhar dinheiro nunca fora o forte dele. O negócio de compra e venda de cavalos era traiçoeiro e cheio de perigos, e os lucros, reduzidos. Ele tinha muitos concorrentes no mercado de *tinajas*, de modo que os preços eram baixos. "Cobre mais de seus pacientes", ela lhe recomendava com certa irritação. "Você devia tirar proveito de seu antigo prestígio, por mais prejudicado que ele esteja. O que mais você tem? Não basta ser um monstruoso produtor de bebês. Você faz bebês, os bebês chegam e os bebês têm de ser alimentados. Isso é 'lógica'. Isso é 'racional'." Ela sabia quais eram as palavras que devia usar contra ele. "Não proceder assim é incoerência", bradou, triunfante.

(Os djins adoram objetos reluzentes, como ouro, joias, essas coisas, e muitas vezes escondem seus tesouros em cavernas subterrâneas. Por que a princesa djínia não gritava *abre-te* à porta da caverna de seu tesouro e resolvia os problemas financeiros com um gesto? Porque tinha escolhido uma vida humana, uma parceria humana como a cônjuge "humana" de um ser humano, e estava comprometida com sua opção. Expor sua verdadeira natureza ao amante nessa época tardia seria reconhecer uma espécie de traição, ou mentira, que estava presente no cerne da relação entre ambos. Por isso, ela guardava silêncio, temendo que ele a abandonasse. No entanto, por fim ele a deixou de qualquer forma. Por motivos humanos que eram só dele.)

Havia um livro persa chamado *Hazar Afsaneh*, ou Mil Narrativas, que tinha sido traduzido para o árabe. A versão árabe continha menos de mil histórias, porém a ação se estendia por mil noites, ou, como os números redondos eram tidos como deselegantes, por mil e uma noites. Ibn Rushd não conhecia esse livro, mas várias de suas histórias lhe tinham sido contadas na corte. A história do pescador e do djim o atraía, menos pelos elementos fantásticos (o djim preso na lâmpada, os peixes falantes mágicos, o príncipe encantado que era metade humano e metade estátua de mármore), quer pela beleza técnica, pela maneira como as narrativas se insinuavam em outras e continham ainda outros relatos, de modo que a história se tornava um verdadeiro espelho da vida, Ibn Rushd pensava, um espelho no qual todas as nossas histórias contêm as histórias de outras pessoas e estas mesmas se integram a narrativas maiores, mais amplas, histórias de nossas famílias, nossas pátrias ou nossas crenças. Mais bela ainda que as histórias dentro das histórias era a história da narradora, uma princesa chamada Sherazade, que contava as histórias a um marido homicida para evitar que ela mesma fosse executada. Histórias contadas para vencer a morte, para civilizar um bárbaro. E aos pés do leito conjugal sentava-se a irmã de Sherazade, a plateia perfeita da princesa, que pedia mais uma história, depois outra mais e, narrada esta, mais uma. Do nome dessa irmã Ibn Rushd tirou o nome que deu às chusmas de bebês que saíam do ventre de Dúnia, pois essa irmã, por acaso, chamava-se Duniazade, "e o que enche esta casa sem luz e me constrange a impor preços exorbitantes a meus pacientes, os doentes e enfermos de Lucena, é a chegada dos *dunia-zat*", ou seja, da tribo de Dúnia, da raça dos dunianos, o povo dúnia, que, traduzido, é "a população do mundo".

Dúnia magoou-se profundamente. "O que você quer dizer", protestou, "é que, por não sermos casados, nossos filhos não podem ter o nome do pai." Ele sorriu seu sorriso torto e triste. "É melhor que eles sejam os dunia-zat", disse, "um nome que contém o mundo e que não foi julgado por ele. Serem os Rushdi os faria entrar na história com uma marca na fronte." Dúnia começou a se referir a si mesma como a irmã de Sherazade, sempre pedindo histórias, só que sua Sherazade era um homem, seu amante e não seu irmão, e algumas das histórias que ele narrava poderiam levar os dois à morte se por acidente escapassem do negrume da alcova. Assim, disse-lhe Dúnia, ele era uma espécie de anti-Sherazade, o oposto exato da narradora das *Mil e uma noites*: as histórias que ela contava tinham salvado sua própria vida, enquanto as dele punham a vida dos dois em perigo. Todavia, deu-se então que o califa Abu Yusuf Yaqub saiu vencedor na guerra, obtendo sua maior vitória militar contra o rei cristão de Castela, Afonso VIII, à margem do rio Guadiana, em Alarcos. Depois da batalha de Alarcos, em que seu exército matou cento e cinquenta mil soldados castelhanos, nada menos que a metade das forças cristãs, o califa deu a si próprio o nome Al-Mansur, o Vitorioso, e com a confiança de um herói conquistador pôs fim à ascendência dos berberes fanáticos e chamou Ibn Rushd de volta à corte.

O sinal da vergonha foi removido da fronte do idoso filósofo, seu exílio chegou ao fim, ele foi reabilitado, livrando-se do estigma, e voltou com honras à sua anterior posição de médico da corte em Córdoba, dois anos, oito meses e vinte e oito dias e noites depois do início de seu banimento, vale dizer, mil dias e noites e mais um dia e uma noite; e Dúnia estava grávida de novo, é claro, mas ele não se casou com ela, é claro, nunca deu seu nome aos filhos dela, é claro, nem a levou consigo para a corte almôada, é claro, de modo que ela sumiu da história, que ele levou consigo quando partiu, junto com seus mantos, suas retortas borbulhantes e seus manuscritos, alguns encadernados, outros em rolos, manuscritos de livros de outros autores, pois seus próprios textos tinham sido queimados, embora muitas cópias sobrevivessem, como ele disse a Dúnia, nas bibliotecas de amigos e nos lugares onde ele os havia escondido para estar protegido contra o desfavor, porque um homem sábio sempre se prepara para a adversidade, mas, se for adequadamente modesto, a boa fortuna lhe faz uma surpresa. Ele partiu sem terminar o desjejum e sem despedidas, e ela não o ameaçou, não revelou sua natureza verdadeira ou o poder que trazia oculto dentro de si, não disse Eu sei o que você diz em voz alta em seus sonhos, quando supõe aquilo que seria estúpido supor, quando deixa de tentar conciliar o inconciliável e profere a verdade terrível, fatal. Ela permitiu que a história a abandonasse sem tentar retê-la, tal como as crianças permitem que um desfile grandioso passe, guardando-o na memória, tornando-o uma lembrança inesquecível, fazendo-o uma propriedade sua; e ela continuou a amá-lo, em que pese ele tê-la abandonado com tamanha indiferença. Você foi tudo para mim, quis dizer-lhe, foi meu sol e minha lua, e quem há de segurar minha cabeça agora, quem há de beijar meus lábios, quem será um pai para nossos filhos?, mas ele era um grande homem, destinado aos palácios dos imortais, e aqueles fedelhos barulhentos nada mais eram que o refugo de que ele se desfazia em seu percurso.

Um dia, ela sussurrou ao filósofo ausente, um dia, muito depois de sua morte, você chegará ao momento em que desejará ter de volta sua família, e nesse momento eu, sua mulher espiritual, farei sua vontade, embora você tenha partido meu coração.

Acredita-se que ela permaneceu por algum tempo entre os humanos, quem sabe à espera, contra toda probabilidade, de que ele voltasse, e que ele continuou a lhe enviar dinheiro, que talvez a visitasse de vez em vez e que ela pôs fim ao negócio de compra e venda de cavalos, porém manteve a fabricação de *tinajas*, mas agora, quando o sol e a lua da história tinham se posto para sempre sobre sua casa, a história dela passou a ser feita de sombras e mistérios, de modo que talvez seja verdade, como diziam as pessoas, que, depois que Ibn Rushd morreu, o espírito dele voltou para ela e até lhe fez outros filhos. Diziam também que Ibn Rushd trouxe para ela uma lâmpada com um djim em seu interior e que o djim era o pai das crianças nascidas depois que ele se foi — o que nos mostra a facilidade com que as futricas viram as coisas de cabeça para baixo! E também se dizia, maldosamente, que a mulher abandonada aceitava qualquer homem que pagasse seu aluguel e que cada homem que ela punha em casa a deixava com outra prole, de modo que a duniazat, a progênie de Dúnia, não era mais formada de Rushdis bastardos, ou parte dela não era, ou muitos não eram, ou a maioria; pois aos olhos da maior parte das pessoas a história da vida dela se tornara uma linha irregular, cujas letras se dissolviam em formas sem sentido, incapazes de revelar quanto tempo ela viveu, como, onde, com quem, quando e como — ou se — ela morreu.

Ninguém notou ou se importou que um dia ela tenha se virado de lado e deslizado por uma fresta do mundo e retornado para o Peristão, a outra realidade, o mundo de sonhos do qual os djins emergem de tempos em tempos para perturbar e abençoar a humanidade. Para os aldeões de Lucena, ela parecia ter se dissolvido, talvez se transformado em fumaça sem fogo. Depois que Dúnia deixou nosso mundo, diminuiu o número dos viajantes que transitam do mundo dos djins para o nosso, e então por muito tempo esse trânsito cessou por completo, e as frestas no mundo foram tapadas pelas ervas prosaicas da convenção e pelos espinheiros das coisas rudes e grosseiras, até que se fecharam de todo e nossos ancestrais tiveram de se haver como pudessem sem as benesses ou maldições da magia.

Entretanto, os filhos de Dúnia prosperavam. Não há como negar isso. E quase trezentos anos depois, quando todos os judeus foram expulsos da Espanha, até os judeus que não podiam dizer que eram judeus, os filhos dos filhos de Dúnia, embarcaram em navios em Cádis e Palos de Moguer, ou atravessaram a pé os Pireneus, ou voaram em tapetes mágicos ou em urnas gigantescas como djins que eram, cruzaram continentes e singraram os sete mares, escalaram montanhas altaneiras, nadaram por rios caudalosos, penetraram em vales profundos e procuraram abrigo e segurança onde pudessem, logo se esquecendo uns dos outros ou só se lembrando deles durante o tempo que puderam e então se esqueceram, ou nunca esqueceram, transformando-se numa família que não era mais uma família de verdade, uma tribo que não era mais uma tribo de verdade, adotando todas as religiões ou nenhuma religião, muitos deles se tornando, depois dos séculos de conversão, ignorantes de sua origem sobrenatural, esquecendo a história da conversão forçada dos judeus, alguns deles vindo a ser devotos maníacos, enquanto outros se mostravam descrentes desdenhosos; uma família sem um lugar, mas com famílias em todos os lugares, uma aldeia sem localização, mas que se insinuava em todos os lugares do globo ou deles saía, como plantas sem raízes, musgos, liquens ou orquídeas trepadeiras, que têm de apoiar-se em outras, incapazes de se sustentar sozinhas.

A história é cruel com aqueles a quem abandona, e pode ser também cruel com os que a fazem. Ibn Rushd morreu (convencionalmente, de velhice, ou assim se crê) quando viajava por Marrakech, não mais que um ano depois de sua reabilitação, e não chegou a observar seu renome crescer, não o viu estender-se, indo além das fronteiras de seu próprio mundo, chegando às terras dos infiéis, onde seus comentários sobre Aristóteles se tornaram os alicerces da fama de seu famoso antecessor, as pedras angulares da filosofia irreligiosa dos infiéis, chamada *saecularis*, no sentido de uma ideia que só surgia uma vez num *saeculum*, uma era do mundo, ou talvez uma ideia para as eras, e que vinha a ser a própria imagem e o eco das ideias de que só falara em sonhos. É possível que, como homem piedoso, não lhe agradasse o lugar que a história lhe deu, pois é uma sorte estranha para um crente tornar-se inspirador de ideias nas quais não há lugar para a fé, e uma sorte mais estranha ainda que a filosofia de um homem triunfe além das fronteiras de seu próprio mundo, mas seja rejeitada dentro delas, porque no mundo que ele conhecia foram os filhos de seu falecido adversário Ghazali que se multiplicaram e herdaram o reino, enquanto sua própria prole bastarda, deixando para trás seu nome proibido, se espalhava para povoar a terra. Uma elevada proporção dos sobreviventes acabou no grande continente da América do Norte, e muitos outros no grande subcontinente da Ásia meridional, graças ao fenômeno de "aglomeração" que é uma parte da ilogicidade misteriosa da distribuição aleatória; e muitos deles depois se espalharam pela Américas, para oeste e para sul, assim como para norte e para oeste a partir daquele imenso losango ao pé da Ásia, para todos os países do mundo, pois da duniazat se pode com justiça dizer que, além de orelhas esquisitas, todos os seus membros têm pés irrequietos. E Ibn Rushd estava morto, mas, como se verá, ele e seu adversário continuavam sua pugna no além-túmulo, pois os argumentos dos grandes pensadores não têm fim, sendo a própria ideia da discussão um instrumento que aperfeiçoa o espírito, a mais aguçada de todas as ferramentas, nascida do amor ao conhecimento, vale dizer, à filosofia.

Mr. Geronimo

Mais de oitocentos anos depois, a mais de cinco mil e quinhentos quilômetros de distância, e agora há mais de mil anos, uma tempestade caiu como uma bomba sobre a cidade de nossos ancestrais. Suas infâncias deslizaram para a água e se perderam: os molhes feitos de memórias onde um dia tinham comido doces e pizzas, os passeios de desejo sob os quais tinham se escondido do sol de verão e beijado seus primeiros lábios. Os telhados voaram pelo céu noturno como morcegos desorientados, e os sótãos onde nossos ancestrais guardavam o passado ficaram expostos aos elementos, até eles terem a impressão de que tudo o que um dia tinham sido fora devorado pelo céu predador. Seus segredos se afogaram em porões inundados e eles não puderam mais recordá-los. Faltou energia. Seguiu-se a escuridão.

Antes que a energia acabasse, a TV mostrou imagens aéreas de uma imensa espiral que girava no alto como uma nave invasora alienígena. A seguir o rio avançou contra as usinas de força, árvores caíram sobre as linhas de transmissão, esmagando os galpões que onde ficavam os geradores de emergência, e sobreveio o apocalipse. Alguns liames que prendiam nossos ancestrais à realidade se partiram, e com os elementos rugindo em seus ouvidos ficou fácil para eles acreditar que as frestas no mundo tinham voltado a se abrir, rompendo os selos, e que havia feiticeiros rindo às gargalhadas no céu, cavaleiros satânicos que galopavam em nuvens velozes.

Durante três dias e três noites ninguém falou, pois só existia a língua da tormenta e nossos ancestrais não sabiam falar aquela língua horrenda. Por fim, porém, ela passou, e, como crianças que se recusam a crer no fim da infância, eles quiseram que tudo fosse como antes. Mas, quando a luz voltou, ela parecia diferente. Era uma luz branca que não tinham visto antes, dura como um refletor de interrogatório, que não projetava sombras, uma luz impiedosa, que não deixava lugar onde alguém se esconder. Cuidado, a luz parecia dizer, pois eu vim para queimar e julgar.

Começaram então as estranhezas. Elas prosseguiriam durante dois anos, oito meses e vinte e oito dias.

Foi assim que a narrativa chegou a nós, um milênio depois, como história impregnada de lenda e talvez dominada por ela. É assim que a vemos hoje, como se fosse uma memória falível, ou um sonho sobre o passado remoto. Se é irreal, no todo ou em parte, se casos inventados foram introduzidos nos registros, é tarde demais para fazer alguma coisa a respeito. Essa é a história de nossos ancestrais, tal como podemos contá-la, e portanto, é claro, é a nossa história também.

Foi na quarta-feira depois da grande tempestade que Mr. Geronimo notou pela primeira vez que seus pés não tocavam mais o chão. Ele havia acordado uma hora antes do amanhecer, como de costume, lembrando vagamente um sonho estranho em que os lábios de uma mulher se comprimiam contra seu peito, murmurando coisas inaudíveis. Tinha o nariz entupido e a boca seca, vinha respirando por ela enquanto dormia, com o pescoço duro por causa do hábito de pôr travesseiros demais sob ele, e o eczema no tornozelo esquerdo coçava. De modo geral, o corpo lhe estendia a quantidade normal de problemas matinais: em outras palavras, nada de grave. Os pés, na verdade, pareciam ótimos. Mr. Geronimo tivera problemas com os pés durante a maior parte da vida, mas naquele dia eles estavam bem. De vez em quando ele sentia a dor dos pés chatos, ainda que fizesse meticulosamente os exercícios prescritos com os dedos antes de se deitar à noite e, logo ao acordar, usasse palmilhas e subisse e descesse as escadas apoiando-se nos dedos dos pés. Além disso, havia a batalha com a gota e com o remédio que provocava diarreia. A dor vinha periodicamente e ele a aceitava, consolando-se com o que tinha descoberto na juventude: que os pés chatos o livravam do serviço militar. Já fazia muito tempo que Mr. Geronimo passara da idade de servir no Exército, mas aquilo ainda lhe servia de consolo. E a gota, afinal de contas, era a doença dos reis.

Ultimamente, vinham se formando nos calcanhares calos grossos e rachados que exigiam atenção, mas ele estivera ocupado demais para procurar um pedicuro. Precisava dos pés, usava-os o dia todo. Além disso, tinham desfrutado de alguns dias de descanso, já que não havia como cuidar de jardins debaixo de uma tempestade como aquela, de modo que talvez eles o estivessem recompensando naquela manhã, ao resolverem não criar dificuldades. Ele passou as pernas para fora da cama e se levantou. Foi quando deu com uma sensação diferente. Conhecia bem a textura das tábuas polidas do assoalho de seu quarto, mas por algum motivo não as sentiu na manhã daquela quarta-

-feira. Havia uma nova maciez sob os pés, uma espécie de agradável ausência de matéria. Talvez seus pés tivessem ficado entorpecidos, insensibilizados pelos calos que se espessavam. Um homem como ele, um homem de certa idade com um dia de trabalho duro pela frente, não se deixava incomodar por essas ninharias. Um homem como ele, corpulento, apto e forte, não dava atenção a essas bobagens e enfrentava o dia.

A energia ainda não voltara e havia pouquíssima água, embora o retorno de uma e de outra estivesse prometido para o dia seguinte. Mr. Geronimo era meticuloso e se aborrecia por não poder escovar os dentes direito nem tomar banho. Usou um resto da água que havia na banheira para dar descarga na privada. (Tinha enchido a banheira, por precaução, antes da queda da tempestade.) Vestiu o macacão de trabalho, calçou as botas e, sem se importar com o elevador parado, desceu para as ruas cheias de detritos. Aos sessenta e tantos anos, pensou, tendo chegado a uma idade em que os homens em geral só querem sombra e água fresca, ele continuava tão apto e ativo como sempre. A vida que ele escolhera, havia muito tempo, se encarregara disso. Ela o afastara da igreja das curas milagrosas de seu pai, de mulheres que gritavam, erguendo-se de cadeiras de rodas por estarem tomadas pelo poder de Cristo, e o afastara também do escritório de arquitetura do tio, onde poderia ter passado anos sedentários e invisíveis desenhando as visões não reconhecidas daquele cavalheiro amável, suas plantas de desapontamentos e frustrações, além de coisas que poderiam ter existido. Mr. Geronimo tinha deixado para trás Jesus e as pranchetas, passando para o ar livre.

Na picape verde, em cujas laterais apareciam, em letras de fôrma amarelas, com sombras escarlates, as palavras *Mr. Geronimo, Jardinagem*, um número de telefone e um endereço eletrônico, ele não conseguiu sentir o assento sob seu corpo. O couro verde e meio rachado, cuja presença reconfortante em geral ele percebia na nádega direita, não se fazia sentir naquele dia. Decididamente, ele não estava em seu estado normal. Havia uma redução geral da sensação. Isso era um motivo sério de apreensão. Em sua idade, e por causa do tipo de trabalho que escolhera, ele tinha de se preocupar com as pequenas traições do corpo, tinha de confrontá-las, a fim de poder evitar as traições maiores que viriam. Ele teria de fazer um exame completo, mas não agora; naquele dia, logo depois da tempestade, os médicos e hospitais teriam problemas mais graves com que se haver. Os pedais do acelerador e do freio davam a estranha impressão de estar amortecidos sob as botas, como se exigissem dele um pouco de pressão extra naquela manhã. Era óbvio que a tempestade trouxera uma certa confusão para o psiquismo dos veículos a motor e das pessoas. Viam-se carros abandonados, macambúzios, em ângulos esquisitos debaixo de janelas quebradas, e um ônibus amarelo e melancólico estava tombado. No entanto, as ruas principais tinham sido desimpedidas, e a George Washington Bridge fora reaberta ao tráfego. Havia uma escassez geral de gasolina, mas Mr. Geronimo tinha feito sua própria reserva e acreditava dispor do suficiente. Adquirira o hábito de armazenar gasolina, máscaras contra gases, lanternas, cobertores, materiais médicos, alimentos enlatados e garrafinhas de água; era um homem que se preparava para emergências, que não se deixava pegar desprevenido pelo esgarçamento e pela desintegração da trama social, que sabia que a cola de cianocrilato pode ser usada para fechar feridas, que não confiava na constância da natureza humana para construir as coisas de maneira sólida ou eficiente. Um homem que esperava o pior. Além disso, era supersticioso: um homem que cruzava dedos, que sabia, por exemplo, que nos Estados Unidos os espíritos maus viviam em árvores, e por isso era preciso bater na madeira para expulsá-los, enquanto os espíritos arborícolas (ele era um admirador do campo inglês) eram criaturas amistosas, de modo que as pessoas tocavam na madeira para se valer de sua benquerença. Era importante saber dessas coisas. Cautela nunca era demais. Se a pessoa se afastava de Deus, devia, com certeza, manter-se nas boas graças da Sorte.

Mr. Geronimo ajustou-se às necessidades da caminhonete e pôs-se a percorrer o lado leste da ilha, atravessando a George Washington Bridge, que fora reaberta. O rádio da picape estava sintonizado, é claro, na estação de músicas antigas. O passado ficou para trás, o passado ficou para trás, cantava a velha guarda. Boa dica, ele pensou. Ficou mesmo. E o futuro nunca chega, o que só deixa o presente. O rio tinha voltado ao curso natural, mas ao longo de suas margens Mr. Geronimo via destruição e lama negra, com o passado afogado da cidade exumado na lama negra, as chaminés de embarcações afundadas surgindo sobre a lama negra, como periscópios, os Oldsmobiles assombrados ao léu, desdentados e com uma crosta de lama, e segredos mais sinistros, o esqueleto do lendário monstro Kipsy, e os crânios de estivadores irlandeses assassinados nadando na lama negra, e também no rádio ouviam-se notícias estranhas: as paliçadas da fortaleza indígena de Nipinichsen tinham sido erguidas pela lama negra, e as peles manchadas de antigos mercadores holandeses, além do baú original que continha as quinquilharias, no valor de sessenta florins, com que um certo Peter Minuit tinha comprado uma ilha cheia de colinas dos índios lenape, tinham sido depositadas na ponta sul da Mannahatta, como se a tempestade dissesse a nossos ancestrais: fodam-se, estou comprando a ilha de volta.

Mr. Geronimo seguiu por ruas devastadas, que a tempestade enchera de detritos, até La Incoerenza, a propriedade Bliss. Fora da cidade, a tempestade tinha sido ainda mais violenta. Raios semelhantes a imensos pilares retorcidos uniam La Incoerenza aos céus, e a ordem, que Henry James advertiu não ser mais que o sonho do homem sobre o universo, se desintegrava sob o poder do caos, que é a lei da natureza. Sobre o portão da propriedade, um cabo energizado balançava perigosamente, com a morte em sua ponta. Quando tocava no portão, um relâmpago azul estalava nas barras. A mansão antiga se mantinha firme, porém o rio se arrojara além de suas margens e se elevara como uma lampreia gigantesca, feita de lama e dentes, engolindo todo o terreno de uma só vez. O rio tinha recuado, mas deixando um rastro de destruição. Diante do quadro de ruína, Mr. Geronimo acreditou estar presente à morte de sua imaginação, contemplando a cena de seu assassínio pela mão da lama densa e negra e das escórias indestrutíveis do passado. É possível que tenha chorado. E ali, naqueles relvados antes ondulantes, agora ocultos sob a lama negra do Hudson crescido, ele observava, lacrimoso, as ruínas de mais de uma década de seu melhor trabalho de paisagismo: as espirais em pedra que faziam eco a trabalhos celtas da Idade do Ferro; o jardim abaixo da superfície que punha seu primo da Flórida no chinelo; o analema, réplica do que está no Meridiano de Greenwich; o bosque de rododendros; o labirinto minoico, com o gordo Minotauro de pedra em seu centro; os desvãos secretos e escondidos por sebes, tudo isso perdido e retalhado sob a lama negra da história, com as raízes das árvores repontando na lama negra como os braços de afogados... E foi ali que Mr. Geronimo notou que seus pés apresentavam um problema novo e sério. Ao pisar na lama, suas botas não chapinhavam nem se prendiam. Deu dois ou três passos desorientados pelo negrume, olhou para trás e viu que não tinha deixado pegadas.

"Droga!", exclamou, consternado. Em que espécie de mundo a tempestade o atirara? Mr. Geronimo não se julgava uma pessoa que se assusta com facilidade, mas a falta de pegadas o alarmara. Pisou forte, com a bota esquerda, a direita, a esquerda. Deu um salto para cima e caiu com a maior força que pôde. A lama nem se mexeu. Por acaso teria bebido? Não, ainda que de vez em quando ele realmente exagerasse um pouco (como às vezes faz um velho que mora sozinho, e daí?), mas dessa vez o álcool não fora o motivo daquilo. Estaria ainda dormindo e sonhando com a propriedade de La Incoerenza perdida naquele mar de lama? Talvez, mas a situação não lhe parecia um sonho. Seria aquilo um lamaçal de outro mundo, uma monstruosa lama fluvial até então desconhecida da ciência e cujos mistérios submarinos lhe davam o poder de resistir ao peso de um homem? Ou então — e essa parecia a possibilidade mais plausível, embora também a mais alarmante — quem sabe ele mesmo não tivesse sofrido uma mudança? Uma inexplicável redução gravitacional pessoal? Meu Jesus, pensou, e ao mesmo tempo pensou também no pai fechando a cara para a blasfêmia, o pai desaprovando sua atitude infantil a meio metro de distância, como se ameaçasse do púlpito a congregação com sua chuva semanal de fogo e enxofre, meu Jesus! Realmente, agora ele teria mesmo de fazer com que seus pés fossem examinados.

Mr. Geronimo era um homem realista, e não lhe ocorreu que tinha começado uma nova era de irracionalismo, na qual a aberração gravitacional que o vitimara seria só uma de muitas manifestações bizarras. Outras esquisitices em sua própria história estavam além de sua compreensão. Não lhe entraria na cabeça, por exemplo, que no futuro próximo ele talvez se deitasse com uma princesa do país das fadas. Tampouco a transformação da realidade global o preocupava. Ele não tirou de seu apuro conclusões mais amplas. Não imaginou que nos oceanos reapareceriam, muito em breve, monstros marinhos de dimensões suficientes para tragar navios de uma só golada, o surgimento de homens bastante fortes para erguer elefantes adultos ou a aparição no céu de bruxos que viajavam pelo ar com rapidez, em urnas voadoras impelidas por artes mágicas. Nem conjecturou que podia ter sido enfeitiçado por um djim poderoso e malevolente.

Não obstante, como era metódico por natureza e estava, portanto, inegavelmente apreensivo com sua nova doença, meteu a mão no bolso do surrado paletó que usava no trabalho de jardinagem e encontrou uma folha de papel dobrada, uma conta da empresa de energia elétrica. A energia tinha sido cortada, mas as contas continuavam a exigir o pagamento imediato. Era a ordem natural das coisas. Desdobrou a conta e estendeu-a na lama. A seguir, ficou de pé sobre ela, pisou-a e saltou um pouco mais, tentando marcar o documento com os pés. O papel se manteve intocado. Ele se abaixou e puxou a conta, que deslizou sob seus pés. Não havia nenhum sinal de uma pegada. Tentou de novo, e conseguiu passar a folha com facilidade sob as botas. A separação entre ele e a terra era mínima, mas indiscutível. Ele se achava agora, de modo permanente, a pelo menos a espessura de uma folha de papel sobre a superfície do planeta. Mr. Geronimo se pôs de pé, com o papel na mão. Árvores gigantescas jaziam a seu redor, afundando na lama. A Dama Filósofa, Miss Alexandra Bliss Fariña, sua patroa e herdeira de uma empresa de rações, o observava das janelas francesas do andar térreo, enquanto lágrimas rolavam pelo rosto jovem e formoso e seus olhos transmitiam outra coisa, que ele não distinguia. Podia ser medo ou choque. Podia até mesmo ser desejo.

A vida de Mr. Geronimo até esse ponto fora uma jornada de um tipo que já não era incomum no mundo peripatético de nossos ancestrais, no qual as pessoas se livravam com facilidade de lugares, crenças, comunidades, países, línguas e até de coisas mais importantes, como honra, moral, bom senso e verdade; no qual, pode-se dizer, punham de lado as narrativas autênticas de suas biografias e passavam o resto da vida tentando descobrir ou forjar para si histórias novas e sintéticas. Mr. Geronimo nascera como Raphael Hieronymus Manezes, no bairro de Bandorá, em Bombaim; filho ilegítimo de um revoltado padre católico, mais de sessenta verões antes dos fatos que nos dizem respeito aqui, fora nomeado em outro continente e em outra era por um homem (há muito falecido) que lhe pareceria tão alienígena como marcianos ou répteis, mas que era também tão próximo quanto o sangue poderia torná-lo. Seu santo pai, o padre Jerry, ou o reverendíssimo padre Jeremias D'Niza, era, em suas próprias palavras, um "ursão de um homem", um "moby do tamanho de uma baleia", carente de lóbulos auriculares, mas que, por outro lado, possuía o urro de Estentor, o arauto do exército grego na guerra contra Troia, cujo vozeirão era sonoro como o de cinquenta homens. Era o casamenteiro principal do bairro e seu tirano benevolente, conservador do tipo correto, concordavam todos. *Aut Caesar aut nullus* — ou César ou um ninguém — era sua divisa pessoal, como fora de César Bórgia, e como o padre Jerry sem dúvida não era um ninguém, deduz-se que devia ser César, e de fato tão enorme era sua autoridade que não houve quem protestasse quando ele, sub-repticiamente (ou seja, todo mundo sabia), planejou uma união para si mesmo com uma estenógrafa sisuda, um fiapo de gente chamado Magda Manezes, que parecia um gravetinho frágil ao lado da enorme figueira-da-índia que era o corpo do padre. O reverendíssimo Jeremias D'Niza logo virou quase um perfeito celibatário e se tornou pai de um belo menino, de imediato reconhecido como seu rebento pelas orelhas características. "Tanto os Habsburgo como os D'Niza nascem sem lóbulos", gostava de dizer o padre Jerry. "Infelizmente, foi o grupo errado que deu os imperadores." (Os ignorantes moleques de rua de Bandorá não faziam ideia de quem fossem os Habsburgo.

Diziam que a falta de lóbulos de Raphael era sinal de que ele não merecia confiança, uma marca de insanidade, de algo que era definido por uma palavra comprida e emocionante, um *psicopata*. Entretanto, isso era, obviamente, superstição e ignorância. Ele ia ao cinema como todos os demais e via que os psicopatas — assassinos loucos, cientistas loucos, príncipes mogóis loucos — tinham as orelhas normalíssimas.)

O filho do padre Jerry não podia receber o sobrenome do pai, é claro, pois as regras de decoro tinham de ser respeitadas, de modo que recebeu o sobrenome da mãe. Como nomes de batismo, o bom padre chamou-o Raphael, em homenagem ao santo padroeiro de Córdoba, na Espanha, e Hieronymus, em honra a Eusebius Sophronius Hieronymus, da cidade de Estridão, também conhecido como são Jerônimo. Para os moleques ignorantes que jogavam críquete francês nas santas ruas católicas de Bandorá — as ruas são Leão, santo Aleixo, são José, santo André, são João, são Roque, são Sebastião, são Martinho —, ele era "Rafa-'Ronnimus-pater-filhonimus", até ficar grande e forte demais para ser alvo de troças; mas para o pai ele foi sempre o jovem Raphael Hieronymus Manezes, com muito orgulho e por extenso. Morava com a mãe, Magda, na zona leste de Bandorá, mas tinha permissão para ir aos domingos à zona oeste, mais elegante, para cantar no coro da igreja do pai e também ouvir o padre Jerry pregar, sem nenhuma consciência visível de sua própria hipocrisia, sobre a danação no fogo eterno que era a consequência inevitável do pecado.

A verdade é que a memória não era o forte de Mr. Geronimo na vida adulta, e por isso grande parte de sua infância foi esquecida. Contudo, ficaram fragmentos de seu pai. Ele se lembrava de cantar na igreja. Mr. Geronimo aprendera um pouco de latim quando menino, com a canção de Natal que chamava os fiéis para o templo na antiga língua de Roma, dando à letra V o valor de U, como o pai determinara. *Uenite, uenite in Bethlehem. Natum uidete regem angelorum*. Todavia, foi o Gênesis que o conquistou, a Vulgata que fora obra de seu xará, são Jerônimo. O Gênesis, e sobretudo o capítulo 1, versículo 3. *Dixitque Deus: fiat lux. Et facta est lux.* Que ele mesmo traduziu, em sua "Uulgata" pessoal de Bombaim, como: *E disse Deus, carro barato italiano, sabonete de atriz do cinema americano. E houve Lux.* Papai, por favor, por que Deus quis um carrinho Fiat e um sabonete, e também por que ele só conseguiu o sabonete? Por que ele não fez o carro? E por que não um carro melhor, papai? Ele podia ter pedido um Jesus Chrysler, não é? Isso lhe valeu uma previsível jeremiada por parte de Jeremias D'Niza, além de um estrondoso lembrete de bastardice: Não me chame de papai, me chame de padre, como todo mundo, enquanto, com uma risadinha, ele fugia do alcance da mão vingativa do padre, cantando *carro barato italiano, sabonete de atriz do cinema americano*.

Isso é tudo que temos a dizer sobre sua infância. O menino sempre soube que a igreja não era para ele, mas gostava das músicas. E aos domingos todas as Sandras do lugar iam à igreja, e ele gostava de vê-las com o cabelo preso e do jeito atrevido delas. No Natal, ele as ensinava a cantar *Ouçam! Os anjos proclamam*, mas com uma letra dele mesmo: *Cantam os anjinhos pra lá e pra cá, como a pílula de Beecham melhor não há. Se pro céu você quer ir, duas ou três deve engolir. Se pro outro lugar quer viajar, tome muitas até entalar.* As Sandras gostavam disso e permitiam que ele as beijasse na boca, escondidos atrás do cadeiral do coro. O pai, tão apocalíptico no púlpito, praticamente nunca batia no filho, e em geral deixava que blasfêmias furiosas saíssem de sua boca, por entender que os bastardos são sempre ressentidos e que se deve permitir que desabafem como bem entenderem. Depois da morte de Magda — mais uma das vítimas da poliomielite nos tempos de antanho, quando nem todo mundo tinha acesso à vacina Salk —, ele quis que Hieronymus aprendesse uma profissão, e o instalou como aprendiz no escritório de arquitetura de seu tio Charles na capital do mundo, mas isso também não deu certo. Mais tarde, quando o rapaz fechou o estúdio de arquitetura na Greenwich Avenue e se lançou no negócio de jardinagem, o pai lhe escreveu uma carta. *Se você não se fixar em alguma coisa, nunca chegará a ser coisa alguma*. Solto no ar na propriedade de La Incoerenza, Mr. Geronimo lembrou-se da advertência do pai. O velho sabia o que estava dizendo.

Em bocas americanas, Hieronymus logo se tornou Geronimo, e ele gostou, tinha de admitir, da referência ao chefe indígena. Era um homenzarrão como o pai, com mãos grandes e hábeis, um pescoço taurino e um perfil aquilino, e tanto a cor da pele quanto outros traços indianos e índios contribuíam para que os americanos vissem nele o Velho Oeste e o tratassem com o respeito concedido aos remanescentes de povos exterminados pelo homem branco, tratamento que ele aceitava sem esclarecer que era um indiano, da Índia, e, portanto, conhecia bem a opressão imperialista, uma história bastante diferente da americana, mas deixemos os detalhes de lado. O tio Charles Duniza (ele alterara a grafia do sobrenome, explicava, para agradar ao gosto italianizante dos americanos) também carecia de lóbulos auriculares, mas não lhe faltava a boa estatura da família. Tinha a cabeleira branca, além de espessas sobrancelhas também brancas, os lábios carnudos normalmente assumiam um amável sorriso desapontado, e ele não permitia que se discutissem assuntos políticos em seu modesto escritório de arquitetura. Quando levava Geronimo, de vinte e dois anos, para beber na pousada de uma família genovesa, cujos clientes eram drag queens, garotos de programa e transgêneros, só queria falar sobre sexo, do amor entre homens, o que horrorizava e deliciava seu sobrinho de Bombaim, que nunca falara a respeito desses assuntos antes e para quem eles até então constituíam um mistério. Como era um conservador do tipo direitista, o padre Jerry considerava a homossexualidade algo além dos limites do decoro, a ser encarada como se não existisse. Entretanto, agora o jovem Geronimo estava morando na casa decrépita do tio homossexual, na St. Mark's Place, cheia de protegidos do tio Charles, meia dúzia de refugiados cubanos gays, aos quais Charles Duniza se referia coletivamente, com um gesto entre jovial e desdenhoso, como os Raúls. Os Raúls eram vistos nos banheiros, em horas peculiares, fazendo as sobrancelhas ou depilando languidamente o peito e as pernas antes de sair em busca de amor. Geronimo Manezes não fazia ideia de como falar com eles, mas não se importava, pois eles não tinham mesmo o menor interesse em falar com ele. Havia sempre emitido intensos feromônios heterossexuais, que provocavam, nos Raúls, muxoxos e amuos de indiferença que diziam: se for mesmo necessário, você pode conviver conosco aqui nesse espaço, mas fique sabendo, por favor, que em todos os sentidos essenciais para nós você simplesmente não existe.

Ao vê-los sumir na noite, Geronimo Manezes se dava conta de que lhes invejava a despreocupação, a facilidade com que tinham abandonado Havana como uma cobra deixa a pele já indesejada, singrando por aquela cidade nova com suas dez palavras de mau inglês, mergulhando de cabeça no mar urbano poliglota e se sentindo num instante à vontade ou, pelo menos, acrescentando seu desajustamento cômodo, frágil, raivoso e ferido a todas as demais inadequações que os circundavam e utilizando a promiscuidade das termas para criar a sensação de entrosamento. Percebia que também queria ser daquele jeito. Sentia a mesma coisa que os Raúls: agora que estava ali, naquela metrópole difícil, suja, inesgotável, perigosa, irresistível, nunca mais voltaria para sua terra.

Como tantos descrentes, Geronimo Manezes estava em

busca do paraíso, porém a ilha de Manhattan era tudo, menos edênica. Depois dos distúrbios daquele verão, o tio Charles desistiu da pousada da Máfia. Um ano mais tarde, participaria de uma passeata do orgulho gay, mas pouco à vontade. O protesto não era natural nele. Ao ler o *Cândido*, de Voltaire, declarou que concordava com Pangloss, o herói muito criticado do livro: *Il faut cultiver son jardin*. "Fique em casa, saia para trabalhar, cuide de sua vida", esses eram seus conselhos ao sobrinho Geronimo. "Isso de solidariedade misturada com ativismo... Não sei não." Cauteloso por natureza, Charles Duniza era membro de uma associação de empresários gays para a qual, como se orgulhou de dizer durante anos e anos, Ed Koch proferira uma palestra quando era vereador — a primeira diante de uma organização abertamente gay — e todos tinham se portado com muita cortesia, abstendo-se de fazer ao futuro prefeito perguntas sobre sua propalada orientação sexual. Charles participava assiduamente das reuniões da associação no Village, a que os associados compareciam de terno e gravata, e era, a seu modo, tão conservador quanto o irmão, o padre Jerry, na Índia. Mas, quando houve a convocação para a passeata do orgulho gay, ele participou dela vestido de modo formal, e foi um dos poucos homens de paletó e gravata naquela desafiadora festa carnavalesca de autoafirmação. E Geronimo, mesmo sendo hétero, foi junto com ele. A essa altura eram amigos íntimos, e não teria sido justo deixar o tio Charles ir para a guerra sozinho.

Passaram-se os anos e o estúdio de arquitetura começou a enfrentar dificuldades. As paredes do escritório na Greenwich Avenue estavam cobertas de sonhos: edifícios que Charles Duniza nunca construíra nem iria construir. No fim da década de 1980, um amigo seu, o famoso incorporador imobiliário Bento V. Elfenbein, adquiriu uma excelente área de quarenta hectares em Big Groundnut, no South Fork de Long Island — o nome foi tirado de uma palavra da língua dos índios pequod que depois seria mais comumente traduzida como *batata* —, e queria que cada um de uma centena de arquitetos "estrelados" projetasse e construísse uma casa, em seu estilo, num terreno de quatro mil metros quadrados. Um desses terrenos foi destinado a Charles — "É claro que você também, Charles! O que está pensando, que eu esqueço os amigos?", Bento o censurou —, mas o projeto não vingou, devido a complexas questões de financiamento. O sorriso do tio Charles desvaneceu um pouco, ficou um pouco mais triste. Bento, um dândi de cabelo castanho sempre despenteado e um relacionamento espalhafatoso com gravatas, dono de um glamour absurdo e de um encanto quase chocante, era produto de uma famosa dinastia de Hollywood. Era um intelectual exibicionista, dado a citar *A teoria da classe ociosa*, de Thorstein Veblen, com uma ironia amarga, meio fermentada por seu próprio sorriso largo, incansável e hollywoodiano, um ofuscante Joe E. Brown cheio de dentes grandes, brilhantes e brancos, herdados de uma mãe que tinha feito filmes com Chaplin. "A classe ociosa, também chamada de aristocracia rural, e da qual meu negócio depende", disse ele a Geronimo Manezes, "são os caçadores, e não os coletores. Eles se dão bem avançando pela estrada imoral da exploração, e não pelo caminho virtuoso da indústria. Mas eu, para me dar bem, tenho de tratar os ricos como se eles fossem os mocinhos do filme, os leões, os criadores da riqueza e os guardiães da liberdade, o que faço sem me chatear, é claro, porque também sou um explorador e também quero me considerar virtuoso."

Bento orgulhava-se de ter uma versão do primeiro nome do filósofo Spinoza. "Numa tradução de mim mesmo", costumava dizer, "eu seria Baruch Ivory. Talvez esse fosse um bom pseudônimo, se eu tivesse continuado no negócio de filmes. Que seja. Aqui em Nova Amsterdam, eu me orgulho de ter o nome de

Benedito de Espinosa, o judeu português da Velha Amsterdam. Dele herdei meu famoso racionalismo, e também minha convicção de que a mente e o corpo são uma coisa só e que Descartes errou ao separá-los. Esqueçamos a alma. Não existe esse fantasma na máquina. O que acontece a nossa mente atinge também nosso corpo. A condição do corpo é também o estado da mente. Lembrem-se disso. Spinoza disse que Deus também tem um corpo, que a mente e o corpo de Deus são uma coisa só, como ocorre conosco. Por causa desse pensamento iconoclasta, ele foi banido da sociedade judaica. Emitiram contra ele, em Amsterdam, um *cherem* de excomunhão. Os católicos entenderam a indireta e incluíram a *Ética*, de Spinoza, no *Index Librorum Prohibitorum*. Nem por isso ele deixava de estar certo. Ele tinha buscado inspiração no árabe andaluz Averróis, que também passou por um mau bocado, o que não queria dizer que estivesse errado. Aliás, em minha opinião, a teoria de Spinoza sobre a união de mente e corpo aplica-se também aos Estados-nações. O organismo político e aqueles que se acham no poder não podem ser separados. Todos se lembram daquele filme de Woody Allen em que os operadores do cérebro põem os espermatozoides para trabalhar, de roupas e capuzes brancos, quando o corpo se prepara para o coito. É a mesma coisa."

Bento era dono de um edifício na Park Avenue South e quase todo dia almoçava no restaurante com painéis de carvalho no pavimento térreo. Vez por outra convidava Geronimo Manezes para conversarem sobre as realidades da vida. "Um homem como você", disse a ele um dia, "forçado a abandonar seu país, mas ainda não integrado a outro, é o que meu pensador predileto, Thorstein V., chamava de *um estrangeiro de pés inquietos*. Um perturbador da paz intelectual, mas ao custo de se tornar um viajante intelectual, um errante na 'terra de ninguém' intelectual, à procura de outro lugar no qual descansar, mais adiante, em algum ponto além do horizonte." Isso se assemelha a você? Ou você estará, como eu acho que está, buscando esse local de descanso mais perto de casa? Não além do horizonte, mas na companhia de, para ser franco, minha filha tão bonita? É Ella que você está buscando para parar de andar a esmo? Uma âncora, é isso que você quer que ela seja para você, aquela pessoa que fará com que seus pés se aquietem? Ela é uma criança, fez vinte e um anos em março. Você é quase catorze anos mais velho. Não estou dizendo que isso seja ruim, eu sou um homem do mundo. E, seja como for, em geral minha princesa consegue o que quer, de modo que vamos deixar que ela decida, o.k.?" Sem saber mais o que fazer, Geronimo Manezes assentiu com a cabeça. "Então, *genug*", disse Elfenbein, com seu sorriso de Beverly Hills. "Prove o linguado de Dover."

De uma hora para outra, o tio Charles anunciou naquele inverno que faria uma viagem à Índia, e levou Geronimo consigo. Depois dos longos anos de separação, rever a terra natal foi um choque para eles, como se uma cidade estranha, "Mumbai", tivesse descido do espaço e ocupado o lugar da Bombaim de que se lembravam. Mas alguma coisa de Bandorá tinha sobrevivido, seu espírito, assim como os prédios, e também o padre Jerry, ainda firme aos oitenta anos, ainda cercado, em sua paróquia, de mulheres que o adoravam, embora provavelmente incapacitado de tirar proveito disso. O humor do velho padre ensombrecera com o passar dos anos. Seu peso também diminuíra, sua voz enfraquecera. Em muitos aspectos, ele havia encolhido. "Estou feliz, Raphael, por ter vivido em meu tempo, e não neste", disse, enquanto comiam um prato chinês. "Em meu tempo, ninguém jamais se atreveu a dizer que eu não era um autêntico bombainita ou um indiano *pukka*. Agora dizem." Ao escutar seu nome de batismo original depois de tanto tempo, Geronimo Manezes sentiu a pontada de uma coisa que identificou como alienação, a sensação de não pertencer mais a uma parte de si mesmo, e compreendeu ainda que, ao comer *chow mein* de frango com voracidade, como se fosse a Última Ceia, o padre Jerry se sentia igualmente alienado, igualmente privado do nome. Naquela nova Mumbai, depois de toda uma vida de trabalho, ele se tornara inautêntico, impedido pela ascensão da ideologia extremista *hindutva* de pertencer por completo a seu país, à sua cidade, a si mesmo. "Vou lhe contar agora uma história de família que nunca lhe contei antes", disse o padre Jerry. "Não lhe contei por pensar, erradamente, que na realidade você não fazia parte da família, e peço que me perdoe por isso." O fato de o padre Jerry pedir perdão por alguma coisa foi como a queda de um raio, mais um indício de que o lugar para onde Geronimo Manezes voltara não era mais aquele que o jovem Raphael Manezes deixara tanto tempo antes; por outro lado, a tal história nunca contada pareceu, aos ouvidos americanizados de Geronimo Manezes, irrelevante e bastante confusa: dizia respeito a boatos quanto à origem da família na Espanha muçulmana do século XII, além de conversões, expulsões, casamentos mistos, vagueações, filhos ilegítimos, djins e uma matriarca mítica chamada Dúnia, uma fábrica de bebês que poderia ter sido irmã de Sherazade, ou talvez "um gênio sem uma garrafa da qual escapar ou uma lâmpada a esfregar" e um filósofo-patriarca, Averróis (o padre Jerry usou a versão ocidentalizada do nome de Ibn Rushd e sem querer evocou, na mente de Geronimo, o rosto de Bento Elfenbein citando Spinoza).

"Eu pouco tenho a ver com o averroísmo, uma escola de pensamento que surgiu com o priápico médico de Córdoba", rosnou o padre Jerry, esmurrando a mesa com um pouco de seu antigo fervor. "Até mesmo na Idade Média, essa doutrina era vista como um sinônimo de ateísmo. No entanto, se a história de Dúnia, a fértil e talvez djínia de cabelo castanho-escuro, for verdadeira, se o cordobês realmente plantou sua semente naquele jardim, somos então sua prole bastarda, a 'duniazat' da qual, talvez, no decurso dos séculos, surgiu nosso deturpado 'D'Niza', e a maldição que ele lançou sobre todos nós é nosso destino e nossa perdição: a maldição de estarmos em descompasso com Deus, à frente de nosso tempo ou atrás dele, quem sabe dizer? Ou a maldição de sermos cata-ventos, mostrando em que direção o vento sopra, canários de minas, perecendo para mostrar que o ar é venenoso, ou para-raios, os primeiros a ser atingidos pelos raios das tempestades. De sermos o povo escolhido que Deus esmaga com o punho para usar como exemplo, sempre que quer mostrar alguma coisa."

Ou seja, estão me dizendo, a essa altura de minha vida, que não tem importância eu ser filho ilegítimo de meu pai, pois todos nós somos de filiação ilegítima, uma tribo de bastardos, pensou Geronimo Manezes, imaginando se isso também não seria parte da ideia que o velho fazia de um pedido de desculpas. Achava difícil levar a história a sério ou se importar muito com ela. "Se essa história for verdadeira", disse ele, conversando para ser cortês, para ocultar sua indiferença por aquela patacoada bolorenta, "nós somos um pouco de tudo, certo? Cristãos, judeus e muçulmanos em partes iguais. Tipo colcha de retalhos." A testa do padre Jerry encheu-se de sulcos fundos. "Ser um pouco de tudo era o jeito de Bombaim", murmurou. "Mas isso saiu de moda. A mente estreita substitui a visão ampla. A maioria manda, a minoria se acautela. Por isso nos tornamos excluídos em nossa própria terra, e, quando sobrevém o conflito, e o conflito há de vir, com toda a certeza, os excluídos são os primeiros a levar na cabeça."

"A propósito", aparteou o tio Charles, "o motivo verdadeiro pelo qual você nunca ouviu a história da carochinha da família é que ele não queria admitir a origem judaica. Ou, quem sabe, a origem djínia, porque os djins não existem — existem? —, se existirem, eles têm parte com o diabo, estou certo? E se você não ouviu a história de minha boca foi porque eu a esqueci há muitos anos. Minha orientação sexual me proporcionou toda a marginalidade de que eu precisava." O padre Jerry fuzilou o irmão com o olhar. "A vida inteira eu achei", disse ele, furioso, "que você devia ter sido mais surrado e com mais força quando era menino, para acabar com essa sua veadagem." Charles Duniza apontou para o padre um garfo em que o espaguete se enrolava. "Eu fingia para mim mesmo que ele só estava brincando quando vinha com essas coisas", disse a Geronimo. "Agora não posso mais fazer isso." O almoço terminou num silêncio incômodo e mal-humorado.

Povo escolhido, pensou Geronimo. Já escutei essa expressão antes.

Andando pelas ruas que tinha amado no passado, Geronimo Manezes entendeu que alguma coisa tinha se desfeito. Ao deixar "Mumbai" dias depois, sabia que nunca mais voltaria ali. Viajou pelo país com o tio Charles, vendo edifícios. Visitaram a casa construída por Le Corbusier, em Gujarat, para a matriarca de uma dinastia têxtil. Era uma residência fresca e arejada, protegida do forte calor por sistemas de *brise-soleil*. Contudo, o que mais encantou Geronimo foi seu jardim, que parecia arranhar a casa, ao penetrar seu interior, sinuoso, como se tentasse destruir as barreiras que separavam o espaço exterior do interior. Nas áreas superiores da casa, flores e ervas escalavam com sucesso as paredes, e o piso convertia-se em relvado. Ele saiu daquele lugar sabendo que não desejava mais ser arquiteto. O tio Charles seguiu para o sul, rumo a Goa, porém Geronimo Manezes viajou a Kyoto, no Japão, onde se sentou aos pés do renomado horticultor

Ryonosuke Shimura, o qual lhe ensinou que um jardim era a expressão externa da verdade interior, o lugar em que sonhos de nossa infância colidiam com arquétipos de nossa cultura e criavam beleza. Os terrenos podiam pertencer ao proprietário da casa, mas o jardim era do jardineiro. Essa era a força da arte da horticultura. A frase *Il faut cultiver son jardin* já não parecia tão quietista quando considerada segundo a visão de Shimura. Contudo, ele fora batizado como Hieronymus e, conhecendo a obra do grande pintor que era seu xará, sabia que um jardim podia ser também uma metáfora das coisas infernais. Por fim, tanto as aterrorizantes "delícias terrestres" de Bosch quanto o suave misticismo de Shimura o ajudaram a formular seus próprios pensamentos, e ele veio a encarar o jardim, e seu trabalho nele, de forma um tanto blakiana, como um casamento do céu e do inferno.

Depois da viagem à Índia, o tio Charles anunciou a decisão de levar seu modesto pé-de-meia de volta para Goa e aposentar-se. Havia comprado uma casinha lá e posto à venda a residência na St. Mark's Place (os Raúls da década de 1970 tinham desaparecido havia muito tempo). O que apurasse no negócio o manteria na velhice. Com relação ao escritório de arquitetura, "Se você o quiser, é seu", disse a Geronimo, que, talvez pela primeira vez na vida, sabia exatamente o que queria. Assumiu o escritório da Greenwich Avenue e, com uma pequena ajuda financeira de Bento Elfenbein, o reconstituiu como um estúdio de paisagismo, "Geronimo, Jardinagem", designação à qual Ella, a preciosa filha de Bento, acrescentou o *Mr.* que a tornou mais sonora e que conferiu ao titular da empresa a plenitude de sua nova identidade americana. E daquele dia em diante ele passou a ser Mr. Geronimo para todo mundo.

Ella Elfenbein era, é claro, o que ele realmente desejava, e, de modo inexplicável, a jovem também o desejava: Ella, órfã de mãe, que não guardava nenhuma lembrança de Rakel Elfenbein, levada por um câncer quando a menina não tinha mais que dois anos, mas que era para o pai a perfeita imagem e reencarnação da mãe. Foi o misterioso amor inabalável de Ella por Mr. Geronimo — que, afinal de contas, como ela gostava de dizer, era em parte invenção dela — que levou Bento a investir no homem com quem ela iria se casar. Ella era uma beldade de pele azeitonada, queixo um pouco acentuado demais, as orelhas, estranhamente, meio carentes de lóbulos, tal como as dele, e os incisivos centrais inferiores um pouco longos e vampirescos demais, mas Mr. Geronimo não se queixava, sabia que era um felizardo. Se acreditasse em almas, teria dito que a dela era boa, e sabia, pelas histórias que ela não conseguia deixar de lhe contar, quantos homens se interessavam por ela a cada dia. Porém, sua lealdade para com ele era tão constante quanto misteriosa. Ademais, ela era o espírito mais positivo que Mr. Geronimo já havia conhecido. Não gostava de livros com final infeliz, confrontava com alegria cada dia de sua vida e acreditava que todas as vicissitudes podiam ser transformadas em triunfos. Aceitava a ideia de que o pensamento positivo ajuda a curar enfermidades, enquanto a raiva faz a pessoa adoecer, e num domingo de manhã, buscando distraidamente alguma coisa na televisão, ela ouviu um pastor dizer *Deus faz os fiéis prosperar, ele lhe dará tudo o que você quiser, tudo o que você precisa fazer é realmente desejar isso*, e Mr. Geronimo a ouviu sussurrar baixinho "É verdade". Acreditava em Deus com a mesma firmeza com que odiava *gefilte fish*, não achava que o homem descendesse de macacos e sabia, como disse ao marido, que existiam o céu, para onde ela iria um dia, e também o inferno, para o qual, por infelicidade, provavelmente ele estava destinado, mas que ela iria salvá-lo, de modo que também ele tivesse um final feliz. Ele decidiu que não julgaria nada disso esquisito, porém delicioso, e que o casamento deles era bom. Passaram-se os anos. Não tiveram filhos.

Ella era estéril. Talvez fosse por isso que adorava que ele fosse jardineiro. Pelo menos havia certas sementes que ele podia plantar e ver as flores crescerem.

Ele lhe contou uma história de humor negro, dizendo que em lugares remotos havia homens solitários que copulavam com a terra. Cavavam um buraco no solo e ali lançavam o próprio sêmen para ver se nasceriam plantas semi-humanas e semivegetais, mas ela o fez calar-se e o censurou, não gostava de histórias assim. Por que você não me conta histórias alegres? Aquilo não era engraçado. Ele baixou a cabeça, simulando estar arrependido, e ela o perdoou, e não havia nenhum traço de simulação em seu perdão, ela o perdoara a sério, pois tudo o que dizia ou fazia era a sério.

Outros anos se passaram. O conflito que o padre Jerry tinha previsto ocorreu na Bombaim que se tornara Mumbai, e houve um dezembro e um janeiro de distúrbios comunais em que morreram novecentas pessoas, na maioria muçulmanos e hindus, mas, de acordo com a contagem oficial, houvera também quarenta e cinco "desconhecidos" e cinco "outros". Charles Duniza viera de Goa a Mumbai para visitar a zona de meretrício em busca de Manjula, seu "trabalhador sexual" *hijra* — para utilizarmos o novo termo sexualmente neutro —, mas em vez de serviços sexuais encontrara a morte. Enfurecida pela destruição, em Ayodhya, da mesquita do imperador mogol Babar, uma multidão percorreu as ruas e talvez as primeiras vítimas dos conflitos entre hindus e muçulmanos tenham sido um "outro" cristão e seu acompanhante transgênero, um "outro" de outro tipo. Ninguém se importou. O padre Jerry estava fora de seu território, na mesquita Minara, no bairro de Pydhonie, tentando, como "tertius", nem muçulmano nem hindu, usar seu antigo prestígio na cidade para acalmar as paixões dos fiéis, mas disseram-lhe que fosse embora, e talvez alguém o tenha seguido, alguém com intenção homicida, e o padre Jerry nunca chegou a Bandorá. Depois disso houve duas ondas de assassinatos, e Charles e o padre Jerry se tornaram dados estatísticos insignificantes. A cidade que um dia se vangloriara de estar acima de conflitos comunais deixara de estar acima deles. Bombaim tinha desaparecido, morrendo com o reverendíssimo padre Jeremias D'Niza. Tudo o que restava era a nova e mais feia Mumbai.

"Você é tudo o que tenho agora", disse Geronimo Manezes a Ella ao receber as notícias sobre o tio e o pai. Em seguida morreu Bento Elfenbein, atingido por um raio numa noite clara enquanto fumava um charuto, depois do jantar, nos quarenta hectares que ele tanto amava em Big Groundnut, depois de um festivo jantar com bons amigos, e soube-se que suas iniciativas empresariais o tinham levado à beira da ruína, que ele se envolvera numa série de negócios escusos, os quais não chegavam a ser esquemas do tipo de pirâmides, mas eram operações de fachada semelhantes, falcatruas ligadas a reformas residenciais, fornecimento de materiais de escritório, um conto do vigário relativo à produção de um filme como os de Max Bialystock que lhe davam enorme prazer, *quem teria imaginado*, como ele tinha escrito numa caderneta incriminadora encontrada num esconderijo em seu quarto depois que ele morreu, *que a ideia do filme* Primavera para Hitler *daria mesmo certo na vida real?* Havia pelo menos uma arapuca gigantesca, do tipo pirâmide, no Meio-Oeste, e todas as suas operações tinham sido alavancadas a tal ponto que logo depois de sua morte o castelo de cartas Elfenbein começou a desabar em meio a humilhantes diligências de buscas e apreensões e execuções de hipotecas. Os hectares de Groundnut foram confiscados, e nem uma sequer das residências sonhadas por Bento chegou a ser erguida. Se Elfenbein não tivesse morrido, teria terminado na cadeia, concluiu Geronimo. As autoridades estavam no encalço de Bento, por sonegação fiscal e uma dezena de outras infrações, e vinham fechando o cerco. O raio que o matou proporcionou-lhe uma saída digna, ou, antes, uma saída tão exibicionista como fora toda a sua vida. "Agora," disse Ella, que herdara o que classificou como *quase nada*, "você é também tudo o que tenho." Ao abraçá-la, ele sentiu um tremor de superstição correr por seu corpo. Lembrou-se do padre Jerry falando, naquele tenso almoço chinês, a respeito de Deus ter lançado sobre a casa de Ibn Rushd a maldição de seus membros serem para-raios ou exemplos. Seria possível, conjecturou, que as famílias ligadas à sua pelo casamento estivessem também incluídas na maldição? *Pare com isso*, repreendeu-se. *Você não acredita em maldições medievais. Nem em Deus.*

Isso quando ela tinha trinta anos, e ele, quarenta e quatro. Ela o tornara um homem feliz. Mr. Geronimo, o jardineiro satisfeito, cujos dias castigados pelos elementos se abriam ao ar livre como mistérios revelados, com sua pá, sua colher de transplante, sua podadeira e suas luvas falando a linguagem das coisas vivas com a mesma eloquência da pena de um escritor, colorindo a terra com flores na primavera ou lutando contra o gelo durante o inverno. Talvez esteja na natureza dos trabalhadores traduzir a si mesmos naquilo que fazem, da mesma forma como os apreciadores de cães acabam parecidos com seus animais, de modo que talvez o pequeno defeito de Mr. Geronimo afinal não fosse tão peculiar — mas, a bem da verdade, muitas vezes ele preferia se ver como uma planta, talvez até como uma daquelas plantas semi-humanas nascidas da conjunção carnal entre um ser humano e a terra; e, portanto, como o jardinado, não como o jardineiro. Ele se punha no solo do tempo e se perguntava, impiamente, quem poderia estar a jardiná-lo. Nessas lucubrações ele sempre se incluía entre as plantas desprovidas de raízes, as epífitas e as briófitas, que utilizam outras plantas como suporte, já que de outra forma não podem viver. Assim, ele era, em sua própria fantasia, uma espécie de musgo, líquen ou orquídea trepadeira, e a pessoa em que ele se apoiava, a jardineira de sua alma inexistente, era Ella Manezes. Sua mulher, que o amava e era muito amada.

Às vezes, no leito conjugal, Ella dizia que ele tinha cheiro de fumaça. Às vezes dizia que era como se, nos espasmos de paixão do marido, os contornos do corpo dele se amolecessem, ficassem indistintos, de forma que o corpo dela acabava se fundindo no dele. Ele respondia dizendo que queimava restos de jardinagem todos os dias. Dizia que ela estava imaginando coisas. Nenhum dos dois suspeitava da verdade.

E então, sete anos depois da morte de Bento, o raio caiu de novo.

O nome da propriedade La Incoerenza, de mil e um acres, ou quatrocentos e cinco hectares, lhe fora dado por um homem dedicado aos números e que acreditava que o mundo não fazia sentido: Mr. Sanford Bliss, o rei da ração animal, o fabricante dos famosos Bliss Chows para porcos, coelhos, gatos, cães, cavalos, bois e macacos. Dizia-se sobre Sanford Bliss que, embora não existisse uma linha de poesia em sua cabeça, cada uma das cédulas de dólar que já vira estava arquivada com esmero e prontamente acessível. Sanford acreditava em dinheiro vivo, e na ampla caixa-forte em sua biblioteca, oculta atrás de um retrato pintado à maneira florentina, que o mostrava como um grande da Toscana, guardava sempre um montante quase cômico de dinheiro vivo, bem mais de um milhão de dólares em pacotes de notas de diferentes valores, porque, como dizia, *nunca se sabe*. Sanford também acreditava em superstições numéricas, como a ideia de que números redondos traziam má sorte, e nunca cobrava dez dólares por um saco de ração, e sim 9,99, e nunca dava a alguém cem dólares de gratificação, mas 101 dólares.

Quando universitário, tinha passado um verão em Florença, como hóspede dos Acton na *villa* La Pietra, e nos jantares da família, em companhia de pensadores e artistas para quem números não faziam sentido ou eram, na melhor das hipóteses, coisa de somenos e, portanto, indigna de consideração, ele foi apresentado à ideia muitíssimo antiamericana de que a realidade não era algo dado, um dado absoluto, e sim uma coisa construída pelos homens, e que os valores também mudavam de acordo com quem fazia a avaliação. A ideia de um mundo que não era coerente, no qual a verdade não existia e era substituída por versões antagônicas que tentavam dominar ou até erradicar suas rivais, o horrorizou, e, como isso fosse péssimo para a atividade mercantil, passou a ver tal ideia como algo que precisava ser alterado. Deu à sua casa o nome La Incoerenza, *incoerência* em italiano, para que fosse um lembrete constante do que tinha aprendido na Itália, e gastou um montante considerável de sua fortuna promovendo políticos que sustentavam, em geral por causa de convicções religiosas autênticas ou falsas, que as certezas eternas precisavam de proteção e que os monopólios, de bens, de informações e de ideias, eram não só benéficos como essenciais para a preservação da liberdade americana. Apesar de seus esforços, os níveis de incompatibilidade do mundo, aquilo que Sanford Bliss, em seu pendor para os números, veio a chamar de seu índice de incoerência, continuaram a subir inexoravelmente. "Sendo *zero* o ponto de sanidade em que dois mais dois sempre somarão quatro, e *um* o lugar maldito onde dois mais dois podem somar qualquer merda que se quiser", disse à filha Alexandra — o fruto adorado de sua velhice, concebida por sua última mulher, uma siberiana muito mais jovem, bem depois de ter ele desistido do sonho de um herdeiro —, "então,

Sandy, lamento lhe dizer que estamos atualmente em algum ponto perto de zero vírgula nove sete três."

Quando os pais morreram de repente, ao caírem do céu no East River (sendo que a arbitrariedade do fim deles provou finalmente à filha de Sanford Bliss, Alexandra, que o universo era não só incoerente e absurdo como também impiedoso e desalmado), a jovem órfã herdou tudo; e como lhe faltasse tanto tino para negócios quanto interesse por essa classe de atividades, ela de imediato providenciou a venda da Bliss Chows à cooperativa agrícola Land O'Lakes, de Minnesota, tornando-se assim, aos dezenove anos, a mais jovem bilionária americana. Completou sua formação em Harvard, onde revelou um dom especial para línguas, tornando-se fluente em francês, alemão, italiano, espanhol, holandês, português, português brasileiro, sueco, finlandês, húngaro, cantonês, mandarim, russo, pushto, pársi, árabe e tagalog, *ela pega essas línguas num abrir e fechar de olhos*, diziam as pessoas, maravilhadas, *como seixos brilhantes na praia*. E ela pegou também um homem, o habitual jogador argentino de polo sem vintém, um saudável feixe de músculos das *estancias*, chamado Manuel Fariña, que foi pegado e largado com celeridade, depois de um breve casamento e de um rápido divórcio. Manteve o nome dele, tornou-se vegetariana e o mandou arrumar as malas. Depois do divórcio, retirou-se para sempre na solidão de La Incoerenza. Ali deu início à sua longa pesquisa sobre o pessimismo, buscando inspiração em Schopenhauer e Nietzsche, e, convencida do despropósito da vida humana e da incompatibilidade entre a felicidade e a liberdade, entregou-se ainda na primeira florada da juventude a uma vida de solidão e melancolia, enclausurada na abstração e usando vestidos justos e rendados. Ella Elfenbein Manezes se referia a Alexandra, não com pouco desprezo, como a Dama Filósofa, e esse nome grudou, ao menos na cabeça de Mr. Geronimo.

Havia um traço de estoicismo masoquista na Dama Filósofa, que, quando fazia mau tempo, era vista com frequência ao ar livre, ignorando o vento e o chuvisco, ou melhor, aceitando-os como autênticos representantes da crescente hostilidade da terra contra seus ocupantes, sentada sob a copa ampla de um velho carvalho e lendo um livro úmido de Unamuno ou Camus. Temos dificuldade para entender os ricos, que acham meios de ser infelizes quando todas as causas normais de infelicidade foram removidas. No entanto, a infelicidade havia tocado a Dama Filósofa. Seus pais tinham morrido num acidente com o helicóptero particular. Uma morte de elite, mas no momento em que morremos somos todos indigentes. Ela nunca falava a respeito. Seria generoso entender sua conduta, resoluta, remota e abstrata, como sua forma de expressar pesar.

No fim de sua jornada, o Hudson é um "rio afogado", cuja água doce é impelida para trás pelas marés salgadas do mar. "Nem mesmo a porcaria desse rio faz sentido", disse Sanford Bliss à filha um dia. "Veja só como muitas vezes ele corre para o lado errado." Os índios o chamavam de Shatemuc, ou o rio que corre nos dois sentidos. Nas margens do rio afogado, La Incoerenza resistia igualmente à ordem. Mr. Geronimo foi chamado para ajudar. Sua reputação como jardinista e paisagista tinha crescido, e ele foi recomendado ao administrador de Alexandra, um simpático barbaças britânico chamado Oliver Oldcastle, com uma barba de Karl Marx, voz de fagote, problemas com álcool e uma criação católica, ao estilo do padre Jerry, que o fizera amar a Bíblia e detestar a Igreja. Oldcastle levou Mr. Geronimo ao terreno, portando-se como Deus ao apresentar o Éden a Adão, e incumbiu-o de criar coerência paisagística na propriedade. Quando Mr. Geronimo começou a trabalhar para a Dama Filósofa, emaranhados de espinheiros enchiam a vala divisória no fundo do jardim, como que pretendendo cercar o castelo de uma bela adormecida. Marmotas teimosas cavavam túneis na terra e apareciam por todo lado, arruinando os gramados. Raposas atacavam os galinheiros. Mr. Geronimo não teria se surpreendido se topasse com uma serpente enrolada em torno de um galho da árvore do conhecimento do bem e do mal. A Dama Filósofa dava de ombros, distante, para a situação. Tinha pouco mais de vinte anos na época, mas falava com a formalidade rígida de uma viúva. "Para pôr uma propriedade rural nos eixos", disse a castelã órfã de La Incoerenza, "é preciso matar, matar e matar, é preciso destruir e destruir. Só depois de anos de caos consegue-se alcançar certa beleza estável. É isso que significa civilização. Mas seus olhos são gentis. Temo que o senhor não seja o assassino de que eu preciso. Porém, é provável que qualquer outra pessoa não fosse melhor."

Devido à sua crença na debilidade crescente e na incompetência cada vez maior da raça humana em geral, ela concordou em aguentar Mr. Geronimo e tolerar com um suspiro as consequentes imperfeições da propriedade. Refugiou-se no pensamento e deixou Mr. Geronimo travar a guerra contra os espinheiros e as marmotas. Os fracassos dele passavam despercebidos, seus êxitos não lhe valiam louvores. Uma terrível praga de carvalhos atingiu a região, ameaçando as árvores que Alexandra tanto amava, e ele seguiu o exemplo de cientistas na distante costa ocidental do país, onde cobriam os carvalhos com um fungicida comercial que combatia o patógeno fatal, o *Phytophthora ramorum*, ou injetavam neles a substância. Quando comunicou à sua empregadora que o tratamento fora coroado de sucesso e seus carvalhos estavam salvos, ela deu de ombros e se afastou, como se pretendesse dizer que outra coisa os mataria muito em breve.

Ella Manezes e a Dama Filósofa eram jovens, educadas e belas, e poderiam ter se tornado amigas, mas isso não aconteceu: foram separadas pelo que Ella chamava de o "negativismo" de

Alexandra, a insistência com que ela afirmava, quando desafiada pela sempre esperançosa Ella, que era "impossível, nessa altura da história, abraçar uma visão otimista da humanidade". Às vezes, Ella acompanhava o marido a La Incoerenza e caminhava a esmo enquanto ele trabalhava, ou subia ao topo da única colina verde da propriedade, observando o rio que passava na direção errada; e foi nessa colina, sete anos depois da morte do pai, que também ela foi atingida por um raio proveniente de um céu azul, morrendo ali mesmo. Dentre os muitos aspectos de sua morte que Mr. Geronimo julgava insuportáveis, destacava-se este: que entre as duas beldades presentes em La Incoerenza naquele dia o raio houvesse optado por matar a otimista, deixando a pessimista viver.

O fenômeno conhecido popularmente como "raio em céu azul" ocorre assim: o relâmpago nasce na parte posterior de uma nuvem de trovoada, afasta-se até quarenta quilômetros da área de tempestade, volta-se para baixo e atinge o solo, um edifício alto ou uma árvore solitária num ponto elevado, ou uma mulher que do alto de uma colina contempla um rio. A tempestade de onde ele veio está longe demais para ser vista, mas pode-se ver a mulher no alto do outeiro caindo devagar no chão, como uma pluma que obedece, relutante, à lei da gravidade.

Mr. Geronimo pensava nos olhos escuros de sua mulher, no olho direito com moscas volantes que prejudicavam sua visão. Lembrou-se de sua loquacidade, que ela sempre tinha opinião sobre qualquer coisa, e ficou imaginando como se haveria agora sem as opiniões dela. Recordou que ela odiava ser fotografada, e relacionou na mente tudo o que ela não comia — carne, peixe, ovos, laticínios, tomate, alho, glúten, quase todos os alimentos existentes. E se perguntou mais uma vez se os raios estariam perseguindo sua família; se, ao se casar com um membro dessa família, Ella não teria atraído a maldição para si; e se ele podia ser o próximo da lista. Nas semanas que se seguiram, começou a pesquisar a questão dos raios como nunca antes. Ao saber que noventa por cento das pessoas que eram atingidas por raios sobreviviam, apresentando às vezes incômodos estranhos, mas continuando vivas, convenceu-se de que os raios tinham estado mesmo à espreita de Bento e de sua filha. Os raios não os deixariam escapar de maneira alguma. Talvez tenha sido por estar convicto de que não teria chance alguma se os raios viessem buscá-lo que, mesmo depois de ter sido apanhado pela forte tempestade no primeiro dia, mesmo depois de descobrir que seus pés estavam acometidos do misterioso achaque de recusar-se a tocar no solo, foi preciso tanto tempo para que lhe ocorresse o pensamento óbvio.

"Talvez o raio tenha me atingido durante o furacão e eu tenha sobrevivido, mas ele apagou minha memória, de modo que não me lembro de ter sido atingido. E talvez eu agora esteja carregando comigo alguma espécie de carga elétrica louca, e foi por isso que fui afastado da superfície da terra."

Mr. Geronimo só pensou nisso um bom tempo depois, quando Alexandra Fariña sugeriu a explicação.

Perguntou à Dama Filósofa se podia sepultar a mulher na colina verde que ela amava, a colina de onde se avistava o rio afogado, e Alexandra respondeu que sim, é claro que sim. Ele cavou a sepultura de sua mulher, depositou-a nela e por um instante encolerizou-se. Depois que a raiva passou, pegou a pá e voltou para casa sozinho. No dia em que sua mulher morreu, fazia dois anos, oito meses e vinte e oito dias que ele estava trabalhando em La Incoerenza. Mil e um dias. Não havia como fugir à maldição dos números.

Mais dez anos se passaram. Mr. Geronimo cavava, plantava, aguava, podava. Dava e salvava vida. Em sua mente, toda flor era

Ella, como também toda sebe e toda árvore. Com seu trabalho, ele a mantinha viva e não havia espaço para mais ninguém. Pouco a pouco, porém, ela esmaeceu. As plantas e as árvores retomaram sua filiação ao reino vegetal e deixaram de ser avatares dela. Foi como se ela o tivesse deixado outra vez. Depois dessa segunda partida, só restou o vazio, e ele teve a certeza de que o vácuo nunca poderia ser preenchido. Durante dez anos, ele viveu numa espécie de borrão. A Dama Filósofa, envolta em teorias, dedicada ao triunfo do cenário da pior situação possível, enquanto se alimentava de massas trufadas e vitela empanada, com a cabeça cheia das fórmulas matemáticas que forneciam os fundamentos científicos de seu pessimismo, tornou-se ela própria uma espécie de abstração, a principal fonte de renda dele e nada mais que isso. Ainda era difícil não culpá-la por ser a que vivia, cuja sobrevivência, ao custo da vida de sua mulher, não a persuadira a ser grata por sua sorte e a animar sua atitude em relação à vida. Ele contemplava a terra e o que crescia nela, e não conseguia erguer os olhos para absorver o ser humano a quem pertencia aquela terra. Durante dez anos, desde a morte da mulher, ele se manteve distante da Dama Filósofa, acalentando sua raiva secreta.

Depois de algum tempo, se alguém lhe perguntasse qual era o aspecto físico de Alexandra Bliss Fariña, ele não teria como responder com alguma precisão. O cabelo dela era escuro como o de sua falecida mulher. Era alta, como sua falecida mulher. Não gostava de ficar ao sol. Tal como Ella. Dizia-se que caminhava pela propriedade à noite, devido à sua eterna batalha contra a insônia. Seus outros empregados, o administrador Oldcastle e os demais, falavam de persistentes problemas de saúde que talvez fossem a causa de seu ar de profunda tristeza ou pelo menos contribuíssem para isso. "Tão jovem e tantas doenças frequentes", comentava Oldcastle. Empregava o termo *consumpção*, hoje em desuso: tuberculose, a doença de pequenos tubérculos. A batata é um tubérculo, e existem flores, como as dálias, cujas raízes carnudas, mais propriamente denominadas rizomas, também são conhecidas como tubérculos. Mr. Geronimo nada sabia sobre os tubérculos que se formavam nos pulmões humanos. Essas questões competiam à casa. Ele atuava ao ar livre. As plantas das quais ele cuidava continham o espírito de sua falecida mulher. A Dama Filósofa era um fantasma, embora continuasse viva, embora fosse ela, e não sua mulher, que continuava viva.

Alexandra nada publicou sob seu próprio nome ou em inglês. Seu pseudônimo predileto era "El Criticón", título de um romance alegórico do século XVII, de Baltasar Gracián, que muito influenciara Schopenhauer, ídolo de Alexandra e o maior de todos os filósofos pessimistas. O romance tinha como tema a impossibilidade da felicidade humana. Num ensaio escrito em espanhol, "O pior de todos os mundos possíveis", alvo de muita zombaria, "El Criticón" aventava a teoria, amplamente achincalhada como sentimental, de que a cisão entre a raça humana e o planeta estava chegando a um ponto de inflexão, um desajuste ecológico que começava a se metamorfosear em crise existencial. Seus colegas de academia deram tapinhas nas costas de Alexandra, elogiaram seu domínio do castelhano e a desqualificaram como amadora. Mas, depois do tempo das estranhezas, ela seria vista como uma espécie de profetisa.

(Mr. Geronimo considerava que o uso de pseudônimos e de idiomas estrangeiros por Alexandra Fariña indicava incerteza em relação a si mesma. Também ele padecia de seu próprio tipo de insegurança ontológica. De noite, sozinho, ele observava seu rosto no espelho e tentava ver nele o jovem objeto do corinho "Rafa-'Ronnimus-pater-filhonimus", tentando imaginar o caminho não seguido, a vida não levada, o outro ramo no caminho bifurcado da vida. Já não conseguia imaginá-lo. Às vezes era tomado de uma espécie de raiva, a fúria dos desarraigados, dos destribalizados. De forma geral, porém, não pensava mais em termos tribais.)

A indolência de seus dias, a delicadeza de suas porcelanas, a elegância de seus vestidos rendados e de gola alta, a vastidão de sua propriedade e a desatenção que ela mostrava por seu estado, a fraqueza por marrons-glacês e manjar turco, a aristocracia dos livros em sua biblioteca, encadernados em couro, e a formosura das estampas florais dos diários em que ela lançava seus ataques quase militares à possibilidade de alegria deviam ter lhe dado uma ideia do motivo pelo qual ela não era levada a sério além dos limites de La Incoerenza. No entanto, seu mundinho lhe bastava. De nada lhe importavam as opiniões de estranhos. A razão jamais teria como triunfar sobre a desrazão bárbara e não atenuada. A morte ígnea do universo era inevitável. Seu copo d'água estava meio vazio. As coisas se desmanchavam. A única resposta adequada ao fracasso do otimismo estava em refugiar-se por trás de muros altos, murar a pessoa como também o mundo e esperar a inevitabilidade da morte. Afinal de contas, o dr. Pangloss, o otimista ficcional de Voltaire, era um parvo, e seu mentor na vida real, Gottfried Wilhelm Leibniz, em primeiro lugar falhara como alquimista (em Nuremberg, não conseguira transformar metais de pouco valor em ouro), e em segundo lugar era um plagiário (vide a acusação contundente levantada contra ele por colaboradores de Sir Isaac Newton — de que ele, G. W. Leibniz, inventor do cálculo infinitesimal, lançara um olhar de soslaio ao trabalho de Newton sobre essa disciplina e se apoderara de ideias do inglês). "Se o melhor de todos os mundos possíveis é aquele em que alguém pode apropriar-se indevidamente de ideias de outro pensador", escreveu ela, "então talvez seja melhor, afinal de contas, aceitarmos o conselho do dr. Pangloss e nos retirarmos para cultivar nosso jardim."

Ela não cultivou seu jardim. Contratou um jardineiro.

Fazia um bocado de tempo que Mr. Geronimo tinha deixado de pensar em sexo, mas recentemente, era obrigado a admitir, o assunto começara a ocupar sua mente outra vez. Em sua idade, esses pensamentos direcionavam-se para a teoria, já que a questão prática de encontrar uma parceira e unir-se a ela se tornara coisa do passado, em vista da lei inelutável de que *tempus fugit*. Ele trabalhava com a hipótese de que existiam mais de dois sexos, que na verdade todo ser humano tinha um gênero exclusivo para si, de modo que havia necessidade de novos pronomes pessoais, de palavras melhores que *ele* ou *ela*. É claro que os pronomes neutros, presentes em certas línguas, eram de todo inconvenientes. Em meio à infinidade de sexos, eram muito poucos aqueles com os quais se podia ter conjunção, que queriam unir-se a alguém em conjunção, e com alguns daqueles sexos a pessoa era compatível algum tempo ou compatível durante um período razoável, antes de começar o processo de rejeição, como acontece em transplantes de coração ou de fígado. Em casos raríssimos, a pessoa achava o outro sexo com que era compatível durante toda a vida, permanentemente compatível, como se os dois sexos fossem o mesmo (aliás, conforme essa nova definição, talvez realmente fossem). Uma vez na vida, Mr. Geronimo encontrara aquele gênero perfeito, e a probabilidade de isso voltar a ocorrer era baixíssima, não que ele estivesse procurando ou que um dia viesse a procurar. Porém, agora, passada a tempestade, de pé em meio ao mar de lama repleto das escórias indestrutíveis do passado, ou, para sermos mais precisos, sem conseguir, por algum motivo, ficar de pé naquele mar, pairando a uma distância mínima sobre ele, apenas o suficiente para uma folha de papel passar facilmente sob suas botas, agora, quando ele pranteava a morte de sua imaginação e se sentia dominado por temores e dúvidas decorrentes da falência da lei da gravidade em sua proximidade imediata, eis que nessa hora totalmente imprópria Alexandra Bliss Fariña, sua empregadora, a Dama Filósofa, a herdeira do magnata das rações, o chamou de suas janelas francesas com um aceno.

Ao se aproximar das janelas francesas, Mr. Geronimo notou que o administrador da propriedade, Oliver Oldcastle, se achava atrás do ombro esquerdo de Alexandra. Se ele fosse um falcão, pensou Mr. Geronimo, pousaria naquele ombro, pronto para atacar os inimigos de sua ama e arrancar-lhes o coração do peito. Senhora e servidor estavam juntos, contemplando a ruína de La Incoerenza, com Oliver Oldcastle lembrando Marx a observar o fracasso do comunismo, e Alexandra como de hábito enigmática, apesar das lágrimas que secavam em suas faces. "Não posso me queixar", disse ela, sem se dirigir especificamente a Mr. Geronimo ou ao administrador Oldcastle, repreendendo a si mesma, como se fosse sua própria governanta. "Muitas pessoas perderam a casa em que moravam, não têm o que comer nem onde dormir. Tudo o que eu perdi foi um jardim." Mr. Geronimo, o jardineiro, entendeu que ele estava sendo posto em seu lugar. Mas agora Alexandra olhava para suas botas. "É um milagre", disse. "Veja, Oldcastle, um autêntico milagre. Mr. Geronimo abandonou o chão sólido e se transferiu para, digamos, um território mais especulativo."

Mr. Geronimo quis protestar, dizer que sua levitação não resultava de ação ou de desejo seu, deixar claro que gostaria de voltar para o chão e sujar as botas. Mas os olhos de Alexandra brilhavam. "O senhor foi atingido por um raio?", indagou. "Isso, foi isso. Um raio o atingiu durante o furacão sem matá-lo, mas limpou sua memória, de maneira que o senhor não se lembra de ter sido atingido. E agora o senhor está tomado por uma carga elétrica indizivelmente forte, e por isso se levantou acima da superfície da terra." Essas palavras calaram Mr. Geronimo, que refletiu sobre elas. Sim, talvez. No entanto, como não havia prova daquilo, era uma simples suposição. Pareceu-lhe difícil achar o que dizer, mas não era necessário. "E temos também outro milagre", disse Alexandra, e sua voz soava diferente agora, não era altiva, e sim confessional. "Durante a maior parte de minha vida, deixei de lado a possibilidade do amor, mas agora, nesse momento, percebi que ele estava à minha espera aqui mesmo, em minha casa, diante de minhas janelas francesas, sacudindo as botas contra a lama, mas sem ser tocado por essa imundície horrenda." A seguir, virou-se e desapareceu nas sombras da casa.

Mr. Geronimo temeu uma cilada. Encontros desse tipo não estavam mais em seu programa e, para dizer a verdade, nunca tinham estado. O administrador Oldcastle fez um gesto de cabeça, determinando que ele fosse ter com a dona da casa. Com isso, Mr. Geronimo entendeu que aquelas eram instruções de Alexandra e entrou na residência, sem saber onde estava a proprietária. No entanto, seguiu a trilha das roupas que ela ia deixando para trás e a encontrou com facilidade.

Sua noite com Alexandra Bliss Fariña começou de maneira estranha. A força que o impedia de tocar o chão, fosse qual fosse, também se fazia sentir na cama, e o corpo de Mr. Geronimo pairava sobre o dela. Era uma questão de milímetros, mas havia uma clara separação que tornava as coisas complicadas. Mr. Geronimo tentou pôr as mãos sob as nádegas dela e puxá-la para si, porém a solução era desconfortável para ambos. No entanto, logo resolveram o problema; deitando-se debaixo dela, tudo saía a contento, ainda que suas costas não tocassem na cama. A *doença* dele parecia estimulá-la, e isso, por sua vez, o excitava, mas no momento em que a relação sexual chegou ao fim ela pareceu perder o interesse e adormeceu rápido, deixando-o a fitar o teto no escuro. E quando ele saiu da cama para se vestir e ir embora, viu que a lacuna entre seus pés e o chão estava perceptivelmente maior. Depois daquela noite de amor com a dona de La Incoerenza, ele se erguera mais de dois dedos acima do chão.

Ao sair do quarto, encontrou Oldcastle do lado de fora, com os olhos fuzilando de ódio. "Nem pense que você foi o primeiro", disse o administrador. "Nem pense que em sua idade ridícula você tenha sido o único amor que ela achou à espera bem defronte à janela. Fungo velho patético! Parasita nauseante! Tumor, espinho sem ponta! Semente ruim! Vá embora e não volte." Mr. Geronimo entendeu num átimo que Oldcastle tinha enlouquecido de amor não correspondido. "Minha mulher está enterrada ali na colina", disse ele com firmeza, "e vou visitar sua sepultura sempre que me der na veneta. Você vai ter de me matar para eu não fazer isso, a menos que eu mate você primeiro."

"Seu casamento acabou na noite passada aí no quarto da senhora", redarguiu Oliver Oldcastle. "E quanto a qual de nós vai matar o outro, veremos."

Houvera incêndios, e prédios que nossos ancestrais tinham conhecido durante toda a vida achavam-se estorricados, fitando o impiedoso clarão do dia com as órbitas vazias de seus olhos enegrecidos, como os zumbis na TV. Quando nossos ancestrais começaram a sair de seus abrigos, caminhando a custo por ruas abandonadas, passaram a crer que a tempestade acontecera por culpa deles. Na TV, pastores clamavam que a borrasca tinha sido castigo de Deus pelas condutas licenciosas dos homens. No entanto, não era isso que interessava. Ao menos algumas pessoas tinham a sensação de que algo que haviam feito escapara a seu controle e, livre, agira com fúria cega ao redor delas durante dias. Quando a terra, o ar e a água se tranquilizaram, elas temeram a volta daquela força. Contudo, durante algum tempo estiveram ocupadas, reparando o que tinha de ser reparado, alimentando os famintos, cuidando dos idosos e lamentando as árvores caídas, e não havia tempo para pensar no futuro. Vozes sensatas acalmaram nossos ancestrais, dizendo-lhes que não vissem as condições climáticas como metáfora. Não eram uma advertência nem uma maldição. Eram só o clima. Essa era a informação reconfortante de que precisavam. Aceitaram-na. Por isso, quase todos passaram a olhar na direção errada e não se deram conta do momento em que as estranhezas chegaram para virar tudo de cabeça para baixo.

A incoerência dos filósofos

Cento e um dias depois da grande tempestade, aparentemente Ibn Rushd, que jazia esquecido em seu sepulcro de família em Córdoba, começou de alguma forma a se comunicar com seu adversário igualmente falecido, Ghazali, numa sepultura humilde num arrabalde da cidade de Tus, na província de Khorasan. De início, nos termos mais cordiais; depois, com menos gentileza. Reconhecemos que essa asseveração, difícil de comprovar, possa ser recebida com algum ceticismo. Seus corpos tinham se corrompido havia muito tempo, de modo que as palavras *que jazia esquecido* encerram como que uma inverdade, e também a ideia de um tipo de inteligências sencientes que permanecessem nos locais onde esses corpos foram sepultados é patentemente absurda. Entretanto, ao pensarmos naquela era estranha, a era dos dois anos, oito meses e vinte e oito noites que é o tema desta narrativa, somos obrigados a admitir que o mundo se tornara absurdo e que as leis que durante longo tempo haviam sido aceitas como os princípios que regiam a realidade tinham perdido a validade, deixando nossos ancestrais perplexos e incapazes de investigar quais seriam as novas leis. É no contexto da época das estranhezas que se deve entender o diálogo entre os filósofos mortos.

Na escuridão da tumba, Ibn Rushd escutou uma voz feminina familiar sussurrar em seu ouvido. *Fale*. Com uma doce nostalgia, condimentada com culpa amarga, ele se lembrou de Dúnia, a mãe magricela de seus bastardos. Era minúscula, e ocorreu-lhe que ele nunca a vira comer. Ela sofria de dores de cabeça frequentes, causadas, como disse a ele, por sua aversão à água. Apreciava o vinho tinto, porém não tinha resistência para ele, e depois de duas taças tornava-se uma pessoa diferente, rindo, gesticulando, falando sem parar, interrompendo os outros e, sempre, querendo dançar. Subia em cima da mesa da cozinha e, quando ele se recusava a juntar-se a ela, executava com energia um solo irritado que continha partes iguais de insolência e vingança. Agarrava-se a ele à noite como se fosse afogar-se na cama se o soltasse. Ela o amara sem impor condições, e ele a abandonara, saíra da casa deles sem olhar para trás. E agora, no negrume úmido de seu sepulcro que se esfarelava, ela voltara para assombrá-lo.

Estou morto?, ele perguntou em silêncio ao fantasma. Não havia necessidade de palavras. De qualquer modo, não existiam lábios que as formulassem. Está, respondeu ela. Há séculos. Eu o despertei para saber se você está arrependido. Eu o despertei para saber se você poderia derrotar seu inimigo depois de quase um milênio de repouso. Eu o despertei para saber se você está disposto a dar aos filhos de seus filhos seu sobrenome. No túmulo, posso lhe dizer a verdade. Sou sua Dúnia, mas sou também uma princesa das djínias ou djiniri. As frestas no mundo estão se reabrindo, e por isso posso retornar para vê-lo de novo. E com isso Ibn Rushd enfim compreendeu a origem não humana dela, e por que, às vezes, ela parecia um pouco esmaecida nos contornos, como se fosse desenhada com carvão macio. Ou com fumaça. Ele atribuíra o desvanecimento de seus contornos à sua vista fraca e afastara aquilo de seu pensamento. Mas, se ela lhe estava murmurando em seu túmulo e tinha o poder de despertá-lo da morte, então pertencia ao mundo dos espíritos, era um ente feito de fumaça e magia. Não uma judia que não podia declarar ser judia, mas sim um djim feminino, uma djínia, que não podia declarar ser de origem não terrena. Assim, se ele a traíra, ela o ludibriara. Ele não estava com raiva, percebeu, sem achar isso muito importante. Era tarde demais para indignação humana. Ela, entretanto, tinha o direito de estar irada. E a cólera das djínias infundia medo.

O que você quer?, ele interpelou. Essa pergunta está errada, ela respondeu. O importante é: o que *você* deseja? Você não pode conceder meus desejos. Mas talvez eu possa conceder os seus, se quiser. Essas são as regras. Mas podemos discutir isso mais tarde. Neste momento, seu inimigo está desperto. O velho djim dele o encontrou, como eu encontrei você. Quem é o djim de Ghazali?, perguntou ele. O mais poderoso de todos os djins, ela respondeu. Um tolo sem imaginação, a quem nunca ninguém jamais acusou de inteligência; mas com poderes desmedidos. Não quero sequer pronunciar seu nome. E esse tal Gazhali me parece um homem rancoroso e limitado, disse. Um puritano, cujo inimigo é o prazer, que transformaria em cinzas a alegria do prazer.

As palavras de Dúnia eram enregelantes, mesmo na tumba. Ibn Rushd sentiu que alguma coisa se agitava numa escuridão paralela, distante, bem próxima. "Gazhali", ele sussurrou, em silêncio. "Será mesmo você?"

"Não bastou você tentar, em vão, aniquilar meu trabalho quando vivo", replicou o outro. "Agora, ao que parece, acredita que possa ter melhor sorte depois da morte."

Ibn Rushd juntou os cacos de seu ser. "As barreiras do tempo e da distância já não constituem problemas", ele saudou o adversário, "e podemos começar a debater os temas como convém, tratando um ao outro com cortesia e as ideias com ferocidade."

"Já constatei", retrucou Ghazali, cuja voz parecia provir de uma boca pejada de vermes e imundícies, "que em geral a aplicação de uma dose de ferocidade ao oponente faz seu pensamento ajustar-se ao meu."

"De qualquer forma", respondeu Ibn Rushd, "estamos ambos além do alcance de feitos físicos ou, se assim você preferir, de malfeitos."

"Isso é verdade", disse Ghazali, "ainda que, cumpre observar, lamentável. Muito bem, prossiga."

"Consideremos a raça humana como se fosse um único ser humano", propôs Ibn Rushd. "Uma criança nada compreende, e se apega à fé por lhe faltar conhecimentos. A batalha entre a razão e a superstição pode ser vista como a prolongada adolescência da humanidade, e o triunfo da razão será sua maioridade. A questão não é a inexistência de Deus, mas que, como todo pai orgulhoso, ele espera o dia em que o filho se firme nas próprias pernas, siga seu caminho na terra e se livre de depender dele."

"Enquanto você argumentar falando de Deus", disse Ghazali, "enquanto quiser conciliar o racional e o sagrado, e mal, nunca me derrotará. Por que não reconhece logo que é ateu? Poderíamos então começar daí. Observe quem são seus descendentes, a escória descrente do Ocidente e do Oriente. Suas palavras só ressoam na mente dos *kafirs*. Quem segue a verdade se esqueceu de você. Quem segue a verdade sabe que a razão e a ciência são as verdadeiras ilusões juvenis da mente humana. A fé é a dádiva que recebemos de Deus, e a razão, nossa rebelião adolescente contra ela. Na vida adulta, entregamo-nos plenamente à fé, como fazíamos ao nascer."

"Com o passar do tempo", disse Ibn Rushd, "você verá que por fim a religião é que fará os homens se distanciarem de Deus. Os piedosos são os piores advogados de Deus. Talvez leve mil e um anos, mas ao fim e ao cabo a religião haverá de fenecer e só então começaremos a viver na verdade de Deus."

"Pronto", disse Ghazali. "Ótimo. Agora, pai de muitos bastardos, você passou a falar como o blasfemador que é." A partir daí, ele pulou para questões de escatologia, que, como disse, era agora seu tópico predileto, e discorreu longamente a respeito do fim dos tempos, com uma espécie de regozijo que desconcertou e aborreceu Ibn Rushd. Por fim, o homem mais jovem interrompeu o mais velho, apesar das normas da etiqueta. "Com licença. Ao que parece, agora que você não passa de pó estranhamente senciente, não vê a hora de que o restante da criação se atire também na própria tumba."

"Como deveriam fazer todos os crentes", retrucou Ghazali. "Pois o que os vivos chamam de vida é uma insignificância sem valor em comparação ao porvir."

Ghazali considera que o mundo está chegando ao fim, disse Ibn Rushd a Dúnia, no escuro. Crê que Deus decidiu destruir Sua criação, devagar, enigmaticamente, sem explicação; para confundir o Homem e levá-lo a destruir a si mesmo. Ele confronta essa perspectiva com equanimidade, e não apenas porque já está morto. Para ele, a vida na terra é somente uma antessala, ou um portal. A eternidade é o mundo real. Perguntei-lhe por que, nesse caso, a vida eterna dele ainda não começou, ou se ela se resume a isso, a essa consciência que subsiste num vácuo indiferente, o que de modo geral é enfadonho. Ghazali disse que "os desígnios de Deus são misteriosos, e, se ele me pede paciência, eu lhe darei toda a paciência que desejar". Ghazali diz que não tem mais desejos pessoais. Só busca servir a Deus. Desconfio que ele seja idiota. Estarei sendo rude? Um grande homem, mas também um idiota. E você?, perguntou ela, baixinho. Ainda tem desejos, ou desejos novos que não tinha antes? Ele se lembrou de como ela costumava descansar a cabeça em seu ombro e que ele sustentava a cabeça dela na palma da mão. Agora eles tinham deixado para trás cabeças, mãos, ombros e deitar-se juntos. Disse a ela que a vida desencarnada não valia a pena.

Se meu oponente tiver razão, disse ele, o Deus dele é um Deus malvado, para quem a vida do homem não tem valor algum; e eu gostaria que os filhos de meus filhos soubessem disso, que soubessem que eu desprezo esse Deus e me acompanhassem no combate a Ele e na intenção de derrotar seus propósitos. Você reconhece sua linhagem, então, ela murmurou. Eu a reconheço, disse ele, e lhe peço perdão por não ter feito isso antes. A duniazat é minha raça e eu sou o antepassado deles. E você deseja, ela insistiu com ternura, que eles tomem conhecimento de você, de seu desejo e de sua vontade. E de meu amor por você, ele disse. De posse desse conhecimento, ainda podem salvar o mundo.

Dorme, disse ela, beijando o ar onde um dia existira seu rosto. Vou-me embora. Em geral não me importo muito com a passagem do tempo, mas agora o tempo é curto.

A existência dos djins criou problemas para os filósofos morais desde o começo. Se as ações dos homens eram motivadas por gênios benévolos ou malignos, se o bem e o mal eram externos ao homem, em vez de internos, tornava-se impossível definir o que seria um homem ético. Determinar quais eram as ações certas e as erradas ficava muito difícil. No entender de certos filósofos, isso era bom, pois refletia a confusão moral da época e, como feliz efeito colateral, dava aos estudiosos da moral uma tarefa sem fim.

Seja como for, dizem que antigamente, antes da separação dos Dois Mundos, cada pessoa tinha um djim ou djínia pessoal que lhe murmurava coisas nos ouvidos, incentivando boas ou más ações. Como escolhiam seus simbiontes humanos e por que mostravam esse interesse por nós, não se sabe. Talvez apenas não tivessem muito que fazer. Durante grande parte do tempo os djins parecem ser individualistas, anarquistas até, agindo apenas segundo impulsos pessoais, não se importando nem um pouco com organização social ou atividade grupal. Entretanto, conhecem-se também histórias de guerras entre exércitos rivais de djins, conflitos medonhos que abalaram os alicerces do mundo dos djins e que, se verdadeiras, talvez expliquem o declínio no número dessas criaturas e seu longo afastamento de nosso próprio e doce hábitat. Abundam relatos sobre djins-feiticeiros, os Grandes Ifrits, que riscavam os céus em suas enormes urnas voadoras, a fim de vibrar golpes colossais, possivelmente até mortais, contra espíritos subalternos, mesmo que às vezes se diga, ao contrário, que os djins são imortais. Isso é falso, embora matá-los seja difícil. Somente um djim ou uma djínia pode matar outro ser de sua espécie. Isso veremos. Isso contaremos. O que se pode afirmar é que os djins, quando intervieram em assuntos humanos, mostraram-se alegremente sectários, jogando um ser humano contra outro, fazendo este rico, transformando aquele em besta de carga, tomando posse de pessoas, influindo em sua mente e levando-as à loucura, favorecendo ou obstando o caminho do amor verdadeiro, porém sempre evitando relações pessoais diretas com seres humanos, salvo quando aprisionados dentro de uma lâmpada mágica; e, nesse caso, evidentemente a contragosto.

Dúnia era uma exceção entre as djínias. Tendo vindo à terra, apaixonou-se, e tão loucamente que não deixava o amado descansar em paz, mesmo depois de oito séculos e meio ou mais. Para enamorar-se, uma criatura tem de ter um coração e também aquilo que definirmos como alma, seja o que ela for, e com certeza tal criatura deverá possuir o grupo de atributos que chamamos de *temperamento*. No entanto, os djins, ou a maioria deles — como seria de esperar de seres feitos de fogo e fumaça —, são desprovidos de coração e de alma, e estão acima (ou talvez além) do mero temperamento. Os djins são essências: bons, maus, doces, travessos, tirânicos, discretos, poderosos, caprichosos, evasivos, majestosos. Dúnia, a amante de Ibn Rushd, deve ter vivido muito tempo junto de seres humanos, disfarçada, é evidente, para assimilar a ideia de um *temperamento* e começar a mostrar os atributos que constituem um dado temperamento. Pode-se dizer que ela captou um *temperamento* humano da mesma forma que as crianças contraem catapora ou caxumba. Depois disso, começou a amar o próprio amor, amar sua própria capacidade de amar, amar a abnegação do amor, o sacrifício, o erotismo, a exultação. Começou a amar seu amado nela, e a si mesma nele, mas, para além disso, começou a amar a raça humana por sua capacidade de amar; e, depois, também por causa de outras emoções humanas; ela amava os homens e as mulheres porque podiam amedrontar-se, enfurecer-se, apavorar-se e exultar. Pudesse ela renunciar à condição de djínia, talvez até optasse por se tornar humana, porém sua natureza era o que era e ela não tinha como renegá-la. Depois que Ibn Rushd a deixou e a fez — isso mesmo — se *entristecer*, ela se *consumiu*, ela *sofreu*, e ficou chocada com sua crescente humanidade. E um dia, antes que as frestas no mundo se fechassem, ela partiu. Contudo, nem centenas de anos em seu palácio no reino dos djins, nem mesmo a infinda promiscuidade que é a norma da rotina cotidiana do Mundo Encantado, puderam curá-la; e assim, quando as frestas se fenderam de novo, ela regressou para renovar seus laços. O amado lhe pediu, do além, da sepultura, que reagrupasse sua estirpe dispersa e a ajudasse a confrontar o iminente cataclismo mundial. Sim, ela faria isso, respondeu, e apressou-se a partir para cumprir a missão.

Desafortunadamente, ela não era a única criatura do mundo dos djins que voltara ao convívio humano, e nem todas tinham boas intenções.

As estranhezas

Super-Natraj naachando pela avenida como o deus dançarino Senhor Shiva, o senhor da dança, criando o mundo com suas cabriolas. Natraj jovem&bonito desdenha de velhos conhecidos, escarnece de todos os tipos de pés mancos e preguiçosos e corpo pesado/bhaari. Passa por umas garotas, mas elas não olham para ele uma segunda vez. Não conhecem os superpoderes do Criador e Destruidor do Universo, elas nada sabem. Muito bem: theek thaak. Ele está disfarçado. Naquele momento, ele é só o contabilista Jinendra indo comprar comida na loja Sunzi-Mandi, em Jackson Heights, no Queens. Jinendra Kapoor, também chamado Clark Cunt Moreno. Esperem só ele arrancar fora o traje exterior, yaar. Aí eles vão dekho quem é ele, vão reconhecê-lo muito bem. Até lá, só para dar uma ideia de seus poderes secretos, ele segue pela Avenida 37 dançando como o rei de Desh, a velha terrinha, xainxá ou maharana ou sabe-se lá o quê. A dança de Natraj para a canção do rouxinol. Ele só parece ser assim. Ele é Dil-ka-Shehzada. Também chamado Valete de Copas.

* * *

O Super-Natraj não existia. Era o alter ego ficcional de um jovem aspirante a artista gráfico chamado Jimmy Kapoor. O superpoder de Natraj consistia em dançar. Quando "arrancava fora o traje externo", os dois braços transformavam-se em quatro, e ele tinha também quatro rostos, com frontes e faces, além de um terceiro olho no meio da testa, e quando começava a dançar a bhangra ou a exibir seus passos de discoteca — afinal, nascera e fora criado no Queens — era capaz de literalmente moldar a realidade, de criar ou destruir. Podia fazer uma árvore crescer na rua, fabricar para si um Mercedes conversível ou alimentar os famintos, mas também era capaz de demolir casas com os punhos ou esmigalhar marginais. Para Jimmy, era um mistério a razão pela qual Natraj não ascendera ao panteão divino a que pertenciam Sandman, os Watchmen, o Batman, a Tank Girl, o Justiceiro, os Invisibles, o Dredd e todos os outros super-heróis da Marvel, da Titan e da DC Comics. Infelizmente para Jimmy, Natraj tinha ficado preso teimosamente à terra, e em seus momentos de depressão o jovem artista começava a temer que seu destino seria ganhar a vida no escritório de contabilidade de um primo na Roosevelt Avenue.

Ele tinha começado a postar on-line episódios da carreira de Super-Natraj, mas os mandachuvas, surpreendentemente, não o haviam procurado. Foi então que, numa noite quente — cento e uma noites depois da tempestade, embora Jimmy não as tivesse contado —, ele acordou com um sobressalto de terror em seu quarto no terceiro andar, iluminado pelo clarão vermelho da lua que entrava pela janela. Havia alguém no quarto. Alguém... *grande*. Quando seus olhos se acostumaram à escuridão, ele notou que a parede mais distante do quarto tinha desaparecido por completo, substituída por um turbilhão de fumaça negra em cujo núcleo havia uma coisa semelhante a um túnel escuro que levava às profundezas do desconhecido. Era difícil ver o túnel com clareza porque diante dele um ser gigantesco, de muitas cabeças e muitos membros, tentava dobrar esses membros para que coubessem no espaço apertado do quarto de Jimmy, e parecia que a coisa — a pessoa — estava na iminência de demolir as outras paredes do quarto, e se queixava aos gritos.

A pessoa — a coisa — não parecia feita de carne e osso. A coisa — a pessoa — parecia *desenhada, ilustrada*, e Jimmy Kapoor reconheceu, chocado, seu próprio estilo gráfico, Frank Milleresco (assim esperava), subuniverso-Stan Lee (tinha de admitir) e pós-lichtensteiniano (isso na companhia de esnobes, como ele mesmo). "Você ganhou vida?", ele perguntou, incapaz, naquela hora, de sair com um comentário inteligente ou espirituoso. A voz de Super-Natraj, quando a pessoa — a coisa — falou, lhe pareceu familiar, uma voz que ele já escutara em algum lugar, uma voz irritada e em câmara de eco, emanada de múltiplas bocas, uma voz que transmitia poder divino, perversidade e cólera, a antítese da voz do próprio Jimmy, um fiapo de voz cheia de medos, incertezas e inseguranças. A resposta correta a essa voz consistia em acovardar-se diante dela. Jimmy Kapoor deu a resposta correta.

Pô yaar não tem espaço aqui e isso me obriga a ficar menor, chhota como uma bosta de formiga, ou então vou ter que arrancar o teto desse ghar patético. O.k., melhor. Está me vendo? Me conhece? Um dois três quatro braços, quatro três dois um rosto, o terceiro olho fixo em sua alma vagabunda. Não, não, me desculpe por favor, é preciso mostrar respeito, porque você é meu criador, não é? HA HA HA HA HA. Como se o grande Natraj tivesse sido imaginado por um contador do Qu-u-eens e não estivesse dançando por aí desde o Princípio dos Tempos. Desde que, para sermos precisos, eu dancei pessoalmente para criar o Tempo e o Espaço.

HA HA HA HA HA. Talvez você pense que me chamou. Talvez você pense que é um mágico. HA HA HA HA HA. Ou você acha que é um sonho? Não, baba. Você só acordou a merda. E eu também. Estou voltando depois de oito-nove centenas de anos, depois de muitos cochilos demorados.

Jimmy Kapoor tremia de terror. "Co-como fo-foi que você veio pa-parar aqui?", gaguejou. "No-no meu qua-quarto-to?" *Já viu o filme dos Caça-Fantasmas?*, respondeu Super-Natraj. *Isso é meio parecido com ele.* Então era isso, entendeu Jimmy. Aquele era um de seus filmes preferidos, e a voz de Super-Natraj lembrava a de Gozer, o gozeriano, o deus sumeriano da destruição, que falava pela boca de Sigourney Weaver. Gozer com uma espécie de sotaque indiano. *O portal está escancarado. A fronteira entre o que os imaginativos imaginam e o que os imaginados desejam está vazando como a que separa o México dos Estados Unidos, e nós todos, antes encarcerados na Zona Fantasma, agora podemos passar rapidamente por buracos de minhoca e acabar aqui como o General Zod com superpoderes. São muitos os que querem vir. Em breve vai estar tudo dominado. Cento e um por cento. Esqueça isso.*

Natraj começou a tremular e ficar meio indistinto. Aquilo não era de seu agrado. *O portal não funciona no momento com plena eficiência. O.k. Tata, por enquanto. Mas vou voltar, com certeza.* Em seguida desapareceu, e Jimmy Kapoor, sozinho e de olhos arregalados na cama, viu as nuvens negras regirar numa espiral até o túnel escuro sumir. Depois disso a parede do quarto reapareceu, com as fotos de Don Van Vliet, também conhecido como Captain Beefheart, de Scott Pilgrim, de Lou Reed, do grupo de hip-hop Das Racist, do Brooklyn, e do herói faustiano de quadrinhos Spawn, pregadas como sempre no quadro de cortiça e inalteradas, como se eles não tivessem acabado de viajar à quinta dimensão e voltado. Só Rebecca Romijn, no grande pôster da transmorfa de pele azul Raven Darkhölme, conhecida também como Mística, parecia meio perturbada, como se quisesse perguntar quem foi que se meteu a mudar minha forma, é incrível a porra do desplante de certas pessoas, só eu decido quando vou me transmutar.

"Agora, Mística, vai mudar *sabkuch*", disse Jimmy à criatura azul do pôster. "Quer dizer, *tudo*. Agora o próprio mundo está se transmutando, parece. Uau."

Jimmy Kapoor foi o primeiro a descobrir o buraco de minhoca, e, depois disso, como ele corretamente intuiu, tudo mudou de forma. Entretanto, naqueles últimos dias do mundo antigo, o mundo que todos conhecíamos antes das estranhezas, as pessoas relutavam em admitir que os novos fenômenos estivessem realmente acontecendo. A mãe de Jimmy zombou do relato que o filho fez de sua noite transformadora. A sra. Kapoor estava acometida de lúpus, e só se levantava para alimentar as aves exóticas, as pavoas, os tucanos e os patos. Ela criava essas aves teimosamente, com fins lucrativos, na área de concreto e terra atrás do edifício em que moravam, um terreno baldio onde alguma coisa desmoronara havia muito tempo e nada fora edificado em seu lugar. Fazia catorze anos que ela criava essas aves e ninguém fizera objeção, mas algumas eram furtadas, e no inverno outras morriam congeladas. Patos de raças raras, roubados, acabavam na mesa de jantar de alguém. Um emu caía no chão, tremendo, e já era. A sra. Kapoor aceitava essas coisas sem queixa, como manifestações da aspereza do mundo e de seu carma pessoal. Segurando um ovo de avestruz recém-posto, repreendeu o filho por confundir sonhos e realidade, como sempre fazia.

"Uma coisa incomum nunca é verdadeira", declarou, enquanto um tucano pousado em seu ombro esfregava o bico no pescoço dela. "Esses discos voadores acabam sempre sendo falsos, *na*, ou alguém prova que são luzes comuns, não é? E se pessoas estão vindo de outros mundos para cá, por que só aparecem para hippies matusquelas no meio do deserto? Por que não pousam no aeroporto JFK como todo mundo? Você acha que um deus com tantos braços e pernas e sei lá mais o quê iria aparecer para você em seu quarto antes de visitar o presidente no Salão Oval? Não seja louco." Quando ela acabou de falar, Jimmy já começava a duvidar de sua memória. E se aquilo não fosse mesmo mais que um simples pesadelo? Talvez ele se sentisse tão ferrado na vida que já estivesse começando a inventar merda. De manhã não havia nenhum sinal do Super-Natraj, não tinha sido assim? Nenhum móvel fora do lugar ou uma caneca de café derrubada. Nenhuma foto rasgada. A parede do quarto estava sólida e real. Como era de costume, sua mãe doente tinha razão.

O pai de Jimmy tinha batido as asas e dado o fora com uma sirigaita alguns anos antes, e Jimmy ainda não tinha condições financeiras de morar sozinho. Não tinha uma namorada. Sua mãe enferma queria que ele se casasse com uma mocinha magricela e de narigão que vivia com a cara enfiada num livro, uma universitária, toda simpática por fora, mas de um gênio horrível por baixo das aparências, como são as moças desse tipo, nada disso, obrigado, ele pensava, estou muito melhor sozinho até a sorte me sorrir... E aí, garotas não vão faltar. As altas e bonitas moravam em Nova York, e as baixinhas e bonitas, em Los Angeles. Jimmy se sentia feliz por morar na costa das glamazonas. Sua aspiração era merecer uma glamazona pessoal. Mas no momento não existia namorada nenhuma. Foda-se. Não tinha importância. Naquele momento ele estava no trabalho, discutindo, como sempre, com o primo Normal, dono de um escritório de contabilidade.

Jimmy achava um pavor que seu primo Nirmal quisesse tanto ser normal que tinha mudado seu nome para Normal. E achava pior ainda que Nirmal — ou Normal — falasse tão mal o *amerrikan* normal que pensava que *moniker*, que na gíria significa "apelido", fosse Mônica, um nome de mulher. Jimmy disse ao primo que hoje em dia *moniker* era uma forma de grafite feita por artistas em trens de carga. Normal rejeitou sua explicação. Veja só o caso de Gautama Chopra, filho do famoso Deepak, disse Normal, que mudou seu mônica para Gotham porque queria muito ser nova-iorquino. E também jogadores de basquete: Mr. Johnson quis ser Magic, não foi? E Mr. Ron ou Wrong Artist, não me corrija, por favor... Certo... Mr. Ar*test* preferiu ser Mr. World Peace. E não se esqueça daquelas atrizes tão famosas lá na Índia, Dimple e a irmã dela, Simple, se esses mônicas são aceitáveis, então o que é que você está dizendo? No meu caso, eu quero ser Normal, e o que há de errado nisso? Normal no nome, normal na natureza. Gotham Chopra. Simple Kapadia. Magic Johnson. Normal Kapoor. É a mesmíssima coisa. Você devia se concentrar nos números, e não ficar só pensando nessa besteira de sonhos, isso é que é. Sua mãe, uma mulher tão boa, me contou seu sonho. Shiva Natraj em seu quarto, tal como desenhado por Jinendra K. Continue nessa, por que não? Continue nessa e você vai se dar mal. Quer uma vida legal? Uma mulher? Sem confusão? Se concentre nos números. Cuide de sua mãe. Pare de sonhar. Acorde para a realidade. Isso é o que Normal pensa. Você devia fazer o mesmo.

Na avenida, quando ele saiu do trabalho, era Halloween. Crianças fantasiadas, desfiles de conjuntos musicais etc. Ele sempre tinha sido uma espécie de desmancha-prazeres no Halloween, nunca se fantasiava nem participava do lance do Baron Samedi, e quase chegava a admitir para si mesmo que a atitude de estraga-prazeres estava ligada à falta de uma namorada, era tanto um efeito dessa falta como também em parte sua causa. Naquela noite, com os pensamentos absolutamente ocupados com a manifestação da noite anterior, havia se esquecido por completo do Halloween. Caminhou por ruas cheias de mortos e de prostitutas com os peitos de fora, preparando-se para as mazelas da mãe, seus monólogos, que causavam nele uma sensação de culpa, e para a trêmula distribuição de rações às aves, deixe que eu faça isso, mamãe, ele dizia, porém a mãe balançava a cabeça devagar, não, meu filho, para que eu sirvo hoje em dia a não ser para manter minhas aves vivas e esperar a morte, seu discurso habitual, um pouco mais macabro em vista do contexto reinante, no qual os mortos se levantavam das tumbas e executavam suas danças macabras, a noite das figuras com máscaras de esqueletos ou hábitos monacais com capuzes, portando as Foices da Ceifeira e bebendo vodca no gargalo da garrafa pelas bocarras das caveiras. Jimmy passou por uma mulher com uma maquiagem espantosa: um zíper que corria de alto a baixo bem no meio do rosto, aberto em torno da boca para mostrar a carne sanguinolenta e sem pele até o queixo e o pescoço, você realmente fez o que pôde, querida, ele pensou, isso é mesmo o máximo, mas não acho que alguém vá querer te beijar hoje. Ninguém queria beijá-lo também, mas ele tinha um encontro marcado com um super-herói/deus. Esta noite, pensou, cheio de medo e alegria. Vamos ver hoje à noite quem é que anda sonhando e quem é que está acordado.

E de fato, à meia-noite, as imagens do Captain Beefheart, de Rebecca/Mística e dos outros foram tragadas pelos rodopios da nuvem escura, cujas espirais se abriram devagar, revelando o túnel que levava a algum lugar infinitamente estranho. Por algum motivo — Jimmy imaginou que os seres sobrenaturais não se obrigavam a obedecer às leis da razão, que a razão era uma das coisas que eles desafiavam, menosprezavam e queriam derrubar —, o Super-Natraj não se dignou naquela ocasião a visitar o quarto no Queens. E também por alguma razão — embora o próprio Jimmy admitisse mais tarde que o pensamento racional nada tivera a ver com sua decisão — o jovem aspirante a artista gráfico encaminhou-se lentamente na direção da nuvem espiralada e, com cautela, como se verificasse a temperatura da água do banho, meteu o braço na furna escura.

Hoje, em vista de tudo o que sabemos sobre a Guerra dos Mundos, o principal evento de que as estranhezas foram o prólogo, o cataclismo bizarro a que muitos de nossos antepassados não sobreviveram, só podemos nos assombrar com a coragem do jovem Jinendra Kapoor diante do desconhecido aterrorizante. Quando Alice despencou pelo buraco de coelho, isso ocorreu por acidente; mas, quando ela deu um passo à frente e se meteu no espelho, agiu por livre e espontânea vontade, e foi uma proeza muito mais espantosa. O mesmo se diga com relação a Jimmy K. Ele não tivera controle algum sobre o primeiro aparecimento do buraco de minhoca ou sobre a entrada em seu quarto do gigante Ifrit, o djim escuro, disfarçado como Super-Natraj. Nessa segunda noite, porém, ele fez uma escolha. Homens como Jimmy foram necessários na guerra que se seguiu.

Quando Jimmy Kapoor enfiou o braço no buraco de minhoca, como mais tarde ele contou à mãe e ao primo Normal, várias coisas aconteceram com *rapidez alucinante*. Em primeiro lugar, foi sugado instantaneamente para um lugar onde as leis do universo deixavam de atuar; em segundo lugar, perdeu de repente sua percepção de onde ficava o primeiro lugar. Ali onde ele se encontrava, a ideia de *lugar* deixava de ter sentido e era substituída pela ideia de *velocidade*. O universo de velocidade pura e extrema rejeitava qualquer origem, qualquer *big bang*, qualquer mito de criação. A única força que atuava ali era a chamada força g, sob cuja influência a aceleração é percebida como peso. Se o tempo viesse a existir ali, seria esmagado e aniquilado num milésimo de segundo. Nesse tempo atemporal, Jimmy Kapoor teve tempo de perceber que tinha entrado no sistema de transporte do mundo que havia atrás do véu do real, a rede subterrânea subcutânea que operava um pouco abaixo da pele do mundo que ele conhecia e que permitia a seres como os djins das trevas (e ele não tinha como imaginar quem ou o que mais) mover-se a velocidades MAL — maiores que a da luz — pela terra sem lei onde existiam, e para a qual o termo *terra* parecia inadequado. Ele teve tempo de supor que, por alguma razão irracional, aquilo, aquele sistema ferroviário subterrâneo do Mundo Encantado, fora roubado da *terra firma* havia muito tempo, mas começava agora a rebentar e arrojar-se na dimensão do real, a fim de fazer milagres ou criar desordens entre os homens.

Ou é possível que ele não tenha tido tempo para esses pensamentos e que eles na verdade se formaram depois que ele foi resgatado. Porque o que ele sentiu no túnel de fumaça negra rodopiante foi uma precipitação, em sua direção, de alguém ou alguma coisa que ele não podia ver nem muito menos nomear, e logo estava caindo para trás, de volta ao quarto, com o pijama arrancado do corpo, sendo obrigado a tapar a nudez, com as mãos nuas, diante da mulher à sua frente, uma garota bonita vestida no estilo casual das moças de sua idade, um jeans preto bem justo, um top preto e botinas com cadarço. Era uma pessoa ainda mais magricela que a garota com quem a mãe queria que ele se casasse, mas com um nariz muito mais atraente, o tipo de garota com quem ele gostaria de namorar, é claro, só que ela não tinha jeito de glamazona, mas ele se deu conta de que não se importava tanto com isso; porém, apesar de sua beleza esguia (ou por causa dela), ele sabia que ela não era de jeito nenhum para o seu bico, *não devia nem pensar nisso, não faça papel de bobo, Jimmy, fique na sua, não se precipite*. E tinha sido essa garota que o salvara do vórtice de velocidade e que era, aparentemente, um ser do outro mundo, uma fada ou *peri* do Peristão, e estava lhe falando. Aquilo estava acontecendo com ele agora: aquilo lhe virava a cabeça. Uau, *yaar*. Sem palavras. Só... uaaaau.

Os djins não se destacam pelo apego à família. (Mas praticam o sexo. Na verdade, o tempo todo.) Existem pais e mães entre os djins, mas suas gerações são tão longas que os vínculos entre elas com frequência se desgastam. Entre eles, como veremos, pais e filhas quase nunca mantêm boas relações entre si. O amor é coisa rara no mundo dos djins. (Embora o sexo seja incessante.) Ao que saibamos, os djins são capazes das emoções inferiores — cólera, ressentimento, rancor, possessividade, luxúria (sobretudo a luxúria) — e até, talvez, de certas formas de afeto; mas os sentimentos nobres e elevados, como o desprendimento, a devoção etc., lhes são desconhecidos. Nesse aspecto, como em muitos outros, Dúnia mostrou-se excepcional.

Tampouco os djins passam por intensas alterações com a passagem dos anos. A existência, para eles, se restringe à pura atividade de ser, nunca de se tornar. Por esse motivo, a vida no mundo dos djins pode ser fastidiosa. (Com exceção do sexo.) Ser, por sua própria natureza, é um estado inativo, imutável, atemporal, eterno e maçante. (Com exceção do sexo ininterrupto.) É por isso que o mundo humano sempre atraiu tanto os djins. A vida humana fundava-se em *fazer*, a realidade humana era a *alteração*, os seres humanos estavam sempre crescendo e fenecendo, prosperando e adoecendo, ansiando e invejando, adquirindo e perdendo, amando e odiando, e sendo, em suma, interessantes, e quando os djins conseguiam passar pelas frestas entre os dois mundos e se imiscuir em toda essa atividade humana, quando conseguiam enredar e desenredar a teia humana e acelerar ou retardar a metamorfose infindável das vidas humanas, das relações humanas e das sociedades humanas, eles paradoxalmente se sentiam mais eles mesmos que na estagnação do Mundo Encantado. Eram os seres humanos que permitiam aos djins se expressar, criar riquezas imensuráveis para pescadores bafejados pela sorte, aprisionar heróis em teias mágicas, frustrar ou permitir o avanço da história, tomar partido em guerras (entre os kurus e pândavas, por exemplo, ou entre gregos e troianos), fazer-se de cupidos ou tornar para sempre impossível a uma enamorada conquistar seu amado, de modo que ela envelhecia, entristecia-se e morria sozinha em sua janela, à espera de que ele chegasse.

Acreditamos hoje que o longo período no qual os djins não puderam interferir nos assuntos humanos contribuiu para a ferocidade com que voltaram a fazê-lo quando os lacres entre os dois mundos se romperam. Todo aquele poder reprimido, o criativo e o destrutivo, todo aquele espírito traquinas, para o bem ou para o mal, abateu-se sobre nós como uma tempestade. E entre os djins da magia branca e os djins da magia negra, entre os djins da luz e os das trevas, surgira um forte antagonismo durante o exílio por eles vivido no Peristão, e os seres humanos se tornaram os substitutos sobre os quais recaiu essa hostilidade. Com o retorno dos djins, as regras da vida na terra tinham mudado, tinham se tornado caprichosas quando deviam ser estáveis, indiscretas quando melhor teria sido reinar a privacidade, mal-intencionadas, sectárias e pouco dadas a equanimidade, secretas como correspondia a suas origens ocultas, amorais porque assim era a natureza dos djins das trevas, opacas e sem apreço pela transparência e fora da responsabilidade de qualquer grupo no planeta. E os djins, por serem djins, não tinham intenção alguma de ensinar a simples seres humanos quais seriam as novas regras.

No tocante ao sexo, é verdade que alguns djins tiveram oportunidade de manter relações com seres humanos, adotando a forma que quisessem, fazendo-se agradáveis ao parceiro, até mudando de gênero de quando em vez e mostrando pouco respeito pelo decoro. Entretanto, contam-se nos dedos as ocasiões em que uma djínia concebeu filhos humanos. Isso equivaleria ao vento engravidar do cabelo que fez esvoaçar e desse à luz mais cabelo. Equivaleria a um conto deitar-se com o leitor para produzir outro leitor. De forma geral, as djínias são estéreis e não têm interesse por problemas humanos como a maternidade e responsabilidades de família. Fica claro, pois, que Dúnia, a matriarca da duniazat, era ou se tornou muito diferente da vasta maioria de sua espécie. Ela não só produzira filhos como Henry Ford aprendeu a produzir automóveis ou como Simenon escrevia romances, ou seja, como uma fábrica ou em quantidades industriais, mas também continuou a cuidar de todos eles, já que seu amor por Ibn Rushd se transferiu naturalmente, *maternalmente*, para os descendentes deles. Talvez ela tenha sido a única mãe verdadeira dentre todas as djínias que existiram, e, ao se empenhar na tarefa de que o grande filósofo a encarregara, ela tenha passado também a proteger o que restava de sua prole, dispersada devido à crueldade dos séculos, amargando a falta deles durante a longa separação dos Dois Mundos e ansiando tê-los de volta sob suas asas.

Você tem uma ideia de por que ainda está vivo?, ela perguntou a Jimmy Kapoor, enquanto ele, ruborizado, se enrolava num lençol. “Tenho”, respondeu, com os olhos cheios de assombro. “Foi porque você salvou minha vida.” Isso mesmo, ela reconheceu, inclinando a cabeça. Mas você estaria morto antes que eu chegasse perto de você, moído em pedacinhos na grande Urna, se não fosse a outra razão.

Ela viu o medo de Jimmy, sua desorientação, sua incapacidade de processar o que estava lhe acontecendo. Não tinha como poupá-lo. Estava prestes a fazer com que ele tivesse ainda mais dificuldade para compreender sua vida. Vou lhe contar coisas em que você vai achar difícil acreditar. Ao contrário de praticamente quase todos os demais seres humanos, você entrou na Urna, a vereda entre os Mundos, e sobreviveu, de forma que já sabe que existe outro mundo. Eu sou uma pessoa daquele mundo... Uma djínia, uma princesa da tribo dos djins da luz. Sou também sua octavó, embora eu possa ter pulado, na contagem, algumas gerações. Não tem importância. No século XII, eu amei seu, digamos, octavô, seu ilustre ancestral, o filósofo Ibn Rushd, e você, Jinendra Kapoor, que não é capaz de rastrear a história de sua família mais que três gerações, é um dos produtos daquele grande amor, talvez o maior que já existiu entre a tribo dos homens e a dos djins. Ou seja, você, como todos os descendentes de Ibn Rushd, sejam eles muçulmanos, cristãos, ateus ou judeus, também pertence em parte ao djins. Por ser mais poderosa que a parte humana, a parte djínia é fortíssima em todos vocês, e foi isso que permitiu que você sobrevivesse na alteridade *lá*. Porque você também faz parte dos Outros.

"Uau", ele gritou, assombrado. "Como se já não bastasse ser um escurinho nos Estados Unidos, você está me dizendo que eu sou também meio duende!"

Como ele era jovem, ela pensou, e mais forte do que imaginava. Se vissem o que ele tinha visto nas duas últimas noites, muitos homens teriam perdido o juízo, mas ele, apesar de todo o pânico que sentia, estava se controlando. O que proporcionava a maior chance de sobrevivência aos seres humanos era a resiliência, a capacidade de olhar de frente o inimaginável, o exorbitante, o inaudito. Aquilo era o tipo de coisa que o jovem Jinendra confrontava habitualmente em sua arte, por intermédio de seu super-herói meio adaptado (e por isso malsucedido), uma deidade hinduísta transplantada para o Queens: o monstro a se erguer das profundezas, a destruição de sua aldeia natal e o estupro das mães, o surgimento de um segundo sol no firmamento e a consequente abolição da noite, e na voz de Super-Natraj ele reagia ao horror com desprezo, Será isso tudo o que você tem, será essa sua melhor ação, porque, adivinhe, cara, nós podemos lidar com você, seu puto, podemos acabar com sua raça. Agora, depois de exercitar a coragem na ficção, ele a descobria na vida real. E sua própria criação de gibi era o primeiro monstro que ele tinha de enfrentar.

Ela falou com carinho, como uma mãe, a esse jovem corajoso. Tenha calma, seu mundo está mudando, disse-lhe. Em épocas de grande comoção, quando o vento fustiga e a maré da história arremete, há necessidade de cabeças tranquilas que levem o barco a águas menos revoltas. Estarei aqui com você. Ache o djim dentro de você, e você poderá ser um herói maior que seu Natraj. O djim está aí. Você vai achá-lo.

O buraco de minhoca se fechou. Ele estava sentado na cama, apoiando a cabeça nas mãos. "E agora essa", murmurou. "Construíram a estação de uma linha de metrô entre dois mundos a um metro de minha *cama*. Por acaso eles têm licença para isso? Será que não existem leis de zoneamento no hiperespaço? Vou dar *queixa* disso. Vou ligar para o 311 *agora mesmo*." Era a histeria falando. Ela deixou que ele desabafasse. Era o jeito como ele lidava com a situação. Ela esperou. Ele se atirou na cama, com os ombros se sacudindo. Tentava esconder as lágrimas. Ela fingia que não as via. Fora ali para mostrar que ele não estava sozinho, para apresentá-lo a seus primos. Em silêncio, plantou a informação na mente dele. A parte djim de Jimmy a assimilou, compreendeu, registrou. Agora você sabe onde eles estão, ela disse. Vocês podem se ajudar uns aos outros no tempo que virá.

Ele se sentou, segurou a cabeça de novo. "Não preciso de toda essa informação sobre contatos agora", disse. "Preciso de um analgésico forte."

Ela esperou. Jimmy voltaria para ela logo. Ele ergueu o olhar para Dúnia e tentou sorrir. "Isso é um bocado...", disse. "Seja lá o que foi *aquilo*... o que for você... o que for que você está dizendo que eu sou. Vou precisar de um tempo."

Você não tem tempo, disse ela. Não sei por que o portal se abriu em seu quarto. Sei que o que apareceu aqui na noite passada não foi seu Super-Natraj. Alguém assumiu aquela forma para te assustar, ou só porque era engraçado. Alguém que você deve esperar nunca mais encontrar de novo. Mude-se daqui. Leve sua mãe para um lugar seguro. Ela não vai compreender. Não vai ver a fumaça preta regirando porque ela não pertence à duniazat. Isso vem do lado de seu pai.

"Aquele filho da puta", disse Jimmy. "Sumiu como um djim ou um sei lá o quê. Nem se despediu da gente, sabe? Se mandou num bafo de fumaça com a lambisgoia."

Leve sua mãe daqui, disse Dúnia. Este lugar não é mais seguro para nenhum dos dois.

"Uau", assombrou-se Jimmy Kapoor. "O pior Halloween que já vi."

Quando se noticiou que a bebê, uma menina, enrolada numa bandeira da Índia, tinha sido encontrada gorgolejando alegremente num moisés em cima da mesa de Rosa Fast, recém-eleita prefeita, as pessoas, supersticiosas e sentimentais, de modo geral viram nisso um bom sinal, sobretudo ao ser anunciado que a neném tinha mais ou menos quatro meses e devia ter nascido por ocasião da grande tempestade, à que tinha sobrevivido. A imprensa passou a chamá-la de Storm Baby, ou Bebê da Tempestade, e o nome pegou. Depois ela se tornou Storm Doe — Fulana da Tempestade ou Corça da Tempestade —, o que evocava a imagem de um cervinho pernibambo, tipo Bambi, a enfrentar corajosamente a borrasca: uma breve e instantânea heroína de nossos tempos volúveis e desmemoriados. Não vai demorar, muitos de nós conjecturamos, levando em conta sua evidente etnia sul-asiática, e ela terá idade suficiente para se tornar a campeã nacional dos concursos de ortografia. A menina saiu na capa da revista semanal *India Abroad* e foi o tema de uma exposição de "retratos imaginários", que a mostrava como poderia vir a ser na vida adulta, solicitados a conhecidos artistas plásticos nova-iorquinos por uma entidade artística indo-americana e leiloados para arrecadação de recursos. Contudo, o mistério de seu aparecimento enfureceu aqueles que já estavam insatisfeitos com a segunda eleição consecutiva, como prefeita, de uma mulher de tendências progressistas. Uma coisa dessas nunca aconteceria, protestavam esses nostálgicos, no tempo dos políticos durões. Quer o resto de nós concordasse com isso, quer não, o fato é que o surgimento da criança em cima da mesa da prefeita Rosa Fast, naqueles tempos de segurança máxima, parecia um pequeno milagre.

De onde viera Storm Doe? Como tinha ido parar na sala da prefeita? A bateria de câmeras de segurança que registravam constantemente o que acontecia em toda a prefeitura mostrava uma mulher que, com uma balaclava roxa, passava por todos os postos de controle tarde da noite, carregando o moisés, sem atrair a menor atenção, como se tivesse o poder de se fazer invisível, se não para as câmeras, pelo menos para as pessoas a seu lado; mas também, evidentemente, para os guardas que estavam de serviço, responsáveis por monitorar as telas de segurança. A mulher simplesmente entrou na sala da prefeita, pôs o moisés com a bebê em cima da mesa e saiu. Nossos antepassados especularam bastante sobre essa mulher. Teria ela surpreendido o sistema inoperante ou possuía alguma capa de invisibilidade? E, caso tivesse a capa, não estaria invisível também para as câmeras de segurança? Pessoas normalmente práticas e realistas passaram a conversar seriamente, no jantar, a respeito de superpoderes. Mas por que uma mulher com superpoderes abandonaria a filhinha? E, imaginando-se que fosse ela a mãe da criança, poderia Storm Doe possuir também dotes mágicos? Será que ela... (porque era importante não fugir de nenhuma possibilidade desagradável durante a guerra ao terror) podia ser perigosa? Quando saiu num jornal um artigo intitulado "Será a Bebê da Tempestade uma bomba-relógio humana?", muitos de nossos ancestrais se deram conta de que tinham abandonado as leis do realismo havia muito tempo e já se sentiam bem à vontade nas dimensões mais glamorosas do fantástico. E como se veio a saber, a pequena Bebê da Tempestade era mesmo uma visitante oriunda do reino da improbabilidade. De início, porém, todos estavam mais interessados em achar um lar para ela.

Rosa Fast provinha de uma próspera família de judeus ucranianos de Brighton Beach, e vestia elegantes tailleurs Ralph Lauren, "porque os parentes dele eram nossos vizinhos", costumava dizer, "mas não em Sheepshead Bay", querendo dizer com isso que Ralph Lifshitz, do Bronx, tinha ancestrais na Bielorrússia, ao lado de "sua" Ucrânia. A estrela de Rosa Fast brilhava cada vez mais à medida que a da prefeita Flora Hill perdia a cor, e ela e a prefeita que deixava o cargo não se bicavam. O mandato de Flora fora abalado por acusações de impropriedades financeiras e de desvios de dinheiro para caixas dois secretos, e dois de seus auxiliares mais próximos tinham sido indiciados. Entretanto, a sujeira não passara da porta do gabinete da prefeita, embora um certo fedor penetrasse nele. A bem-sucedida campanha eleitoral de Rosa Fast, baseada na promessa de limpar a prefeitura, não a tornara querida da predecessora, enquanto a insinuação de Flora Hill, feita depois de deixar a função, de que a sucessora era uma "ateia enrustida", irritara Rosa Fast, que, de fato, se achava agora bem distante da fé de seus ancestrais, mas considerava que aquilo que ela fazia no armário da descrença era problema seu e de mais ninguém. Divorciada, atualmente sozinha, com cinquenta e três anos e sem filhos, Rosa se disse muitíssimo tocada pelo drama da Bebê da Tempestade e fez o possível e o impossível para conseguir que a criança fosse encaminhada com segurança para uma vida nova e, se possível, fora do alcance da imprensa marrom. Providenciada a adoção da menina mediante uma via rápida, ela foi entregue a seus novos pais, para começar a vida com um novo nome. Pelo menos era essa a intenção, mas daí a semanas os novos pais procuraram produtores de TV, propondo um *reality show* a se chamar alguma coisa como "Vigilantes da Tempestade", que acompanharia a bebê-estrela à medida que ela crescesse. Quando tomou conhecimento disso, Rosa Fast explodiu de raiva e acusou os responsáveis pelo serviço de adoção, aos gritos, de terem entregue uma criança inocente a pornógrafos exibicionistas que com toda a probabilidade não se furtariam a defecar publicamente na televisão, ao vivo, se alguém lhes pagasse para isso.

"Tirem a menina desses bravos", gritou, usando o termo de gíria que designava os aspirantes a estrelas de *reality shows* da televisão. O termo passara a ser usado em vários contextos, embora a rede de TV na qual ele surgira tivesse tirado o programa do ar, porque a partir de certo momento o uso de artifícios falsos, mas mostrados como reais, se generalizara de tal forma nas grades das várias redes que o patrocinador do programa original perdeu todo o interesse por ele. Todo mundo tinha se convencido de que valia a pena abrir mão de sua privacidade em troca da mais remota possibilidade de fama, e a ideia de que só uma pessoa reservada era verdadeiramente autônoma e livre se perdera na estática das ondas eletromagnéticas. Ou seja, a Bebê da Tempestade corria o risco de virar estrela de um *reality show* de terceira, e a prefeita Fast estava indignada. No entanto, aconteceu que logo no dia seguinte o pai adotivo da candidata a estrela da TV levou a criança de volta ao serviço de adoção, dizendo que não a queria mais, que ela estava doente, e saiu dali literalmente correndo, mas não antes que todos observassem a ulceração em seu rosto, a área decomposta e putrescente que dava a impressão de que uma parte de sua bochecha estava morta e tinha começado a se decompor. A Bebê da Tempestade foi levada ao hospital para exames, mas os médicos atestaram que ela estava na mais perfeita higidez. No dia seguinte, porém, uma enfermeira que a tinha segurado começou a mostrar também sinais de decomposição, com o surgimento de áreas de carne deteriorada e malcheirosa nos dois antebraços. Enquanto era levada ao pronto-socorro, chorando histericamente, confessou que vinha furtando medicamentos de tarja preta, que passava a um receptador em Bushwick para ganhar algum dinheiro extra.

A prefeita Rosa Fast foi a primeira pessoa a entender o que estava acontecendo, a trazer a estranheza para o campo daquilo que se podia discutir normalmente, a área do *noticiário*. "Essa menina milagrosa é capaz de identificar corrupção", disse ela a seus colaboradores mais próximos, "e assim que ela os toca, os corruptos começam a mostrar literalmente no corpo os sinais de torpeza moral." Seus auxiliares a advertiram de que esse tipo de discurso, típico do mundo arcaico dos grotões medievais da Europa, com seus dybbuks e golens, decerto não seria bem-visto na boca de uma política moderna, porém Rosa Fast não se deixou intimidar. "Fomos eleitos a fim de limpar este lugar", ela declarou, "e o acaso nos deu a vassoura humana com a qual realizar essa missão." Rosa pertencia ao tipo de ateísta capaz de crer em milagres sem admitir sua procedência divina. No dia seguinte, a enjeitada, agora entregue aos cuidados da agência de adoção, voltou ao gabinete da prefeita para uma visita.

A Bebê da Tempestade voltou à prefeitura como uma pequena desarmadora de minas ou uma labrador treinada para localizar drogas. A prefeita a recepcionou com um forte abraço brooklyn-ucraniano e sussurrou: "Vamos ao trabalho, bebê da verdade". O que se seguiu tornou-se no mesmo instante fonte de lendas, pois em cada sala, em cada departamento, marcas de corrupção e improbidade surgiam no rosto dos corruptos e dos ímprobos, dos fraudadores de demonstrações financeiras, dos favorecidos com propinas em troca de contratos para obras públicas, dos agraciados com relógios Rolex e viagens em jatinhos particulares, dos aquinhoados com bolsas Hermès recheadas de dinheiro e de todos os beneficiários das benesses burocráticas. Os trambiqueiros se dispunham a confessar antes mesmo que a bebê milagrosa se aproximasse deles ou saíam correndo do prédio para ser perseguidos pela lei.

A prefeita Fast mantinha-se imaculada, o que demonstrava alguma coisa. Como sua antecessora escarnecia, na TV, das "bruxarias supersticiosas" da prefeita, Rosa Fast divulgou um breve comunicado convidando Flora Hill a "vir à prefeitura e conhecer esta gracinha", convite prontamente recusado. A entrada da Bebê da Tempestade na sala de sessões da câmara dos vereadores provocou pânico entre as pessoas ali reunidas, assim como uma corrida desabalada para as saídas. Os que ali ficaram e se mostraram imunes ao poder da criança foram reconhecidos como homens e mulheres de conduta ilibada. "Acho que por fim sabemos", disse a prefeita Fast, "quem é quem por aqui."

Nossos ancestrais tiveram a sorte de contar, naquela hora, com uma líder como Rosa Fast. "Toda comunidade que não puder chegar a um acordo quanto à sua situação, sobre a forma como as coisas se passam ali, sobre *o caso em pauta*, é uma comunidade com problemas. É mais que evidente que um novo tipo de fatos, de um tipo que até bem pouco tempo teria sido chamado de fantástico e improvável, começou, comprovada e objetivamente, a ocorrer. Temos de saber o que isso significa e enfrentar com coragem e inteligência as mudanças que possam estar ocorrendo." A linha 311, declarou, estaria à disposição, por tempo indeterminado, de quem desejasse relatar ocorrências estranhas de qualquer natureza. "Vamos primeiro coletar os fatos", disse a prefeita, "para depois agir com base neles." Quanto à Bebê da Tempestade, a própria prefeita a adotou. "Ela é não só meu orgulho e minha alegria como também minha arma secreta", disse. "Não tentem nenhuma besteira comigo ou minha garotinha vai lhes mostrar quanto dói uma saudade."

Havia uma desvantagem em ser a mãe adotiva da bebê da verdade, ela revelou a seus concidadãos no encontro matinal pela televisão. "Se eu disser a mais inofensiva mentirinha social na presença dela, ai, ai! Meu rosto inteiro começa a coçar, e demais!"

Duzentos e um dias depois da grande tempestade, saiu no jornal *The New York Times* um artigo assinado em que o compositor britânico Hugo Casterbridge anunciava a criação de um grupo de estudos que tinha o objetivo de compreender as alterações radicais que ocorriam no mundo e definir estratégias para combatê-las. Ridicularizado a não mais poder, nos dias que se seguiram à publicação do artigo, como um grupo formado por biólogos semieminentes mas sem dúvida telegênicos, climatologistas do tipo cientistas loucos, romancistas propensos ao realismo mágico, atores de cinema idiotas e teólogos rebeldes, esse grupo foi responsável — apesar de todas as caçoadas — por popularizar o termo *estranhezas*, que logo passou a ser amplamente usado e pegou. Casterbridge era, havia muito tempo, uma figura cultural desagregadora, devido a suas críticas veementes à política externa americana, seu apreço por alguns ditadores latino-americanos e sua agressiva hostilidade a todas as formas de crença religiosa. Além disso havia um boato, que nunca foi comprovado, relacionado ao fim de seu primeiro casamento, um falatório tão persistente e prejudicial quanto o infame boato do gerbo, com referência a um famoso ator de Hollywood na década de 1980. Quando ainda era um violoncelista jovem e com problemas financeiros (além de uma séria dependência de drogas pesadas), Casterbridge tinha namorado e logo se casado com uma bela musicista, uma violinista que prometia tornar-se uma estrela. Não demorou muito, ela atraiu também a atenção de um magnata da indústria, que se pôs a persegui-la sem se importar com seu estado civil. Segundo o boato, o industrial procurou Casterbridge em seu apartamentinho em Kennington Oval e lhe fez uma pergunta direta: "O que você quer para desaparecer da vida dela?". Sob o efeito do ópio ou coisa pior, Casterbridge respondeu: "Um milhão de libras", e perdeu os sentidos. Ao acordar, viu que a mulher tinha saído sem deixar nenhum bilhete, e, ao consultar seu extrato bancário, verificou que um milhão de libras tinha engordado sua conta.

Depois disso, sua mulher não quis mais saber dele, correu a pedir o divórcio e se casou com o magnata. Casterbridge nunca mais consumiu drogas e sua carreira decolou, embora ele nunca voltasse a se casar. "O que ele fez foi vender a mulher como se ela fosse um Stradivarius, e passou a viver desse dinheiro", diziam às suas costas. Contudo, como ele era um magnífico boxeador, e de pavio curto, ninguém repetia essas histórias diante dele.

Em seu artigo, ele escreveu:

“As estranhezas estão se multiplicando, se bem que, verdade seja dita, o mundo, antes que elas começassem, já era um lugar estranho, o que faz com que frequentemente fique difícil determinar se um fato se enquadra na categoria das estranhezas velhas e comuns ou se pertence ao tipo de estranhezas novas e inusitadas. Supertempestades já devastaram as ilhas Fiji e a Malásia, e, enquanto escrevo, incêndios gigantescos se alastram pela Austrália e pela Califórnia. É possível que essas condições extremadas sejam a nova normalidade, dando ensejo às habituais dissensões entre os proponentes e os oponentes da mudança climática. Ou talvez isso seja sinal de alguma coisa bastante pior. Nosso grupo assume uma posição que chamarei de pós-ateísta. Nossa posição diz que deus é uma criação dos seres humanos, que só existe devido ao princípio ‘batam palmas aqueles que creem em fadas’. Se um bom número de pessoas tivesse a sensatez de não bater palmas, esse deus Sininho deixaria de existir. Infelizmente, porém, bilhões de seres humanos continuam dispostos a defender sua fé em algum tipo de deus-fada, e, como resultado disso, deus existe. O pior é que agora ele parece tomado de frenesi.

“No dia em que Adão e Eva inventaram Deus”, continuava o artigo, *“ao mesmo tempo eles perderam a capacidade de controlá-lo. Este é o começo da história secreta do mundo. O Homem e a Mulher inventaram deus, que imediatamente fugiu do controle deles e se tornou mais poderoso que seus criadores, além de mais malévolo que eles. É como o supercomputador do filme* O exterminador do futuro*: a ‘Skynet’ e o deus celeste* são *a mesma coisa. Adão e Eva estavam dominados de medo, pois era evidente que por toda a eternidade deus os perseguiria para puni-los pelo crime de tê-lo criado. Eles surgiram ao mesmo tempo num jardim, Eva e Adão, já adultos, nus e desfrutando, pode-se dizer, o primeiro Big Bang, e não faziam ideia de como tinham ido parar ali até uma serpente levá-los à árvore do conhecimento do bem e do mal, e ao*

comerem seu fruto brotou ao mesmo tempo nos dois a ideia de um deus-criador, um definidor do bem e do mal, um deus-jardineiro que fizera o jardim, pois, de outra forma, de onde viera o jardim?, e a seguir os enfiou ali, como plantas sem raízes.

"E eis que diante deles, imediatamente, estava deus, e estava tomado de cólera. 'Como foi que lhes ocorreu a ideia de mim?', perguntou, 'quem pediu que fizessem isso?', e os expulsou do jardim, mandando-os, entre todos os lugares possíveis, logo para o Iraque. 'Nenhuma boa ação fica impune', disse Eva a Adão, e essa deveria ser a divisa de toda a raça humana."

O nome "Casterbridge" tinha sido inventado. O grande compositor provinha de uma família de judeus ibéricos imigrantes e era um homem muitíssimo bem-apessoado, dono de uma voz forte e sonora, além de ter o porte de um rei. Em comum com os seus tinha um traço físico bastante insólito: não possuía lóbulos auriculares. Não era um homem que se pudesse menosprezar, embora suas lealdades fossem tão ardorosas quanto suas aversões, e ele era capaz de profunda lealdade e amizade. Seu sorriso tinha um quê de doçura ameaçadora, quase selvagem. Sua polidez era assustadora. Seus atributos mais encarecedores eram a obstinação do rottweiler e o couro grosso do rinoceronte. Assim que metia uma ideia na cabeça, nada o induziria a abandoná-la, e as zombarias com que o novo pós-ateísmo foi recebido não provocaram nele nenhum tipo de aborrecimento. Interrogado num programa de entrevistas da TV americana, tarde da noite, se ele estava mesmo afirmando que o Ser Supremo era ficcional, e que agora essa divindade ficcional decidira, por motivos desconhecidos, atormentar a raça humana, ele respondeu com toda firmeza: "Exatamente. É isso, sem tirar nem pôr. O triunfo do irracionalismo destrutivo se manifesta na forma de um deus irracionalmente destrutivo". O âncora do *talk show* assoviou pelo famoso diastema entre os incisivos centrais superiores. "Ufa", exclamou. "E eu que achava que os britânicos eram mais bem-educados que nós."

"Suponhamos", disse Hugo Casterbridge, "que um belo dia deus mandasse uma tempestade, uma tempestade capaz de abalar os alicerces do mundo, uma tempestade que nos dissesse que não aceitássemos nada como verdade absoluta, nem nosso poder, nem nossa civilização, nem nossas leis, porque se a natureza podia reescrever as leis desse mundo, romper seus limites e modificar sua natureza, então nossos constructos, tão insignificantes em comparação, não tinham nenhuma possibilidade de vitória. E esta é a grande prova com que nos defrontamos: nosso mundo — suas ideias, sua cultura, seus conhecimentos e suas leis — está sofrendo um ataque por parte da ilusão que criamos coletivamente, do monstro sobrenatural que nós próprios desencadeamos. Serão mandadas pragas, como aquelas que assolaram o Egito. Dessa vez, porém, não haverá quem peça *deixe ir o meu povo*. Esse deus não é um libertador, mas sim um destruidor. Ele não tem mandamentos. Pôs tudo isso de lado. Está cansado de nós, tal como esteve no tempo de Noé. Deseja criar um exemplo. Quer acabar conosco."

"Voltamos logo", disse o âncora do *talk show*, "depois do intervalo comercial."

Em certos setores, a busca de bodes expiatórios tinha começado. Era importante saber de quem era a culpa por tudo o que acontecia. Era importante saber se a situação iria se agravar. Talvez houvesse pessoas identificáveis, pessoas desestabilizadoras, que de uma forma ou de outra tinham sido responsáveis por desestabilizar o mundo. Talvez fossem pessoas que traziam em si algum tipo de mutação genética que lhes conferira o poder de induzir fatos paranormais, pessoas que representavam uma ameaça para o resto da raça humana normal. Era interessante que a chamada Bebê da Tempestade houvesse surgido enrolada na bandeira indiana. Talvez fosse imperativo examinar a comunidade imigrante do sul da Ásia, devido à possibilidade de se encontrar respostas ali. Talvez a *doença* — a estranheza parecia ser agora uma doença social — tivesse sido trazida para a América por algumas dessas pessoas, indianos, paquistaneses, bengaleses, do mesmo modo como a devastadora epidemia de aids tinha aparecido em algum ponto da África Central e chegado aos Estados Unidos no início da década de 1980. Começou um zum-zum, e os americanos originários do sul da Ásia passaram a temer por sua segurança. Muitos taxistas colaram, em seus carros, adesivos que diziam *Não sou tão estranho* ou *A América é normalidade, não estranheza*. Começaram a surgir notícias preocupantes de ataques físicos. Um outro grupo de bodes expiatórios foi apontado a seguir, e o facho de laser da atenção pública se desviou dos sul-asiáticos. Esse novo grupo, mais difícil de identificar, eram os sobreviventes de raios.

Por ocasião da grande tempestade, as descargas de raios multiplicaram-se em frequência e violência. Pareciam ser um novo tipo de fenômeno, não só elétrico como também escatológico. E, quando os computadores informaram a nossos ancestrais que haviam caído mais de dez mil raios por quilômetro quadrado, eles começaram a se dar conta do perigo que tinham corrido, a quantos perigos talvez ainda estivessem expostos. Num ano comum, a incidência de raios na cidade era inferior a dez por quilômetro quadrado, e para-raios e antenas de rádio nos arranha-céus absorviam quase todos. Mais de dez mil raios por quilômetro quadrado significavam quase noventa e cinco mil raios só na ilha de Manhattan. Era impossível calcular quais poderiam ser as consequências a longo prazo de tamanha barragem de raios. Cerca de três mil cadáveres foram retirados dos escombros na cidade. Ninguém fazia ideia de quantos sobreviventes das descargas ainda caminhavam pelas ruas ou de como a voltagem poderia tê-los mudado por dentro. Não pareciam em nada mudados, pareciam exatamente iguais a todo mundo, mas não eram mais como todo mundo, ou pelo menos era isso que todos os demais temiam. Talvez ele fossem os inimigos de todos. Talvez, no caso de se enfurecerem, pudessem estender os braços e desfechar os raios que tinham absorvido, projetando dezenas de milhares de amperes contra nossos ancestrais, transformando-os em tições. Poderiam trucidar os filhos de nossos ancestrais, ou o presidente. Quem eram esses indivíduos? Por que ainda estavam vivos?

As pessoas beiravam o pânico. Naquele tempo, porém, ninguém estava à procura de homens e mulheres de orelhas esquisitas. Só queriam saber de histórias sobre raios.

A notícia de que Seth Oldville, o nababo dos fundos de investimentos e "acionista ativista", como ele mesmo se intitulava, se tornara amigo íntimo de uma famigerada libertina e caçadora de homens ricos, chamada Teresa Saca Cuartos, foi um choque e uma decepção para seu amplo círculo de amigos. Um sujeito grandalhão e sociável como Oldville — que sabia o que queria, sabia o que desejava que o mundo pusesse à sua disposição e esperava que o universo se ajustasse à forma que ele pretendesse lhe impor — estava em posição de superioridade em relação à maioria de seus pares. E, mesmo depois de sucessivas eleições presidenciais terem rejeitado enfaticamente sua chapa conservadora predileta, o que para Seth era incompreensível, contrariando a imagem que ele fazia do país que amava, ele não se desviou um milímetro da busca agressiva de seus objetivos políticos e econômicos. Na área dos negócios, se alguém perguntasse ao pessoal da Time Warner, da Clorox, da Sony, da Yahoo ou da Dell sobre seus métodos, ouviria muitas coisas, algumas impublicáveis. Com relação à política, tal como seu falecido amigo e mentor, o grande — embora um tanto suspeito — Bento Elfenbein, ele minimizava a sequência de malogros de suas metas em eleições presidenciais como erros dos eleitores, erros que ele comparava a "perus votando a favor do Dia de Ação de Graças", ao mesmo tempo que começava a escolher seus candidatos para o futuro, apoiando aqui um pretendente a governador, ali um aspirante a prefeito e acolá um jovem parlamentar em ascensão cujas campanhas mereciam ser financiadas; e desde já apoiava as iniciativas desse jovem promissor, preparando-se para a próxima batalha. Dizia-se um judeu ateu que preferia ter sido cantor lírico ou um famoso surfista, e aos cinquenta e poucos anos ainda estava fisicamente apto para, a cada verão, sair em busca de altas ondas. E de vez em quando, depois do jantar em sua mansão, cantava para os convidados uma ária com sua bela voz de tenor, no mais das vezes "E lucevan le stelle" ou "Ecco ridente in cielo", e todos concordavam que ele não fazia feio, de jeito nenhum.

Mas Teresa Saca! Fazia anos que ninguém chegava nem perto dessa pessoa, desde que ela agarrara Elián Cuartos, o icônico mandachuva da AdVenture Capital. Ela laçara Elián quando ele estava na "terceira idade", quando tudo o que queria era deixar "contribuições voluntárias" para suas protegidas e desfrutar um pouco de diversão, coisa da qual andava mais que saudoso; Teresa conseguiu meter uma aliança no dedo; teve um filho dele graças ao milagre da fertilização in vitro; e esperou que o tempo passasse. Agora o velho Elián se fora e ela era a dona do dinheiro dele, é verdade, mas à grana se somava também uma reputação nada elogiável. Durante certo tempo, o titã das finanças, Daniel "Mac" Aroni, a submeteu a uma experiência, "só para ver do que é que falavam tanto", mas fugiu dela depois de poucas semanas, queixando-se de que aquela era a vaca mais geniosa e desbocada em que ele já tinha posto as mãos. "Ela me xingava usando termos que eu nunca ouvi, e olhem que tenho um bom vocabulário nessa área", dizia ele a quem quisesse ouvir. "Ela é bem capaz de querer arrancar o coração de seu peito e de comê-lo cru, no meio da rua, e eu fui criado direito, não falo a mulheres naqueles termos, por maior que seja a provocação, mas aquela mulher... Em cinco minutos você não quer mais saber nem do corpo nem do sexo, que são mesmo nota dez, não se pode negar, mas não compensam a má índole dela, tão ruim que a vontade da gente é fazer com que ela desça do carro na via expressa de Nova Jersey e ir para casa comer um bolo de carne com sua mulher."

Aliás, Seth Oldville tinha em casa uma mulher excelente, Cindy Sachs, pessoa muito admirada pela beleza, pelo bom gosto, pelas obras beneficentes e pelo grande coração. Poderia ter sido bailarina, tinha talento para isso, mas, quando ele lhe pediu a mão em casamento, ela fez dele sua carreira, "Como Esther Williams", ela disse aos amigos do casal, "abrindo mão da carreira em Hollywood pelo homem latino que ela amava e que a queria em casa". *Um grande erro, preferir a mim*, Seth costumava brincar, porém mais tarde não havia mais humor no sorrisinho com que ela ouvia isso. Tinham se casado jovens, tiveram uma penca de filhos depressa e continuaram a ser, verdade seja dita, os melhores amigos um do outro. Entretanto, ele era um homem de um certo tipo e posição, para quem ter uma amante era o que se poderia esperar. Teresa Saca deve ter lhe parecido a candidata perfeita: tinha seu próprio dinheiro agora e não iria cobiçar o dele; vivera num mundo de boas maneiras durante tempo suficiente para conhecer as consequências de se envolver com alguém e sair contando suas intimidades; e estava sozinha, de modo que um pouco da companhia de um homem importante lhe agradaria e a levaria a tentar agradá-lo bastante em troca. Contudo, Oldville logo descobriu o que seu amigo Aroni já sabia. Teresa era uma espoleta latina da Flórida que trazia dentro de si, contra todos os homens, uma fúria cuja causa não valia a pena investigar, e seu dom para invectivas verbais era cansativo. Além disso, como ele lhe disse na conversa que pôs fim à ligação, ela antipatizava com um número excessivo de coisas. Só comia em cinco restaurantes. Não gostava de nenhuma roupa que não fosse preta. Não queria o menor contato com os amigos dele. Arte moderna, dança moderna, filmes legendados, literatura contemporânea e todos os tipos de filosofia eram coisas de que tinha horror, mas amava com paixão as telas neoclássicas medíocres do Met, do século XIX. Adorava o Disney World, mas, quando ele quis levá-la ao México para uma fugida romântica em Las Alamandas, ela protestou: "Não é esse o tipo de lugar que me atrai. Além disso, o México é perigoso, ir para lá é o mesmo que passar férias no Iraque". E essas palavras, pronunciadas sem um pingo de ironia, saíam da boca da filha de imigrantes espanhóis que moravam num bairro só um pouquinho melhor que a área de trailers em Aventura, na Flórida.

Seis semanas depois de ter se envolvido com Teresa, Oldville se despediu dela com um beijo no relvado de sua casa em Meadow Lane, Southampton (Cindy Oldville tinha horror do litoral e não saía da cidade). Um homem dirigia um carrinho de cortar grama, usando um agasalho em cujas costas estava escrito *Mr. Geronimo*, mas ele não existia para o casal que desmanchava a relação. "Pensa que estou chateada? Eu tenho opções", disse Teresa. "Não vou chorar uma lágrima por sua causa. Se soubesse quem está a fim de sair comigo hoje mesmo, você ia morrer." Seth Oldville começou a tremer, reprimindo o riso.

"Quer dizer que voltamos a ter catorze anos, é?", perguntou, mas ela estava queimando de orgulho ferido. "Vou fazer uma lipo na semana que vem", disse. "O médico disse que só vai mexer numas coisinhas, que ele não vai ter muito trabalho e que depois disso meu corpo vai virar uma *loucura*. Eu estava fazendo para você, para eu ficar perfeita, mas meu novo namorado diz que aprova. Não. Espere aí." Oldville começou a se afastar. "Vou mandar fotografias do que você não vai mais ter", ela gritou para ele. "Você vai *morrer*." E o escândalo não terminou assim. Nas semanas seguintes, Teresa, vingativa, telefonou para a mulher de Seth inúmeras vezes, e, ainda que Cindy Oldville desligasse na hora, ela deixava mensagens de voz tão pormenorizadas e explícitas sobre sexo que impeliram os Oldville para o divórcio. Superadvogados se prepararam para o embate. A respeito do acordo de divórcio, houve boatos sobre valores que lembravam o caso Wildenstein. As pessoas se acomodaram para assistir. Essa briga merecia uma cadeira junto do ringue. Seth Oldville pareceu devastado naquele tempo. E não era por causa dos números do divórcio. O sujeito parecia sinceramente arrependido por ter magoado a mulher, que só tivera gestos de carinho para com ele. Oldville não queria guerra; agora, porém, isso era só o que ela queria. Tinha passado a vida inteira fazendo vista grossa, disse às amigas, mas agora era como se estivesse de óculos novos, via tudo em foco perfeito, e estava farta, realmente, das besteiras a que o marido achava que tinha direito como macho alfa. "Acabe com ele", diziam as amigas em coro.

No fim de semana que antecedeu a tempestade, Seth estava sozinho na casa de praia e adormeceu numa espreguiçadeira no gramado. Enquanto dormia, alguém se aproximou dele e desenhou um alvo vermelho em sua testa. Quem lhe mostrou isso, quando ele acordou, foi o jardineiro, Mr. Geronimo. No espelho, parecia que alguém tinha tentado simular uma mordida de carrapato causadora da doença de Lyme, mas não era isso, era claramente uma ameaça. O episódio deixou os seguranças constrangidos. Sim, dona Teresa os convencera a deixar que ela entrasse pelo portão. Era uma mulher muito persuasiva. Cabia a eles tomar uma decisão, e dessa vez tinham se enganado. Isso não voltaria a acontecer.

Aconteceu então o furacão, e seguiram-se a queda das árvores, o bombardeio de raios, os cortes de energia elétrica, tudo aquilo. "Todos nós estávamos envolvidos com nossos próprios problemas naquela época", declarou Daniel Aroni no serviço fúnebre na Sociedade de Cultura Ética, "e nenhum de nós julgou que ela fosse realmente capaz de cumprir sua ameaça, acima de tudo em meio à tempestade, quando toda a cidade estava tentando sobreviver. Aquilo foi, confesso, inesperado. Na qualidade de amigo dele, eu me envergonho de não ter estado mais alerta para o perigo, por não o ter aconselhado a cercar-se de mais cuidados." Depois dos elogios fúnebres, a mesma imagem estava na mente de todos ao se dispersarem em direção à área oeste do Central Park: a mulher molhada de chuva na porta da casa na cidade, o primeiro agente de segurança indo pelos ares, um outro se aproximando dela e caindo de costas, a mulher correndo pela casa, subindo em direção a seu santuário, gritando *onde foi que você se meteu, seu puto*, até ele simplesmente aparecer diante dela, sacrificando a própria vida para salvar a mulher e as crianças, ela o trucidando ali, e ele caindo como um carvalho escada abaixo, pelos degraus cobertos de tapete vermelho. Por um instante, ela se ajoelhou ao lado do corpo dele, molhada como estava e chorando descontroladamente, para depois sair correndo da casa, sem que ninguém a detivesse, pois ninguém se atrevia a chegar perto dela.

No entanto, a dúvida que ninguém pôde resolver na época, embora se discutisse bastante o assunto, dizia respeito à natureza da arma. Não foram localizados buracos de bala nos três corpos. Quando a polícia e as equipes médicas de emergência chegaram à casa, os três exalavam um forte cheiro de carne queimada, e suas roupas também tinham sinais de combustão. O depoimento de Cindy Oldville não fazia sentido algum, e muita gente minimizou esse fato como decorrente da confusão desculpável de uma mulher em estado de extremo terror. Mas Cindy era a única testemunha ocular, e as descrições do que disse ter visto foram destacadas e transformadas em manchetes garrafais por órgãos de comunicação menos respeitáveis: os raios que emanavam das pontas dos dedos de Teresa, as descargas brancas e em forquilha que eles emitiam, chacinando as vítimas. Um jornal sensacionalista apelidou Teresa Saca de *Madame Dínamo*. Outro recorreu a uma referência de *Star Wars*: *A imperatriz contra-ataca*. As coisas tinham chegado a um ponto em que apenas a ficção científica oferecia um meio de nos ajudar a entender aquilo que os recursos de uma sociedade que ainda não conhecia as imagens geradas por computador pareciam incapazes de tornar compreensível.

E logo surgiram mais notícias ligadas à eletricidade: no terminal do metrô 6, em Pelham Bay Park, uma menina de oito anos tinha caído nos trilhos e o aço se derreteu como sorvete, permitindo que a criança fosse tirada dali ilesa. Num banco perto de Wall Street, ladrões tinham conseguido empregar uma arma não identificada para abrir "com calor" a porta de vários cofres, caixas-fortes e caixas particulares, escapando com uma quantia não especificada mas que ascendia a "muitos milhões de dólares", de acordo com um porta-voz da instituição. Forçada por pressões políticas a fazer alguma coisa, a prefeita Rosa Fast convocou uma entrevista coletiva com o chefe de polícia e anunciou que todos os sobreviventes de descargas de raios recentes seriam considerados "pessoas de interesse especial", o que constituía, em sua própria opinião envergonhada, escrita visivelmente em seu rosto, uma traição de seu liberalismo progressista. Como era de prever, sua fala foi criticada por grupos de direitos civis, adversários políticos e muitos colunistas da imprensa. Entretanto, a tradicional oposição liberal-conservadora perdeu o sentido quando a realidade deixou de ser racional, ou ao menos dialética, e se tornou voluntariosa, incoerente e absurda. Se um rapaz que esfregava uma lâmpada tivesse invocado um gênio que executava suas ordens, esse teria sido um fato digno de crédito no mundo novo em que nossos ancestrais tinham começado a habitar. Entretanto, seus sentidos haviam ficado embotados pela longa exposição à mesmice do cotidiano, e, se já era complicado para eles aceitar que tinham chegado a uma era de prodígios, muito mais difícil era aprender a viver numa época dessas.

Eles tinham muitíssimo a aprender. Deviam aprender a parar de dizer gênio e a associar essa palavra a pantomima ou a Barbara Eden com calças harém cor-de-rosa na TV, a "Jeannie" loura apaixonada por Larry Hagman, um astronauta que se tornou seu "senhor". Era imprudência excessiva acreditar que seres tão poderosos e escorregadios tivessem senhores. O nome da força imensa que tinha entrado no mundo era djim.

Ela, Dúnia, também amara um mortal — não seu "senhor" —, e muitas crianças sem lóbulos foram a consequência daquele amor. Dúnia buscou seus descendentes com marcas nas orelhas onde estivessem. Teresa, Jinendra Kapoor, a Bebê da Tempestade, Hugo Casterbridge e muitos mais. Tudo o que podia fazer era plantar na mente deles o conhecimento sobre quem eram e sobre sua tribo dispersa. Tudo o que podia fazer era despertar o djim astuto que havia dentro deles e guiá-los em direção à luz. Nem todos eram boas pessoas. Em muitos deles, a fraqueza humana se mostrava mais vigorosa que a força de um djim. Isso era um problema. Ao se abrirem as frestas entre os mundos, os estragos criados pelos djins das trevas começaram a se espalhar. De início, antes que começassem a sonhar com conquista, os djins não tinham grandes planos. Se causavam desordem, era porque isso era próprio de sua natureza. A bagunça e os estragos mais sérios, os prejuízos reais, eram coisas que eles cometiam despreocupadamente, pois, da mesma forma que os djins não eram reais para a maioria dos seres humanos, também as pessoas não eram reais para os djins, que não levavam em conta a dor que poderiam vir a sentir, tal como as crianças não se importam com a dor de um animal empalhado que batem com força contra uma parede.

A marca deixada pelos djins estava em toda parte, mas nos primeiros tempos, antes que eles se revelassem plenamente, muitos de nossos ancestrais não percebiam os sinais de suas ações ocultas — na explosão de um reator nuclear, na curra de uma jovem ou numa avalanche. Num povoado da Romênia, uma mulher começou a botar ovos. Os habitantes de uma cidade da França começaram a se transformar em rinocerontes. Na Irlanda, pessoas idosas passaram a morar em latas de lixo. Ao se olhar num espelho, um belga viu nele sua nuca. Um funcionário público russo perdeu o nariz e depois o viu caminhando sozinho por São Petersburgo. Uma nuvem estreita cortou ao meio uma lua cheia e uma senhora espanhola que a contemplava sentiu a dor intensa de uma navalha que secionava seu globo ocular fazendo escorrer o humor vítreo, a substância gelatinosa que preenche o espaço entre a lente e a retina. Saíram formigas de um buraco na palma da mão de um homem.

Como entender tais coisas? Era mais fácil crer que o Acaso, sempre o princípio oculto do universo, estava unindo forças com a alegoria, o simbolismo, o surrealismo e o caos e passando a tomar conta dos assuntos humanos; era mais fácil isso que aceitar a verdade, ou seja, a crescente interferência dos djins na vida diária do mundo.

Com apenas treze anos, Giacomo Donizetti, libertino, dono de restaurante e playboy, deixou a cidade natal, Veneza, e começou uma longa série de viagens. A mãe, judia negra de Cochin, que se casara com o pai dele, italiano e católico, no *ashram* Sri Aurobindo, em Pondicherry, quando ambos eram místicos e jovens — com a própria Madre, Mirra Alfassa, oficiando a cerimônia, aos noventa e três anos! —, lhe entregou um presente de despedida: um quadrado de camurça, dobrado como se fosse um envelope e fechado com um laço escarlate. "Sua cidade está aqui", disse. "Nunca abra esse pacote. Seu lar estará sempre com você, protegido aqui dentro, não importa onde você estiver." Assim, ele levou Veneza consigo pelo mundo afora, até receber a notícia da morte da mãe. Nessa noite, tirou o quadrado dobrado do lugar onde estava em segurança e desfez o laço escarlate, que se esfarelou em seus dedos. Abriu o envelope de camurça e nada achou em seu interior, pois o amor não tem forma visível. Naquele momento, o amor, sem forma e invisível, esvoaçou e desapareceu, sem que ele pudesse recuperá-lo. A ideia de lar, de se sentir à vontade no mundo onde quer que estivesse, aquela ilusão, também se foi de uma vez por todas. Depois disso, ele aparentemente continuou a viver como os outros homens, mas não conseguia se apaixonar ou constituir família, e por fim começou a ver essas perdas como vantagens, porque foram substituídas pela conquista de muitas mulheres em muitos lugares.

Giacomo passou a cultivar uma especialidade: o amor de mulheres infelizes no casamento. Quase todas as mulheres casadas que ele conhecia eram, em maior ou menor grau, infelizes no casamento, embora a maioria não se dispusesse a encerrá-lo.

No que se referia a si próprio, estava decidido a jamais se deixar prender na teia matrimonial de mulher alguma. Por isso, eles tinham as coisas certas em comum, o Signor Donizetti e as *mal-maritate*, como ele as chamava em privado, a nação sem fronteiras das infelizes no matrimônio. As mulheres se sentiam gratas por suas atenções, e Giacomo, por sua vez, era invariavelmente grato a elas. "A gratidão é o segredo do sucesso com as mulheres", ele anotou em seu diário secreto. Suas conquistas eram registradas num estranho diário que parecia um livro de contabilidade, e, a darmos crédito aos lançamentos, ascendiam a milhares. Num belo dia, porém, sua sorte mudou.

Depois de uma noite de ardente atividade amorosa, Donizetti tinha por costume visitar uma boa casa de banhos turcos, ou *hamam*, onde se submetia a ambientes secos ou úmidos e a uma massagem. É provável que tenha sido num desses estabelecimentos, em Nolita, que um djim lhe disse alguma coisa num sussurro.

Os djins das trevas eram sussurradores. Tornando-se invisíveis, encostavam os lábios no peito das pessoas e murmuravam suavemente em seu coração, subjugando a vontade de suas vítimas. Em certas ocasiões, o ato de possessão era tão profundo que o ego da pessoa se dissolvia e o djim chegava a habitar o corpo de sua vítima. No entanto, mesmo em casos de possessão menos que completa, pessoas de boa índole, quando um djim lhes sussurrava, tornavam-se capazes de cometer truculências, transformavam-se em malfeitores ou coisa pior. Os djins da luz sussurravam também, encaminhando as pessoas para atos de nobreza, generosidade, humildade, bondade e compaixão, mas seus sussurros eram menos eficientes, o que talvez indique que a raça humana tende mais facilmente para o mal ou, então, que os djins das trevas, e sobretudo o pequeno grupo dos Grandes Ifrits, são os mais poderosos de todos os membros do mundo dos djins. Essa é uma questão cujo debate compete aos filósofos. Só podemos narrar o que ocorreu quando os djins, depois de longa ausência, retornaram ao mais baixo dos Dois Mundos — o nosso — e lhe declararam guerra. A chamada Guerra dos Mundos, que tanto tumulto causou na terra, não foi somente uma batalha entre o mundo dos djins e o nosso, pois se tornou, além disso, uma guerra civil entre os djins, só que travada em nosso território, e não no deles. A raça humana se transformou no campo de batalha da luta entre os luminosos e os tenebrosos. E, cumpre dizer, em vista da natureza essencialmente anárquica dos djins, também a arena de guerras intestinas dos luminosos e dos tenebrosos.

Durante aqueles dois anos, oito meses e vinte e oito dias, nossos ancestrais aprenderam a estar constantemente em guarda contra o perigo representado pelos djins. A segurança de seus filhos tornou-se uma séria preocupação. Começaram a deixar luzes acesas nos quartos dos filhos e a trancar suas janelas, mesmo quando eles se queixavam do calor e do abafamento. Alguns djins sequestravam crianças e ninguém sabia dizer o que acontecia àquelas das quais eles se apoderavam. Outra coisa: era uma boa ideia, ao entrar num quarto vazio, pisar nele com o pé direito e ao mesmo tempo murmurar *com licença* baixinho. E, principalmente, não convinha tomar banho no escuro, pois os djins eram atraídos pela escuridão e pela umidade. Os *hamams*, com sua pouca iluminação e a alta umidade, eram locais altamente perigosos. Tudo isso nossos ancestrais tiveram de aprender, pouco a pouco, durante aqueles anos. Contudo, quando Giacomo Donizetti entrou no bem-equipado banho turco na Elizabeth Street, não sabia o risco que corria. Um djim traquinas devia estar à sua espera, pois quando ele saiu do *hamam* era um homem mudado.

Em suma: as mulheres tinham deixado de se apaixonar por

ele, por mais que ele as lisonjeasse, e agora bastava ele olhar para uma mulher para cair horrivelmente de amores, como um cãozinho sem dono. Aonde quer que fosse, a trabalho, para se divertir ou apenas indo de um lugar para outro, vestia-se com o apuro de sempre, com um terno de três mil dólares, feito sob medida, camisa Charvet e gravata Hermès, e, ainda assim, nenhuma mulher desfalecia de emoção, enquanto todas as que cruzavam seu caminho faziam com que seu coração disparasse, suas pernas virassem geleia e ele fosse dominado pelo desejo irreprimível de enviar-lhe um grande buquê de rosas. Ele chorava na rua diante de pedicures de cento e quarenta quilos e anoréxicas de quarenta, que ignoravam suas declarações, como se ele fosse um ébrio ou um mendigo, e não um dos mais valorizados partidos em pelo menos quatro continentes. Seus amigos passaram a lhe pedir que limitasse suas atividades sociais, pois ele estava embaraçando as moças das chapelarias, as garçonetes e outras funcionárias nos vários centros de vida noturna que frequentava. Daí a poucos dias, a vida tornou-se para ele um tormento. Procurou ajuda profissional, dispondo-se a ser declarado maníaco sexual, se necessário, ainda que temesse a cura. No entanto, na antessala do médico, sentiu-se obrigado a dobrar um joelho e perguntar à recepcionista, uma coreano-americana sem graça, se consideraria fazer-lhe a honra de desposá-lo. Ela lhe mostrou a aliança de casamento e apontou a foto de seus filhos na mesa; isso o fez romper em lágrimas, e tiveram de pedir-lhe que se retirasse.

Giacomo Donizetti passou a temer tanto a aleatoriedade das calçadas quanto o erotismo inevitável dos espaços fechados. Nas ruas, a quantidade de mulheres pelas quais podia se apaixonar era tão grande que ele chegava a temer um ataque cardíaco. Todos os interiores ofereciam perigo porque pouquíssimos eram apenas masculinos. Elevadores constituíam uma especial fonte de humilhação, pois ele se via preso junto a mulheres que o rejeitavam com expressões de ligeiro asco — ou nem tão ligeiro. Ele procurava clubes masculinos, nos quais podia dormitar intermitentemente numa poltrona de couro, e pôs-se a pensar, a sério, na vida monástica. Álcool e drogas ofereciam uma fuga mais fácil e menos exigente, e começou então sua derrocada para a autodestruição.

Uma noite, quando cambaleava em direção à sua Ferrari, deu-se conta, com a nítida clareza dos bêbados, de que não tinha amigos, de que ninguém o amava, de que tudo aquilo em que baseara a vida era banal e falso como ouropel e de que, quase com certeza, não devia dirigir um veículo motorizado. Lembrou-se de ter sido levado por uma de suas amantes, no tempo em que era ele quem comandava sua vida, para ver o único filme de Bollywood de sua vida, no qual um homem e uma mulher que pensavam em se suicidar na Brooklyn Bridge se entreolham, gostam do que veem, resolvem não pular e, em vez disso, vão para Las Vegas. Imaginou se não deveria ir em direção à ponte e se preparar para saltar, com a esperança de ser resgatado por uma bela estrela de cinema que o amaria para sempre, com um amor tão profundo como o que ele sentia por ela. Porém então concluiu que, em virtude das consequências ocultas da nova estranheza que tomava conta dele, continuaria a se apaixonar por todas as mulheres que cruzassem seu caminho, fosse na ponte, em Las Vegas ou onde quer que estivessem, de modo que a diva do filme sem dúvida o deixaria e ele se sentiria ainda mais infeliz que antes.

Ele não era mais um homem. Tornara-se um animal escravizado pelo monstro Amor, *la belle dame sans merci* em pessoa, que se multiplicava e habitava os corpos de todas as *dames* do mundo, fossem elas *belles* ou não, e ele precisava ir para casa, trancar a porta e pedir aos céus que sofresse de uma doença curável que acabaria chegando ao fim para que ele retomasse a vida normal, muito embora naquele momento a palavra *normal* parecesse ter perdido o sentido. Isso, vou para casa, ele se persuadiu, pisando no acelerador em direção à sua cobertura no sul de Manhattan, com a Ferrari adicionando sua própria dose de temeridade à do motorista, e em certo momento, numa certa esquina na parte menos elegante da ilha, havia uma picape com as palavras *Mr. Geronimo, Jardinagem* pintadas nas laterais, com um número de telefone e um endereço eletrônico em letras de fôrma amarelas e sombras escarlate, e é claro que a Ferrari que furava o sinal estava errada. Seguiram-se guinadas frenéticas e ruídos de freios, mas tudo bem, ninguém morrera, um para-lama da Ferrari tinha sofrido danos sérios e utensílios de jardinagem que ficavam na caçamba da picape se espalharam no asfalto, porém os dois motoristas estavam em boas condições, saíram dos veículos sem dificuldade para verificar os prejuízos, e foi nesse momento que Giacomo Donizetti, tonto e trêmulo, percebeu, enfim, que tinha perdido o juízo e desmaiou bem ali, no meio da rua. Porque o homem mais velho e robusto que vinha em sua direção caminhava em pleno ar, muitos centímetros acima do chão.

Mais de um ano transcorrera desde que Mr. Geronimo perdera o contato com o solo. Durante esse período, a distância entre a sola de seus pés e as superfícies sólidas horizontais tinha aumentado e agora era de nove, talvez dez centímetros. Apesar dos aspectos obviamente alarmantes de sua doença, como ele tinha passado a chamar aquilo, era-lhe impossível considerá-la permanente. Ele encarava a situação como uma doença, causada por um vírus até então desconhecido: um defeito na gravidade. O mal passaria, pensava. Algo de inexplicável havia acontecido, um problema cujos efeitos com certeza desapareceriam. A normalidade retornaria. As leis da natureza não podiam ser negadas por muito tempo, nem mesmo por uma moléstia que o Centro de Controle de Doenças desconhecia. No fim, ele com certeza desceria para o chão. Era disso que ele procurava se convencer a cada dia. Portanto, os sinais inelutáveis da piora de seu estado lhe doíam demais e consumiam grande parte do restante da força de vontade com que ele reprimia as sensações de pânico. Muitas vezes, sem aviso, seus pensamentos começavam a girar loucamente, embora ele se orgulhasse de ser, em geral, uma pessoa estoica. O que vinha acontecendo era impossível, mas estava acontecendo e, portanto, era possível. O sentido das palavras — *possível, impossível* — estava mudando. Poderia a ciência lhe explicar aquilo? A religião? A ideia de que talvez não houvesse nenhuma explicação ou remédio para aquilo era algo que ele não se dispunha a levar em conta. Passou a informar-se em livros. Grávitons eram partículas elementares com massa nula que de um modo ou de outro transmitiam o puxão gravitacional. Talvez pudessem ser criados ou destruídos, o que explicaria o aumento ou a diminuição da força gravitacional. Essa era a informação da física quântica. Contudo, atenção: não existia prova de que os grávitons realmente existissem. Obrigado, física quântica, pensou. Você ajudou muito.

Como muitas pessoas mais idosas, Mr. Geronimo levava uma vida relativamente isolada. Não havia filhos ou netos que se preocupassem com seu estado. Isso era um alívio para ele. Sentia-se aliviado também por não ter voltado a se casar, de maneira que não havia uma mulher para quem ele fosse motivo de pesar ou preocupação. Ao longo de seus muitos anos de viuvez, os poucos amigos tinham reagido à sua taciturnidade se afastando dele, tornando-se simples conhecidos. Depois da morte de sua mulher, tinha vendido a casa onde moravam e se mudara para uma casinha modesta, alugada, em Kips Bay, um bairro quase esquecido de Manhattan, cuja anonimidade lhe servia à perfeição. No passado, tivera uma relação de amizade com seu barbeiro na Segunda Avenida, mas agora ele mesmo cortava seu cabelo, e se tornara, como preferia dizer, o jardineiro de sua própria cabeça.

Os coreanos da loja da esquina mostravam uma cordialidade profissional, ainda que nos últimos tempos, quando uma geração mais nova assumia as funções dos pais, às vezes ele fosse recebido com olhares vazios que revelavam a ignorância dos jovens, em lugar dos sorrisinhos e pequenos gestos de reconhecimento com que os mais velhos, míopes, saudavam um antigo cliente. As várias instituições médicas da Primeira Avenida tinham infestado o bairro com uma praga de médicos, mas ele desdenhava esses profissionais. Já não procurava mais seu médico, e os textos de advertência antes enviados pelo assistente daquele cavalheiro, *Precisamos vê-lo ao menos uma vez por ano se o senhor deseja manter a ligação com o dr. ...*, não vinham mais. De que lhe serviam os médicos? Um comprimido podia curar sua situação? Não, não podia. Invariavelmente, a assistência médica americana falhava no caso daqueles que mais precisavam dela. Ele a pusera de lado. Saúde era aquilo que você tinha até o dia em que não tinha mais, e depois desse dia você estava ferrado, e era melhor não permitir que médicos te ferrassem até esse dia chegar.

Nas raras ocasiões em que seu telefone tocava, tratava-se sempre de um assunto ligado a jardinagem, e quanto mais durasse aquela situação, mais difícil seria trabalhar. Ele tinha passado seus clientes para outros jardineiros e agora estava vivendo de suas economias. Havia o pé-de-meia que ele acumulara ao longo dos anos e que não era pequeno, devido a seu estilo de vida parcimonioso e à receita da venda de sua casa, mas, por outro lado, ninguém jamais se dedicara à jardinagem pretendendo enriquecer. Havia também a herança da mulher, descrita por Ella como "um quase nada", mas isso porque crescera num ambiente de riqueza. Na verdade, era um montante substancial, de que ele se tornara herdeiro, e nunca fora tocado. Ou seja, ele dispunha de tempo, mas era inevitável que, se as coisas continuassem como estavam, chegaria um momento que o dinheiro acabaria e ele estaria à mercê dos azares da fortuna — da Fortuna, aquela megera impiedosa. Ou seja, ele se preocupava com dinheiro, mas, ainda assim, estava feliz por não passar essas preocupações a ninguém.

Já não havia como esconder o que acontecia dos vizinhos, dos transeuntes na rua ou nas lojas onde às vezes tinha de entrar para comprar provisões, embora tivesse seu estoque de sopas e cereais, e ele assaltava sua despensa para minimizar as excursões a mercearias. Quando tinha de repor os víveres, fazia compras pela internet e de vez em quando pedia comida pronta quando estava com fome, e saía cada vez menos, salvo uma vez ou outra e sempre à noite. A despeito de todas as suas precauções, entretanto, o bairro tomou conhecimento de sua doença. Por sorte, ele vivia entre pessoas com baixo limiar de tédio, famosas pelo desinteresse hostil e insensível às excentricidades de seus concidadãos. Ao ouvir falar de sua levitação, os vizinhos não se importaram, supondo, com mínimas informações, que aquilo devia ser algum truque. O fato de ele continuar a fazer o mesmo truque todos os dias o tornava enfadonho, um chato que nunca largava as andas, um exibicionista cujo interesse já evaporara havia muito tempo. Ou, se ele tinha algum problema, se alguma coisa dera errado, provavelmente era culpa dele. Com certeza tinha mexido com coisas em que era melhor não mexer. Ou então o mundo tinha se cansado dele e estava a chutá-lo para fora. Ou fosse o que fosse. A conclusão era uma só: seu número de teatro tinha envelhecido, tal como ele mesmo.

Assim, por algum tempo foi ignorado, o que lhe facilitou um pouco a vida, pois não tinha a menor vontade de dar explicações a estranhos. Ficou em casa e fez cálculos. Nove centímetros em um ano significavam que em três anos, se estivesse vivo, ainda estaria a menos de trinta centímetros do chão. Nesse ritmo, consolou-se, ele deveria ser capaz de imaginar técnicas de sobrevivência que lhe valeriam uma vida factível — não uma existência convencional ou fácil, mas uma existência viável. Todavia, restavam problemas práticos a ser solucionados, alguns bastante complexos. Tomar um banho de imersão era impensável. Por sorte, havia no banheiro um boxe com uma ducha. Cumprir as funções naturais era mais difícil. Quando se sentava na privada, as nádegas pairavam teimosas acima do assento, mantendo-se sobre ele exatamente na mesma altura em que os pés se afastavam do solo. Quanto mais ele subisse no ar, mais penoso seria evacuar. Era preciso pensar nisso.

O transporte já era um problema, e só aumentaria. Ele já renunciara a viajar de avião. Uma autoridade da Administração de Segurança em Transportes poderia afirmar que ele constituía alguma espécie de ameaça. Somente veículos aéreos podiam decolar de aeroportos. Seria muito fácil determinar que um passageiro que tentasse fazê-lo sem embarcar num avião estava agindo de maneira inadequada ou precisava ser contido. Outros meios de transporte público também eram problemáticos. No metrô, sua levitação podia ser confundida com uma tentativa ilegal de passar por cima das catracas. Tampouco ele podia continuar a dirigir. O acidente tinha deixado isso claro. Restavam as caminhadas, mas, mesmo à noite, caminhar chamava muita atenção e o tornava vulnerável, por maior que fosse a indiferença com que as pessoas agiam. Talvez fosse mais conveniente ficar quieto em seu apartamento. Uma aposentadoria forçada até que seu estado melhorasse e ele pudesse voltar ao que restava da vida cotidiana. Mas não era nada fácil contar com isso. Afinal, ele era um homem habituado à vida ao ar livre, que executava um trabalho físico e pesado durante várias horas por dia, chovesse ou fizesse sol, no calor ou no frio, acrescentando seu parco senso de beleza à beleza natural do mundo. Se não podia mais trabalhar, ainda assim precisava exercitar-se. Caminhar. Isso. Caminharia à noite.

Mr. Geronimo morava nos dois andares mais baixos do The Bagdad, um estreito edifício de apartamentos num quarteirão estreito que talvez fosse o quarteirão menos elegante daquele bairro que de elegante não tinha nada; sua sala estreita ficava no nível da rua estreita, e seu quarto estreito, no estreito pavimento inferior. Durante a grande tempestade, o The Bagdad estivera incluído na zona de evacuação, mas a inundação não chegara ao pavimento inferior, onde ele dormia. O prédio escapara por um triz. As ruas próximas, que, mais largas, abriam os braços para os elementos, tinham sido duramente castigadas. Talvez houvesse nisso uma lição a ser tirada, pensava Mr. Geronimo. Talvez a estreiteza sobrevivesse melhor a ataques que a largueza. Entretanto, essa era uma lição pouco atraente que ele não queria aprender. Amplidão, inclusão, prodigalidade, abundância, fartura, profundidade, *grandeza*: esses eram os valores a que um homem alto, corpulento, espadaúdo e que caminhava a passos largos como ele deveria se cingir. E se o mundo queria preservar o estreito e destruir o profuso, escolhendo a boca murcha em detrimento de lábios carnudos, o corpo emaciado e não a compleição robusta, o justo em vez do folgado, a lamúria em lugar do rugido, ele preferia afundar com aquele navio enorme.

Sua morada estreita podia ter confrontado a tempestade, mas não o protegera. Por motivos desconhecidos, a tormenta o afetara de uma forma singular — isso se de fato ela era responsável —, separando-o, para seu alarme cada vez maior, do solo nativo de sua espécie. Era difícil não perguntar *por que eu?*, mas ele já começara a apreender a verdade difícil: que, embora uma coisa pudesse ter uma causa, isso não era igual a ter um propósito. Mesmo que se pudesse definir como determinada coisa tinha surgido — mesmo que se respondesse à pergunta sobre *como* —, não fora dado um único passo para resolver a questão do *por quê*. As anomalias da natureza, tal como as doenças, não respondiam a perguntas sobre suas motivações. Ainda assim, Mr. Geronimo pensava, o *como* o apoquentava. Ele tentava apresentar um rosto corajoso para o espelho — tinha agora de se abaixar para ver seu reflexo —, mas o medo crescia dia a dia.

O apartamento do The Bagdad era uma espécie de ausência: não só estreito, mas também minimamente mobiliado. Ele sempre fora um homem de poucas necessidades e, depois da morte da mulher, só lhe faltava aquilo que ele não podia ter: a presença dela em sua vida. Livrara-se de objetos, renunciara a pesos mortos, conservando tão somente o que era essencial, aliviando sua carga. Não lhe ocorreu que esse processo de renúncia aos aspectos físicos de seu passado, de largar as coisas, talvez estivesse relacionado à sua doença. Agora, à medida que ascendia no ar, começou a se agarrar a pedacinhos de memórias, como se o peso cumulativo delas tivesse o condão de trazê-lo outra vez ao solo. Lembrava-se de sentar-se, com Ella, diante da TV com uma tigela de pipoca de micro-ondas no colo e um cobertor sobre as pernas, vendo um filme, um épico em que um rei-menino era criado na Cidade Proibida em Beijing, crendo ser Deus, mas, depois de muitas peripécias, acabava trabalhando como jardineiro naquele mesmo palácio onde um dia fora uma deidade. O deus-jardineiro dizia-se feliz com a vida nova, o que quiçá fosse verdade. Talvez, pensou Mr. Geronimo, comigo aconteça o contrário. Talvez eu esteja subindo devagar para o empíreo. Ou talvez em breve esta cidade e todas as outras fiquem proibidas para mim.

Quando criança, muitas vezes ele tinha um sonho no qual voava. Nesse sonho, estava deitado na cama, em seu quarto, e conseguia elevar-se lentamente na direção do teto, com o lençol caindo ao chão enquanto ele subia. Depois, de pijama, flutuava de um lado para outro, tendo o cuidado de evitar as pás do ventilador de teto, que giravam devagar. Era capaz até de virar o cômodo ao contrário e sentar-se no teto, rindo para os móveis no chão invertido lá embaixo e se perguntando por que não caíam no teto, que era agora o chão — quer dizer, por que não subiam. Enquanto ele permanecia em seu quarto, o voo se fazia sem esforço. Entretanto, o quarto tinha janelas altas que ficavam abertas a noite toda para que a aragem entrasse, e, se ele cometia a tolice de sair por elas, descobria que sua casa ficava no alto de um morro (o que não se confirmava quando ele estava acordado) e que logo ele começava a perder altura — devagar, sem causar susto, mas inexoravelmente —, e ele sabia que, se não voasse de volta para dentro pelas janelas, chegaria o momento em que seu quarto estaria perdido e pouco a pouco ele desceria para o pé do morro, onde havia o que a mãe chamava de "perigos e pessoas estranhas". Ele sempre dava um jeito de entrar pelas janelas do quarto, mas às vezes só conseguia fazer isso no último momento. Ele virou também essa lembrança de cabeça para baixo. Talvez agora o contato com o chão dependesse de ele se manter em seu quarto, ao passo que toda saída para o ar livre acarretaria uma separação cada vez maior do solo.

Ligou a televisão. A bebê mágica estava no noticiário. Mr. Geronimo notou que tanto ela quanto ele tinham orelhas iguais. E ambos viviam agora no universo da magia, depois de separar-se do velho continuum, familiar e preso à terra. A neném mágica era para ele um consolo. A existência dessa criança indicava que ele não era o único a se afastar daquilo que Mr. Geronimo começava a compreender que não era mais a norma.

O acidente com o carro não ocorrera por culpa sua, mas dirigir se tornara agora uma atividade trabalhosa e desconfortável, e seus reflexos não eram mais o que deviam ser. Por sorte, ele não sofrera ferimentos graves. Depois do acidente, o outro motorista, um playboyzão chamado Giacomo Donizetti, tinha recuperado a consciência durante uma espécie de delírio e gritara com ele como se estivesse possuído: "O que você está fazendo aí em cima? Acha que é melhor que nós? É por isso que se mantém distante? Você acha que o planeta não é bom o suficiente, e por isso precisa ficar acima de todo mundo? O que você é, algum *radical* de bosta? Veja o que sua caminhonete ridícula fez com meu carro bacana. Eu odeio gente como você. *Elitista* de merda". Depois da gritaria, o Signor Donizetti desmaiou de novo, os socorristas chegaram e cuidaram dele.

Mr. Geronimo sabia que o choque fazia as pessoas proceder de modo estranho, mas começava a perceber uma certa hostilidade incipiente nos olhos de ao menos certas pessoas que observavam sua situação. Talvez ele causasse maior alarme à noite. Talvez devesse engolir o medo e sair pelas ruas em plena luz do dia. Mas aí as objeções a seu estado se multiplicariam. Realmente, a conhecida indiferença da população até então o protegera, mas talvez não o resguardasse da acusação de um tipo bizarro de esnobismo, e quanto mais ele ascendesse no ar, maior seria o antagonismo. Essa ideia, a de que ele procurava se distinguir, de que sua levitação era um julgamento em relação aos presos à terra, de que em sua situação insólita ele estivesse menosprezando as pessoas comuns, começava a ficar visível nos olhos de estranhos, ou pelo menos ele começava a julgar que a via nesses olhos. Seu impulso era gritar: por que vocês acham que eu julgo minha doença uma melhoria? Por quê, se ela arruinou minha vida, a ponto de eu temer que leve a uma morte prematura?

Ele ansiava por um jeito de "descer". Haveria alguma disciplina científica capaz de ajudá-lo? Se não era a teoria quântica, quem sabe outra coisa? Havia lido a respeito de "botas gravitacionais" que permitiam aos usuários caminhar de cabeça para baixo no teto. Seria possível ajustá-las para fazerem seus usuários ficar presos no chão? Seria possível fazer alguma coisa? Ou ele estava fora do alcance da medicina e das demais ciências? Teria a vida real se tornado simplesmente irrelevante? Porventura ele fora capturado pelo surreal, que em breve o devoraria? Haveria alguma maneira racional de pensar em sua desdita? E se aquele estado fosse infeccioso ou contagioso e ele pudesse transmiti-lo a outras pessoas?

De quanto tempo dispunha?

A levitação não era um fenômeno inteiramente desconhecido. Em condições de laboratório, eletroímãs que usavam supercondutores e produziam uma coisa que ele não compreendia, a repulsão diamagnética da água corporal, tinham feito com que pequenos animais, como sapos, levitassem. Como a maior parte da matéria dos seres humanos era água, talvez isso fosse uma pista do que estava lhe acontecendo. Nesse caso, entretanto, onde estavam os gigantescos eletroímãs e os descomunais supercondutores que criavam esse efeito? Teria a própria Terra se convertido num colossal eletroímã/supercondutor? Nesse caso, por que era ele a única criatura viva assim afetada? Ou seria ele, por algum motivo bioquímico ou sobrenatural, absurdamente sensível a mudanças no planeta — e, se assim fosse, em breve todo mundo estaria no mesmo barco que ele? Teria ele sido a cobaia para o que viria a ser a rejeição de toda a raça humana pela Terra?

Havia outra coisa na tela do computador que ele não compreendia. A levitação de objetos ultrapequenos tinha sido obtida mediante a manipulação do efeito Casimir. À medida que ele se esforçava para entender o mundo subatômico dessa força, percebeu que, nos níveis mais profundos da essência da matéria, o idioma se desintegrava sob a pressão incomensurável das forças fundamentais do universo e era substituído pela linguagem da própria criação — *dubleto de isospin, teorema de Noether, transformação rotacional, quarks up e down, princípio da exclusão de Pauli, densidade de número de enrolamento topológico, co-homologia de De Rham, espaço ouriço, união disjunta, assimetria espectral, princípio do gato de Cheshire* —, e tudo isso era ininteligível para ele. Talvez Lewis Carroll, o criador do gato de Cheshire, soubesse que o princípio do bichano tivesse relação com a origem da matéria. Talvez alguma coisa casimiriana atuasse em suas circunstâncias pessoais, talvez não. Se ele via a si mesmo no olho do cosmos, bem poderia ser um objeto ultrapequeno sobre o qual essa força pudesse agir.

Mr. Geronimo compreendeu que sua mente, como seu corpo, estava se afastando de substratos sólidos. Isso tinha de parar. Ele precisava se concentrar em fatos simples. E o fato simples e importante em que tinha de se concentrar mais particularmente era que estava levitando muitos centímetros acima de todos os planos sólidos: do solo, do assoalho de seu apartamento, das camas, dos bancos de carros, dos assentos de privadas. Uma vez, e só uma vez, ele tentou plantar bananeira e verificou que, num exercício desses, suas mãos mostravam de imediato a mesma *doença* de seus pés. Caiu com força e ficou estendido de costas, sem fôlego, pairando dois dedos acima do tapete. O espaço vazio amorteceu a queda, mas não muito bem. Depois desse acidente, ele passou a se mover com mais cuidado. Era um homem com uma doença grave, e como tal tinha de se comportar. Sentia a idade, e havia algo ainda pior a enfrentar. Sua doença vinha não só afetando sua saúde, debilitando seus músculos e o envelhecendo, como estava também apagando sua personalidade, substituindo-a por uma outra. Ele não era mais ele, deixara de ser Rafa-'Ronnimus-pater-filhonimus, deixara de ser o sobrinho do tio Charles, o genro de Bento Elfenbein ou o marido destroçado de sua amada Ella. Não era mais o Mr. Geronimo da firma de paisagismo Mr. Geronimo, Jardinagem, nem sua identidade mais recente, o amante da Dama Filósofa e o inimigo do administrador dela, Oldcastle. A história tinha fugido dele, e a seus próprios olhos, bem como aos de outros, ele estava se tornando, já se tornara, apenas o homem que pairava a nove centímetros do chão. Nove centímetros, e continuava subindo.

Ele vinha pagando o aluguel religiosamente, mas temia que a Irmã arranjasse um pretexto para tirá-lo do prédio. A Irmã C. C. Allbee, a superintendente ou — seu título preferido — a "senhoria" do condomínio The Bagdad, era, pelo menos em sua própria opinião, uma mulher de mente aberta, mas não dava importância às coisas que vinham sendo noticiadas. Aquela criancinha, a Bebê da Tempestade, ou a Bebê da Verdade, por exemplo, a assustava tanto quanto todas as outras crianças dos filmes de horror, como Carrie White ou Damien Thorn, todos aqueles seres demoníacos. E o que veio depois da Bebê da Tempestade era uma loucura completa. Uma mulher perseguida por um tarado transformou-se numa ave e fugiu. O vídeo tinha sido postado em sites noticiosos que a Irmã acompanhava e podia ser visto também no YouTube. Um bisbilhoteiro que espionava Marpessa Sägebrecht, uma das queridinhas da cidade, a deusa brasileira da lingerie, foi transformado por artes mágicas num cervo galhudo e logo perseguido pela avenida A por um bando de sôfregos caça-fantasmas. Depois as coisas até pioraram na Times

Square, onde, num período a que certas testemunhas se referiram como "poucos segundos" e outras como "muitos minutos", as roupas dos homens desapareceram, o que os deixou chocantemente nus, enquanto se espalhava pelo chão todo o conteúdo de seus bolsos — celulares, canetas, chaves, cartões de crédito, dinheiro, preservativos, inseguranças sexuais, egos infláveis, calcinhas femininas, pistolas, punhais, números de telefone de mulheres infelizes no casamento, frascos de bebidas, máscaras, vidros de colônias, fotos de filhas contrariadas, fotos de adolescentes sorumbáticos, antissépticos bucais, saquinhos plásticos com pós brancos, baseados, mentiras, gaitas, óculos, balas de armas de fogo e esperanças mortas e esquecidas. Segundos (ou minutos) depois as roupas reapareceram, porém a nudez assim revelada dos objetos, das fraquezas e das indiscrições dos homens desencadeou uma tempestade de emoções contraditórias, como vergonha, cólera e medo. Mulheres corriam gritando, enquanto os homens se apressavam a juntar seus segredos, que podiam ser postos de volta em seus bolsos ávidos, mas que, tendo sido revelados, não podiam mais ser ocultados.

A Irmã não era nem nunca tinha sido freira, mas as pessoas a chamavam assim devido a seu temperamento religioso e a uma suposta semelhança com a atriz Whoopi Goldberg. Ninguém a chamava de C.C. desde que seu falecido marido se mandou desta vida com uma pessoa mais roliça e mais jovem de etnia latina e terminou no inferno, ou Albuquerque, que eram apenas dois nomes diferentes para o mesmo lugar, como dizia a Irmã. Era como se desde seu "passamento" no Novo México o mundo inteiro estivesse indo para o inferno por solidariedade com aquele imprestável. A Irmã Allbee já estava farta daquilo. Conhecia bem um certo tipo de maluquice americana. A maluquice das armas era para ela normal: matar crianças em escolas, enfiar na cabeça uma máscara do Coringa e abater pessoas num shopping ou simplesmente assassinar a mãe na maluquice do café da manhã, a maluquice da Segunda Emenda, isso não passava da maluquice cotidiana que não parava de acontecer e não havia nada que se pudesse fazer a respeito se você prezasse a liberdade; e ela entendia a maluquice das facas, que tinha conhecido na juventude no Bronx, como também o tipo de maluquice de porradaria que ensinava a garotos negros que era bonito dar socos na cara de judeus. Ela compreendia a maluquice das drogas, dos políticos e da Igreja batista de Westboro, não se esquecendo também da maluquice de Trump, pois essas coisas eram o jeito americano de ser, mas essa nova maluquice era diferente. Lembrava a maluquice do Onze de Setembro: era uma maluquice estrangeira, maligna. O diabo estava à solta, dizia a Irmã, em voz alta e com frequência. O diabo estava trabalhando. Quando um de seus inquilinos começou a flutuar a vários centímetros de altura acima do chão, durante todas as horas do dia e da noite, aí ficou evidente que o diabo tinha chegado ao edifício dela, e onde estava Jesus quando seus préstimos eram necessários? "Jesus", clamou ela no acanhado saguão do The Bagdad, "você tem de descer à terra mais uma vez, tenho aqui muito trabalho de Deus para você fazer."

Foi então que se deu a intervenção de Blue Yasmeen, a artista (performances, instalações, grafites) que morava no último andar do The Bagdad. Mr. Geronimo não a conhecia, não se interessara em conhecê-la, mas de repente tinha uma aliada, uma amiga que, depois de enfeitiçar a Irmã, ou assim parecia, se dispunha a defendê-lo. "Deixe esse homem em paz", disse Blue Yasmeen; a Irmã reagiu com uma careta, mas fez o que ela pedia. A afeição da Irmã por Yasmeen era tão surpreendente quanto profunda, um exemplo das mil e uma aproximações improváveis que aconteciam na cidade imensa, dos amores que pegavam os amantes de surpresa, e talvez tivesse raízes em conversas, já que Yasmeen era muito conversadeira e a Irmã ficava hipnotizada por suas palavras. Bagdá, capital do Iraque, aquilo é uma tragédia, Blue Yasmeen costumava dizer, mas Bagdad com D no fim, ah, esse é um lugar mágico, é a cidade de Aladim, a cidade das histórias que giram em torno de cidades reais como uma trepadeira, entrando e saindo das ruas de cidades reais, sussurrando em nosso ouvido, e naquela cidade parasita as histórias são frutos que pendem de cada árvore, histórias fantásticas ou corriqueiras, contos curtos ou longos, e ninguém que goste de um enredo fica insatisfeito. Essa fruta gostosa cai dos galhos na rua, machucada, e quem quiser pode pegá-la. Eu sempre construo essa cidade de tapetes voadores onde posso, dizia ela, eu a cultivo nos quintais cimentados dos condomínios urbanos e em grafites em lances de escadas dos conjuntos habitacionais. Essa Bagdad é minha cidade e nela eu sou tanto monarca quanto cidadã, nela eu faço compras e sou também lojista, sou o vinho e quem o bebe. E é você, disse ela à Irmã Allbee, quem cuida dela. A senhoria do The Bagdad: a superintendente da terra das histórias. Você exerce o papel central desse lugar. Essas palavras derreteram o coração da Irmã. Mr. Geronimo está se revelando uma história incrível, disse-lhe Blue Yasmeen. Deixe-o em paz para vermos como essa história vai terminar.

O cabelo de Yasmeen não era azul, mas laranja, nem o nome dela era Yasmeen. Tudo bem. Se ela queria chamar laranja de azul, isso era seu direito, e Yasmeen era seu *nom de guerre*. Morava na cidade como se ela fosse uma zona de guerra, porque, ainda que tivesse nascido na rua 116, filha de um professor de literatura de Columbia e de sua mulher, ela queria que soubessem que *originalmente, antes disso*, o que queria dizer *antes da porra do nascimento*, ela era de Beirute. Tendo depilado as sobrancelhas, tinha mandado tatuar outras no lugar delas, em forma de raios. Também seu corpo era uma vitrine de tatuagens.

Todas elas, a não ser as sobrancelhas, eram palavras, as habituais, *Amor*, *Imagine*, *Yeezy*, *Ocupa*, e ela dizia sobre si mesma (o que sem querer mostrava que pertencia mais a Riverside Drive que à Hamra Street) que era intratextual, além de intrassexual, ou seja, vivia entre as palavras, tanto quanto entre os sexos. Blue Yasmeen fizera furor no mundo da artes com sua instalação intitulada Baía de Guantánamo, que causara forte impressão, se mais não fosse por causa do poder de persuasão necessário para que chegasse a ser montada. De alguma forma ela conseguiu que aquele xilindró impenetrável lhe permitisse pôr numa sala uma cadeira com uma câmera de vídeo diante dela e conectá-la a um manequim sentado numa galeria de arte em Chelsea, de modo que, quando os prisioneiros se sentavam na cadeira de Guantánamo diante de uma câmera de vídeo e contavam suas histórias, o rosto de cada um deles era projetado na cabeça do manequim em Chelsea. Era como se ela os tivesse libertado e lhes dado voz, e era isso mesmo, o que estava em pauta era liberdade, seus putos, liberdade, ela odiava o terrorismo como qualquer pessoa, mas odiava também erros judiciais. E, para o caso de você duvidar, de desdenhá-la, de considerá-la uma fanática religiosa, uma aspirante a terrorista, saiba que ela não tinha tempo para Deus, e além disso era pacifista e vegana, por isso, foda-se *você*.

Ela era uma espécie de pessoa ilustre da cidade, *mundialmente famosa em vinte quarteirões*, como ela dizia, nas competições de narração de histórias organizadas pelo pessoal do "Day of the Locusts", que tirava o nome não do romance de Nathanael West (em cujo título aparecia *locust*, no singular), e sim da canção de Dylan (com *locusts*, no plural): *os gafanhotos cantavam, e estavam cantando para mim*. As competições de histórias do Locusts eram festas móveis, que passavam de um lugar para outro da cidade, e, embora chamadas de Dias, era óbvio que as competições ocorriam à noite, e Yasmeen era uma estrela do microfone, narrando seus contos de Bagdá sem D no fim.

Há muito tempo, na antiga Bagdá, contou Blue Yasmeen, *vivia um mercador a quem um nobre da cidade devia dinheiro, uma quantia bastante vultosa, e deu-se que, como o nobre morreu inesperadamente, o mercador pensou: Isso é ruim, eu não vou ser reembolsado. No entanto, um deus lhe havia concedido o dom da transmigração, pois isso aconteceu numa parte do mundo em que havia muitos deuses, e não apenas um, de modo que o mercador teve a ideia de fazer seu espírito migrar para o corpo do nobre, permitindo que o corpo dele se levantasse do leito de morte e lhe pagasse o que devia. O mercador deixou seu próprio corpo em local seguro, ou assim pensou, e seu espírito saltou para o corpo do falecido, mas, ao levar ao banco o corpo do nobre, o mercador teve de atravessar o mercado de peixe. Ali, um gigantesco bacalhau morto, estendido numa laje, o viu passar e começou a rir. Ao escutar o riso do peixe morto, as pessoas perceberam que havia algo de estranho em relação ao defunto que caminhava e o agrediram, julgando-o possuído por um demônio. Daí a pouco o corpo do nobre morto se tornou inabitável, e o espírito do mercador teve de deixá-lo e refazer seu caminho de volta à antiga casca. Entretanto, algumas pessoas tinham achado o corpo abandonado do mercador e, por julgá-lo pertencer a um morto, tinham-no cremado, segundo o costume daquela parte do mundo. Por isso o mercador ficou sem corpo e sem receber o que lhe era devido, e seu espírito provavelmente ainda vagueia pelo mercado. Ou talvez ele tenha migrado para um peixe morto e nadado para o oceano das correntes de histórias. E a moral desta história é: não abuse da porra de sua sorte.*

Outra história:

Era uma vez, na velha Bagdá, uma casa alta, altíssima, uma casa que parecia um bulevar vertical que levava, lá em cima, ao observatório de vidro do qual o dono da casa, um homem rico, riquíssimo, contemplava os minúsculos formigueiros humanos da cidade que se estendia lá embaixo. Era a casa mais alta da cidade, edificada no topo da mais alta colina, e não era feita de tijolos, aço ou pedra, e sim do mais puro orgulho. Os pisos eram feitos de ladrilhos de um orgulho polidíssimo que nunca perdia o brilho; as paredes, da mais altiva soberba; e os lustres gotejavam arrogância de cristal. Por todo lado havia grandes espelhos dourados, que refletiam imagens do proprietário, não graças a camadas de prata ou mercúrio, porém do mais lisonjeiro material refletor, que é o amor-próprio. Tal era o orgulho do proprietário por sua casa nova que infectava, misteriosamente, todos aqueles que tinham o privilégio de visitá-lo, de forma que nunca alguém disse uma palavra contra a ideia de construir uma casa tão alta numa cidade tão miserável.

Entretanto, depois que o homem rico e sua família se mudaram para a casa, viram-se atormentados pela má sorte. Pés se quebravam em acidentes, vasos preciosos caíam, e sempre havia alguém acamado. Ninguém dormia bem. Os negócios do homem rico não foram afetados, pois ele jamais os realizava em casa, mas as vicissitudes dos ocupantes da casa fizeram com que a mulher do homem rico chamasse uma especialista nos aspectos espirituais de casas, e, quando ela soube que uma praga permanente fora rogada sobre a casa, provavelmente por um djim amigo do povo dos formigueiros, fez o homem rico, sua família, seus mil e um serviçais e os cento e sessenta carros deixarem a casa alta e se mudarem para uma de suas muitas residências menores, construídas com materiais comuns, e depois disso todos, até o homem rico, viveram felizes para sempre, embora o orgulho ferido seja a lesão de mais difícil recuperação, pois o dano à dignidade e à vaidade de um homem é pior que um pé quebrado, e sua cura leva muito mais tempo.

Abandonada a casa alta pela família rica, as formigas da cidade passaram a subir por suas paredes, e não só as formigas como também lagartos e cobras, e a casa foi invadida pela rusticidade da cidade: trepadeiras cresciam em torno das camas de dossel, espinheiros cobriam os preciosos tapetes Bukhari. Viam-se formigas por toda parte, tomando conta do lugar, e aos poucos a estrutura da casa se desfez diante das formigas que marchavam, cortavam, faziam-se presentes, um bilhão de formigas, mais de um bilhão, esfacelando e quebrando a arrogância dos lustres com seu peso coletivo, com cacos despedaçados de arrogância arrojando-se nos pisos cujo orgulho se tornara esmaecido e sujo, a trama de orgulho de que eram feitos os tapetes e as tapeçarias havia sido corroída por aqueles bilhões de patas minúsculas a marchar, marchar, cortar, cortar, fazendo-se apenas presentes, existindo, arruinando toda a essência do orgulho da construção elevada, que já não negava a existência delas, que desmoronava sob a realidade da existência delas, sob seus bilhões de patas, sob sua formiguice. A soberba das paredes cedia, desabava como gesso barato e revelava a fragilidade da estrutura da construção; e os espelhos de amor-próprio rachavam-se de um lado a outro, tudo era ruína, aquela edificação gloriosa se tornara um buraco de caruncho, um insetário, uma colônia de formigas. E é claro que por fim ruiu, esboroou-se como poeira, dispersada pelo vento, mas as formigas continuaram vivas, com os lagartos, os mosquitos e as cobras, e a família rica sobreviveu também, sobreviveram todos, todos continuaram a ser o que sempre tinham sido, logo todos se esqueceram da casa, até o homem que a construíra, e foi como se ela nunca tivesse existido, e nada mudou, nada tinha mudado, nada podia mudar, nada viria jamais a mudar.

O pai de Blue Yasmeen, o professor, tão bonitão e inteligente, um tanto vaidoso, já morrera, mas a cada dia ela tentava dar vida às ideias dele. Todos estávamos presos a histórias, ela afirmava, tal como ele costumava dizer, com o cabelo ondulado, o sorriso malicioso, a mente brilhante, cada um de nós era prisioneiro da própria narrativa egocêntrica, cada família ficava cativa da história da família, cada comunidade se trancava em seu próprio conto, cada grupo era vitimado por suas próprias versões da história; e havia áreas do mundo onde as narrativas colidiam entre si e provocavam uma guerra, onde havia duas ou mais histórias incompatíveis lutando por espaço, para falar, na mesma página. Blue Yasmeen vinha de um desses lugares, o dele, do qual tinha sido desalojado para sempre, tinham exilado seu corpo, mas não seu espírito, isso nunca. E agora, talvez, todos os lugares estivessem se tornando aquele lugar, talvez o Líbano estivesse em toda parte e em lugar nenhum, de modo que todos éramos exilados, mesmo não sendo nosso cabelo tão ondulado, nossos sorrisos nem tão travessos, nossos espíritos menos brilhantes, nem mesmo o nome *Líbano* era necessário, o nome de todos os lugares ou de qualquer lugar serviria tão bem quanto ele, talvez fosse por esse motivo que ela se sentia sem nome, inominada, inominável, libanônima. Esse era o nome, que não era nome, do *one-woman show* que ela vinha planejando, um show que poderia virar também um livro (tomara, pensava), um filme (isso ela realmente desejava muito) e um musical (se tudo saísse bem, mas bem mesmo, ainda que nesse caso ela tivesse, provavelmente, de escrever textos para outras pessoas). O que estou achando é que todas essas histórias são ficções, ela disse, mesmo aquelas que insistem em ser realidade, como quem chegou primeiro aonde ou de quem era o Deus que tinha precedência sobre o de outras pessoas. Todas essas histórias são faz de conta, fantasias, tanto as fantasias realistas quanto as fantasias fantásticas são *inventadas*, e a primeira coisa a meter na cabeça em relação às histórias inventadas é que todas são falsas da mesma forma, Madame Bovary e as histórias libanônimas são ficcionais *da mesma forma que os tapetes voadores e os gênios*. Ela estava sempre citando o pai a respeito disso, ninguém nunca disse as coisas melhor que ele, e ela era sua filha, de modo que as palavras dele agora pertenciam a ela, essa é nossa tragédia, ela dizia com as palavras dele, nossas ficções estão nos matando, mas se não tivéssemos essas ficções talvez isso também nos matasse.

Segundo o povo unyaza, da cordilheira Lam, que quase rodeia a Velha Bagdá, contou Blue Yasmeen no "Day of the Locusts", *o micróbio das histórias penetrava nos bebês humanos horas depois de nascerem, pelas orelhas, e fazia com que, quando um pouco maiores, as crianças quisessem muitas coisas que lhes eram nocivas: contos de fadas, falsas esperanças, quimeras, ilusões, mentiras. A necessidade de que coisas inexistentes fossem mostradas como se existissem era perigosa para uma gente cuja sobrevivência era uma batalha constante, uma batalha que exigia manter um foco bem-definido na realidade. Todavia, era difícil erradicar esse germe, que se adaptava perfeitamente ao hospedeiro, ao desenho da biologia e do código genético humanos, tornando-se como que uma segunda pele, uma segunda natureza humana. Parecia impossível exterminá-lo sem também matar o hospedeiro. As pessoas excessivamente prejudicadas pelos efeitos desse micróbio, as que ficavam obcecadas com a produção e disseminação de coisas inexistentes, às vezes eram executadas — uma sábia precaução —, porém o parasita das histórias não deixava de ser um flagelo para a tribo.*

Os unyaza constituíam um grupo de montanheses que, além de pequeno, estava diminuindo. O ambiente em que viviam era inóspito; suas terras, pedregosas e pouco férteis; seus inimigos, inclementes e numerosos. Ademais, eram propensos a moléstias consumptivas que lhes esfarelavam os ossos e a febres que lhes arruinavam o cérebro. Não cultuavam deus algum, embora o micróbio das histórias lhes infundisse sonhos com deidades pluviais que lhes traziam água, deidades animais que lhes davam bois e deidades bélicas que prostravam seus inimigos com diarreia, o que tornava mais fácil abatê-los. Essa ilusão — de que suas conquistas, como a localização de nascentes, a criação de gado e o envenenamento do alimento dos inimigos não eram obras deles próprios, mas dádivas de invisíveis entidades sobrenaturais — foi a gota d'água. O líder dos unyaza ordenou que as orelhas dos bebês fossem tapadas com barro para impedir a entrada do micróbio das histórias.

Com isso, o mal das histórias começou a se extinguir e os adolescentes unyaza se compenetraram, contristados, de que o mundo nada tinha de ilusório, e um clima de profundo pessimismo começou a se espalhar, à medida que a nova geração se dava conta de que conforto, sossego, delicadeza e felicidade eram palavras destituídas de significado no mundo real. Tendo refletido sobre o terror cruel que era a realidade, concluíram que, além disso, não havia na vida deles lugar para fraquezas debilitantes como emoção, amor, amizade, nobreza, companheirismo ou confiança. Então, teve início a insanidade final da tribo. Acredita-se que, depois de um período de conflitos amargos e discórdias violentas, os jovens unyaza, dominados pelo pessimismo rebelde que ocupou o lugar da infecção das histórias, dizimaram os mais velhos e em seguida voltaram-se uns contra os outros, até a tribo se perder para a humanidade.

Na ausência de suficientes dados confiáveis de pesquisa, não se pode afirmar com certeza se o micróbio das histórias algum dia existiu mesmo ou não, ou se foi, ele próprio, uma história, uma invenção parasitária que se ligou à consciência dos unyaza, uma coisa inexistente que, em virtude de sua insidiosa capacidade de persuasão, criou as consequências que poderiam ter sido cunhadas pelo micróbio ficcional se ele de fato existisse; e, nesse caso, os unyaza, que odiavam os paradoxos quase tanto quanto as ficções, podem, de modo paradoxal, ter sido exterminados por sua certeza de que uma ilusão que tinham criado coletivamente era a verdade.

E por que ela se importava com o misterioso Mr. Geronimo?, indagava Yasmeen à noite diante de seu espelho, aquele velho caladão que não fazia esforço algum para ser cordial? Seria por ele ser alto, bonitão e empertigado como seu pai e ter a mesma idade que teria seu pai se fosse vivo? Provavelmente sim, reconhecia — as questões ligadas a seu pai estavam se manifestando de novo —, e talvez em outras circunstâncias ela se agastasse consigo mesma por se entregar a uma forma de nostalgia vicária, mas naquele instante sua atenção foi desviada pelo surgimento, às suas costas, mostrado claramente pelo espelho do quarto, de uma bela mulher, muito magra e de aspecto jovem, toda vestida de preto e sentada de pernas cruzadas num tapete voador, que pairava, como o jardineiro do primeiro andar, cerca de dez centímetros acima do chão.

Embora a normalidade da metrópole tivesse sido perturbada, de maneira geral as pessoas não compreendiam a situação e ainda se mostravam atônitas com a intrusão do fantástico no cotidiano, e isso ocorria até com pessoas como Blue Yasmeen, que, afinal de contas, tinha acabado de incentivar a Irmã Allbee a ser tolerante com a levitação que, mês após mês, ocorria no apartamento do subsolo. Yasmeen deu um grito agudo, quase um ganido, e se virou para encarar Dúnia, que, verdade seja dita, parecia tão espantada quanto a mulher de cabelo laranja diante dela.

"Em primeiro lugar", disse Dúnia, de mau humor, "eu esperava que você fosse a pessoa com quem preciso tratar um assunto relevante, Mr. Raphael Manezes, conhecido como Geronimo, e evidentemente você não é ele. E, em segundo lugar, suas orelhas são iguais às de todo mundo."

Blue Yasmeen abriu a boca, mas não conseguiu fazer com

que dela saísse algum som. "Geronimo Manezes?", repetiu a mulher do tapete voador, ainda irritada. Aquele fora um dia difícil. "Qual é o apartamento dele?" Yasmeen bateu no piso com um dedo. "Um", conseguiu dizer. A mulher do tapete voador parecia aborrecida.

"É por isso que prefiro não usar tapetes", disse. "O sistema de posicionamento deles é uma porcaria que sempre dá defeito."

Mamãe, nós temos de nos mudar, temos de sair desta casa imediatamente, esta noite se possível.

Por quê, meu filho? É porque apareceu um monstro em seu quarto? Normal, *diga a ele que seja normal.*

O que é isso? Até a senhora agora está chamando ele de Normal*?*

Por que não, Jinendra? Estamos nos Estados Unidos e o nome de todo mundo muda aqui. Aliás, você mesmo é Jimmy agora. Então pare de bancar o superior.

Tá bom, deixe pra lá. Nirmal, diga a mamãe que temos de sair daqui, não é seguro a gente ficar nesta casa.

Me chame de Normal. *É sério.*

Então, vou chamar você de Sério.

Jinendra, pare de aporrinhar seu primo, que lhe dá um bom emprego, um bom salário.

Mamãe, temos de sair daqui antes que seja tarde demais.

E vou largar minhas aves sem mais nem menos? E minhas aves?

Esqueça as aves, mãe. Ele vai voltar com tudo, e, se a gente ainda estiver aqui, a coisa não vai ser nada boa.

Eu verifiquei seu quarto. Fiz isso porque sua mãe me pediu. Não há nada de estranho nele. Está tudo normal. Nenhum buraco na parede, nenhum bhoot, *tudo na mais perfeita ordem.*

Mãe... Por favor.

Meu filho! Ir para onde? Não temos para onde ir. Sua mãe está doente. Andar por aí ao deus-dará não faz sentido.

Tem a casa de Nirmal.

O quê, agora você quer se mudar para minha casa? Por quanto tempo? Uma noite? Dez anos? E esta casa aqui?

Esta casa é uma zona de perigo.

Chega. É bakvaas *demais. Vamos ficar aqui e pronto. Conversa encerrada.*

E assim foi, durante muitos meses, até ele começar a acreditar que a mãe estava certa, que aquilo que ele temia nunca iria acontecer, que o buraco de minhoca, Dúnia e Super-Natraj tinham sido alucinações do tipo que, antigamente, eram causadas por bebidas psicotrópicas, cogumelos ou pão mofado, e talvez ele precisasse de ajuda psiquiátrica, talvez de medicação, estava doido. Até que finalmente chegou a noite, no inverno, durante a nevasca, a nevasca forte e antinatural, com mais neve do que alguém podia recordar, a nevasca que as pessoas tinham começado a encarar como um veredito ou uma maldição, porque ultimamente todo mundo vinha encarando o tempo assim: se chovia na Califórnia, todo mundo começava a construir arcas, se a Geórgia era atingida por uma tempestade de gelo, as pessoas largavam o carro nas rodovias federais e fugiam como se perseguidas por um gigantesco monstro glacial. No Queens, onde moravam pessoas cujas origens e sonhos se localizavam em países quentes, pessoas para quem a neve ainda parecia uma fantasia, por mais que tivessem vivido anos e anos ali, por mais que ela caísse com frequência e com força, no Queens a neve era surrealista, parecia magia negra disfarçada de magia branca. Por isso, na noite em que a magia negra se tornou real, na noite em que o monstro realmente deu as caras, havia nevado demais, o que tornava ainda mais difícil correr.

Naquela noite ele teve de correr, saiu correndo do escritório de Normal para casa, tropeçando, caindo, levantando-se para voltar a correr, o mais depressa que podia, seguido a certa distância por Normal, que arquejava e ofegava. Corriam por causa do incêndio, lá estava ele, um incêndio em vez da casa, onde antes ficava a casa agora só havia chamas, que tinham torrado ou afugentado as aves. Sua mãe estava sentada numa cadeira comum na calçada oposta, com penas das aves incineradas voando no ar sobre a cabeça dela, contemplando as labaredas que consumiam sua vida antiga, as chamas que derretiam a neve e criavam uma poça d'água ao redor da cadeira. A mãe dele tinha algumas queimaduras e manchas de fuligem, mas estava viva, rodeada por uns poucos pertences, uma luminária de leitura ao lado da cadeira, um leque de penas de pavão, três fotografias emolduradas caídas na neve meio derretida, sua mãe imóvel e calada, diante das chamas vermelhas, chamas vermelhas que por alguma razão não produziam fumaça, *por que será que não se vê fumaça?*, ele pensou, e, enquanto se precipitava na direção da mãe, os bombeiros diziam coitada dessa senhora, virem a cadeira para ela não ver o que está acontecendo, coitada, parece que ela está com frio, levem a cadeira para mais perto do fogo.

Quanto à causa do incêndio, não restava dúvida, pois todos tinham visto o djim gigantesco que emergiu da conflagração, nascido, como todos os djins masculinos, do fogo sem fumaça, cheio de dentes e bexigas de varíola, a longa túnica vermelho-fogo decorada com complexos motivos dourados, com a barba comprida e negra enrolada em torno da cintura como um cinto, a espada metida na bainha verde-dourada, presa numa faixa peluda do lado esquerdo. Zumurrud Xá não se dava mais ao trabalho de assumir a forma de Super-Natraj só para anarquizar a cabeça do jovem Jimmy, e se mostrava em toda a sua glória assustadora: Zumurrud, o Grande, o mais poderoso dos Grandes Ifrits, cuja entrada mirabolante no mundo inferior, montado em sua urna voadora, cercado por três de seus comparsas mais destacados, assinalava o término das estranhezas aleatórias. Esse foi o começo do período que ficou conhecido como a Guerra.

Zumurrud, o Grande, e seus três companheiros

Em certo momento da história, Zumurrud Xá, o Grande Ifrit que ostentava na cabeça uma coroa de ouro tirada de um príncipe que um dia fora por ele decapitado de forma acidental ou, quem sabe, nem tão acidental, havia se tornado o djim pessoal do filósofo Ghazali: uma entidade terrificante cujo nome nem a djínia Dúnia ousava pronunciar. No entanto, Ghazali não era o senhor do djim. Os termos "senhor" e "servo" são impróprios quando aplicados às relações entre seres humanos e djins, pois qualquer serviço que um djim possa prestar a um ser humano é antes um obséquio que um sinal de servidão, é um ato de generosidade ou, no caso de um djim libertado de alguma espécie de cárcere, como uma lâmpada, por exemplo, um gesto de gratidão. Conta a história que Ghazali de fato libertara Zumurrud Xá de uma prisão dessa natureza, uma garrafa azul em que um mago esquecido o aprisionara. Há muito, muito tempo, vagando pelas ruas de sua nativa Tus, Ghazali divisara a garrafa opaca largada num dos montes de lixo que, lamentavelmente, desfiguravam aquela antiga cidade de minaretes cor de salmão e muralhas enigmáticas, intuindo num átimo, como são capazes de intuir os filósofos com correto treinamento, a presença no frasco de um espírito cativo. Apoderou-se da garrafa com um movimento casual, mas com a expressão culpada de larápio neófito, e, pressionando os lábios no vidro azul real, sussurrou um pouco alto demais o encantamento oculto que constitui a abertura obrigatória para todos os diálogos com um djim capturado:

Bravo djim, djim respeitado,
Nestas mãos aprisionado,
Diz, se liberto queres ser,
Que prêmio hei de merecer.

A voz de um djim miniaturizado e preso numa garrafa lembra a de um ratinho de desenho animado. Muitos seres humanos já se deixaram ludibriar por esses guinchinhos, engolindo a pílula venenosa que o djim preso invariavelmente lhes oferece. No entanto, Ghazali sabia superar dificuldades. Ouviu o que o djim tinha a lhe dizer:

Não pechinches, como os estultos.
Bem sabem os homens cultos:
Quem de boa vontade me libertar
Eterna felicidade há de gozar.

Ghazali conhecia a resposta adequada a esse logro pueril.

Bem conheço, djim, a tua laia,
E estou atento, de atalaia.
Sem uma promessa a cumprir
Só tolos deixam djins fugir.

Percebendo que não tinha alternativa, Zumurrud Xá propôs o modelo habitual de três pedidos. Selando o contrato, e alterando um pouco a fórmula convencional, Ghazali respondeu:

Ainda que passe um milênio,
Um dia, hei de pedir-te meu prêmio.
Algum dia, meus três pedidos
Deverão ser, prestes, atendidos.

Livre do cativeiro, o djim logo assumiu seu tamanho descomunal, impressionado com duas reações que mostravam ser Gazhali um mortal bastante raro. Para começar, não se acovardou. Acovardar-se, como o jovem Jimmy Kapoor viria a descobrir séculos depois, era não só o melhor a fazer como também, na maior parte dos casos, a reação instintiva diante da visão de Zumurrud em sua majestade assustadora. Entretanto, notou o Grande Ifrit, com certa perplexidade, "esse mortal se recusa a se intimidar". Essa foi a primeira reação. Em segundo lugar, Gazhali não pediu de imediato coisa alguma! Isso não tinha precedentes. Riquezas infinitas, poderes ilimitados, um órgão sexual maior... Esses desejos ocupavam o topo da lista de pedidos que os homens faziam aos djins. Os pedidos dos seres humanos eram surpreendentemente destituídos de imaginação. Mas, *pedido nenhum*? A protelação dos *três* pedidos? Era uma situação quase descabida. "Você não quer *nada*?", urrou Zumurrud Xá. "Nada é uma coisa que não lhe posso dar." Ghazali inclinou a cabeça de filósofo e apoiou o queixo na mão. "Vejo que você atribui ao nada uma materialidade. O nada é a única coisa que não pode ser dada, justamente porque não é uma coisa. Em seu entender, porém, a imaterialidade do nada não deixa de ser, em si, uma forma de materialidade. Talvez possamos debater isso depois. Entenda, djim, que eu sou um homem de poucas necessidades pessoais. Não necessito de riquezas infinitas, nem de poderes ilimitados, nem de um órgão sexual mais avantajado. Todavia, talvez chegue o dia em que eu venha a lhe pedir um benefício maior. Eu lhe direi. Mas agora pode ir embora. Você está livre."

"Quando chegará esse dia?", quis saber Zumurrud Xá. "Eu estarei ocupado, você sabe. Depois de ficar imobilizado naquela garrafa por tanto tempo, há muitas coisas que tenho de fazer."

"O dia chegará quando chegar", respondeu Ghazali, irritado, regressando para seu livro. "Desprezo todos os filósofos", disse Zumurrud Xá, "bem como todos os artistas e o resto da humanidade." Rodopiou, criando um funil de fúria, e desapareceu. O tempo passou. Passaram-se os anos, passaram-se as décadas, um dia Ghazali morreu, e com ele morreu também o contrato, ou assim pensou o djim. E as frestas entre os dois mundos se sedimentaram, se fecharam, e durante esse tempo Zumurrud Xá, lá no Peristão, que é o Mundo Encantado, esqueceu totalmente tudo o que dizia respeito ao mundo dos homens, esqueceu totalmente o homem que se recusara a fazer um pedido; passaram-se séculos, um novo milênio teve início, e as vedações que separavam os mundos começaram a se romper, e então, bum! Lá estava ele de novo no mundo daqueles seres fragílimos, e de repente soou em sua cabeça uma voz que exigia sua presença, a voz de um morto, a voz do pó, de menos que pó, a voz do vazio em que estivera o pó do morto, uma voz que de algum modo era animada, de algum modo se revestia da sensibilidade do morto, uma voz que lhe ordenava apresentar-se para ouvir o primeiro grande pedido. E sem opção, obrigado pelo contrato, conquanto tencionasse argumentar que o contrato não tinha validade póstuma, lembrou-se da linguagem inusitada de Ghazali — *Ainda que passe um milênio, um dia hei de pedir-te meu prêmio. Algum dia esses três pedidos* —, e percebeu que, como se esquecera de acrescentar ao contrato uma cláusula referente à morte (um detalhe que ele faria questão de recordar se em algum momento futuro precisasse celebrar outro contrato de três pedidos!), a obrigação ainda pesava sobre ele como uma mortalha, e ele teria de fazer o que o vazio desejasse.

Lembrou-se e juntou toda a sua raiva não mitigada, a cólera de um Grande Ifrit que passou metade de uma eternidade engarrafado num vidro azul, e concebeu o desejo de vingar-se de toda a espécie a que pertencia seu encarcerador. Haveria de livrar-se da obrigação insignificante que tinha com um morto, e logo se vingaria. Jurou que o faria.

Com relação à fúria de Zumurrud Xá, cabe observar que no século XVI um grupo de artistas brilhantes da corte indiana a serviço do imperador mogol Akbar, o Grande, havia-no depreciado e ofendido. Há cerca de quatrocentos e quarenta anos, não vem ao caso se um pouco mais ou um pouco menos, ele figurou inúmeras vezes na série de quadros conhecidos coletivamente como Hamzanama, que representavam as proezas do herói Hamza. Aqui, nessa pintura, Zumurrud aparece com seus amigos Ra'im Chupa-Sangue e Rubirrútilo, planejando o próximo malefício. Murmúrios, murmúrios, risotas e silvos. Um pálio branco os cobre, e atrás deles se ergue uma montanha feita de rochedos balofos, semelhantes a nuvens de pedra. Acompanhados de novilhos de chifres longos, vários homens se ajoelham, jurando vassalagem ou, quem sabe, talvez praguejando, pois Zumurrud Xá em pessoa é uma visão bastante aterradora para levar homens piedosos a empregar vocabulário torpe. Ele é um monstro, um terror, um gigante, dez vezes maior que qualquer pessoa e vinte vezes mais repelente. Pele clara, barba longa e negra, um riso de orelha a orelha. Uma boca cheia de dentes de canibal, cáustico como o Saturno de Goya. Ainda assim, a pintura o deprecia. Por quê? Porque o mostra como um mortal. Um gigante, é verdade, mas não um djim. Uma criatura de carne e osso, não de fogo sem fumaça. Um insulto indesculpável contra um Grande Ifrit.

(E, como os fatos haveriam de mostrar, ele não era o Grande Ifrit apreciador de carne humana.)

Nas pinturas executadas pelos artistas brilhantes que integravam a corte fulgente de Akbar há várias imagens de um horripilante Zumurrud Xá, porém poucas o mostram triunfante. Em geral ele é o adversário derrotado de Hamza, o herói semimítico. Aqui ele aparece com seus soldados, em suas famosas urnas voadoras, fugindo do exército de Hamza. Numa outra pintura, para sua vergonha, ele cai numa cova aberta por jardineiros para capturar pessoas que vinham roubando seus pomares, e é cruelmente surrado pelos hortelões indignados. Desejosos de glorificar o guerreiro Hamza — e, por meio de sua figura ficcional, o imperador-herói verídico que lhes encomendou as pinturas —, os artistas fazem pouco de Zumurrud Xá. Ele é grandalhão, porém parvo. Mesmo a magia das urnas voadoras não é coisa sua; é seu amigo, o mago Zabardast, que as envia para transportá-lo em segurança, a fim de escapar aos ataques de Hamza. Esse Zabardast, nome que significa *Invencível*, é e era, como Zumurrud Xá, um dos mais poderosos membros da tribo dos djins das trevas; feiticeiro, sim, mas dotado de dons especiais com respeito a levitação. (E a cobras.) E se a verdadeira natureza deles tivesse sido revelada pelos artistas da corte mogol, Hamza teria sido obrigado a enfrentar um combate bem mais árduo.

Isso era uma coisa. Porém, mesmo que os pintores da corte mogol não o tivessem mostrado erroneamente, ainda assim Zumurrud Xá teria sido o inimigo da raça humana, devido a seu desprezo pelo temperamento dos homens. Era como se ele considerasse a complexidade dos seres humanos uma afronta pessoal: a inconstância enlouquecedora dos homens, suas contradições, que eles não faziam nenhuma questão de consertar ou atenuar, a mistura de idealismo e concupiscência, de grandeza e mesquinhez, de verdade e mentiras. Não eram dignos de ser levados a sério, da mesma maneira que uma barata não merecia séria consideração. Na melhor das hipóteses, eram brinquedos; e ele era o ser mais semelhante a um deus maldoso que poderia voltar-se contra eles; e seria capaz, se assim decidisse, de matá-los para se divertir. Em outras palavras, ainda que o filósofo Ghazali não o houvesse lançado contra o mundo, que de nada suspeitava, ele investiria contra aquela gente por iniciativa própria. Seu pendor coincidia com as instruções recebidas. No entanto, as instruções do filósofo morto eram claras.

"Instile medo", dissera-lhe Ghazali. "Apenas o medo há de impelir para Deus o Homem pecador. O medo é uma parte de Deus, no sentido de que constitui a resposta típica do Homem, aquela criatura débil, ao poder infinito e à natureza punitiva do Todo-Poderoso. Pode-se dizer que o medo é o eco de Deus, e onde quer que se ouça esse eco os homens se põem de joelhos e clamam por misericórdia. Vá aonde o orgulho humano se acha exaltado, aonde o Homem se acredita semelhante a Deus, destrua seus arsenais e seus centros de prazeres sensuais, seus templos de tecnologia, conhecimentos e riqueza. Vá também àqueles ambientes melosos onde se diz que Deus é amor. Vá e lhes mostre a verdade."

"Não preciso concordar com você a respeito de Deus", respondeu Zumurrud Xá, "a respeito de sua natureza ou até de sua existência. Isso não me interessa nem nunca há de interessar. Não falamos de religião no Mundo Encantado, e nossa vida cotidiana lá é de todo diferente da vida na Terra e, se me permite dizer, muito superior. Posso dizer que mesmo morto você é um santarrão censurador, de modo que não vou entrar em detalhes, ainda que sejam deliciosos. Seja como for, a filosofia é uma disciplina desinteressante, a não ser para chatos, e a teologia é a prima mais tediosa da filosofia. Deixo esses temas soporíferos para você em sua sepultura poeirenta. Quanto a seu pedido, não o atenderei como uma ordem. Terei o maior prazer em cumpri-lo. Com a ressalva de que, como na verdade você está pedindo uma série de atos, o que farei cumpre na íntegra a promessa quanto a três pedidos."

"Certo", redarguiu o vazio que era Ghazali. Se os mortos fossem capazes de rir de regozijo, o filósofo morto teria gargalhado. O djim percebeu isso. (Às vezes os djins sabem ser perceptivos.) "Por que tanto contentamento?", perguntou. "Espalhar o caos no mundo que de nada suspeita não é uma brincadeira. Ou é?"

Ghazali estava pensando em Ibn Rushd. "Meu adversário intelectual", disse ele a Zumurrud, "é um pobre palerma que está convencido de que, com o passar do tempo, os seres humanos hão de trocar a fé pela razão, não obstante todas as deficiências da mente racional. Eu, obviamente, penso de forma diferente. Triunfei sobre ele diversas vezes, e ainda assim nossa discussão continua. E numa batalha de intelectos é ótimo contar com uma arma secreta, com um ás na manga, com um trunfo para usar na hora oportuna. E, nesse caso particular, poderoso Zumurrud, você é esse trunfo. Já antevejo com delícia o iminente embaraço do idiota e sua nova derrota, inevitável."

"Os filósofos são crianças", comentou o djim. "E eu nunca gostei de crianças."

Partiu com um gesto de desdém. Entretanto, chegaria o dia em que ele voltaria a Ghazali, a fim de ouvir o que o pó do morto tinha a dizer. Chegaria o dia em que ele se mostraria menos desdenhoso da religião e de Deus.

Cumpre dizer duas palavras sobre Zabardast. Também ele fora um dia capturado por uma feiticeira mortal, o que para ele era ainda mais humilhante do que teria sido o aprisionamento por um bruxo masculino. Dizem os estudiosos desses assuntos que essa feiticeira pode ter sido a mesma mencionada na matéria da Bretanha, a indecorosa fada Morgana, ou Morgana Le Fay, que se deitava com o irmão em leitos incestuosos e se apoderou, também, do mago Merlin, prendendo-o numa caverna de cristal. Trata-se de um conto que já ouvimos da boca de certos contadores de histórias. Não podemos dizer que seja verídico. Tampouco ficou registrado como foi que ele se libertou. No entanto, sabe-se que Zabardast trazia no peito uma raiva da raça humana pelo menos igual à de Zumurrud. Mas a fúria de Zumurrud era quente; a de Zabardast, fria como o gelo polar.

Naqueles dias, a época das estranhezas e da Guerra dos Mundos que se seguiu a elas, o presidente dos Estados Unidos era um homem de rara inteligência, comedido em palavras e atos, persuasivo, ponderado, lúcido, bom dançarino (embora não tanto quanto sua mulher), lento em enfurecer-se, rápido em sorrir, um homem religioso que também se julgava uma pessoa de ações refletidas, bem-parecido (apesar das orelhas de abano), à vontade em seu corpo como um Sinatra redivivo (ainda que relutasse em cantar) e daltônico. Prático e pragmático, tinha os pés bem plantados no chão. Por conseguinte, foi incapaz de reagir apropriadamente ao desafio lançado por Zumurrud, o Grande, um desafio surreal, excêntrico e monstruoso. Como já ficou dito, Zumurrud não atacou sozinho, mas com muitos asseclas, acompanhado de Zabardast, o Feiticeiro, de Rubirrútilo, o Possessor de Almas, e de Ra'im Chupa-Sangue, aquele cuja língua tinha serrilhas afiadas.

Ra'im sobressaiu nas primeiras investidas. Era um transmorfo noturno, em seu estado diurno normal um djim franzino, que não chamava a atenção, bem moreno e de bunda grande, mas capaz, quando conseguiam persuadi-lo a pôr de lado o habitual torpor induzido pelo áraque, de transmudar-se sob o manto da escuridão em enormes feras terrenas, marinhas ou aéreas, fêmeas ou machos, armadas de longos caninos, todas sedentas de sangue humano ou animal. É provável que esse djim do tipo Jekyll-ou-Hyde, um dos primeiros dentre tais espíritos a figurar nos registros históricos e causa de muito terror onde quer que surgisse, tenha sido o responsável por todos os casos de vampiros conhecidos: a lenda japonesa do Gaki, um cadáver sanguissedento capaz de assumir a forma de homens e mulheres vivos, e também de animais; o Aswang das Filipinas, que com frequência assumia forma feminina e apreciava sugar o sangue de crianças com sua longa língua tubular; o Dearg-Due irlandês; o Alp alemão; o Upier polonês, com sua língua farpeada, uma criatura vil que dorme num banho de sangue; e, claro, o vampiro da Transilvânia, Vlad Dracul, vale dizer, "o dragão", a respeito de quem a maioria dos leitores de romances e dos cinéfilos já possui razoáveis informações (ainda que, no mais das vezes, incorretas). No começo da Guerra dos Mundos, Ra'im preferiu ater-se às águas, e numa tarde sombria ergueu-se como um descomunal monstro marinho do porto de inverno e engoliu a balsa de Staten Island. Uma onda de terror tomou conta da cidade e, logo, de toda a região, e o presidente foi à televisão para acalmar os temores nacionais. Naquela noite, até o articuladíssimo chefe do Executivo se mostrou pálido e inseguro. Suas frases habituais — *não descansaremos até que, os responsáveis serão, eles agridem os Estados Unidos da América por sua conta e risco, não se iludam, meus concidadãos, esse crime não ficará impune* — soaram ocas e ineficazes. O presidente não dispunha de armas capazes de fazer frente àquele atacante. Tornara-se um chefe de palavras vazias. Como muitos são, como todos foram, durante tanto, tanto tempo. Mas tínhamos esperado mais dele.

Rubirrútilo, o segundo dos três poderosos comparsas de Zumurrud, era, em sua própria opinião, o maior dos djins sussurrantes, embora cumpra dizer que o feiticeiro Zabardast se considerava muitíssimo superior (não há como exagerar o egocentrismo e a competitividade dos grande djins). O forte de Rubirrútilo era atormentar uma pessoa sussurrando-lhe coisas que a aborreciam, e em seguida penetrar em seu corpo e forçá-la a cometer atos odiosos, humilhantes ou reveladores, ou tudo isso ao mesmo tempo. No começo, quando Daniel Aroni, o superchefe da mais prestigiosa instituição financeira não governamental do mundo, deu para falar como um lunático, não atinamos com a presença de Rubirrútilo dentro dele, não enxergamos que ele estava se comportando, literalmente, como um homem possuído. Só entendemos o que havia ocorrido quando Rubi liberou o corpo de "Mac" Aroni depois de quatro dias de possessão, deixando-o como uma pobre casca de homem, estendido como um boneco quebrado no acarpetado grande saguão do último andar da sede de sua empresa. O djim, um sujeito comprido e magricela, tão esguio que desaparecia ao se virar de lado, pavoneava-se e cabriolava ao redor do abatido titã das finanças. "Homens, nem todo o dinheiro do mundo", bradava o djim, "será bastante. Nada que exista em seus cofres me impedirá de castigá-los a meu talante." Nos seis imensos salões de corretagem da mais prestigiosa empresa financeira não governamental do mundo, investidores derramavam um pranto copioso e tremiam diante da imagem do líder inconsciente que aparecia, como um vaticínio de hecatombe, em centenas de colossais monitores de tela plana e alta definição. Incumbido da tarefa de ajudar Zumurrud Xá a atender aos pedidos do filósofo morto, Rubirrútilo tinha feito um trabalho excelente.

Desde a morte de seu amigo Seth Oldville nas mãos de Teresa Saca Cuartos, ainda desaparecida, Daniel "Mac" Aroni tinha sumido da vista de todos. A vida era dura, desferia muitos golpes nos homens, e havia eventualidades a que um homem forte era capaz de resistir e dar a volta por cima. Ele se via como um homem forte, um homem com dois punhos, capaz de fazer valer sua força, e havia sete mil e quinhentas pessoas numa torre de vidro que precisavam que ele fosse assim, o impositor de regras, o criador e promotor de um mundo como seus empregados desejavam que esse mundo fosse. Ele projetava a imagem do mundo, e o mundo se ajustava a ela. Essa era sua missão. Ao longo do caminho havia percalços. A infidelidade de mulheres aéticas e interesseiras, a natureza promíscua de homens poderosos desmascarados em documentos públicos, as denúncias de atos de corrupção praticados por auxiliares próximos, o câncer, acidentes de carro causados por alta velocidade, mortes em pistas de esqui não demarcadas, suicídios, doenças coronarianas, as agressões de rivais e subordinados ambiciosos, as excessivas manipulações de autoridades públicas visando ao ganho pessoal. Ele dava de ombros para essas coisas. Faziam parte do jogo do poder. Se alguém tinha de rodar e cair, alguém rodava e caía. Até mesmo a queda podia ser um ardil fraudulento. Em *Um corpo que cai*, Kim Novak caía duas vezes; da segunda, de verdade. Essa merda acontecia. Acontecia o tempo todo.

Ele estava ciente de que as coisas aconteciam no mundo de forma bem diversa do que a maior parte das pessoas acreditava. O mundo era um ambiente mais selvagem, mais brutal, mais aberrante do que os cidadãos comuns conseguiam aceitar. Os cidadãos comuns viviam num estado de inocência, tapando os olhos para não ver a verdade. Um mundo sem véus os amedrontaria, destruiria suas certezas morais, levaria a crises de nervos ou a fugas para a religião ou a bebida. O mundo real não só era como era, mas também como ele o tornara. Ele vivia naquele quadro do mundo, e era capaz de lidar com ele, conhecia suas alavancas e motores, seus cordões e chaves, os botões a premir e os botões que não deviam ser premidos. O mundo autêntico era aquele que ele criava e controlava. Se não era uma vida fácil, pois bem, que não fosse. Ele aguentava o rojão melhor que os outros sete mil e quinhentos do mesmo tipo. Muitos desses outros, a quem dava emprego, talvez a maioria, gostavam de viver à larga, só bebiam tequila Casa Dragones, saíam com acompanhantes de luxo, faziam questão de ostentar. Ele não seguia esse modelo, mas se mantinha em forma, era tão temido no tatame de judô quanto nas reuniões do conselho diretor e levantava mais peso que camaradas com a metade de sua idade, os sujeitos que ainda não tinham salas com janelas, que trabalhavam no espaço interior da torre como se fizessem parte de um pool de secretárias classe A, os caras que ficavam na barriga da besta. Juventude não era mais uma exclusividade dos jovens. "Mac" Aroni jogava golfe, tênis, esses esportes de coroas, mas aí, só para pegar os outros no contrapé, tinha virado um garotão de praia, um mestre do surfe, tinha saído em busca dos Yodas das ondas, aprendera com eles, e agora dominava os segredos das pranchas e se impunha limites cada vez mais perigosos. Não tinha a menor necessidade de bater no peito como o Tarzan de Weissmuller. Podia enfrentar qualquer coisa que surgisse à sua frente. Ele era o macaco grande. O rei dos macacos.

Mas o que acontecera a Seth Oldville foi diferente. Aquela adversidade tinha cruzado uma linha. Raios que saíam da ponta dos dedos de uma mulher. Aquilo não se coadunava com as leis de seu universo; e, se alguém estava redesenhando o quadro de como eram as coisas, ele precisava levar uma conversa com essa pessoa, fazer com que ela entendesse que não cabia a quem quer que fosse alterar as leis das possibilidades. No começo isso lhe pareceu ofensivo, algo que o deixava furioso, mas depois, à medida que os fenômenos se multiplicavam, ele mergulhou num silêncio atroador em que o pescoço se escondia embaixo do colarinho, fazendo sua cabeça taurina apoiar-se diretamente nos ombros, como a de um sapo. Da torre, que dava para o rio, os homens contemplavam a Estátua da Liberdade e o porto vazio, o porto onde não se via embarcação alguma desde que a balsa e seus passageiros tinham sido tragados. E, escutando o silêncio estranho das águas, compreendiam que ele imitava o desacostumado mutismo de Aroni. Algo ruim estava borbulhando, querendo subir à superfície. E Aroni começou a falar, e o algo ruim saiu à luz, e era pior do que tudo o que os sete mil e quinhentos poderiam ter imaginado.

Eis uma súmula do que Daniel "Mac" Aroni disse e fez sob o poder do djim das trevas. No primeiro dia de sua possessão, informou ao *Wall Street Journal* que ele e sua empresa estavam envolvidos numa conspiração global, e que seus parceiros nessa empreitada eram o Fundo Monetário Internacional, o Banco Mundial, o Tesouro dos Estados Unidos e o Sistema da Reserva Federal. No segundo dia, quando os meios de comunicação já se achavam em frenesi, ele apareceu na TV Bloomberg para dar detalhes sobre a primeira linha da estratégia dos conspiradores, que não era outra coisa senão "a destruição da economia interna dos Estados Unidos, mediante a introdução do mercado de derivativos, cuja dívida é dezesseis vezes maior que o PIB mundial. Posso dizer que já alcançamos essa meta", ele declarou, orgulhoso, "o que se pode comprovar pelo fato de os Estados Unidos terem hoje mais trabalhadores recebendo seguro-desemprego, cento e um milhões, que trabalhadores em tempo integral, noventa e sete milhões". No terceiro dia, quando por todo lado se escutavam exigências de que ele renunciasse a todos os cargos ou fosse demitido sumariamente, ele foi à rede MSNBC a fim de anunciar que estava "armando o tabuleiro de xadrez de forma tal que a eclosão da Terceira Guerra Mundial fique cem por cento garantida". Ouviram-se no estúdio arquejos quando ele completou: "Essa é uma meta que já está próxima. Estamos tornando inevitável os Estados Unidos e Israel declararem guerra à China e à Rússia por duas razões, uma simulada e a outra genuína. A razão número um, a simulada, são a Síria e o Irã; a número dois, a verdadeira, é a preservação do valor do petrodólar". No quarto dia, ele falou para seu próprio pessoal, com a barba por fazer e o cabelo desgrenhado, parecendo um homem que não dormia numa cama havia várias noites. Com os olhos indo lentamente de um lado para outro, pediu a eles que o apoiassem, segurando um microfone e sussurrando como um demente: "Em breve lançaremos uma operação de desinformação que culminará com a abolição da presidência, a imposição da lei marcial e a eliminação de toda e qualquer oposição ao apocalipse que decerto virá. Teremos por fim um governo mundial monocrático, ao lado de um sistema econômico único e mundial. Esse é o resultado pelo qual todos ansiamos, estou certo? Quero dizer, não tenho esse direito?".

Ele estava assustando sua plateia. Os empregados começaram a se afastar dele, com nuvens em forma de cogumelo nos olhos, lamentando o fim de suas esperanças de serem sócios de *country clubs* e de um bom casamento. Estavam vendo a morte dos filhos e a aniquilação de suas casas, e, antes mesmo que esses fatos viessem a ocorrer, o colapso daquela grandiosa instituição quando sobre ela caísse o inevitável furacão das reações, e o consequente término da riqueza e da vida boa de cada um. Mas, antes que pudessem deixar a cena da degringolada de Daniel Aroni, viram Rubirrútilo, o djim das trevas, emergir triunfante do corpo caído do titã das finanças. Muitos se detiveram ao ver um ser sobrenatural, enquanto outros disparavam para as escadas. Ver Rubirrútilo a zombar deles causou convulsões em alguns investidores, houve dois infartos fatais, e para todos os que sobreviveram aquilo foi um sinal — da mesma forma que tinha sido a morte de Seth Oldville para seu amigo "Mac" Aroni — de que tudo pelo qual tinham lutado chegava ao fim naquele instante e de que estavam agora vivendo nos terríveis e intoleráveis termos de outra pessoa. E cabia uma pergunta: teria Aroni pronunciado um discurso demoníaco que aquele possessor pusera em sua boca ou a diabrura verdadeira daquela criatura estaria no fato de ter feito o magnata das finanças revelar seus segredos insanos? Nesse caso... estaria o fim do mundo realmente próximo? Era isso, claro, que Rubirrútilo queria que eles pensassem. "Baruum! Baruuum! Cata-bum! Traaaa-bum!", gritou, jubiloso, virando-se de lado e desaparecendo. "Preparem-se para o fim do mun-mun-buuuum...!"

Durante muito tempo, o feiticeiro Zabardast tivera um aspecto condizente com o que se espera de um bruxo: barba comprida, chapéu pontudo e cajado. Tanto o feiticeiro de quem Mickey Mouse foi aprendiz quanto Gandalf, o Cinzento, ou Zabardast teriam identificado uns nos outros espíritos afins. Zabardast, porém, prezava sua imagem, e agora que os selos tinham se rompido, que as frestas entre os mundos estavam reabertas e em Jackson Heights continuava aberto, dia e noite, o portal interdimensional para um buraco de minhoca que levava ao Peristão, ele estudou filmes e revistas à procura de um visual positivo. Mais que todos os outros, ele gostou da ousadia estilosa de Jet Li ao se apaixonar por uma serpente branca de mil anos. Por um breve período, desejou ficar parecido com Jet Li, e durante dias cogitou numa modernização radical de seu aspecto, usando o manto branco de um monge budista, junto com um colar de contas e rapando a cabeça como um herói de filmes de artes marciais. No fim das contas, porém, rejeitou a mudança. *Você não tem vinte anos*, pensou. Afinal, não queria parecer um astro de kung fu. Queria parecer um deus.

A levitação — a antigravidade — era a especialidade de Zabardast. Criador das famosas urnas voadoras que serviram a muitos djins como seus jatinhos particulares, ele havia também proporcionado vassouras encantadas, chinelos mágicos e até chapéus que se levantavam sozinhos a bruxas que queriam voar, e acumulara uma vultosa fortuna em ouro e joias por oferecer esses serviços. A notória e bem documentada fascinação dos djins por metais raros e pedras preciosas tem origem, segundo os mais célebres sábios, nas desregradas e incessantes orgias que tinham lugar no Mundo Encantado e na paixão de muitas djínias por tudo quanto rebrilha e reluz. Deitadas em ornadíssimos leitos de ouro, e com o cabelo, os tornozelos, o pescoço e a cintura ataviados de gemas, as djínias sensuais não viam necessidade de outros trajes e gratificavam seus parceiros com uma inexcedível disposição. Zabardast, um dos mais abastados dentre os djins, era também um dos mais ativos nessa linha de folguedos. A magia voadora financiava sua lascívia às vezes extremada.

Naquela fase inicial da Guerra dos Mundos, Zabardast empenhou-se em espalhar o terror através de uma incessante atividade de espíritos desordeiros e brincalhões, fazendo poltronas voar de um lado para outro em showrooms de móveis sofisticados, estimulando táxis amarelos a passar outros veículos rodando em cima da capota deles em vez de ultrapassá-los perigosamente, erguer tampas de bueiros e atirá-las na direção das calçadas, à altura da cabeça das pessoas, transformando-as em discos voadores que ameaçavam decapitar os ímpios, que tinham sido escolhidos como alvos, mas, como Zabardast queixou-se a Zumurrud, aquele lugar não era completamente ateu. Na verdade, era até religioso demais. Os ateus eram poucos e estavam muito espalhados, e deuses de todos os tipos eram adorados e cultuados sem parar em todas as partes. "Não importa", replicou Zumurrud. "Eles surgiram neste lugar ignorante ou escolheram viver aqui. Isso basta."

Nos intervalos de suas proezas de levitação, só por prazer, o feiticeiro Zabardast gostava de ver o efeito causado por soltar grande número de cobras venenosas no meio de uma multidão que de nada desconfiava. As serpentes também eram djins, mas djins de uma ordem mais baixa; eram mais seus servos ou mesmo animais de estimação. O amor do feiticeiro Zabardast pelas cobras que soltava era genuíno, mas superficial. Ele não era um djim de emoções profundas. Emoções profundas não interessam aos djins. Nesse aspecto, como em muitos outros, a djínia Dúnia era uma exceção.

Uma das cobras de Zabardast enrolou-se de cima a baixo em torno do edifício Chrysler, como se fosse um tobogã de parque de diversões. Distraído ou talvez com a cabeça danificada por drogas, e com certeza de vista fraca, o funcionário de um dos escritórios foi visto saltando de uma janela no sexagésimo sétimo andar, o segundo dos três ocupados pelo renascido Cloud Club. Deslizou pela cobra, em torno do edifício, até bater com a nuca na calçada e cair, em excelentes condições físicas, com os óculos, se não a dignidade, intactos. Fugiu correndo para a estação de metrô e se perdeu para a história. Sua descida foi filmada por pelo menos sete diferentes celulares, mas ainda assim foi impossível identificá-lo. É para nós um prazer deixá-lo em paz e em sua privacidade. Dele temos o que precisamos, as imagens digitais, muito trabalhadas em computador, nas quais ele reencena para todo o sempre, mil e uma vezes, sempre que queremos que o faça, sua portentosa descida helicoidal num escorrega.

A língua da serpente, com seis metros de comprimento, batia nos tornozelos dos transeuntes, causando quedas e contusões. Outro grande réptil, com escamas em forma de losangos pretos, amarelos e verdes, como uma bandeira da Jamaica que ganhasse vida, foi visto na Union Square, bailando sobre a cauda, dispersando jogadores de xadrez e skatistas, muambeiros e manifestantes, adolescentes com seus tênis novos, as mães e seus filhos que seguiam em direção à loja de chocolates. Três pessoas mais idosas fugiram vagarosamente em direção ao centro da ilha de segurança em diciclos, passando pela segunda e terceira localizações da Warhol Factory, e com vozes trêmulas perguntavam o que Andy teria feito a partir da cobra bailarina, talvez uma serigrafia prateada representando um *Ouroboros Duplo*, ou um filme de doze horas. O inverno tinha sido inclemente e ainda havia neve amontoada nos cantos da praça, mas, quando a cobra se pôs a dançar, as pessoas não pensaram no tempo e saíram correndo. Os moradores da cidade correram muito naquele inverno, mas, fosse qual fosse o horror de que fugiam, na realidade estavam se precipitando para um terror diferente, correndo da frigideira para o fogo.

Os suprimentos de emergência estavam acabando. As bolsas de sobrevivência se tornaram praticamente obrigatórias naquela época. Havia muitas discussões sobre qual deveria ser o conteúdo dessas bolsas. Seria necessário, por exemplo, uma arma de fogo para repelir viciados em crack que não tinham uma bolsa dessas? As saídas da cidade achavam-se congestionadas, e carros cheios de adultos e crianças, com suas bolsas de sobrevivência, buzinavam sem parar, a caminho das montanhas. O fechamento de certas pistas era ignorado, o que levava a acidentes e engarrafamentos ainda mais longos. O pânico estava na ordem do dia.

No tocante ao próprio Zumurrud, o Grande, cumpre dizer, a bem da verdade, que ele estava se sentindo meio eclipsado por seus ilustres companheiros. Fez o que pôde para aparecer, mostrando-se na esplanada do Lincoln Center armado dos pés à cabeça e gritando *todos vocês são meus escravos*, porém mesmo naqueles dias de histeria alguns inocentes imaginaram que ele estivesse divulgando uma nova ópera do Met. Uma noite ele voou até o World Trade Center One e, equilibrado num só pé no alto do pináculo, emitiu seu melhor *iodelei* alpino, que era de rachar os ouvidos. Entretanto, apesar do horror que tomava conta do coração de muitos nova-iorquinos, ainda havia lá embaixo, junto dos chafarizes retangulares, alguns cidadãos intrigados que imaginaram que sua presença lá no alto fosse um golpe de publicidade para uma nova versão, de mau gosto, do famoso filme do gorila. Ele abriu com o punho um buraco na famosa fachada do antigo edifício dos Correios, mas esse ato de vandalismo podia ser visto nos cinemas a cada verão, e tinha perdido seu efeito por acontecer com tanta frequência. O mesmo se dava no caso de condições meteorológicas extremas: neve, gelo etc. Aquela era uma espécie dotada de inaudita capacidade de ignorar sua condenação próxima. Se alguém procurava ser a personificação da perdição iminente, aquilo era meio frustrante, tanto mais porque os djins que ele trouxera consigo, como figurantes, pareciam acreditar, com certa ingratidão, que lhes seriam dados papéis de protagonistas. Isso bastou para fazer o grande Zumurrud se perguntar se não estaria perdendo a embocadura.

Se os djins das trevas têm um defeito, é... Não, assim não! Devemos dizer, com menos imprecisão e mais corretamente:

Dentre os muitos defeitos dos djins das trevas, pode-se apontar... Digamos uma certa falta de propósito quanto a seu comportamento. Eles vivem para o momento, não fazem grandes planos e distraem-se com facilidade. Não consulte um djim a respeito de estratégia, pois não existem entre eles nenhum Clausewitz, nenhum Sun-Tzu. Gêngis Khan, que conquistava tudo o que via, baseava sua estratégia em manter cavalhadas que seguiam seu exército. Os arqueiros montados formavam uma temida cavalaria. Como os soldados alimentavam-se de leite, sangue e carne de cavalo, mesmo mortos, os cavalos eram úteis. Como são super-hiperindividualistas, os djins não pensam assim, não estão habituados a ações coletivas. Para sermos inteiramente francos, Zumurrud Xá, que, como todo djim, amava a balbúrdia, estava desencantado. Quantos carros era possível transformar em gigantescos ouriços-cacheiros que subiriam a West Side Highway soltando espinhos? Quantos imóveis poderiam ser danificados com um golpe de um braço, antes que o pensamento se voltasse para as superiores delícias de infinitas e infindas atividades sexuais à espera dos djins ao voltarem para o Mundo Encantado? Na ausência de um adversário à altura, será que o resultado da guerra valia a pena?

A humanidade nunca fora um inimigo que compensasse combater por tanto tempo, resmungava Zumurrud Xá. Era agradável atazanar aqueles seres insignificantes durante algum tempo — eram tão pretensiosos, tão arrogantes, tão relutantes a admitir sua irrelevância no universo! — e bagunçar seus planos detalhistas e presunçosos, mas, passado algum tempo, com ou sem uma promessa de atender aos três pedidos feitos por um filósofo morto, uma campanha prolongada tornava-se enfastiante. A abertura do buraco de minhoca que ligava o Mundo Encantado ao deles fora sua façanha mais digna de nota, e para ressaltar seu significado ele tinha aparecido no imenso telão na Times

Square para se mostrar como o líder de uma poderosa invasão que em breve subjugaria a humanidade, *todos vocês agora são meus escravos*, bradou mais uma vez, *esqueçam sua história, um novo tempo começa hoje*. Todavia, um verdadeiro estudioso dos djins teria notado que, embora o buraco de minhoca no Queens continuasse assustadoramente aberto, nenhum exército invasor afluía por ele. No Peristão, os djins estavam ocupados demais com suas atividades amorosas.

É necessário inserir aqui alguns breves comentários sobre a extrema preguiça dos grandes djins. Se alguém quiser entender como é possível que tantos desses espíritos excepcionalmente poderosos tenham sido capturados, com enorme frequência, em garrafas, lâmpadas e outros receptáculos, a resposta se encontra na extraordinária indolência que toma conta de um djim depois que ele executa, digamos assim, qualquer ação. Seus períodos de sono excedem em muito suas horas de vigília, e eles dormem tão profundamente que podem ser empurrados e metidos em qualquer recipiente encantado sem despertar. Por exemplo, depois da proeza de engolir e digerir a balsa de Staten Island e disfarçado ainda de fabuloso dragão marinho, Ra'im Chupa-Sangue adormeceu junto ao porto e só despertou semanas depois; e, da mesma forma, a possessão e a posterior manipulação do titã das finanças, Daniel Aroni, exauriram Rubirrútilo durante alguns meses. Zabardast e Zumurrud extenuavam-se com menos facilidade, mas depois de algum tempo também eles só pensavam em dormir. Um djim sonolento é um espírito abespinhado, e foi nessa condição que Zumurrud e Zabardast, sentados em nuvens sobre Manhattan, discutiram sobre quem tinha feito o quê a quem, quem se tornara a personagem de maior destaque e quem fora simples comparsa, qual deles deveria, doravante, levar a palma a quem, e quem chegara mais perto de atender à promessa feita por Zumurrud, o Grande, séculos antes, ao filósofo Ghazali. Quando Zumurrud se jactou, bombasticamente, de ter sido o responsável pelo inverno acérrimo que se abatera sobre a cidade, Zabardast soltou uma gargalhada de deboche. “O fato de você pretender as honras de criar o mau tempo”, ele disse, “só demonstra como está ansioso para provar seus poderes. Quanto a mim, só discuto a partir de causas e efeitos. Faço isso e o resultado será aquilo. É bem possível que amanhã você venha a dizer que é responsável pelo ocaso, alegando que foi por sua causa que o mundo mergulhou na escuridão.”

Cabe repetir: o espírito competitivo dos djins, mesmo dos mais poderosos deles, é comumente frívolo e pueril, levando a rixas infantis. Como todas as criancices, essas contendas em geral são breves, mas podem também ser acaloradas e ferinas enquanto duram. O resultado de lutas entre djins às vezes é aterrador aos olhos humanos. Eles atiram uns nos outros objetos que não são objetos no sentido que damos à palavra, mas produtos de sortilégios. Olhando para o céu, os seres humanos veriam esses não objetos encantados como cometas, meteoros ou estrelas cadentes. Quanto mais poderoso o djim, mais quente e aterrorizante será o “meteoro”. Zabardast e Zumurrud eram os mais fortes de todos os djins das trevas, de modo que o fogo mágico que manipulavam era perigoso, mesmo para eles. E a morte de um djim pelas mãos de outro é um elemento crucial de nossa história.

No auge do bate-boca, que ocorreu nas nuvens brancas sobre a cidade, Zabardast feriu o velho amigo em seu ponto mais fraco: o imenso amor-próprio, o orgulho. “Se eu quisesse”, bradou, “poderia fazer de mim um gigante maior que você, mas tamanho não me sensibiliza. Se eu quisesse, poderia ser um metamorfo mais impressionante que Rubirrútilo, mas prefiro conservar minha própria forma. Quando quero, sou um sussurrador mais eficiente que Rubirrútilo, e meus sussurros têm resultados mais duradouros e espetaculares.” Zumurrud, que nunca fora o mais retórico dos djins, rugiu de fúria e arrojou um grande meteoro incandescente, que Zabardast transformou numa bola de neve inofensiva e lançou de volta contra o rival como um menino num parque no inverno. "Além disso", vociferou Zabardast, "quero lhe dizer, a você, que está tão cheio de si com a criação de seu buraco de verme, que, depois da longa separação dos mundos, quando os primeiros selos se romperam e as primeiras frestas se reabriram, eu voltei à terra muito antes que você sonhasse em fazê-lo. E o que eu fiz? Plantei uma semente que em breve dará fruto e infligirá à humanidade uma ferida mais dolorosa que qualquer coisa que você pudesse fazer. Você odeia os homens porque eles não são como nós. Eu os odeio porque são os donos da terra, essa radiosa e maltratada terra. Fui muito além da vingancinha boba e fanática de seu filósofo defunto. Existe um jardineiro que há de cultivar todo um jardim de horrores. Aquilo que eu comecei com um sussurro se tornará um rugido que expulsará a raça humana do planeta para sempre. O Mundo Encantado parecerá monótono e sem graça, e toda essa terra abençoada, expurgada dos homens, será o território dos djins. Eis o que posso fazer. Eu sou o *Invencível*. Eu sou *Zabardast*."

"A desrazão derrota a si mesma", disse Ibn Rushd a Ghazali, pó falando ao pó, "devido à sua irracionalidade. A razão pode dormitar por um tempo, mas a desrazão na maioria das vezes está em coma. Ao fim e ao cabo, é o irracional que está enjaulado em sonhos perpetuamente, enquanto a razão sai triunfante."

"O mundo com que os homens sonham", redarguiu Ghazali, "é o mundo que eles tentam criar."

Seguiu-se um período de serenidade, durante o qual Zabardast, Rubirrútilo e Ra'im Chupa-Sangue retornaram ao Mundo Encantado. O portal interdimensional para o buraco de minhoca no Queens se fechou, restando apenas a casa em ruínas. Nossos ancestrais se dispuseram a acreditar que o pior já passara. Os relógios tiquetaquearam e a primavera floresceu. Fossem aonde fossem, os homens se viam à sombra de raparigas em flor e se sentiam felizes. Um povo sem memória, eis o que éramos naqueles dias, sobretudo os jovens, e havia tanto com que os jovens se divertirem. Eles se permitiam divertir-se risonhamente.

Zumurrud, o Grande, não retornou ao Mundo Encantado. Foi sentar-se aos pés do túmulo de Ghazali, para fazer perguntas. Depois de todas as suas invectivas contra a filosofia e a teologia, decidiu que queria ouvir. Talvez estivesse cansado da tagarelice e da maldade dos djins. É possível que a anarquia despropositada do comportamento dos djins, a baderna pela baderna, se mostrasse enfim demasiado vazia, levando-o a perceber que precisava de uma bandeira pela qual lutar. Talvez ele houvesse por fim *crescido*, não física, mas interiormente; tendo crescido, compreendera que, para ele respeitar uma causa, ela precisava ser maior que ele; como era um gigante, tal causa teria de ser realmente monumental; e a única causa descomunal que havia no mercado era aquela que Ghazali vinha tentando lhe vender. Em vista dessa distância no tempo, não há como sabermos exatamente o que passava por sua cabeça. Só sabemos que ele comprou aquela causa.

Cuidado com o homem (ou o djim) de ação que finalmente procura aprimorar-se mediante a reflexão. Reflexão em pequenas doses é coisa perigosa.

Dúnia apaixonada, de novo

Quando Dúnia viu Geronimo Manezes pela primeira vez, ele flutuava de lado no quarto, quase no escuro e usando uma máscara de dormir, tomado de exaustão e intensa sonolência — o estado mais próximo de sono a que ele chegava na época. A luz de uma lâmpada acesa no criado-mudo projetava-se nele e lançava sombras de filme de horror em seu rosto comprido e ossudo. Um cobertor pendia dos lados da cama, e com isso ele parecia o ajudante de um ilusionista de capa e cartola que o hipnotizara, o fizera levitar e agora se preparava para serrá-lo ao meio. Onde foi que já vi esse rosto antes?, pensou Dúnia, e logo respondeu à sua própria pergunta, embora a lembrança tivesse mais de oitocentos anos. O rosto de seu único amor humano, ainda que não houvesse um pano ao redor da cabeça, e a barba grisalha, sem cuidados esmerados, estivesse mais revolta e desordenada do que ela se lembrava. Não era a barba de um homem que resolvera usar barba, mas os pelos desleixados no rosto de um homem que simplesmente desistira de se barbear. Fazia mais de oitocentos anos que ela vira aquela fisionomia pela última vez, mas ali estava ela, como se houvesse passado apenas um dia, como se ele não a tivesse abandonado, como se ele não estivesse reduzido a pó, um pó ao qual ela falara, um pó animado, porém sempre pó, desencarnado, morto. Como se ele a estivesse aguardando ali todo esse tempo, no escuro, por mais de oitocentos anos, esperando que ela o achasse e renovasse o amor antigo que os unia.

A flutuação acima do leito não era enigma para uma princesa djínia. Aquilo só podia ser obra de Zabardast, o djim-feiticeiro. Zabardast se esgueirara pelas primeiras frestas que tinham se aberto, para lançar um encantamento em Geronimo Manezes. Mas por quê? Isso era um mistério. Seria aquilo o resultado de malevolência casual, ou teria Zabardast intuído, de alguma forma, a existência da duniazat e se dado conta de que, se manobrado corretamente, tal contingente poderia vir a representar um entrave ao poder dos djins das trevas, uma resistência, uma contraforça? Dúnia não acreditava em acaso. Os djins creem que o universo tem um propósito e que até o acaso tem um objetivo. Ela precisava dar resposta à pergunta relativa aos motivos de Zabardast, e com o passar do tempo descobriu aquilo de que precisava: tomou conhecimento dos planos de Zabardast para propagar as doenças duais da ascensão e do esmagamento, que eliminariam de uma vez por todas a humanidade da face da terra. Por enquanto, porém, admirou a resistência de Geronimo Manezes ao sortilégio. Homens comuns teriam simplesmente subido sem parar e morrido, asfixiados pela falta de oxigênio, congelados pela baixa temperatura, atacados por aves ciosas de seu território e indignadas com a elevação de uma criatura terrestre no ar. Mas ali estava Geronimo, depois de uma temporada que já se alongava, ainda capaz de ocupar ambientes fechados e realizar suas funções naturais sem causar uma sujeira humilhante. Aquela era uma pessoa que merecia ser admirada, pensou.

Um sujeito rijo. Mas, acima de tudo, estava perturbada com aquele rosto. Não imaginara que fosse vê-lo outra vez.

Ao afagar o corpo de Dúnia, Ibn Rushd muitas vezes elogiava sua beleza, a tal ponto que às vezes ela se agastava e reclamava que então ele não julgava que suas ideias fossem também dignas de louvores. Ele respondia que a mente e o corpo eram uma coisa só, que a mente tinha a forma do corpo humano e, portanto, era responsável por todas as funções do corpo, uma das quais era o pensamento. Elogiar o corpo equivalia a elogiar a mente que o governava. Era o que dissera Aristóteles, e ele concordava, e por isso tinha dificuldade para acreditar que a consciência sobrevivia ao corpo, pois a mente pertencia ao corpo e não tinha sentido sem ele. Foi o que ele sussurrou blasfemamente no ouvido dela. Como não queria discutir com Aristóteles, ela nada disse. Platão era diferente, ele admitia. Platão considerava que a mente estava engaiolada no corpo como um pássaro; só quando conseguia abandonar aquela gaiola é que ganhava o céu e se libertava.

Ela desejava dizer: Eu sou feita de fumaça. Minha mente é fumaça, meus pensamentos são fumaça, eu sou toda fumaça e somente fumaça. Este corpo é um traje que eu visto e que, por minhas artes de magia, tornei capaz de funcionar como funciona um corpo humano, tanto assim que é tão biologicamente perfeito que pode conceber crianças e dá-las à luz em grupos de três, quatro ou cinco. Entretanto, eu não pertenço a este corpo e poderia, se assim me aprouvesse, habitar outra mulher, um antílope ou um mosquito. Aristóteles estava errado, pois vivo há eternidades e já alterei meu corpo quanto e quando quis, usando-o como uma roupa da qual enjoei. Mente e corpo são entes separados. Era isso que ela gostaria de dizer, mas se calava, pois sabia que ele se desapontaria com sua discordância.

Agora ela via Ibn Rushd renascido em Geronimo Manezes

e queria murmurar: Está vendo, você também entrou num corpo novo. Você percorreu o tempo, o corredor sombrio pelo qual, há quem diga, a alma viaja entre uma vida e outra, abandonando sua consciência antiga enquanto avança, livrando-se de sua individualidade até ser, por fim, pura essência, a luz pura do ser, pronta para entrar em outro ser vivo; e ninguém poderia negar que você está aqui outra vez, diferente, porém o mesmo. Imagine que chegou ao mundo de olhos vendados, no escuro e flutuando no ar, exatamente como está flutuando agora. Você nem saberia que possuía um corpo, e, entretanto, saberia que era você: sua individualidade, sua mente, que se afirmaria assim que você ganhasse consciência. Ela é uma parte separada.

Entretanto, ela pensou, discutindo consigo mesma, talvez não seja assim. Talvez seja diferente no caso dos seres humanos, que não podem mudar de forma, e o fato de essa figura adormecida fazer eco a um homem que morreu há tanto tempo pode ser um capricho da biologia e nada mais que isso. É possível que no caso dos seres humanos a mente, a alma, a consciência deles fluam em seu corpo como o sangue, presente em cada célula do ser físico, e então Aristóteles tinha razão, nos seres humanos mente e corpo são uma coisa só e não podem ser separados, a individualidade é parte do corpo e perece também com ele. Ela se emocionou ao pensar nesse consórcio. Se realmente era assim, como os seres humanos eram felizes, e ela queria dizer isso a Geronimo, que era e não era Ibn Rushd: felizardos e condenados. Quando o coração de uma pessoa palpitava de entusiasmo, a alma palpitava também; quando sua pulsação disparava, o espírito era estimulado; quando lágrimas de felicidade lhe marejavam os olhos, a mente exultava. A mente dos homens tocava as pessoas que seus dedos tocavam; e se outras pessoas, por sua vez, as tocavam era como se duas consciências por um instante se irmanassem. A mente dava ao corpo sensualidade, possibilitava ao corpo desfrutar de prazeres, sentir o aroma do amor no doce perfume do amante. Não eram só os corpos que se amavam no leito, mas também as mentes. E por fim, a alma, tão mortal quanto o corpo, aprendia a última grande lição da vida, que era a morte do corpo.

Uma djínia podia assumir a forma humana, mas como a forma não era a djínia, não era beneficiada por paladar, olfato ou tato, e seu corpo não era feito para o amor por não ser um parceiro simbiótico e não poder possuir a mente do outro. Quando o filósofo a tocava intimamente, era como se ela estivesse sendo acarinhada vestida com pesados agasalhos de inverno, com muitas camadas, de modo que sua única sensação era a de uma roçadura distante, como a de dedos alisando um casacão. Contudo, tão grande era seu amor pelo filósofo que ela o levara a crer que seu corpo estava desperto e em êxtase. Ibn Rushd fora logrado. Os homens eram ludibriados com facilidade nessa questão, pois queriam crer que tinham o poder de excitar as mulheres. Ela queria induzi-lo a crer que ele lhe causava prazer. No entanto, a verdade era que ela podia propiciar prazer físico a um homem, mas não recebê-lo, e tudo o que podia fazer era imaginar como seria aquele prazer, podia ver e aprender, para depois oferecer ao amante os sinais externos daquilo, ao mesmo tempo que tentava embair a si mesma, como também a ele, convencer-se de que, sim, ela também sentia prazer, o que a tornava uma atriz, uma impostora, uma tola autoiludida. No entanto, ela amara um homem, amara-o por sua mente e assumira um corpo para que ele pudesse amá-la fisicamente, lhe dera filhos e guardara a memória daquele amor por mais de oito séculos, e agora, para sua surpresa e arroubo, ali estava ele, renascido, com nova carne e novos ossos, e se esse Geronimo que flutuava no ar era idoso, o que fazer? Ibn Rushd também fora "idoso". Os seres humanos, velas fugazes que eram, não faziam ideia do que significava a palavra. Ela era mais velha que aqueles dois homens, tão mais velha que eles ficariam horrorizados se ela envelhecesse como os humanos.

Ela se lembrava dos dinossauros. Era mais antiga que a raça humana.

Os djins raramente admitiam entre si que se interessavam pelos seres humanos, o quanto a raça humana era realmente fascinante para os não humanos. Contudo, antes do surgimento do Homem, na era dos primeiros organismos unicelulares, dos peixes, dos anfíbios, das primeiras criaturas que se locomoviam, dos primeiros seres que voavam, dos primeiros animais rastejantes, e, depois, nos períodos de animais de maior porte, era raro que djins se aventurassem além dos confins do Mundo Encantado. Selvas, desertos, altos cumes, essas agrestes regiões terráqueas não lhes interessavam. O Peristão era uma vitrine da obsessão dos djins com a configuração de coisas que só a civilização gera. Era um lugar de jardins formais, escalonados com elegância, ribeirões e riachos cascateantes e canalizados com apuro. Cultivavam-se flores em canteiros, plantavam-se árvores com simetria, de modo a criar alamedas amenas e arvoredos, áreas sombreadas e sensações de refinada amplitude. Abundavam no Mundo Encantado pavilhões de pedra vermelha, com numerosas cúpulas. Em seu interior, paredes revestidas de seda criavam alcovas atapetadas, com almofadas nas quais se reclinar e samovares de vinho, para as quais os djins se retiravam em busca de prazeres. Ainda que feitos de fumaça e de fogo, davam preferência a coisas bem configuradas para compensar a falta de forma de sua natureza. Isso fazia com que assumissem amiúde a forma humana. Bastava isso para demonstrar a quanto ascendia sua dívida — eis a palavra! — para com a pobre e mortal humanidade, que lhes proporcionava um gabarito, ajudando-os a impor ordem física, paisagística e arquitetônica a seu mundo em essência caótico. Apenas no ato do sexo — a principal atividade no Mundo Encantado — era que o djins, de ambos os gêneros, abandonavam o corpo e se atiravam uns sobre os outros como essências, fumaça entrelaçando-se com fogo, fogo a emitir rolos de fumaça, em prolongadas e ferozes conjunções. Na realidade, tinham passado a preferir usar seus "corpos", as cascas nas quais revestiam seu ardor. Esses "corpos" os formalizavam, mais ou menos como o jardim formal formalizava o descampado. "Corpos", concordavam os djins, eram uma coisa boa.

A princesa Dúnia — ou melhor, a princesa que adotara "Dúnia", *o mundo*, como nome em suas visitas ao mundo dos homens — tinha ido mais longe que a maior parte de sua espécie. Tão profundo se tornara seu fascínio pelos seres humanos que ela achara um meio de sentir emoções humanas. Era uma djínia capaz de apaixonar-se. Uma djínia que se apaixonara no passado e estava agora à beira de repetir a façanha, com o mesmo homem, reencarnado e em outra era. E mais, se ele lhe tivesse perguntado, ela teria dito que o amava por sua mente, não por seu corpo. Ele próprio era a prova cabal de que mente e corpo eram coisas separadas, não unas: a mente extraordinária num invólucro, francamente, trivial. Ninguém poderia verdadeiramente amar Ibn Rushd por seu físico, no qual havia, para usar de franqueza, elementos de flacidez e, na época em que ela o conheceu, outros sinais da decrepitude da ancianidade. Ela notou com certa satisfação que o corpo daquele homem adormecido, Geronimo Manezes, reencarnação do amado, representava uma melhora considerável em relação ao original. Esse corpo era forte e firme, ainda que também "idoso". Era o semblante de Ibn Rushd inserido numa moldura melhor. Sim, ela o amaria, e talvez dessa vez conseguisse praticar em si mesma alguma magia adicional e adquirir sensação. Talvez agora ela fosse capaz de receber, além de dar. Mas... E se a mente dele fosse néscia? E se não fosse a mente pela qual ela havia se apaixonado? Poderia avir-se apenas com o rosto e o corpo? Talvez, pensou. Ninguém era perfeito, e a reencarnação não era um procedimento marcado por exatidão. Talvez ela pudesse aceitar menos em lugar de tudo. Geronimo parecia adequado. Talvez fosse o suficiente.

Uma coisa não passou por sua cabeça. Geronimo Manezes pertencia à tribo da duniazat, o que o tornava descendente dela, muito possivelmente seu octoneto, embora ela pudesse ter saltado, nesse cálculo, algumas gerações. A conjunção sexual com Mr. Geronimo seria, em termos técnicos, incestuosa. Contudo, os djins não consideram o incesto um tabu. A gravidez é tão rara no universo dos djins que nunca parecia necessário, por assim dizer, interditar os descendentes. Praticamente não existiam descendentes a levar em conta. Mas Dúnia tinha descendentes, e muitos. Não obstante, no que dizia respeito a incesto, ela seguia o exemplo dos camelos. O camelo pratica o sexo com a mãe, a filha, o irmão, a irmã, o pai, o tio, quem quer que seja. Os camelos não respeitam decoros nem pensam em patrimônio. Machos ou fêmeas, eles são motivados apenas pelo desejo. Dúnia, como toda a sua gente, pensava exatamente assim. O que ela desejava, obtinha. E, para sua surpresa, achara o que queria ali naquela moradia estreita, naquele subsolo estreito, onde aquele homem adormecido flutuava vários centímetros acima da cama.

Ficou a observá-lo enquanto ele dormia, aquele mortal para quem o corpo não era uma escolha, que possuía um corpo ao qual ao mesmo tempo pertencia, hesitando em despertá-lo. Depois de sua desastrada e embaraçosa intrusão no apartamento do último andar e do alarme de sua moradora, Blue Yasmeen, Dúnia se fizera invisível, preferindo, dessa vez, ver antes de ser vista. Caminhou devagar em direção ao homem reclinado. Ele estava dormindo mal, à beira da vigília, e resmungava alguma coisa. Ela precisava ter cuidado. Precisava que ele continuasse a dormir para ouvir seu coração.

Alguma coisa já foi dita sobre a habilidade dos djins no *sussurro*, a capacidade de dominar e controlar a vontade dos seres humanos por meio do murmúrio de palavras poderosas junto a seu peito. Dúnia era habilíssima sussurradora, mas além desse dote tinha outro, mais raro: o dom de *auscultar*, de encostar o ouvido de leve no peito de um homem adormecido e, decifrando a linguagem secreta que a pessoa usa apenas consigo mesma, descobrir o anelo de seu coração. Ao *auscultar* Geronimo Manezes, ouviu antes de tudo seu desejo mais previsível: *por favor, eu quero descer em direção ao solo, para que meus pés voltem a tocar em terreno sólido*; e, abaixo desse, os desejos mais tristes e irrealizáveis da velhice: *quero ser jovem outra vez, ter de novo o vigor da juventude e a confiança em que a vida é longa*; e sob essas ânsias os sonhos dos desalojados: *quero pertencer outra vez àquele local longínquo que deixei há tanto tempo, do qual me acho alienado e que me esqueceu, em que sou hoje um estrangeiro, embora ele fosse o lugar onde comecei, quero pertencer de novo a ele, caminhar por aquelas ruas sabendo que são minhas, sabendo que minha história é uma parte da história daquelas ruas, ainda que não seja, que não foi durante a maior parte de minha existência, que seja assim, que seja assim, quero ver uma partida de críquete francês, ouvir a música que é tocada no coreto e escutar mais uma vez as cantigas das crianças nas ruelas*. Dúnia continuou a *auscultar* e acabou por ouvir, por baixo de tudo o mais, a nota mais grave da música do coração daquele homem. E soube o que devia fazer.

Mr. Geronimo acordou de madrugada sentindo a dor surda e cotidiana nos ossos, a dor que ele começava a considerar seu estado normal, o resultado da luta involuntária do corpo contra a gravidade. A gravidade continuava a existir, e ele não podia, àquela altura, reunir egocentrismo suficiente para acreditar que, por algum motivo, ela houvesse diminuído em sua vizinhança imediata. A gravidade era a gravidade. Seu corpo, porém, subjugado por uma força contrária, inexplicável e um pouco mais intensa, vinha sendo empurrado lentamente para cima, e aquilo era extenuante. Ele se acreditava um homem vigoroso, que o trabalho, o sofrimento e o tempo tinham calejado, um homem que não esmorecia com facilidade. Mas naquela época, ao despertar de seu sono entrecortado e ralo, os primeiros pensamentos que passavam por sua cabeça eram *cansado*, *esgotado* e *não resta muito tempo*. Se ele morresse antes que aquele problema fosse resolvido, será que poderia ser sepultado, ou seu corpo recusaria a cova, empurraria a terra e, elevando-se devagar, irromperia pela superfície para pairar sobre a sepultura e ali se decompor? Se seus restos fossem cremados, por acaso as cinzas formariam uma nuvenzinha que se aglomeraria teimosamente no ar, elevando-se aos poucos, como um enxame de insetos indolentes, até alcançar uma altura em que fosse dispersada pelo vento ou se perdesse nas nuvens? Essas eram suas preocupações matinais. Entretanto, naquela manhã a languidez do sono se dissipou rapidamente, pois alguma coisa parecia errada. O quarto estava às escuras. Ele não se lembrava de ter desligado a luminária ao lado da cama. Sempre gostara de dormir no escuro, mas naqueles dias estranhos passara a deixar acesa uma lâmpada fraca. O cobertor costumava cair enquanto ele dormia, e ele precisava se abaixar bastante para achá-lo, e detestava tatear à sua procura no escuro. Por isso, em geral uma lâmpada ficava acesa, mas naquela manhã ele acordou quase no escuro. E, à medida que seus olhos se acostumavam à penumbra, percebeu que não estava sozinho no quarto. Pouco a pouco, uma mulher se *materializava* — foi sua mente que propôs o termo impossível —, se *materializava* na penumbra, diante de seus olhos. Mesmo nas sombras densas em que isso acontecia, ele reconheceu sua falecida mulher.

Desde o dia em que o raio a levara, havia tantos anos, em La Incoerenza, a velha propriedade Bliss, Ella Elfenbein nunca deixara de aparecer para ele em sonhos, sempre otimista, sempre linda, sempre jovem. Naquele tempo de medos e melancolia, ela, que partira antes dele para a grande incoerência, retornava para o consolar e o tranquilizar. Desperto, ele jamais duvidara que à vida seguia-se o nada. Se pressionado, diria que, na verdade, a vida era um vir a ser, a partir do oceano do nada, do qual emergimos por um breve instante no nascimento e para o qual todos nós haveremos de voltar. Seus sonhos, porém, não queriam saber desse finalismo doutrinário. Seu sono era difícil e intranquilo, porém ainda assim ela vinha, em toda a sua materialidade amorosa, girando o corpo ao redor do dele para envolvê-lo numa onda de calor, correndo o nariz por seu pescoço, passando o braço em torno de sua cabeça, acariciando seu cabelo. Falava demais, como sempre fizera, *sua parolice interminável*, como ele dizia, aquilo que nos dias felizes do passado ele chamava de *Rádio Ella*, e havia momentos em que, rindo, mas um pouco incomodado, ele lhe pedia que tentasse ficar calada somente por sessenta segundos, mas nem uma vez sequer ela conseguira ficar em silêncio por tanto tempo. Ela o aconselhava sobre alimentação saudável, admoestava-o por estar bebendo demais, afligia-se com o fato de, em seu retiro cada vez mais confinado, ele não se exercitar como antes, fazia comentários sobre cosméticos novos e menos agressivos para a pele (sonhando, ele não perguntava como ela se mantinha a par desse tipo de novidade), pontificava sobre temas políticos e, é claro, opinava bastante sobre jardinagem; discorria a respeito de nada, de tudo e novamente de nada, sem interrupção.

Mr. Geronimo pensava nos monólogos da mulher da forma como os melômanos viam suas músicas prediletas; eles ofereciam uma espécie de trilha musical para a vida. Seus dias tinham se tornado silenciosos, mas o palavrório dela preenchia suas noites, ou pelo menos algumas. Entretanto, agora ele estava desperto e havia uma mulher em pé diante dele, e estava ocorrendo outra coisa impossível a ser somada à coisa impossível em que sua vida se transformara, e talvez aquilo fosse uma impossibilidade ainda mais impossível, embora ele fosse capaz de reconhecer o corpo dela em qualquer lugar, até no escuro. Ele devia estar sofrendo uma espécie de delírio, pensou, talvez estivesse no fim da vida e no caos de seus últimos momentos fora agraciado com aquela visão.

Ella?, perguntou. Sou eu, foi a resposta. Era e não era.

Mr. Geronimo acendeu a luz. E deu um salto, menos da cama que de alegria. Saiu da posição de decúbito em que estava, meio palmo acima do colchão. O cobertor caiu no chão. E fitando Dúnia em sua nova mutação, agora o retrato encarnado de Ella Elfenbein Manezes, ele estremeceu, tomado de genuíno temor e de uma felicidade indizível.

Não conseguiam parar de olhar um para o outro. Ambos fitavam reencarnações, ambos se apaixonavam por sucedâneos. Não eram originais, mas cópias, cada qual um eco da perda do outro. Desde o começo, cada um sabia que o outro era um simulacro, desde o começo cada um queria esquecer isso, pelo menos naquele momento. Vivemos numa era de sucedâneos, e nos vemos não como forças motoras, mas como consequências.

"Como minha mulher morreu", disse Mr. Geronimo, "e não existem fantasmas, ou estou tendo uma alucinação ou essa é uma brincadeira cruel."

"Os mortos não caminham", respondeu Dúnia, "mas o milagre existe."

"Primeiro levitação, e agora ressurreição?", ele contrapôs.

"No que diz respeito à levitação, se você a pratica eu também posso praticá-la", respondeu Dúnia, jovialmente, pondo-se na mesma altitude que ele sobre o nível do chão, e provocando em Mr. Geronimo um arquejo antiquado de surpresa. "No que se refere à ressurreição, não, não é bem assim."

Ele estivera se esforçando para ater-se à sua crença na realidade das coisas reais, tratar sua doença como uma situação excepcional, e não como sinal de uma ruptura mais geral. A bebê mágica da televisão, cuja existência no começo o reconfortara, logo passara a agravar a perturbação de seu espírito, e ele procurou afastá-la do pensamento. Tinha parado de ver os noticiários. Se estavam sendo noticiadas outras manifestações surreais, não queria saber delas. A solidão e a singularidade tinham passado a parecer mais desejáveis que as alternativas. Se ele pudesse aceitar que só ele era ou se tornara uma aberração, um fenômeno, ainda poderia definir o restante do mundo conhecido — a cidade, o país, o planeta — de acordo com os princípios sabidos ou conjecturados de forma verossímil da ciência pós-einsteiniana e poderia, por conseguinte, sonhar com sua própria volta àquele estado perdido e pelo qual ansiava. Mesmo em sistemas perfeitos ocorriam aberrações. Tais fenômenos não indicam, necessariamente, uma falência total do sistema. Defeitos podiam ser consertados, recuperados, restaurados.

Agora, diante de Ella que ressuscitara, ele tinha de renunciar àquele último fio de esperança, àquilo que ele havia julgado ser a sanidade, pois agora Ella se revelava como Dúnia, a princesa dos djins, que assumira a forma de sua mulher para torná-lo feliz, ou pelo menos era isso que dizia. Mas talvez fosse para iludi-lo, para seduzi-lo e destruí-lo, como faziam as sereias que causavam a perdição dos marinheiros, ou como Circe ou outras feiticeiras da ficção. Elladunia, Duniella, lhe narrava com a bela voz de sua bela mulher histórias prodigiosas da vida dos djins, tanto os da luz quanto os das trevas, de fadas e de Ifrits, lhe falava a respeito do Mundo Encantado, onde o sexo era incrível, lhe contava casos de transmorfos e sussurradores, os episódios de quebra dos selos, da abertura das frestas e do primeiro buraco de minhoca que tinha sido aberto no Queens (agora já havia outros, por toda parte), comentava a chegada dos djins das trevas e as consequências da presença deles. Mr. Geronimo era um homem cético e descrente, e esse tipo de histórias lhe fazia mal ao estômago e provocava tumulto em seu cérebro. Estou perdendo o juízo, pensou. Não sabia mais o que pensar, nem como pensar.

"O mundo dos encantamentos é real", disse ela, para tranquilizá-lo, *auscultando* sua perturbação, "mas disso não decorre que Deus existe. No que se refere a tal coisa, sou tão cética quanto você."

Ela continuava no quarto, sem ir a lugar algum, flutuando no ar do mesmo modo que ele, permitindo que a tocasse. Primeiro ele a tocou para ver se podia fazê-lo, porque havia uma parte de seu cérebro que acreditava que sua mão não tocaria nada de sólido. Ela estava usando um top preto de que ele se lembrava e uma calça cargo, como uma fotógrafa em zona de combate, com o cabelo preso num rabo de cavalo alto, e os braços magros e musculosos, cor de oliva, estavam nus. Era comum as pessoas perguntarem a Ella se era libanesa. Os dedos dele tocaram no braço de Dúnia e ele sentiu o calor de sua pele, tão familiar, a pele de sua mulher, que deu um passo em sua direção. Ele não pôde mais resistir, e percebeu que as lágrimas escorriam por seu rosto. Abraçaram-se. Ele lhe segurou a cabeça com as duas mãos, e de repente sentiu uma coisa doída e estranha. O queixo de sua mulher: uma dimensão inesperada. Você não é ela, ele disse. Não importa quem ou o que você é, não é ela. Dúnia *aus-*

cultou o que havia sob suas palavras e fez uma alteração. Tente de novo, disse. Isso, ele concordou, curvando a palma da mão, ternamente, sob seu queixo. Isso, agora estava certo.

No começo de todo amor, cada um dos amantes faz um tratado privado consigo mesmo, um pacto para pôr de lado o que está errado no outro, em benefício do que está certo. O amor é a primavera depois do inverno. Vem para curar as feridas da vida, causadas pelo frio do desamor. Quando esse calor aquece o coração, as imperfeições da pessoa amada são como nada, menos que nada, e fica fácil firmar o contrato secreto consigo mesmo. A voz da dúvida é sufocada. Mais tarde, quando o amor se desvanece, o tratado secreto parece um disparate, mas ainda assim é um disparate necessário, nascido da crença dos amantes na beleza, ou seja, na possibilidade do ente impossível, o amor verdadeiro.

Esse sexagenário, apartado da terra com que ganhava a vida, de quem um raio tirara a única mulher que ele um dia amara, e essa princesa do além, que acalentava no peito a memória de uma perda antiga de séculos, ocorrida do outro lado de um oceano, muito longe, sofriam, suportavam a angústia produzida pelo amor destruído ou perdido. Ali, num quarto do subsolo de um edifício chamado The Bagdad, combinaram consigo mesmos e um com o outro renovar dois amores que a Morte desbaratara havia muitos anos. Ela assumiu a aparência externa da mulher que ele amara, ao passo que ele decidiu não notar que a voz de Dúnia não era a de Ella, que seu jeito não era o de sua mulher e que as lembranças partilhadas que unem um casal não se faziam presentes no pensamento dela. Dúnia era uma excelente *auscultadora* e se impusera a tarefa de tornar-se a mulher que ele queria que ela fosse, mas, em primeiro lugar, a *auscultação* consome tempo e cuidado e, em segundo lugar, uma princesa djínia quer ser amada pelo que é, e por isso o desejo de ser amada como Dúnia conflitava com sua tentativa de personificar uma mulher morta e tornava o simulacro menos perfeito do que poderia ter sido. Quanto a Geronimo Manezes, bem, ela admirava seu físico robusto e enxuto de ancião, mas o homem que ela tinha amado era um sábio, um filósofo.

"O que você sabe de filosofia?", ela lhe perguntou enfim.

Mr. Geronimo lhe falou da Dama Filósofa e de seu pessimismo nietzschiano, schopenhaueriano. Ao comentar que o nome da propriedade de Alexandra Bliss Fariña era La Incoerenza, Dúnia respirou fundo, pois o nome lhe recordou a batalha dos livros que ocorrera havia tanto tempo entre Ghazali e Ibn Rushd, *A incoerência dos filósofos* vs. *A incoerência da incoerência.* Havia ali uma terceira incoerência. Dúnia via, na coincidência, a mão escondida do *kismet*, que era também o *karma*. O destino aparecia naquele nome. Nosso destino oculta-se nos nomes.

Geronimo Manezes também lhe contou a fábula de Blue Yasmeen a respeito do pessimismo dos unyaza. "Nesse ponto, e na minha doença atual", disse ele, surpreso por ver que de seus lábios saía uma versão de uma das máximas de Alexandra Fariña, "para não falar da situação do planeta em geral, é difícil não ter uma visão trágica da vida." Não era uma má resposta, refletiu Dúnia. Era a resposta de um homem que pensava. Talvez isso lhe bastasse. "Compreendo", respondeu, "mas essa é uma atitude do tempo em que você não conhecia uma princesa do Mundo Encantado."

O tempo parou. Mr. Geronimo estava num lugar de altíssima tensão emocional, um lugar encantado, que era tanto seu quarto no subsolo quanto esse quarto convertido no ninho de amor de uma djínia, um quarto que recendia a fumaça, um lugar em que relógio algum marcava o tempo, nenhum ponteiro de minutos se movimentava, nenhum número digital mudava. Ele não saberia dizer se durante o tempo atemporal da manhã de amor haviam passado minutos, semanas ou meses. Desde que começara a se separar do solo, já fora obrigado a pôr de lado a maior parte do que acreditava saber sobre a natureza das coisas. Agora estava se desvencilhando dos poucos fragmentos das antigas convicções ainda restantes. Depois de um longo intervalo, havia em sua cama um corpo de mulher que não era o de Ella. Tanto tempo havia passado que sua memória sensorial do corpo dela se debilitara e — embora ele relutasse em admitir isso — suas lembranças mais recentes de Alexandra Fariña se confundiam com suas truncadas recordações do sexo com sua mulher. E agora um sentimento inteiramente novo suplantava aquela memória, tornava-se o que ele convencionou considerar como a sensação de sentir os movimentos de Ella Elfenbein sob ele, que lembravam uma onda quente e doce. Ele, que nunca acreditara em reencarnação ou outras lérias dessa natureza, estava indefeso, à mercê dos sortilégios da princesa encantada, e mergulhado num mar de amor, um mar de amor em que tudo era verdadeiro se ele achasse que era, um mar em que tudo seria verdadeiro se a maga *sussurrasse* em seu ouvido que era. E ele podia até aceitar, em sua confusão, que sua mulher tinha sido todo o tempo uma princesa das fadas, que mesmo durante a vida de Ella, *em minha primeira vida*, a djínia sussurrava, *e esta é a segunda*. Isso, mesmo em sua primeira vida sua mulher fora uma djínia disfarçada, de modo que a princesa encantada não era nem um simulacro nem uma imitação, sempre tinha sido ela mesma, ainda que só agora ele soubesse disso. E se aquilo era um delírio ele o aceitava de bom grado, era um delírio que lhe convinha e que ele desejava, porque todos nós desejamos amor, amor eterno, o amor que retorna depois da morte para renascer, o amor que nos nutre e envolve até morrermos.

No quarto escurecido, nenhuma notícia lhes chegava da balbúrdia que reinava na cidade lá fora. A cidade gritava de medo, mas eles não escutavam, as embarcações se recusavam a se aventurar nas águas do porto, as pessoas temiam sair de casa para ir trabalhar, e enquanto isso o pânico imobilizava as finanças, pois as cotações da Bolsa despencavam, os bancos se mantinham fechados, as prateleiras dos supermercados se esvaziavam e as entregas de víveres eram suspensas. A paralisia do terror tomava conta da cidade e a catástrofe era iminente. Mas na escuridão do quarto estreito, no subsolo do The Bagdad, a televisão estava desligada e não se ouviam os estrépitos da calamidade.

Só existia o ato do amor, que reservava uma surpresa para ambos. "Seu corpo tem cheiro de fumaça", disse ela. "E veja só o que acontece. Quando você se excita, fica indistinto, borrado, aparece fumaça em seus contornos. Suas amantes humanas nunca lhe disseram isso?" Não, ele mentiu, lembrando-se de Ella lhe dizer exatamente aquilo, mas escondendo a lembrança, intuindo corretamente que Dúnia não gostaria de ouvir a verdade. Não, ele disse, nunca. A resposta lhe agradou, como ele esperava. "É porque você nunca foi para a cama com uma djínia antes", disse ela. "É um grau de excitação diferente." É mesmo, ele disse. Mas ela estava pensando, e se empolgava, que aquilo era o lado djim dele que se revelava, depois de tantos séculos, o lado djim que ele herdara dela. Aquilo era a fumosidade sulfúrea dos djins durante o sexo. E se ela pudesse liberar o djim que havia nele, muitas coisas se tornariam possíveis. "Geronimo, Geronimo", ela murmurou em sua orelha fumacenta, "parece que você também é um djim."

Algo de inesperado aconteceu a Dúnia naquela transa: ela a apreciou, não tanto quanto apreciava o sexo incorpóreo do Mundo Encantado, uma união extática de fogo e fumaça, pois houve (como ela tinha esperado) uma nítida — uma intensa — sensação de prazer. Isso lhe mostrou não só que estava se tornando mais humana, como também que seu novo amante talvez tivesse um lado djim mais forte do que ela suspeitara. E com isso aconteceu que aquele amor mímico, nascido da memória de outras pessoas, aquele amor sucedâneo, se fez verdadeiro, autêntico, valioso, um amor que a fez quase parar de pensar no filósofo morto, um amor em que Ella Elfenbein, cuja cópia ela resolvera se tornar, estava sendo aos poucos substituída na fantasia de Mr. Geronimo pela criatura mágica e desconhecida que lhe aparecera de forma tão improvável e na hora em que ele mais precisava. Talvez até chegasse um momento, ela se permitiu crer, em que pudesse se mostrar a ele como realmente era — nem a mocinha abandonada de dezesseis anos que se materializara diante da porta de Ibn Rushd nem esse clone de um amor perdido, mas como uma princesa da casa real, em toda a sua glória. Instigada por essa esperança imprevista, contou a Geronimo Manezes coisas que nunca dissera a Ibn Rushd.

"Perto da fronteira do Mundo Encantado", disse, "existe uma montanha circular, a Kaf. Dizem que ali morava, antigamente, o simurgh, uma ave divina aparentada ao pássaro roca de Simbad. Mas isso não passa de uma lenda. Nós, os djins e as djínias, que não somos lendas, conhecemos essa ave, porém ela não tem poder sobre nós. Mas é na montanha Kaf que vive Xapal, filho de Xaruc, que não é um ser de bico, penas e garras, e sim o imperador do Mundo Encantado, junto com a filha, a mais poderosa das djínias, que se chama *Aasmaan Peri*, que significa "Fada Celeste", mas em geral é chamada de Princesa dos Relâmpagos. Xapal é o rei Simurgh, e essa ave pousa em seu ombro e o serve.

"O imperador e os Grandes Ifrits não se entendem. O monte Kaf é o local mais ameno do Mundo Encantado, e os Ifrits adorariam ser seus donos, mas a magia de raios da filha do imperador, uma grande maga, ombreia com a de Zabardast e Zumurrud Xá e mantém uma muralha de raios que circunda Kaf e protege a montanha circular da cobiça deles. Mas os Ifrits estão sempre em busca de uma oportunidade de fomentar agitação entre os *devs*, ou espíritos menores, que vivem nos contrafortes da montanha, fazendo o que podem para convencê-los a se rebelar contra seus governantes. Está havendo atualmente uma trégua na luta sem fim entre o imperador e os Ifrits. Na verdade, o impasse nessa luta dura milênios, e isso porque as tempestades, os terremotos e outros fenômenos que romperam os selos entre o Peristão e o mundo dos homens, que estavam fechados havia muito tempo, permitiram aos Ifrits promover seus malfeitos aqui, o que para eles tem um sabor de novidade ou, pelo menos, de coisa proibida. Durante muito tempo não puderam fazer nada disso, e eles acreditam não haver aqui na terra uma magia capaz de resistir a eles, e, como são desordeiros, gostam da ideia de tripudiar de um adversário derrotado. Por isso, enquanto eles pensam em conquistas, meu pai e eu desfrutamos de uma espécie de armistício."

"Você?", perguntou Mr. Geronimo. "Você é a princesa de Kaf?"

"É isso que estou tentando lhe dizer. A batalha que está começando na terra é um espelho da que vem sendo travada no Mundo Encantado desde sempre."

Agora que tinha aprendido o caminho do prazer, ela se mostrou infatigável em trilhá-lo. Um dos motivos pelos quais preferia um amante humano mais velho, ciciou no ouvido de Geronimo Manezes, era a maior facilidade que tinham para se controlar. Com jovens, tudo acontecia muito depressa. Ele disse que, felizmente, a idade tinha certas vantagens. Mas ela não ouviu. Estava conhecendo as delícias do orgasmo. E ele, na maior parte do tempo, se achava perdido numa agradável confusão, sem saber direito com qual de três mulheres, duas humanas e a outra não, ele estava fazendo amor, e por isso nenhum dos dois se deu conta, no começo, do que estava acontecendo com ele, até que em dado momento, quando ele estava por baixo dela, sentiu uma coisa inesperada, quase esquecida, sob a cabeça e as costas.

Travesseiros. Lençóis.

A cama recebia seu peso, com as molas ensacadas do colchão suspirando um pouco sob ele como uma segunda amante, e em seguida ele sentiu também o peso dela sobre ele, pois a lei da gravidade se reafirmava. Ao entender o que tinha acontecido, ele começou a chorar, embora não fosse homem de lágrimas fáceis. Ela saiu de cima dele e o abraçou, mas ele não conseguiu continuar deitado. Pulou da cama, com cuidado, ainda meio descrente, e deixou os pés se aproximarem do piso do quarto. Quando tocaram no chão, ele não reprimiu um grito. Depois se levantou, quase caindo ao ficar de pé. Suas pernas estavam fracas, com os músculos atrofiados pela falta de uso. Ela se pôs ao lado dele, com um braço em torno de seu ombro. Em seguida ele se firmou, soltou-se dela e ficou de pé sozinho. O quarto e o mundo recuperaram sua forma familiar, por muito tempo perdida. Ele sentia o peso das coisas, do corpo, as emoções, as esperanças. "Ao que parece, eu tenho de acreditar em você", maravilhou-se, "e também que você é o que diz ser, que o Mundo Encantado existe e que você é a mais poderosa feiticeira de lá, pois quebrou a maldição que foi lançada sobre mim e me devolveu à terra."

"Mais extraordinário que isso", ela replicou, "é que, embora eu seja realmente quem digo que sou, não só Dúnia, a mãe da duniazat, como também a princesa Fada Celeste da montanha Kaf, não sou responsável pelo que aconteceu aqui. Tudo o que eu fiz foi desencadear em você um poder que nenhum de nós suspeitava que você tinha. Não fui eu que trouxe você de volta à terra. Foi você mesmo. E se o espírito djim em seu corpo é capaz de superar a magia de Zabardast, então o djim das trevas tem um inimigo tanto neste mundo como no outro, e a Guerra dos Mundos pode ser vencida, em vez de terminar, como Zumurrud e sua quadrilha acreditam, com a vitória inevitável dos djins das trevas e o estabelecimento da tirania deles sobre todos os povos da terra."

"Não se empolgue", ele disse. "Eu sou apenas um jardineiro. Cavo, planto e tiro ervas daninhas. Não sou guerreiro e não vou para a guerra."

"Você não tem de ir a parte alguma, meu querido", ela respondeu. "Essa guerra é que está vindo para você."

Oliver Oldcastle, o administrador de La Incoerenza, ouviu um grito de terror que vinha do quarto de sua patroa e compreendeu de imediato: o que acontecera a ele devia ter acontecido a ela também. "Agora mesmo é que vou matar esse podador de merda", gritou, e disparou, pressuroso, mesmo descalço, para socorrer a Dama Filósofa. Tinha o cabelo desgrenhado, a camisa para fora da surrada calça de veludo cotelê, e, balançando os braços ao correr, mais lembrava um desajeitado Brutus ou Obelix que um leonino e moderno Marx. Passou pela sala das botas, de onde vinha um cheiro, leve mas eterno, de excremento de cavalo, disparando por velhos assoalhos de madeira que num outro dia teriam cravado farpas em seus pés afobados, observado pelas tapeçarias coléricas de ancestrais imaginários, evitando por pouco os vasos de porcelana de Sèvres, expostos perigosamente em pedestais de alabastro, avançando de cabeça baixa como um touro, ignorando os sussurros desaprovadores das desdenhosas estantes de livros, e chegou ao aposento privado de Alexandra. Ao se aproximar da porta do quarto, se recompôs, ajeitou inutilmente o cabelo, alisou a barba e enfiou a camisa dentro da calça como um estudante pedindo para falar com a diretora, e disse alto, com o volume da voz traindo seu medo: "Posso entrar, madame?". O lamento sonoro que ela emitiu em resposta bastou como a permissão que ele pedia, e logo depois estavam um diante do outro, patroa e empregado, ela vestindo uma longa camisola fora de moda e ele perplexo, com a mesma expressão de horror nos olhos, que se dirigiram lentamente para o assoalho, vendo que nenhum dos quatro pés descalços, os dele com pelos nos tornozelos e em cada artelho, os dela pequenos e bem-feitos, estava em contato com o chão. Havia bem uns três centímetros entre eles e o piso.

"É uma doença infernal", urrou Oldcastle. "Aquele fungo, aquela excrescência inútil de pessoa, aquela praga, entrou em sua casa trazendo essa infecção medonha e a transmitiu para nós."

"Que tipo de infecção seria capaz de produzir esse resultado?", ela perguntou, em prantos.

"O tipo que causa podridão, madame", exclamou Oldcastle, cerrando os punhos. "O tipo destruidor, desculpe meu francês. Esse fungo de olmo holandês que a senhora usou em seu canteiro de flores. Essa praga que mata os carvalhos, o *Phytophthora*. Esse sujeito nos deixou bem doentes."

"Ele não está atendendo meus telefonemas", disse ela, agitando inutilmente seu aparelho diante do administrador.

"Se eu ligar, ele vai atender", disse Oldcastle, orgulhoso. "Ou faço um trabalho de paisagismo no traseiro mal-acabado dele. Vou plantar ervas no crânio desse crápula desclassificado. Veremos se ele não atende minha ligação."

Separações de toda espécie eram noticiadas naquelas noites incompreensíveis. A separação de seres humanos do solo que pisavam já era péssima. Entretanto, em certos setores do mundo, aquele mal não tinha começado ou parado ali. No mundo da literatura, comentava-se que vinha ocorrendo uma perceptível separação entre os escritores e seus temas. Cientistas anunciavam a separação de causas e efeitos. Ficou impossível preparar novas edições de dicionários, em decorrência da separação de vocábulos e significados. Economistas observavam a crescente separação entre ricos e pobres. As varas de família apresentaram um nítido aumento de trabalho, devido a um pico de separações conjugais. Amizades de décadas chegavam ao fim de repente. A praga da separação propagou-se rapidamente pelo mundo.

O afastamento do chão, que alcançou um número crescente de homens, mulheres e suas mascotes, como labradores chocolate, coelhos, gatos persas, hamsters, furões e um macaco chamado E. T., causou pânico mundial. Começava a se rasgar o tecido da vida humana. Na galeria da Menil Collection, em Houston, Texas, um curador esperto, chamado Christof Pantokrator, compreendeu, de súbito, a natureza profética do quadro *Golconda*, obra-prima de René Magritte, em que homens de sobretudo e chapéu-coco pairam no ar contra um fundo de prédios baixos e céu limpo. Sempre se acreditara que esses homens estivessem caindo devagar, como uma chuva bem-vestida. Não obstante, Pantokrator se deu conta de que Magritte não pintara gotas de chuva humanas. "Eles são balões humanos!", exclamou. "Estão subindo! Estão subindo!" Ingenuamente, divulgou sua descoberta, e depois de pouco tempo os prédios da galeria tiveram de ser protegidos, por guardas armados, da fúria dos moradores, indignados com a obra famosa do profeta da antigravidade. Alguns desses guardas começaram a subir, o que foi alarmante, como também vários manifestantes, os candidatos a vândalos.

"As casas de culto estão cheias de homens e mulheres aterrorizados, que buscam a proteção do Todo-Poderoso", o pó de Ghazali disse ao pó de Ibn Rushd. "Tal como eu esperava. O medo conduz os homens a Deus."

Não recebeu resposta.

"O que houve?", caçoou Ghazali. "Seus argumentos ocos se esgotaram?"

Enfim Ibn Rushd respondeu, com a voz cheia de frustração masculina. "Como se não bastasse descobrir que a mulher que concebeu meus filhos é um ser sobrenatural", disse, "ainda tenho de suportar saber que ela se deita com outro homem." Sabia disso porque ela lhe contara. Como boa djínia, imaginara que ele tomaria como um elogio o fato de ela ter se apaixonado por sua cópia, seu eco, sua face em outro corpo, mostrando que, apesar de seu amor pelos seres humanos, havia neles coisas que ela não entendia de forma alguma.

Ghazali riu como só o pó sabe rir. "Você está morto, paspalho", disse. "Morto há mais de oito séculos. O ciúme não faz mais sentido."

"Essa é uma típica observação fútil", retrucou Ibn Rushd de seu túmulo. "Ela me mostra que você nunca se apaixonou. E disso se deduz que mesmo quando você era vivo nunca viveu de verdade."

"Só me apaixonei por Deus", respondeu Ghazali. "Esse foi e continua a ser meu único amor, e ele foi e continua a ser mais que suficiente."

Ao notar que seus pés estavam quatro centímetros acima do chão, a Irmã Allbee ficou mais indignada que em qualquer outra ocasião em sua vida desde que o pai fora embora, com uma *chanteuse* de voz de taquara rachada da Louisiana, uma semana antes da data em que ele prometera à filha levá-la ao novo parque Disney na Flórida. Quando isso aconteceu, ela havia vasculhado o apartamento no segundo andar de um dos prédios do conjunto habitacional Harlem River Houses, destruindo tudo o que lembrasse o pai canalha: rasgou suas fotografias, retalhou seu chapéu e fez uma fogueira com as roupas abandonadas no espaço externo de lazer, observada em silêncio pela mãe, que erguia e baixava os braços, ao mesmo tempo que abria e fechava a boca, mas sem esboçar nenhuma tentativa de atenuar a fúria da filha. Depois disso, seu pai deixou de existir, e a jovem C. C. Allbee ganhou a fama de ser uma menina que nunca se deixava enganar.

Sua inquilina predileta, Blue Yasmeen, também tinha decolado e foi encontrada a soluçar descontroladamente na portaria, a cinco centímetros de altitude. "Eu sempre o defendi", choramingou. "E quando você falava alguma coisa contra o cara, eu tomava o lado dele, porque era um coroa bonitão e me lembrava meu pai. Depois aparece uma mulher num tapete voador, me deixando quase pirada, e agora isso. E eu defendi o cara. Como podia saber que ele me passaria essa doença de merda?"

Assim, duas figuras paternas haviam cometido traições enfurecedoras, e minutos depois a Irmã Allbee usou a chave mestra para entrar no apartamento de Mr. Geronimo com uma escopeta carregada, seguida de perto pela aflita Blue Yasmeen. "Ponha-se fora daqui", berrou. "Vá embora até de noite ou vai sair de pés juntos antes da madrugada."

"Ele está pisando no chão!", gritou Blue Yasmeen. "Agora está curado, mas nos passou a doença."

O medo transformava os medrosos, pensou Mr. Geronimo, olhando para o cano da arma. O medo era um homem correndo de sua sombra. Era uma mulher usando fones de ouvido, mas só ouvindo seu próprio terror. O medo era egocêntrico, narcisista, cego a tudo que não fosse ele mesmo. O medo era mais forte que a ética, mais forte que o discernimento, mais forte que a responsabilidade, mais forte que a civilização. Era um animal que pisoteava crianças enquanto fugia de si mesmo. O medo era um intolerante, um tirano, um covarde, um insano, uma meretriz. O medo era uma bala apontada para o coração dele.

"Eu sou inocente", disse, "mas sua arma é um excelente argumento."

"Você espalha a peste", disse a Irmã Allbee. "É o paciente zero! Maria Tifoide! Seu corpo deveria ser embrulhado em plástico e enterrado a mais de um quilômetro de profundidade, para não estragar mais vidas."

O medo tomara conta também de Blue Yasmeen. "Meu pai me traiu por morrer e me abandonar no mundo, apesar de saber o quanto eu precisava dele. Você me traiu ao tirar o contato de meus pés com o mundo. Como ele era meu pai, mesmo assim eu ainda o amo. Você? Você vai embora e pronto."

A princesa das fadas tinha desaparecido. Ao ouvir a chave girando na fechadura, ela tinha se virado de lado e desaparecido por uma fresta no ar. Talvez ela o ajudasse, talvez não. Ele tinha ouvido muitas coisas sobre a inconfiabilidade caprichosa dos djins. Talvez ela o houvesse usado só para mitigar sua fome sexual, pois se dizia que os djins eram insaciáveis nesse quesito, e agora que estava saciada, ele nunca mais a veria. Ela o trouxera de volta à terra, e essa era sua recompensa, e tudo o mais, sobre seus próprios poderes sobrenaturais, era balela. Talvez ele estivesse sozinho, prestes a ficar sem teto, defrontando-se com a verdade indiscutível de uma escopeta nas mãos de uma mulher a quem o medo enlouquecia.

"Está bem, vou sair", disse ele.

"Uma hora", disse a Irmã.

Em Londres, longe do quarto de Mr. Geronimo, uma multidão se reunira diante da casa do compositor Hugo Casterbridge na Well Walk, no *borough* campestre de Hampstead. O músico se admirou ao ver aquilo, pois nos últimos tempos se tornara alvo de riso, e a indignação pública parecia uma reação inadequada à sua nova reputação. Fazer chacota de Casterbridge tinha ficado comum desde uma malfadada aparição sua na TV, na qual ele ameaçara o mundo com pestes lançadas contra a humanidade por um deus em que ele não acreditava, a estupidez clássica dos artistas, diziam todos, ele devia ter ficado em casa, tilintando, flauteando, trauteando ou tamborilando, e de boca fechada. Casterbridge era um homem estimulado por uma imensa, robusta e até ali impermeável fé em si mesmo, mas se aborrecera com a facilidade com que sua anterior eminência tinha sido obliterada por aquilo que ele chamava de o novo materialismo. Não havia, aparentemente, nenhuma margem para a ideia de que a esfera metafórica pudesse ser forte a ponto de afetar o mundo concreto. Por isso ele tinha virado piada — o ateu que acreditava em castigos divinos.

Muito bem. Ficaria mesmo em casa com sua estranha música schoenberguiana, que poucos entendiam e quase ninguém apreciava. Pensaria sobre a combinatória da inversão do hexacorde, as apresentações de séries multidimensionais, refletiria sobre as propriedades da série referencial, e que o mundo em putrefação se danasse. De qualquer forma, naquela época ele era mesmo um recluso, e cada vez mais. A campainha da porta da mansão na Well Walk estava com defeito, mas ele não via nenhuma necessidade de mandar consertá-la. O grupo pró-ateísmo que ele presidira por algum tempo se desfizera sob a pressão dos insultos públicos, mas em silêncio, resoluto e cerrando os dentes, ele ficou firme, fiel a seus princípios. Estava acostumado a ser julgado incompreensível. Riam!, ele dizia, calado, a seus críticos. Vamos ver quem há de rir por último.

No entanto, ao que parece, estava surgindo uma nova figura de destaque. Havia um clima de violência na cidade, incêndios em propriedades municipais em áreas mais pobres da zona norte, saques de lojas caras em áreas normalmente conservadoras ao sul do rio, e turbas rebeldes na praça principal que não sabiam quais eram suas bandeiras. Do meio das chamas apareceu um agitador de turbante, um homem franzino e de barba cor de açafrão como a de Eufrazino Puxa-Briga e sobrancelhas que exalavam um forte cheiro de fumaça, um personagem que surgiu não se sabia de onde, como se passasse por uma fresta no céu. Yusuf Ifrit era seu nome, e de repente ele estava em toda parte, um *líder*, um *porta-voz*, era membro de comissões do governo, falava-se que seria feito cavaleiro. De fato está se espalhando uma peste, ele proclamava em alto e bom som, e se não nos defendermos dela todos nós seremos infectados com certeza, ela já nos infectou, a imundície da doença chegou ao sangue de muitas de nossas crianças mais débeis, mas estamos prontos para nos defender, enfrentaremos a peste em suas origens. Aquela peste tinha numerosas origens, dizia Yusuf. Era transmitida por livros, filmes, danças e pinturas, mas a que ele mais temia e odiava era a música, pois ela se insinuava sob a mente do homem para se apoderar de seu coração; e, de todos os produtores de música, havia um que ele odiava mais que todos, pois era a personificação da peste da cacofonia, o mal transformado em som. E por isso um inspetor de polícia fez uma visita ao compositor Hugo Casterbridge. Creio que o senhor terá de se mudar até as coisas se aquietarem, não temos meios de garantir sua segurança neste local, pense em seus vizinhos, meu senhor, circunstantes inocentes poderiam sair feridos num distúrbio. E ele se abespinhou com isso, quero entendê-lo bem, disse, quero compreender com toda clareza o que me disse. O que o senhor está dizendo é que se eu sofrer uma lesão nesse suposto *distúrbio*, se *eu* sofrer dano físico, então eu não sou um circunstante inocente, é *esse* seu argumento de merda? Não vejo necessidade alguma desse tipo de linguagem, senhor, não vou aceitar isso, mas o senhor tem de encarar a situação como ela é, não vou pôr em perigo meus subordinados apenas por causa de sua intransigência egoísta.

Vá embora, ele disse. Esta é minha casa. Este é meu castelo. Hei de me defender com canhões e óleo fervente.

Isso é uma ameaça de violência, senhor?

Isso é uma porra de linguagem figurada.

Depois, um mistério. A turba crescente, palavras de ódio, a agressão disfarçada de defesa, a ameaça alegando estar sendo ameaçada, o punhal simulando correr perigo de ser esfaqueado, o punho acusando o queixo de atacá-lo, tudo tão familiar, a ruidosa e mal-intencionada hipocrisia da época. Nem mesmo a figura de destaque, vinda não se sabia de onde, era realmente um enigma. Aqueles falsos carolas pecadores brotavam do nada a todo momento, criados por alguma forma de partenogênese sociológica, alguma esquisita operação automática que transformava nulidades em autoridades. Com isso não valia a pena se preocupar. Mas na noite do mistério houve quem visse o compositor na companhia de uma mulher, que apareceu em silhueta na janela da sala, uma mulher desconhecida que surgiu do nada e desapareceu, deixando Casterbridge a sós na janela, que ele abriu em desafio à turba, com a música dissonante e áspera estrugindo às suas costas como um sistema de alarme, os braços estendidos como os de um crucificado. O que será que ele está fazendo, está convidando a morte a entrar em sua casa. E por que a multidão silenciou de repente, como se um gato enorme e invisível lhe tivesse roubado a língua, e por que não se mexia, por que parecia um quadro vivo de si mesma? E de onde vinham aquelas nuvens? O tempo em Londres estava claro e firme, mas isso não ocorria em Hampstead, naquela noite de repente roncou trovoada em Hampstead e seguiram-se raios, *baaam, baruuum*, e a turbamulta não esperou que viessem outros, os relâmpagos quebraram o encantamento e a multidão saiu correndo aos gritos em busca de abrigo, avançando pela Well Walk, depois cruzando para o Heath. Ninguém morreu, felizmente, a não ser um idiota que resolveu que o melhor lugar para se proteger dos raios era debaixo de uma árvore e virou carvão. No dia seguinte a multidão não voltou, nem no outro, nem no próximo.

Uma coincidência e tanto, senhor, aquela tempestade assim tão localizada, quase como se o senhor a tivesse provocado, o senhor não se interessa por meteorologia, não é? Será que não existe alguma traquitana modificadora do tempo lá em cima no sótão, tem certeza? O senhor se importa se a gente der uma olhada?

Fique à vontade, inspetor.

Voltando da casa de Hugo Casterbridge para o apartamento de Mr. Geronimo, mas voando para leste e não para oeste, pois os djins se movem com tanta rapidez que não se preocupam em tomar a rota mais curta, Dúnia sobrevoou ruínas, histeria e caos. Montanhas começavam a desmoronar, neves a derreter e oceanos a subir, e os djins das trevas se faziam presentes em toda parte — Zumurrud, o Grande, Rubirrútilo, Ra'im Chupa-Sangue e o velho aliado de Zumurrud, cada vez mais seu rival pela supremacia, o bruxo Zabardast. A água de represas se transformou em urina, e, depois que Zabardast *sussurrou* em seu ouvido, um tirano com cara de bebê mandou que todos os seus súditos usassem o mesmo corte de cabelo ridículo que ele. Os seres humanos não sabiam lidar com a irrupção do supranormal em sua vida, pensou Dúnia, em geral simplesmente sofriam um colapso nervoso, adotavam o tal corte de cabelo e choravam de amor pelo tirano com cara de bebê. Ou, sob o encantamento de Zumurrud, prostravam-se diante de falsos deuses que lhes pediam que matassem os devotos de outros falsos deuses. E isso também estava sendo feito, imagens de deuses de cá eram despedaçadas por seguidores dos deuses de lá, adoradores dos deuses de lá eram castrados, apedrejados até a morte, enforcados ou cortados ao meio pelos adoradores dos deuses daqui. A sanidade humana era débil ou, na melhor das hipóteses, frágil, ela pensou. Ódio, estupidez, devoção e cobiça, esses eram os quatro cavaleiros do novo apocalipse. Mas ela amava essa gente mortificada e pretendia salvá-la dos djins das trevas que cultivavam, aguavam e exibiam a treva que havia neles. Amar um ser humano era começar a amar todos eles. Amar dois era estar fisgada para sempre, tornar-se presa impotente do amor.

Aonde você foi?, ele perguntou. Você desapareceu no momento em que precisei de você.

Fui ver uma pessoa que também precisava de mim. Tinha de fazer que ele visse do que era capaz.

Outro homem.

Outro homem.

Você se tornou Ella quando esteve com ele? Está fazendo minha mulher morta trepar com homens que ela nem conheceu, é isso?

Não é nada disso.

Estou com os pés no chão de novo e por isso você não quer mais saber de mim, isso foi um tratamento sobrenatural, foi?

Não é nada disso.

Qual é sua verdadeira aparência? Mostre como você é de

verdade. Ella morreu. Está morta. Era uma otimista linda e acreditava numa nova vida no além, mas isso é outra coisa, esse zumbi de minha mulher que você controla. Pare. Pare, por favor. Estou sendo despejado deste apartamento. Estou perdendo a cabeça.

Eu sei para onde você precisa ir.

É perigoso para os seres humanos entrar no Peristão. Pouquíssimos já fizeram isso. Até a Guerra dos Mundos, somente um homem, ao que saibamos, permaneceu lá por algum tempo, casou-se com uma princesa encantada, e ao voltar para o mundo dos homens descobriu que se tinham passado dezoito anos, embora ele julgasse ter estado fora durante um período bem mais breve. No mundo dos djins, um dia é como um mês no calendário humano. No entanto, não é esse o único perigo. Contemplar a beleza de uma princesa dos djins em seu esplendor natural significa deslumbrar-se além da capacidade normal dos olhos humanos para enxergar, da mente humana para assimilar e do coração humano para suportar. Um homem comum poderia ficar cego, enlouquecer ou morrer com o coração partido de amor. Outrora, há mil anos, uns poucos aventureiros lograram entrar no mundo dos djins, em geral com a ajuda de djins com boas ou más intenções. Repetindo: somente um ser humano já voltou de lá em bom estado, o herói Hamza, e ainda perdura a suspeita de que ele próprio tivesse uma parte de djim. Por isso, quando a djínia Dúnia, também conhecida como Aasmaan Peri, a Princesa dos Relâmpagos da montanha Kaf, sugeriu a Mr. Geronimo que a acompanhasse ao reino do pai, espíritos suspicazes poderiam ter concluído que ela o estava atraindo para sua perdição com engodos, como as sereias que cantam em rochedos perto de

Positano, ou Lilith, o monstro noturno que foi a mulher de Adão antes de Eva, ou a beleza impiedosa de John Keats.

Venha comigo, ela disse. Eu me revelarei quando você estiver pronto para me ver.

Aí,

no momento em que os habitantes da cidade descobriam o que significa estar realmente desabrigado, muito embora tivessem sempre se considerado especialistas em desabrigo, porque a cidade que amavam e odiavam se mostrara incapaz de proporcionar aos moradores proteção contra as tempestades da vida e inculcara em seus cidadãos um intenso orgulho, feito de amor e ódio, por seus próprios hábitos de sobrevivência a despeito de tudo, a despeito da questão da falta de dinheiro, da questão da falta de espaço, da questão da luta implacável pela subsistência etc.;

no momento em que eram obrigados a admitir que a cidade, ou uma força vinda de dentro da cidade ou uma força que vinha de fora da cidade talvez estivesse prestes a expulsá-los para sempre daquele território, não no sentido horizontal, mas no vertical, para o céu, para uma camada congelante e para a mortífera falta de ar acima do ar;

no momento em que começavam a imaginar seus corpos sem vida se afastando para além do sistema solar, de modo que os seres inteligentes que porventura existissem por lá travariam contato com seres humanos mortos muito antes de conhecê-los vivos e ficassem a imaginar que estupidez ou horror impelira esses entes para o espaço sem nem mesmo roupas que os protegessem;

no momento em que o estardalhaço e os lamentos dos cidadãos já suplantavam o ruído do pouco tráfego que restava, pois a doença da ascensão se propagara em muitos bairros, e as pessoas que acreditavam nessas coisas gritavam nas ruas assustadas que o Arrebatamento tinha começado, como estava predito na primeira epístola de Paulo aos tessalonicenses, quando vivos e mortos seriam arrebatados nas nuvens e encontrariam o Senhor nos ares, e garantiam que aquilo era o fim dos tempos, e quando, no momento em que as pessoas passaram a subir no ar, afastando-se na metrópole, até para os céticos mais empedernidos começava a ficar difícil discordar;

no momento em que tudo isso estava acontecendo, Oliver Oldcastle e a Dama Filósofa chegavam ao edifício The Bagdad, ele com ímpetos assassinos nos olhos, e ela, aterrorizada, já que tivera de atravessar a cidade sem contar com carro, ônibus ou metrô, uma vez que a distância era, como Oldcastle disse a Alexandra, mais ou menos a mesma percorrida por Filípides do campo de batalha de Maratona até Atenas, um esforço, aliás, que o fez cair morto, e patroa e administrador também estavam exaustos, já sem forças e supondo, irracionalmente, que um confronto com Geronimo Manezes poderia resolver tudo, que se conseguissem assustá-lo ou seduzi-lo o bastante ele seria capaz de reverter o processo que havia posto em prática;

nesse preciso momento um forte facho de luz saltou para o alto a partir do quarto de subsolo, onde, pela primeira vez, a mais poderosa das princesas djínias se revelava em sua verdadeira glória no mundo dos homens, e essa revelação abriu a grande porta que levava ao Mundo Encantado. Mr. Geronimo e a Princesa dos Relâmpagos partiram, a porta se fechou, a luz se apagou e a cidade foi abandonada à sua sorte, ficando C. C. Allbee e Blue Yasmeen flutuando como balões no poço da escada do The Bagdad. E o administrador Oldcastle, chispando de raiva, e a castelã de La Incoerenza, que deixara sua propriedade pela primeira vez depois de muitos anos, se viram impotentes na rua, já a mais de um palmo acima do chão, sem esperança alguma de solução.

A luminosidade era excessiva, porém quando diminuiu, o que lhe permitiu voltar a enxergar, Mr. Geronimo deu consigo, para sua consternação, outra vez criança numa rua havia muito esquecida, mas familiar, jogando críquete francês com outros meninos que gritavam de novo Rafa-'Ronnimus. De repente, sem explicação, apareceu uma menina que piscava o olho para ele como qualquer Sandra de Bandorá, em cujos olhos travessos e radiosos ele viu a princesa djínia. E sua mãe, Magda Manezes, e o próprio padre Jerry, de mãos dadas (como nunca faziam) e felizes (como raramente se sentiam em vida), também o viam brincar. Era uma tarde quente, mas não demais, e as sombras dos meninos que jogavam críquete se alongavam, mostrando-os, em silhueta, como as silhuetas dos homens que talvez viessem a ser. O coração dele inundou-se de algo que poderia ter sido felicidade, mas que rolou de seus olhos como pesar. As lágrimas eram incontroláveis e todo o seu corpo se sacudiu com a tristeza do mundo, *há lágrimas nas coisas*, disse o piedoso Eneias, com palavras de Virgílio, há muito tempo, *e as coisas fadadas a morrer tocam nossas almas*. Seus pés pisavam agora o chão, mas onde ficava esse chão? No Mundo Encantado, em Bombaim ou numa ilusão? Aquilo era apenas outra forma de estar à deriva ou sob o controle de uma princesa do Mundo Encantado dos djins? Contemplando o sonho de uma antiga cena de rua, um holograma esotérico, ele se viu presa de todas as tristezas que já o haviam subjugado, desejou nunca ter se afastado do lugar onde nascera, desejou que seus pés tivessem se mantido plantados naquele solo amado, desejou ter sido feliz por toda a vida naquelas ruas da infância, ter envelhecido ali e conhecido cada laje do calçamento, todas as histórias dos vendedores de bétel, todos os meninos que vendiam livros pirateados nos sinais de trânsito, todos os carros de ricos estacionados incivilmente nas calçadas, todas as mocinhas do coreto que pouco a pouco se tornavam avós e se lembravam de quando, à noite, trocavam beijos furtivos no cemitério junto da igreja, desejou ter raízes espalhadas por cada pedacinho de seu chão perdido, sua adorada pátria perdida, que tivesse feito parte de alguma coisa, que pudesse ter sido ele mesmo, seguir pelo caminho não tomado, viver uma vida em contexto e não a jornada vazia do imigrante que tinha sido seu destino. Ah, mas nesse caso ele jamais teria conhecido sua mulher, disse a si mesmo, e isso aprofundou sua dor, como poderia suportar a ideia de que, continuando a seguir a linha do passado, talvez nunca tivesse vivido aquele único momento verdadeiro de alegria... Talvez, sonhando, pudesse introduzir Ella em sua vida na Índia, talvez sua mulher o amasse também lá, caminharia naquela rua, o teria visto ali e o amado do mesmo modo, ainda que ele tivesse sido a pessoa que nunca tinha se tornado, era possível que ela houvesse amado aquela pessoa também, Raphael Hieronymus Manezes, aquele menino perdido, aquele menino que o homem perdera.

Achei que você gostaria disso, disse, desconcertada, a menina que tinha os olhos da djínia. Eu *auscultei* seu coração, *ouvi* seu pesar pelo que deixou para trás e julguei que isso seria um presente que lhe agradaria.

Leve isso embora, disse ele, sufocado pelas lágrimas.

Bombaim desapareceu e surgiu o Peristão, ou melhor, o monte Kaf, a montanha circular que continha o reino das fadas. Mr. Geronimo se achava num pátio de mármore branco do palácio curvo da Princesa dos Relâmpagos, rodeado e coberto por cúpulas de mármore e cujas paredes eram de pedra vermelha. A brisa agitava as finas tapeçarias, e a cortina de relâmpagos que guardava o palácio pendia do céu como uma aurora polar. Ele não queria estar ali. A cólera substituiu o pesar em seu peito. Até algumas centenas de dias antes, pensou Mr. Geronimo, ele não tinha o menor interesse pelo sobrenatural ou fantástico. Quimeras ou anjos, céu ou inferno, metamorfoses ou transfigurações, que se danasse tudo isso, essa sempre fora sua atitude. Um chão sólido debaixo dos pés, terra sob as unhas, o cultivo de coisas que cresciam, bulbos e raízes, sementes e mudas, esse era seu mundo. Eis que, de uma hora para outra, surgiam a levitação, o advento de um universo absurdo, as estranhezas, o cataclismo. E da mesma maneira misteriosa como ele subira depois tinha descido, e tudo o que queria agora era retomar a vida de antes. Não desejava saber o que aquilo significava. Não desejava fazer parte do lugar, da *coisa*, não sabia que nome lhe dar, na qual tudo aquilo existia, tudo o que desejava era recriar o mundo real em torno de si, mesmo que o mundo real fosse uma ilusão e esse continuum de irracionalismo fosse a realidade. Ele queria de volta a ficção do real. Passear, caminhar, correr e pular, cavar e cultivar. Existir como uma criatura da terra, e não como algum demônio, uma criatura das potestades do ar. Esse era seu único desejo. Mas estava no Mundo Encantado. E diante dele estava uma deusa de fumaça, que não era, obviamente, sua falecida mulher, que a memória dele trouxera de volta do túmulo. Não podia compreender. Nem tinha mais lágrimas a derramar.

Por que você me trouxe aqui?, perguntou. Não podia ter me deixado em paz?

Ela se dissolveu num vórtice de brancura, com uma luz fulgurante em seu cerne. Logo voltou a ganhar forma de novo, não mais a da esguia Dúnia, o amor de Ibn Rushd, mas a de Aasmaan Peri, a Fada Celeste, tendo na fronte um esplendor luminoso, como uma coroa de louros, adornada de ouros e pedrarias, e vestida de fragmentos de nuvens de fumaça, acompanhada de um grupo de servas que formavam um crescente, à espera de suas ordens. Não peça razões a uma princesa dos djins, disse ela. Agora era sua vez de irritar-se. Talvez eu tenha trazido você para cá a fim de ser meu escravo, para me servir o vinho ou massagear-me com óleos, ou, se isso me aprouver, você pode até ser meu almoço, transformado numa travessa de fricassê com um pouco de repolho. Essas moças estão prontas a cozinhá-lo se eu decidir apontar o dedinho para você, não pense que não. Você se abstém de louvar a beleza de uma princesa e depois lhe pede razões! Razões são desatinos humanos. Temos apenas prazeres e o que mais quisermos.

Devolva-me à minha vida comum, disse ele. Não sou um sonhador e me sinto deslocado em castelos no ar. Tenho uma firma de jardinagem para dirigir.

Por ser você meu octoneto, embora eu possa ter saltado na contagem uma ou duas gerações, eu o perdoo, disse ela. Mas, em primeiro lugar, respeite os bons modos, sobretudo se meu pai aparecer, ele pode ser menos generoso que eu. E, em segundo lugar, pare de dizer bobagens. Sua vida comum não existe mais.

O que você disse? Eu sou o que seu?

Havia muito que lhe ensinar. Ele não sabia sequer a sorte que tinha. Ela era a bela Fada Celeste, e poderia ter quem quisesse nos Dois Mundos, e o escolhera porque seu rosto era o eco de um grande homem que ela amara no passado. Ele não entendia que estava no monte Kaf, como se isso fosse a coisa mais normal do mundo, embora apenas pôr os pés no Peristão sem dúvida faria muitos homens mortais perder o juízo. Ele não conhecia a si próprio, não tinha ideia do grande espírito djim que, por causa dela, trazia em seu sangue. Ele deveria agradecer-lhe por esse dom, mas, em vez disso, demonstrava desgosto.

Bem, qual é sua idade?, ele perguntou.

Tenha cuidado, ela respondeu, ou mando um raio derreter

seu coração, um raio que há de correr por seu corpo, por dentro das roupas, e encher de gosma seus ridículos sapatos.

Ela estalou os dedos. O padre Jerry se materializou a seu lado, e, como sempre fazia, censurou Geronimo Manezes. Eu bem que lhe avisei, disse ele, com um gesto de advertência para Mr. Geronimo. Eu fui o primeiro a lhe falar disso, mas você não quis me dar ouvidos. A duniazat, a filharada de Averróis. Você pode ver que eu estava mais que certo. O que me diz agora?

Você não é real, disse Mr. Geronimo. Vá embora.

Eu esperava um pedido de desculpas, mas não tem importância, disse o padre Jerry, sumindo numa baforada de fumaça.

Os selos entre os Dois Mundos se romperam, e os djins das trevas estão à solta, disse ela. Seu mundo corre perigo, e, como meus filhos se acham por toda parte, eu tento protegê-los. Estou reunindo todos, e combateremos juntos.

Não sou um guerreiro, disse ele. Não sou um herói. Sou um jardineiro.

É uma pena, disse ela, com certo desdém, porque no momento é de heróis que precisamos.

Aquela era a primeira rusga entre os amantes, e não há como saber como poderia acabar, pois destruiu os últimos vestígios das ilusões que os haviam unido: ela já não era o avatar da falecida mulher de Geronimo, e ele, claro, era um substituto inadequado para o assombroso aristotélico, o patriarca da duniazat. Ela era fumaça feita carne, e ele, um torrão de terra a se desintegrar. Talvez ela o tivesse dispensado ali mesmo, não fosse o fato de a calamidade ter chegado também ao monte Kaf. E com isso teve início uma nova fase da Guerra dos Mundos.

De um cômodo distante veio um brado, e a seguir uma série de outros clamores, cada vez mais sonoros, com os gritos passando de boca em boca como beijos secretos, até se divisar a figura do espião-chefe da casa real, Omar, o Ayyar, que se aproximava correndo pelo grande pátio curvo onde Mr. Geronimo estava com a princesa djínia para lhe comunicar, com a voz transida de horror, que o pai dela, o imperador dos djins, o poderoso Xapal, filho de Xaruc, tinha sido envenenado. Ele era o rei Simurgh, e a ave sagrada de Kaf, o simurgh, montava guarda, pousada no esteio do dossel de sua cama, mergulhada em sua própria forma enigmática de tristeza; e, depois de um reinado que durava muitos milhares de anos, Xapal agora se aproximava de terras às quais pouquíssimos djins tinham viajado, terras governadas por um rei ainda mais poderoso que ele e que esperava o imperador da montanha nas portas de seus próprios reinos gêmeos, tendo a seu lado dois gigantescos cães de quatro olhos: Yama, o senhor da morte, o guardião do céu e da terra.

Quando ele caiu, foi como se a própria montanha tivesse caído, e, na verdade, noticiou-se o surgimento de fissuras no círculo perfeito de Kaf, árvores se partiram de alto a baixo, aves caíram do céu, os mais baixos *devs* das vertentes inferiores sentiram os tremores, e até mesmo seus súditos mais desleais ficaram abalados, até os *devs* mais propensos a ser seduzidos pelas blandícias dos djins das trevas, os Ifrits, de imediato os principais suspeitos do envenenamento do monarca, pois a pergunta que estava nos lábios de todos era: como pode um rei dos djins ser envenenado, os djins eram criaturas de fogo sem fumaça, e como é possível envenenar o fogo? Haverá extintores ocultos, de algum tipo, que possam ser inoculados num djim, agentes anti-inflamatórios, criados pelas artes negras, que o matarão, ou encantamentos mágicos que sugam o ar da área que o rodeia, de modo que o fogo não possa arder? Todos se agarravam a qualquer coisa que pudesse dar conta do ocorrido, pois todas as explicações pareciam absurdas, mas boas respostas não apareciam. Não existem médicos no mundo dos djins, pois eles não conhecem doenças e as mortes são extremamente raras. Só um *djim pode matar um djim* é um truísmo no Mundo Encantado, e por isso, quando o rei Xapal levou as mãos ao peito e gritou *Veneno*, o primeiro pensamento que ocorreu a todos foi que tinha de haver um traidor entre eles.

Tendo começado sua carreira como humilde servidor, Omar, o Ayyar — *ayyar* significa "espião" —, subira bastante na corte. Era um homem bem-apessoado, de lábios cheios, olhos grandes, na verdade um tantinho afeminado, e durante muito tempo tivera de usar roupas femininas e morar nos haréns de príncipes terrestres a fim de preparar o caminho para que seu senhor djim pudesse visitar as damas à noite, quando a atenção dos príncipes estava voltada para outras coisas. De certa feita, o príncipe de O. apareceu de repente enquanto o rei Xapal se distraía com as enfastiadas esposas de O., para as quais um amante djim constituía uma mudança animada e bem-vinda. Infelizmente, Omar entendeu mal a ordem de seu senhor, Suma conosco já, julgando que fosse Suma com ele já, de maneira que, pobre infeliz, não perdeu tempo em cortar a real cabeça do príncipe de O. Depois disso, o *ayyar* passou a ser chamado no Peristão de Omar Mouco, e levou dois anos, oito meses e vinte e oito noites, contados pelo tempo terráqueo, para se redimir daquele erro. Desde então fora guindado ao topo, respeitado acima de todos os demais cortesãos, tanto por Xapal quanto por sua filha Fada Celeste, conhecida como Dúnia também, tornando-se o diretor oficioso dos serviços de informações de Kaf. Mas ele fora o primeiro a encontrar o soberano caído, e por isso era natural que o dedo frio da suspeita caísse sobre sua testa. Ao se pôr a correr em direção à princesa, não estava só trazendo a notícia. Estava também fugindo de uma chusma de furiosos servidores do palácio, e trazia nas mãos um jogo de caixas chinesas.

Ela era a princesa de Kaf e a herdeira do trono, de forma que seria capaz, é claro, de serenar a cólera imprópria dos palacianos. Bastou-lhe levantar a mão para que eles se imobilizassem como crianças brincando de estátua; depois ela fez um aceno e eles se espalharam como corvos, nada disso exigia reflexão, sua confiança em Omar — o ex-Mouco — era total. Mas o que era aquilo em suas mãos, talvez uma resposta, ele estava tentando lhe dizer alguma coisa. Seu pai é um homem forte, disse ele, ainda não morreu, está lutando com todas as suas forças, e talvez a magia dele seja mais forte que a magia negra que o está atacando. Ela compreendia tudo isso muito bem, mas o que a pegou desprevenida e lhe foi mais difícil entender foi o fato de que, quando a notícia horrenda chegou a seus ouvidos — *veneno, o rei, seu pai* —, ela não reagisse com o autocontrole majestático que sua educação lhe inculcara, nem caiu em prantos nos braços das aias, que tinham se reunido atrás dela, tagarelando para disfarçar o mal-estar. Não, ela havia se voltado para ele, Geronimo Manezes, o jardineiro ingrato, o ser humano, desejando, anelante, que ele a abraçasse e confortasse. E o que dizer dele? Tendo nos braços a mais linda figura feminina que já vira, simultaneamente deixando-se atrair pela princesa das fadas e sendo desleal à sua falecida mulher, ao mesmo tempo embriagado pelo Mundo Encantado e ainda menos senhor de si do que quando seus pés se separaram do chão de sua própria cidade e seu próprio mundo, lançado numa perplexidade existencial, como se obrigado a falar numa língua cujas palavras e cuja sintaxe desconhecia, ele não tinha mais ideia de qual fosse a ação certa, qual era a errada, mas a princesa estava aninhada, tristonha, em seu peito, e isso, ele não podia negar, era uma sensação boa. E, atrás dela, viu uma barata sair correndo de baixo de uma espreguiçadeira e uma borboleta esvoaçar no ar, e lhe ocorreu que *aquilo eram memórias*, que já tinha visto aquela mesma barata e aquela mesma borboleta antes, em outro lugar, em sua pátria perdida. A capacidade que tinha o Peristão de ler sua mente e trazer de volta à vida suas mais recônditas memórias ameaçava levá-lo à loucura. Volte as costas para si mesmo, pensou, olhe para fora com seus próprios olhos e deixe que seu mundo interior tome conta dele. Temos aqui um rei envenenado, um espião amedrontado, uma princesa contristada e em choque e um jogo de caixas chinesas.

O que há nessa caixa?, perguntou ao espião.

Ela se soltou das mãos do rei quando ele caiu, disse Omar. Creio que o veneno está dentro dela.

Que tipo de veneno?, perguntou Mr. Geronimo.

Veneno verbal, respondeu Omar. Um rei das fadas só pode ser envenenado pelas palavras mais terríveis e poderosas.

Abra a caixa, disse Dúnia.

Dentro da caixa chinesa,

como camadas retangulares de pele, havia muitas outras caixas, que desapareciam em direção ao centro do espaço fechado como que se precipitando num abismo. A camada externa, a caixa que continha todas as outras caixas, parecia estar viva, e pela cabeça de Mr. Geronimo passou, com um leve tremor de asco, a ideia de que aquela caixa, e tudo o que continha, fosse mesmo feita de pele viva, talvez humana. Considerou impossível até pensar em tocar aquela coisa maldita, mas a princesa a manuseou com calma, mostrando sua longa intimidade com cascas de cebola seriais daquele gênero. As seis superfícies da primeira caixa tinham uma decoração complexa — Mr. Geronimo pensou na palavra *tatuagem* —, com paisagens de montanhas e pavilhões requintados à beira de regatos rumorejantes.

Agora, restabelecido o contato entre os Dois Mundos, os espiões do imperador lhe enviavam nessas caixas relatos detalhados e variados do mundo inferior, a realidade humana, sempre fascinante para Xapal. Os séculos de separação tinham provocado no monarca de Kaf uma sensação profunda de prostração que muitas vezes dificultava que ele saísse da cama, e até as meretrizes djínias que o atendiam notavam nele certo descaso amatório, fato chocante no mundo dos djins, onde o sexo constitui o único e incessante divertimento. Xapal lembrava-se da história segundo a qual o deus hindu Indra reagira ao tédio do céu inventando o teatro e encenando peças para entretenimento do panteão de deuses desocupados, e por algum tempo cogitou em levar a arte dramática também ao reino do Peristão, só abandonando o projeto porque todos aqueles a quem consultou a respeito escarneceram da ideia de ver pessoas imaginárias fazendo coisas imaginárias que não terminavam em conjunção carnal, embora alguns dos consultados admitissem que o faz de conta pudesse ser uma forma eficaz para avivar a vida sexual de fumaça e fogo de Kaf. Obcecados que eram pelo realismo, concluiu Xapal, os djins não queriam saber da ficção, por maior que fosse a mesmice do cotidiano realista. O fogo queimava o papel. Por isso não havia livros no Mundo Encantado.

Naquela época, os Ifrits (os djins das trevas) tinham se distanciado da chamada Linha de Controle, que separava Kaf de seu território selvagem, e vinham se dedicando a um ataque ao mundo dos homens, o que entristecia Xapal, admirador da terra, um terrófilo. Em decorrência disso, a bem-vinda redução das hostilidades nas fronteiras de Kaf trazia também uma pronunciada queda no fluxo de incidentes, o que só contribuía para aumentar o tédio do dia a dia. Xapal invejava a liberdade de sua filha, a Princesa dos Relâmpagos, que, depois de instalar as barreiras protetoras, podia ausentar-se de Kaf por longos períodos, explorando as delícias do mundo inferior e dando combate aos djins das trevas enquanto ali permanecia. Já o rei não podia deixar o trono. Infelizmente, assim era a vida. A coroa aprisionava. Um palácio dispensava janelas gradeadas para manter o suserano dentro de suas paredes.

* * *

Ainda contamos essa história como ela chegou a nós, por intermédio de muitas narrações, de boca para ouvido e de ouvido para boca, tanto a história da caixa envenenada quanto as histórias que ela continha, e nas quais se ocultava o veneno. É isso que são as histórias, a experiência recontada por muitas línguas, línguas às quais, às vezes, damos um único nome — Homero, Valmiki, Vyasa, Sherazade. Quanto a nós, nos chamamos simplesmente de "nós". "Nós" somos a criatura que conta histórias a si mesma para entender que espécie de criatura ela é. Ao chegarem a nós, as histórias se desprendem do tempo e do espaço: perdem a especificidade de suas origens, mas ganham a pureza das essências, de ser simplesmente elas mesmas. E, por extensão, ou pela mesma razão, *como gostamos de dizer, embora não saibamos qual é ou foi a razão, essas histórias se tornam o que sabemos, o que compreendemos e o que somos, ou, talvez devêssemos dizer, o que nos tornamos ou podemos, talvez, ser.*

Agindo com o cuidado de um sapador desativando uma mina, Omar, o Ayyar, removeu a pele exterior da caixa e, puf!, a casca de cebola se desmaterializou, e uma história começou na mesma hora, libertada da camada finíssima de espaço comprimido: um murmúrio que, crescendo, se tornou uma melíflua voz feminina, uma das muitas vozes que a caixa chinesa continha e disponibilizava para ser usada pelo mensageiro. Essa voz, forte, grave e reconfortante, fez Mr. Geronimo se lembrar de Blue Yasmeen e do The Bagdad, com D no fim, a moradia de onde ele fora despejado. Uma onda de melancolia o invadiu e depois recuou. A narrativa atirou-lhe seu anzol, que se prendeu em sua orelha sem lóbulo, e atraiu sua atenção.

* * *

"Naquela manhã, terminada a eleição, ó ilustre rei, um certo Mr. Airagaira, da longínqua cidade de B., foi despertado, como todos os demais, por estrepitosas sirenes, ao que se seguiu um anúncio, feito por megafone e saído de um furgão branco no qual estava hasteada uma bandeira. Tudo estava prestes a mudar, anunciou o megafone, pois era isso que o povo exigia. Ninguém tolerava mais a corrupção e o desgoverno, porém, acima de tudo, ninguém suportava mais a família que se achava encastelada no poder havia tanto tempo que seus membros pareciam parentes que todos detestam, que todos queriam que fossem embora. Agora a família tinha sido alijada do poder, informou o megafone, e o país podia finalmente crescer sem os malquistos Parentes Nacionais. Como todos os demais, disse o megafone, ele abandonaria de imediato seu emprego atual, um emprego de que na verdade gostava — era editor de livros para jovens adultos numa importante editora da cidade —, e se apresentaria a um dos novos postos de designação de tarefas que tinham sido montados da noite para o dia, onde lhe dariam informações sobre seu novo emprego, no qual ele se integraria a um novo e grandioso programa nacional, a construção da máquina do futuro.

"Mr. Airagaira se vestiu depressa e desceu a escada para explicar ao funcionário do megafone que ele não possuía nem as indispensáveis qualificações como engenheiro nem a aptidão mecânica para tal tarefa, já que era uma pessoa *ligada às artes e não às ciências* e, além disso, por ele as coisas bem poderiam continuar como estavam, tinha feito suas escolhas e optara pela satisfação na carreira, de preferência à acumulação de riqueza. Como solteirão resoluto e já de certa idade, tinha mais que o suficiente para suas necessidades e seu trabalho era valioso: desafiar, entreter e formar espíritos jovens. O funcionário do megafone deu de ombros, mostrando-se indiferente. 'O que isso tem a ver comigo?', disse, com secura e grosseria. 'Faça o que a nova nação solicita, a não ser que queira ser visto como um elemento antinacionalista. Esse é um elemento para o qual não há mais lugar em nossa tabela periódica. Como dizem os franceses, embora eu não fale francês, por considerar essa língua estranha a nossas tradições e, portanto, conhecê-la não é importante, é um elemento *hors de classification*. Daqui a pouco vão chegar os caminhões. Se você insiste em sua objeção, fale com o encarregado do transporte.'

"Com relação a Mr. Airagaira, seus colegas da editora declararam, nem sempre em tom elogioso, que ele era dono de uma inocência que sobrepujava o cinismo esperto da maioria das crianças e, portanto, não percebia a amargura desapontada de um mundo que perdera sua inocência havia muito tempo. Polido, de óculos e confuso, ele esperou os prometidos caminhões. Se René Magritte tivesse pintado Stan Laurel em tonalidades de marrom-claro, o resultado talvez se assemelhasse ao risonho Mr. Airagaira, com seu sorriso vago e pateta para a multidão que se formava e piscando os olhos míopes diante dos controladores que a organizavam, homens com marcas alaranjadas na testa e longos cassetetes na mão. O comboio de caminhões realmente chegou, descrevendo a curva na velha alameda à beira-mar como manchas de tinta a gotejar numa tela antiga, e quando Mr. Airagaira afinal se viu face a face com o encarregado do transporte, um rapaz corpulento e cabeludo que evidentemente se orgulhava dos braços musculosos e do tórax malhado, teve certeza de que o mal-entendido logo seria sanado. Começou a falar, mas o encarregado do transporte o interrompeu e pediu seu nome. Mr. Airagaira o deu e o rapaz consultou um maço de documentos presos a uma prancheta de mão. 'Aqui está', disse, mostrando um papel a Mr. Airagaira. 'Seu empregador dispensou o senhor.' Mr. Airagaira balançou a cabeça. 'Isso é impossível', explicou, sereno. 'Em primeiro lugar, sou benquisto na redação, e em segundo lugar, mesmo que isso fosse verdade, eu teria recebido, primeiro, um aviso verbal, depois um comunicado por escrito e, por fim, uma carta de demissão. Essa é a maneira correta de fazer as coisas, e esse procedimento não foi seguido, além do que, repito, tenho todos os motivos para crer que meu trabalho é respeitado na empresa, e se alguma coisa está para acontecer com relação a mim é uma promoção, e não a demissão.' O encarregado do transporte apontou uma assinatura no pé do documento. 'Reconhece isto?' Mr. Airagaira ficou chocado ao perceber que, com efeito, reconhecia a assinatura inequívoca de seu chefe. 'Então o caso está encerrado', disse o rapaz. 'Se o senhor foi demitido, deve ter cometido um erro feio. Pode bancar o inocente, mas a culpa está escrita em seu rosto, e essa assinatura que o senhor acabou de identificar é a prova. Suba no caminhão.'

"Mr. Airagaira não se atreveu a emitir mais que uma única frase de protesto. 'Eu nunca poderia imaginar', disse, 'que uma coisa dessas acontecesse na cidade onde nasci, aqui em B.'

"'O nome da cidade mudou', disse o encarregado. 'A partir de hoje volta o nome antigo, que os deuses lhe deram há muito tempo: Libertação.'

"Insigne rei, Mr. Airagaira nunca tinha ouvido aquele nome, e nada sabia sobre o envolvimento dos deuses no tocante ao nome da cidade na Antiguidade, quando ela nem existia, já que era uma das cidades novas do país, não uma metrópole antiga como D., no norte, porém uma conurbação moderna, mas não ousou mais nenhum protesto, e subiu docilmente, junto com os outros, para um caminhão e foi levado para as novas fábricas no norte, onde a máquina do futuro estava sendo construída. Nas semanas e nos meses seguintes, seu atordoamento só fez crescer.

Em seu novo local de trabalho, entre o trovão insuportável das turbinas, os guinchos em staccato das furadeiras e o enigma silencioso de esteiras transportadoras que carregavam parafusos, porcas, flanges e rodas dentadas de engrenagens para vários postos de controle de qualidade, antes de levá-los a destinos desconhecidos, ele notou, surpreso, que trabalhadores ainda menos aptos que ele tinham sido encaminhados para aquelas atividades especializadas, que criancinhas estavam colando armações de madeira e papel, coisas que, de uma maneira ou de outra, acabavam incorporadas ao empreendimento de grande envergadura, que os cozinheiros preparavam massas que mais tarde eram coladas às laterais da máquina, do mesmo jeito como, nas aldeias, o esterco bovino era aplicado às paredes de casas de taipa. Que tipo de máquina era essa, perguntou-se Mr. Airagaira, de cuja construção toda a nação tinha de participar, para a qual os marinheiros tinham de contribuir com o aço de seus navios, e os lavradores, com o de seus arados? E, à medida que era transferido de um ponto para outro no gigantesco canteiro de obras, via hoteleiros incorporar seus hotéis à máquina, na qual também apareciam câmeras de cinema e teares têxteis, mas sem que houvesse clientes nos hotéis, filme nas câmeras ou tecidos nos teares. O mistério cresceu quando, com a expansão da máquina, bairros inteiros tiveram de ser arrasados para criar espaço onde ela coubesse, até Airagaira Sahib começar a achar que a máquina e o país tinham virado sinônimos, já que não havia no país lugar para mais nada, exceto a máquina.

"Naqueles dias foi imposto o racionamento de água e de alimentos, os hospitais ficaram sem medicamentos e as lojas sem estoques, a máquina era tudo, e em toda parte as pessoas iam de manhã para os postos de trabalho designados e executavam o trabalho que lhes cabia, aparafusando, furando, rebitando e martelando; à noite, exaustos demais para falar, voltavam para casa. A taxa de natalidade começou a cair, pois o sexo tornou-se um esforço excessivo, enquanto o rádio, a televisão e os megafones mostravam essa queda como um benefício para o país. Mr. Geronimo observou que todos os gerentes do programa de obras, os capatazes, os apontadores e os controladores pareciam coléricos e violentos, além de intolerantes, sobretudo em relação a pessoas como ele, pessoas que no passado tinham levado a vida pacatamente e que esperavam que os outros fizessem o mesmo. Tais pessoas eram consideradas, ao mesmo tempo, fracas e perigosas, inúteis e subversivas, necessitadas de uma pesada mão disciplinar, que, não se enganassem elas, diziam os megafones, seria utilizada onde quer que fosse e sempre que preciso. O estranho, pensava Mr. Airagaira, era que os situados no topo de nova dispensação se mostrassem mais raivosos que aqueles que estavam embaixo.

"Um dia, ó ilustre rei, Mr. Airagaira viu uma coisa horrível. Homens e mulheres carregavam materiais de construção em bacias metálicas na cabeça. Até aí, nada demais, mas havia alguma coisa errada com o formato dessas mulheres e homens, que pareciam — ele custou a achar a palavra — espremidos, como se alguma coisa bem mais pesada que aqueles materiais os comprimisse no sentido longitudinal, como se a gravidade houvesse aumentado no lugar por onde caminhavam e eles fossem literalmente cravados na terra. Seria crível, ele perguntou aos colegas na esteira de controle de qualidade para a qual fora designado, haveria a possibilidade de que eles estivessem sendo torturados? Todos responderam não com a boca, mas sim com os olhos. Não, que ideia, em nosso país vigora a liberdade, disseram suas línguas, enquanto os olhos diziam não seja idiota, é perigoso fazer essas perguntas em voz alta. No dia seguinte, as pessoas comprimidas tinham sumido e os recipientes de materiais de construção estavam sendo levados por novos carregadores, e se Mr.

Airagaira notou algo parecido com espremedura naquelas pessoas, manteve a boca fechada e só seus olhos falaram aos companheiros de trabalho, cujos olhos responderam silenciosamente. No entanto, manter a boca fechada quando há uma coisa sobre a qual se quer pôr a boca no mundo faz mal à digestão, e Mr. Airagaira voltou para casa se sentindo mal e quase vomitando no caminhão de transporte, o que teria sido, para usar uma das palavras mais frequentes na época, desaconselhável.

"Naquela noite, Mr. Airagaira deve ter sido visitado, ou mesmo controlado, por um djim, porque na manhã seguinte, na linha de produção, agiu como se fosse uma outra pessoa, ao redor de cujas orelhas parecia estalejar uma espécie de eletricidade. Em vez de se dirigir logo a seu posto de trabalho, procurou um membro da equipe técnica da construção, o capataz de maior hierarquia à vista, e disse em voz alta, o que fez muitos colegas prestarem atenção nele: 'Desculpe, mas preciso lhe fazer uma consulta séria em relação à máquina'.

"'Nada de perguntas', disse o capataz. 'Limite-se a cumprir suas tarefas.'

"'A consulta é a seguinte', prosseguiu Airagaira Sahib, abandonando a voz suave, confusa e míope, substituída por um tom possante, quase megafônico. 'O que é que a máquina do futuro produz?'

"Agora, muitos trabalhadores prestavam atenção. Um murmúrio de assentimento ergueu-se de suas linhas, *Isso mesmo, o que ela produz*. O capataz apertou os olhos e um grupo de controladores se aproximou de Mr. Airagaira. 'É óbvio', disse o capataz, 'que ela produz o futuro.'

"'O futuro não é um produto', bradou Mr. Airagaira. 'O futuro é um mistério. O que a máquina realmente produz?'

"Os controladores estavam agora próximos o suficiente para deter Mr. Airagaira, mas um grupo de trabalhadores estava se formando, e era evidente que os controladores hesitavam quanto ao que fazer e olhavam para o capataz à espera de orientação.

"'O que ela produz?', gritou o capataz. 'Produz glória! O produto dela é a glória. A glória, a honra e o orgulho. A glória é o futuro, mas você mostrou que não há lugar para você nesse futuro. Tirem esse terrorista daqui. Não hei de permitir que ele infecte meu setor com sua mente transtornada. Esse tipo de mente é que transmite a peste.'

"Os trabalhadores viram, com desagrado, os controladores avançarem na direção de Mr. Airagaira, mas logo começaram a gritar, pois a eletricidade que antes estalejava em torno das orelhas do ex-editor de livros para jovens adultos passou a correr por seu pescoço e pelos braços, chegando às pontas dos dedos, e nesse momento suas mãos desfecharam raios de alta-tensão que mataram o capataz instantaneamente e fizeram os controladores correr para se proteger, e atingiram a máquina do futuro com tamanha violência que fez com que uma parte enorme daquele leviatã colossal se contorcesse e explodisse."

A caixa começou a se remexer nas mãos da princesa. Uma camada da casca de cebola se soltou e desvaneceu em fumaça, como ocorrera com a primeira, e ouviu-se outra voz, essa de um belo tom de barítono. "Essa referência a uma peste", disse a caixa chinesa, me recorda outra história, que os presentes talvez se interessem em ouvir." Mas, antes que a narrativa fosse além, Dúnia sobressaltou-se e deu um grito abafado. Largou a caixa e ergueu as mãos para tapar os ouvidos. Omar também gritou e repetiu o gesto de Dúnia, levando as mãos aos ouvidos. Mr. Geronimo segurou a caixa antes que ela chegasse ao chão e olhou para ambos com preocupação.

"O que foi isso?", perguntou Dúnia. Mas Geronimo Manezes nada ouvira. "Um som semelhante a um apito", ela lhe explicou. "Os djins são capazes de ouvir sons de frequência mais alta que os cães e, obviamente, os seres humanos. Mas foi apenas um barulho."

"Um barulho pode conter uma maldição oculta", disse Omar. "A caixa deveria estar fechada, princesa. Ela pode ser perigosa para sua pessoa e para mim, assim como para seu pai."

"Não", disse ela, com uma expressão incomumente séria. "Continue. Se eu não compreender a maldição, não poderei achar seu antídoto e o rei morrerá."

Mr. Geronimo depôs a caixa numa mesinha de nogueira, em que o artífice havia marchetado um tabuleiro de xadrez, e ela retomou a narrativa. "No lugarejo de I., numa época de pestes", disse a caixa, agora com a voz masculina, "um homem chamado João estava sendo considerado responsável pela propagação de uma doença de silêncio. João Calado, homem atarracado e de braços fortes, trabalhava como ferreiro em I., a mais pitoresca aldeia campestre que poderia existir, perdida num quadro idílico de lavouras verdes, colinas ondulantes, muros de pedra, telhados de palha e vizinhos bisbilhoteiros. Depois que ele se casou com a professora do lugar, uma moça mais culta e de maneiras mais refinadas que o marido, tornou-se notório que à noite, quando ele tomava alguns goles a mais, gritava com a mulher, empregando o palavreado mais chulo que alguém naquela vila já ouvira, o que aumentava o vocabulário da moça e também seu desgosto. Essa situação perdurou por vários anos. De dia ele era um trabalhador diligente em sua forja feita de fogo e fumaça, excelente companheiro para a mulher e os amigos, mas no escuro o monstro que vivia preso dentro dele ganhava liberdade. Deu-se então que certa noite, quando seu filho Joca estava com dezesseis anos de idade e se tornara mais alto que o pai, o rapaz enfrentou João e lhe ordenou que se calasse. Certas pessoas da aldeia disseram que o jovem cerrou o punho e atingiu o pai no rosto, pois o ferreiro apareceu com a face inchada durante alguns dias, porém outros atribuíram o inchaço a uma dor de dente.

"Fosse qual fosse a causa, houve consenso quanto a dois pontos: primeiro, que o pai não socara o filho em revide, mas se refugiara no quarto, envergonhado; e, segundo, que daquele momento em diante suas palavras, sempre poucas e bem espaçadas, salvo durante as torrentes noturnas de impropérios, secaram de todo, e ele simplesmente parou de falar. À medida que crescia a distância entre a língua e as palavras que ela costumava pronunciar, ele pareceu tranquilizar-se. Parou de beber, ou pelo menos reduziu a bebida a níveis controláveis. Como João Calado, ele passara a ser um exemplo, diziam todos, simpático, generoso, íntegro e gentil, ficando evidente que a linguagem tinha sido seu problema, a linguagem que o envenenara e estragara suas nobres qualidades humanas, e deixando de falar, como outros homens paravam de fumar ou de se masturbar, ele podia enfim ser o que devia ter sido: uma boa pessoa.

"Tendo notado a mudança ocorrida nele, os vizinhos começaram a experimentar o mutismo eles também, e aconteceu de fato que, quanto menos falavam, mais alegres e animados se tornavam. Espalhou-se celeremente pelas casas do povoado de I. a ideia de que a linguagem era uma infecção da qual os homens deviam se curar, de que a fala era fonte de muitas dissensões, delitos e mesquinharias, e não, como muitos afirmaram, o fundamento da liberdade, mas sim o caldo de cultura da violência. E não tardou para que as crianças fossem dissuadidas de cantar suas canções de roda, e os mais velhos, sentados nos bancos debaixo das árvores na pracinha, fossem aconselhados a parar de recordar suas antigas proezas. Nasceu e se aprofundou no vilarejo, antes harmônico, uma divisão, fomentada, segundo os recém-calados, pela nova e jovem professora do arraial, Yvonne, que afixou em vários lugares avisos nos quais advertia que o mutismo, e não a fala, era o mal verdadeiro. "Vocês podem julgar que se trata de uma opção", escreveu, "mas em breve não serão capazes de falar mesmo que queiram, enquanto nós, os falantes, podemos escolher entre conversar e ficar de boca fechada." De início, as pessoas se aborreceram com a jovem mestra, uma moça bonita e conversadeira que tinha o incômodo hábito de virar a cabeça para a esquerda quando falava, e esses militantes queriam até fechar a escola, mas então descobriram que ela estava com a razão. Já não podiam emitir som algum, mesmo que quisessem, mesmo que precisassem avisar a um ente querido que evitasse um caminhão que se aproximava. A partir daí, a fúria da aldeia se afastou de Yvonne, a professora, e se concentrou em João Calado, cuja decisão de calar-se havia mergulhado a comunidade numa mudez da qual ela não conseguia mais fugir. Mudos e inarticulados, os aldeões se juntaram diante da forja do ferreiro, e somente o medo que sentiam de sua imensa força física e das ferraduras em brasa os deteve..."

... e nesse ponto Omar, o Ayyar, interrompeu a narrativa e comentou: ora, essa é, sem tirar nem pôr, a história do compositor Casterbridge e do pregador Yusuf Ifrit, cada qual acusando o outro de ser a causa da peste, e, portanto, talvez isso seja um novo tipo de doença, um mal que impede os seres humanos de saber quando estão doentes e quando se acham com boa saúde...

... mas a princesa dos djins tinha achado sua própria história escondida dentro dessas outras histórias. Pensava no pai em perigo de vida, na história conturbada deles, mais conturbada que a história do ferreiro e de sua mulher ou que a do compositor e do pregador, e, sem querer, os pensamentos saltaram de sua boca: Ele nunca me amou, ela disse, eu sempre adorei meu pai, mas sabia que não era o filho que ele desejava. Meu pendor era a filosofia, e se eu pudesse fazer o que desejava teria escolhido viver numa biblioteca, perder-me no labirinto da linguagem e das ideias, mas ele tinha necessidade de um guerreiro, e por isso eu me transformei numa guerreira para ele: a Princesa dos Relâmpagos, cujas defesas escudavam Kaf das forças da escuridão. Os djins das trevas não me infundiam medo. Quando éramos jovens, eu brincava com todos esses sujeitos, Zumurrud, Zabardast, Rubirrútilo e até com Ra'im, mas antes que ele desse para chupar sangue. Jogávamos *kabaddi* ou o jogo das sete pedras nas ruelas do Mundo Encantado, e nenhum deles estava à minha altura, porque eu estava muito ocupada em fazer de mim um supermeninão, a filha cujo pai queria um filho. Na hora das refeições, o desconsolo queimava meus olhos e talhava o leite. Quando eu lhe disse que estava estudando a arte dos raios, ele resmungou qualquer coisa, deixando claro que preferia um espadachim a uma bruxa. Quando aprendi a brandir a espada, ele se queixou, dizendo que na velhice precisava ter a seu lado um hábil estadista para negociar as complexas questões políticas do Peristão. Quando me tornei uma especialista no direito dos djins, ele disse oxalá eu tivesse um filho para acompanhar-me na caça. Por fim, o desencanto dele comigo tornou-se minha desilusão com ele, e deixamos de ser próximos. No entanto, embora eu nunca admitisse isso, meu pai era a única pessoa nos Dois Mundos a quem eu desejava agradar. Durante algum tempo, eu o deixei e, no outro mundo, lancei minha dinastia, que se tornou meu destino. Depois disso, quando voltei a Kaf, e as portas entre os mundos foram lacradas e os séculos humanos passaram, ele se afastou ainda mais de mim, pois seus sentimentos foram além da desaprovação e chegaram à suspeita, e ele disse: Você não sabe mais quem é sua gente, e aqui no Peristão você só sonha com o mundo que perdeu, o mundo onde estão seus filhos humanos. As palavras *filhos humanos* estavam carregadas de ojeriza, e quanto mais eu suportava o peso de suas críticas, mais ardente se tornava minha esperança de voltar a me unir àquela família terrena, a que Ibn Rushd dera o nome de duniazat.

Fui eu, clamou, que passei longas eras labutando na construção de uma máquina despropositada, ou com um objetivo, a glória, tão inconvincente que a tentativa de alcançá-lo é contraproducente, essa máquina é minha vida e o objetivo que nenhuma máquina poderia alcançar era a glória de conquistar o amor de meu pai. Fui eu, e não um ferreiro, uma professora ou um filósofo, quem não conseguiu aprender a diferença entre a doença e a saúde, entre a peste e a cura. Em minha infelicidade, convenci a mim mesma que o desdém de meu pai por sua filha era o estado natural das coisas, o estado saudável, e que minha natureza feminina era a peste. No entanto, eis que chegamos à verdade, e é ele que está doente, enquanto eu estou bem. Qual foi o veneno que invadiu seu corpo? Talvez seja ele mesmo.

Agora ela soluçava, e Geronimo, o jardineiro, a amparava, oferecendo um pobre conforto humano à amante não humana, tomado ele próprio por uma profunda confusão existencial. Qual era o sentido de ter ascendido no ar e, depois, descido devagar, ambas as coisas independentes de sua vontade — a terra tê-lo rejeitado e, depois, ter voltado a aceitá-lo misteriosamente —, e o fato de se encontrar ali, num mundo para ele carente de sentido, sendo o sentido algo que os homens construíam com base na familiaridade, com base nos fragmentos de conhecimento de que dispunham, como um quebra-cabeça a que faltassem muitas peças. Sentido era a moldura que os homens punham ao redor do caos da existência para lhe dar forma; e ali estava ele num mundo que moldura alguma seria capaz de conter, ligado a uma estranha sobrenatural que por certo tempo se fizera passar por sua falecida mulher, apegando-se a ela com o mesmo desespero com que ela, agora, se apegava a ele, por quem se sentia atraída porque era parecido com um filósofo morto havia muito tempo, cada qual esperando que um sucedâneo alienígena pudesse levá-los a crer que o mundo era bom, este mundo ou aquele mundo ou simplesmente o mundo em que dois seres vivos se abraçavam e pronunciavam as palavras mágicas.

Eu te amo, disse Mr. Geronimo.

Eu também te amo, respondeu a Princesa dos Relâmpagos,

... e no interior de seu tormento causado pelo pai a quem era impossível agradar, o rei que usava a coroa do Simurgh, que estava tão investido de sua realeza que a filha tinha de chamá-lo de Vossa Majestade, o rei que tinha esquecido o que era o amor, jaziam as memórias de seus próprios primeiros amores, ou pelo menos dos primeiros rapazes que a tinham amado, e que não eram, naquela época, os temidos djins das trevas e os inimigos de sangue do pai. Naquele tempo Zabardast se destacava por uma notável seriedade de mágico infantil, e com a mais grave das expressões tirava de um absurdo chapéu de palhaço, de que possuía uma enorme coleção, os mais improváveis coelhos — insanos coelhos-quimeras e coelhos-grifos que jamais tinham existido na natureza. Era de Zabardast, com sua verbosidade sem fim, suas pilhérias e seu riso fácil, que ela gostava mais. Já Zumurrud Xá, que de Zabardast diferia em tudo, era o mais bonito dos dois, sem dúvida alguma, para quem gostasse desse tipo, com sua musculatura rija e superdesenvolvida, casmurro, resmungão, perpetuamente de mau humor devido a sua desarticulação, um gigante néscio e belo, marcado por uma espécie de ríspida inocência.

Ambos eram loucos por ela, é evidente, o que era menos problemático no mundo dos djins do que teria sido na Terra, devido ao desprezo dos djins pela monogamia, mas apesar disso eles competiam por seus favores. Zumurrud lhe trazia gemas enormes, que tirava dos tesouros de joias dos gigantes (ele pertencia à mais rica dinastia dos djins, os construtores de palácios e aquedutos, dos gazebos e dos jardins escalonados que faziam do Peristão o lugar que era). Zabardast, o técnico da magia, o artista do oculto, também era apalhaçado por temperamento e a fazia rir, e, embora ela não se lembrasse, é muito provável que fizesse sexo com os dois, mas se isso de fato ocorrera não deixara forte impressão, e ela passou a desviar a atenção desses inadequados pretendentes do Mundo Encantado, trocando-os por figuras mais trágicas, os homens. Quando ela os abandonou e quebrou o triângulo de suas paixões, deixando que cada um resolvesse seus próprios problemas, Zumurrud e Zabardast começaram a mudar. Aos poucos Zabardast se tornou uma personalidade mais misteriosa e mais fria. Fora ele quem mais a amara, ela achava, e por isso foi quem mais sofreu com a perda. Um quê de ressentimento insinuou-se em sua natureza, algo de amargo e frustrado. Em contraste, Zumurrud levou a vida adiante, pondo de lado o amor e cultivando hábitos e atividades masculinas. À proporção que a barba crescia, passou a se interessar menos por mulheres e joias, e ficou obcecado pelo poder. Tornou-se o líder, e Zabardast o seguidor, ainda que mais intelectualizado, em parte porque seria difícil ser mais superficial que Zumurrud. E continuaram amigos, até que, durante a Guerra dos Mundos, se desentenderam de novo.

Zumurrud Xá, Zabardast e Aasmaan Peri, a Princesa dos Relâmpagos: quanto durara o namoro deles? Os djins são maus avaliadores da duração. No mundo deles, o tempo menos passa que permanece. Os seres humanos é que são prisioneiros do relógio, pois a vida deles é de dolorosa brevidade. Os seres humanos são como as sombras das nuvens, que se movem depressa, levadas pelo vento, e por isso Zabardast e Zumurrud reagiram com descrença quando Dúnia adotou esse nome e tomou, junto com o nome, um amante humano, que nem sequer era jovem:

o filósofo Ibn Rushd. Procuraram-na juntos, uma última vez. "Se é o intelecto que a empolga", disse Zabardast, "devo lhe lembrar que em todo o Peristão não existe maior conhecedor das artes da feitiçaria que eu." "Por acaso a feitiçaria é um ramo da ética?", ela replicou. "Porventura a magia está relacionada à razão?" Zabardast retrucou: "O certo e o errado, além de um interesse pela racionalidade, são angústias humanas, como as pulgas em cães. Os djins agem como lhes apraz e não se preocupam com as banalidades do bem e do mal. E, como todo djim sabe, o universo é irracional". Ela lhe virou as costas para sempre, e o amargor que já vinha fermentando dentro dele o inundou como uma enxurrada. "Esse seu ser humano, seu filósofo, seu imbecil douto", zombou Zumurrud. "Você se dá conta de que ele há de morrer muito em breve, enquanto eu vou viver, se não para sempre, ao menos durante um tempo inimaginável para essa gente?" "Você enche a boca para dizer isso como se fosse uma coisa boa", ela lhe respondeu. "Porém, para mim, um ano com Ibn Rushd vale mais que uma eternidade com você."

Depois disso, os dois tornaram-se inimigos dela, e, por causa da humilhação de serem rejeitados em favor de um ser humano que, como um inseto, vivia um dia e então se apagava para sempre, ganharam novos motivos para odiar a raça humana...

... e, enquanto ela recordava seu tempo de mocidade, Mr. Geronimo encontrou um caminho, dentro da história dos namoricos dela na juventude, para a memória de seu único amor verdadeiro, Ella Elfenbein, sua bela tagarela, gentil com todos, quem quer que fosse, orgulhosa de seu corpo e mais apaixonada pelo pai, Bento, que pelo marido, como ele às vezes pensava. Ela telefonava para Bento Elfenbein cinco vezes por hora, todos os dias, até o último em que ele viveu, e a cada telefonema usava as palavras *Eu te amo* como fórmula de saudação e despedida. Depois que Bento morreu, mas só então, e não antes, passou a fazer o mesmo quando telefonava para Geronimo, *você é tudo para mim*, ela dizia. Era ridículo sentir ciúme do amor de uma filha pelo pai brilhante, meio libertino, não muito honesto, com seu sorriso de duende feliz, como um Coringa sempre à procura de um meio de empulhar o Batman, mas às vezes, admitia Mr. Geronimo para si mesmo, eu não conseguia deixar de acreditar, e ainda não consigo, que ela achou um jeito de morrer como Bento, deu um jeito de ser atingida por um raio, tal como ele.

E o que estou fazendo agora, ele pensou, senão sustendo nos braços uma criatura sobrenatural que é a fada-rainha do raio, a dona e a encarnação do poder que trucidou minha querida, segredando palavras de amor em seus ouvidos, como que me permitindo amar o que matou minha mulher, cochichando *eu te amo* como olá e até logo com a rainha do que destruiu Ella, e o que isso diz sobre mim, o que isso significa, quem sou eu? A orelha dela, aliás, não tem lóbulo, como a minha. Uma criatura saída da fantasia que diz ser minha ancestral distante. Controle suas emoções, pensou, você está perdido numa ilusão, seus pés podem ter voltado ao chão, mas agora é sua cabeça que está longe, lá longe, nas nuvens. Entretanto, mesmo enquanto repreendia a si mesmo, sentia que Ella esmaecia, sentiu-a deslizando para o nada, enquanto o corpo quente em seus braços se tornava mais solidamente real, embora ele soubesse que era feito de fumaça.

Percebeu que não se sentia bem. O coração batia com mais força e o ar rarefeito do monte Kaf o deixava meio zonzo, provocando o que parecia ser uma dor de cabeça de altitude. Seus pensamentos dirigiram-se para sua profissão perdida, o que ele sentia, cada vez mais, como uma perda de identidade, e para La Incoerenza, um lugar tão belo até o dia da tempestade, e ele recordou o trabalho, cavar a terra, limpar o mato, plantar sementes, podar as cercas vivas, lembrou a batalha contra as marmotas que devoravam os rododendros, a vitória sobre os parasitas, a construção do labirinto, pedra a pedra, o suor espesso na testa, a dor feliz nos músculos, os dias de trabalho profícuo sob o sol ou sob chuva ou geada, no verão ou no inverno, na canícula ou na neve, os mil e um passos que dava a cada dia, o rio afogado, a colina onde sua mulher repousava sob um relvado ondulante. Quisera poder fazer o tempo recuar àquela inocência, antes que os raios e as estranhezas despedaçassem o mundo, e compreendeu que seu mal tinha nome: saudade.

Tinha saudade de sua vida, perdida tanto no espaço quanto no tempo. A moradia também estava perdida, e isso tinha de ser consertado. Blue Yasmeen e a Irmã Allbee, Oliver Oldcastle e a Dama Filósofa tinham sido deixados levitando numa escada no The Bagdad com D no fim, em estado de animação suspensa, e aquela imagem precisava ser reposta em movimento. Daquelas quatro pessoas, duas eram amigas, e duas, inimigas, mas as quatro mereciam ser curadas, mereciam ser devolvidas à normalidade, tal como a cidade, o país e todo o mundo dos homens. O Mundo Encantado de palácios curvos defendidos por cortinas de relâmpagos, aquele fábula de djins perdidos de amor, de reis moribundos e de caixas mágicas que desfiavam suas histórias nas mãos manhosas de espiões, aquilo não era para ele. Ele era um habitante do mundo inferior e já estava farto de alturas fabulosas.

Quanto a nós, quando o recordamos, vemo-lo como se ele estivesse muito longe, como se fizesse parte de um quadro imóvel de três figuras, perdidas na fantasia: além disso, é difícil para nós avistá-lo com clareza em meio às torres coroadas de nuvens, os palácios deslumbrantes. Também precisamos dele aqui na terra, dele e de sua nova amada, por fada que seja. A história de amor deles, pois esse romance foi, posto que breve, uma história de amor, só faz sentido, para nós, aqui embaixo. Lá no alto, ela é mais que tênue, *insubstancial como um sonho. A verdadeira história de amor entre eles, a que tem para nós sentido e peso, vem envolta numa guerra. Isso porque nosso futuro, naquele tempo, tinha se afigurado estranho, e sabemos — nós que viemos depois e que refletimos — que não poderíamos ser quem somos ou ter a vida que temos se os dois não tivessem voltado à Terra para corrigir as coisas, ou torná-las tão corretas quanto possível, se é que de fato nosso tempo está correto, como dizemos que está, isso se essa correção não for apenas uma forma diferente de erro.*

E a essa altura a caixa chinesa se descamava feito louca, e a cada camada que se desprendia outra voz começava a contar uma nova história, mas nenhuma chegava até o fim, pois dentro de cada história inacabada a caixa inevitavelmente achava uma história diversa, até parecer que a digressão era o princípio básico do universo, que na verdade o único tema era a forma como o tema não parava de mudar e como era possível alguém viver numa situação louca em que nada perdurava por mais de cinco minutos e nenhuma narrativa chegava à sua conclusão. Não podia haver sentido algum num ambiente assim, mas só o absurdo, a falta de sentido que era a única espécie de sentido a que uma pessoa podia se agarrar. Por exemplo, num momento estava sendo contada a história da cidade cuja população tinha deixado de acreditar no dinheiro, mas continuava a crer em Deus e no país, pois essas coisas faziam sentido, ao passo que aqueles papéis impressos e os cartões de plástico obviamente de nada valiam; e daí a momentos, dentro dessa história, começou (mas não acabou) a história de Mr. X, que ao acordar um dia começou, sem nenhum motivo claro, a falar uma língua nova que ninguém compreendia, uma língua que passou a mudar seu jeito de ser, pois sempre fora um sujeito taciturno, mas quanto menos inteligíveis eram suas palavras, mais loquaz ele se tornava, além de sorridente e expansivo, e por isso as pessoas passaram a gostar muito mais dele agora do que quando entendiam o que dizia; mas no instante em que esse caso começou a ficar interessante, outra camada se soltou e a história mudou de novo,

e, recordando o que aconteceu, vemos mentalmente o quadro descongelar, com uma explosão de cores brilhantes no balcão do palácio, junto do pátio de mármore, o perfume de lírios brancos na brisa que agitava as vestes da princesa, e em algum ponto na distância o suave lamento de uma flauta doce. Vemos que de repente a princesa se afasta de Mr. Geronimo, apontando para a caixa chinesa que, sobre uma mesinha, expunha aos poucos seu conteúdo, e depois a princesa cai no chão, cobrindo os ouvidos com as mãos, e Omar, o espião, também cai, com o corpo convulsionado por espasmos violentos, enquanto Geronimo Manezes nada ouvia, nada sentia, só via o djim e a djínia contorcendo-se no piso do palácio. E foi nesse instante, de acordo com as histórias que ouvimos, que ele demonstrou uma presença de espírito da qual dependia o futuro, tanto o nosso quanto o dele próprio: apoderando-se da caixa chinesa, correu com ela para o balcão que dava para as vertentes do monte Kaf e atirou o objeto letal, com toda a sua força, no vazio.

Daí a pouco, Dúnia e Omar se recuperaram e se ergueram do chão. Obrigada, disse ela a Geronimo. Você salvou nossa vida, e estamos em dívida com você.

Os djins sabem ser formais nesses momentos. É o jeito deles. Preste um favor a um djim ou a uma djínia e eles ficam devendo um favor. Nesses assuntos, mesmo entre amantes, o comportamento dos djins é de escrupulosa correção. Dúnia e Omar podem até ter se inclinado diante de Geronimo Manezes, pois esse seria o gesto ritual correto, mas quanto a isso os registros nada dizem. Se o fizeram, ele, reservado e circunspecto como era, sem dúvida se mostrou embaraçado.

Já sei qual é o encantamento, disse a princesa. Vou correr aos aposentos de meu pai para tentar desfazê-lo.

Assim que tais palavras saíram de seus lábios, ouviu-se um grito, um urro.

No último momento de sua vida, o senhor de Kaf abriu os olhos e em seu delírio final pediu que lhe trouxessem um livro que nunca fora escrito e, ato contínuo, pôs-se a declamar seu conteúdo invisível, como se o lesse em voz alta. Era um relato da disputa póstuma entre os filósofos Ghazali e Ibn Rushd, retomada muito tempo depois da morte deles pelas ações revivificadoras do djim Zumurrud e da princesa Aasmaan Peri, a filha de Xapal, também chamada Fada Celeste, Dúnia e Princesa dos Relâmpagos. Zumurrud, o poderoso gigante que tinha despertado Ghazali em seu túmulo, era inimigo de Xapal e se achava bem distante do alcance dele, mas saber, graças às palavras saídas por artes mágicas de sua própria boca, que sua filha interferira também em assuntos de vida e de morte levou o idoso monarca a emitir, nos estertores da agonia, um assombroso rugido de desaprovação que fez as tapeçarias em seu quarto caírem das paredes e que se abrisse no piso de mármore uma fenda que avançou, serpenteante, desde seu leito até os pés da princesa e lhe informou que o fim havia chegado. Ela correu na direção do pai, no sentido contrário ao da rachadura no chão, deixando Geronimo Manezes muito atrás, e ao chegar ao aposento real gritava o contraencantamento o mais alto que podia, mas era tarde demais.

O senhor do monte Kaf deixara o Peristão para sempre. O simurgh alçou voo de seu lugar no dossel do leito do rei e estourou em chamas. Os cortesãos que se achavam presentes, nenhum dos quais já vira a morte de um djim, quanto mais a de um soberano, assumiram posturas de luto e houve, sem dúvida, muito rasgar de vestes e puxões de cabelo, mas, a despeito da cuidadosa observância das ululações e de golpes no peito, não deixaram de lembrar à nova rainha que fora a descoberta, por Xapal, do malfeito por ela cometido que por fim lhe dilacerara o coração. Ela levantara um espírito da sepultura, ato que excedia em muito os limites tolerados das atividades dos djins, e, conquanto o feito provasse ser ela uma djínia de raro e formidável poder, era também profundamente pecaminoso, e tomar conhecimento desse horrendo pecado fora a gota final que pusera fim à vida de Xapal. Por conseguinte, a morte do monarca se dera, até certo ponto, por culpa dela, como os cortesãos, aduladores e servis, faziam questão de que ela soubesse, ao mesmo tempo, é claro, que se curvavam, se ajoelhavam, encostavam a testa no chão e lhe dirigiam todas as honrarias devidas à nova soberana. E a prova de sua culpa era a fenda no piso, que correra, sem pausa para reflexão, para seus pés culpados.

Omar, o Ayyar, a defendeu, chamando a atenção para o fato de ela ter arriscado a própria vida para descobrir a natureza do encantamento mortífero incrustado na caixa chinesa e ter corrido para o leito do pai a fim de salvar-lhe a vida. Naturalmente, todos concordaram que de fato aquilo tinha sido heroico, mas seus olhos não se fixavam em nenhum ponto e o embaraço de seus corpos revelava a falta de convicção deles. Afinal de contas, o rei estava morto, de modo que ela não tivera sucesso, e esse era o ponto crucial, também nele ela falhara. E com a notícia da morte do rei se espalhando do palácio para as avenidas e ruelas de Kaf e subindo e descendo as vertentes do reino montanhoso, o cochicho sobre a culpa da princesa se colava à informação, sem nunca, é claro, levar alguém a expressar a mais remota dúvida quanto a seu direito à sucessão, mas ainda assim os cochichos lhe deslustravam a aura, eram como uma lama verbal, e uma lama que grudava, como toda lama; e quando as multidões de súditos, que tinham amado seu pai quase tanto como ela própria, se reuniram diante do palácio, ela, com sua prodigiosa audição de djínia, pôde ouvir o som de apupos, poucos mas significativos, mesclados aos soluços sentidos do povo.

Ela estava calma. Não perdia o controle nem chorava. O que sentia em relação aos últimos momentos do pai guardava para si e não revelava a ninguém. De um balcão do palácio, dirigiu-se ao povo de Kaf. Tinha juntado nas mãos em concha as cinzas do simurgh, e, quando as soprou para a multidão, elas se aglutinaram, recuperando a forma da ave majestosa, que voltou a voar, devolvida à vida e seus grasnidos. Tendo no ombro a ave fantástica e na cabeça a coroa do Simurgh, ela impôs respeito e os murmúrios cessaram. Fez uma promessa a seu povo. A morte fizera sua aparição no Peristão, e a morte seria paga na mesma moeda. Ela não descansaria enquanto os assassinos do pai continuassem vivos. Zumurrud Xá e seus asseclas — Zabardast, Ra'im Chupa-Sangue e Rubirrútilo — seriam expulsos para sempre dos Dois Mundos. Feito isso, a Guerra dos Mundos teria fim e a paz voltaria aos dois reinos, o de cima e o de baixo.

Jurou que faria isso. E deu um grito.

Geronimo Manezes sentiu o grito como uma martelada na cabeça e desmaiou na hora. Fazia muitos milênios que ninguém nos Dois Mundos escutava o grito de Fada Celeste. Foi tão forte que ressoou em todo o mundo dos djins e penetrou também no mundo inferior, onde Zumurrud e seus três comparsas o escutaram e entenderam que era uma declaração de guerra. A morte chegara ao mundo dos djins; e, até a guerra terminar, outros djins morreriam.

Ela voltou para junto da cama do pai, e durante muito tempo lhe foi impossível sair dali. Sentou-se no chão, a seu lado, falando com ele. Geronimo Manezes, que tinha recobrado a consciência, mas fora acometido de um sibilo interminável nos ouvidos, sentou-se, de olhos fechados, ainda abalado e atordoado, numa poltrona de brocado a uma certa distância, sentindo a pior dor de cabeça de sua vida, e tornou a perder a consciência, mergulhando num sono cheio de sonhos de mortes e trovões. Enquanto dormia, a filha do falecido rei contou ao pai todos os seus pensamentos secretos, aqueles que ele nunca tivera tempo de escutar em vida, e teve a impressão de que, pela primeira vez, gozava de toda a sua atenção. Os cortesãos aos poucos se foram, com Omar, o Ayyar, montando guarda na porta do quarto e Mr. Geronimo dormindo. Dúnia falava e falava, palavras de amor, raiva e pesar, e ao terminar de abrir o coração falou ao pai sobre seus planos de vingança, e o rei morto não procurou dissuadi-la, não só porque estava morto como também porque os djins são assim, não se inclinam a dar a outra face. Se alguém lhes faz um agravo, revidam.

Zumurrud, Zabardast e seus sequazes sabiam que Dúnia haveria de persegui-los, já estavam à espera de seu ataque antes mesmo que ela gritasse, mas isso não impediu, de forma alguma, que ela gritasse. Haviam-na subestimado por ser mulher, ela sabia, e ela lhes daria uma dura lição, faria muito mais mal do que eles esperavam. Prometeu ao pai, vezes sem conta, que ele seria vingado, até que por fim ele acreditou nela e nesse ponto aconteceu o que acontece aos raros djins que morrem — eles perdem sua forma corpórea e surge no ar uma chama, que logo se apaga. Depois disso o leito ficou vazio, embora ela pudesse ver a marca do corpo no lençol sobre o qual ele estivera deitado, e seus velhos chinelos continuavam no chão, ao lado do leito, em expectativa, como se ele pudesse voltar ao quarto a qualquer momento para calçá-los.

(Nos dias que se seguiram, Dúnia disse a Mr. Geronimo que era frequente o pai aparecer para ela durante os períodos de hiato que para os djins equivalem ao sono, e que nessas aparições se mostrava curioso em relação a ela, interessando-se por tudo o que ela estava fazendo, mostrando-se carinhoso e até abraçando-a com ternura. Em suma, que sua relação com ele, depois de morto, estava muito melhor do que quando ele era vivo. Ele ainda está comigo, disse ela a Geronimo Manezes, e essa versão dele é melhor do que a que eu tinha antes.)

Quando ela finalmente se pôs de pé, estava diferente de novo, não era mais uma princesa ou mesmo uma filha, e sim uma rainha sombria e temível, de olhos dourados e com rolos de fumaça na cabeça, em vez de cabelo. Despertando na poltrona, Geronimo Manezes compreendeu que era aquilo que a vida tinha reservado para ele, a incerteza da existência, o espanto da mudança — ele dormira numa realidade e acordara em outra. A ilusão do regresso de Ella Elfenbein ao mesmo tempo o desalentara e euforizara, e fora facílimo afundar naquele delírio, mas sua presença no Peristão tinha sido fatal para essa fantasia, e agora a visão da rainha de Kaf no esplendor de sua beleza soturna punha fim ao fantasma de Ella. Também em Dúnia ou Fada Celeste ou Rainha dos Relâmpagos ocorrera uma mudança de atitude. Ela vira Ibn Rushd renascer em Geronimo, porém a verdade era que finalmente estava deixando para trás o velho filósofo, admitindo que aquele amor remoto se transformara em pó e que sua reencarnação, embora agradável, não reavivava o fogo do passado ou só o fazia de maneira fugaz. Ela se apegara a ele por um momento, mas agora havia um trabalho a ser executado e ela sabia como o executaria.

Você, disse a Geronimo Manezes, não como uma enamorada ao amante, e sim como uma matriarca autoritária — por exemplo, uma avó com uma verruga peluda no queixo — poderia dirigir-se a um membro jovem de sua dinastia. Isso. Vamos começar por você.

Ele era um menino de calças curtas que tremia diante da avó e lhe respondia com monossílabos assustados. Não estou escutando, disse ela. Fale alto.

Estou com fome, respondeu. Será que posso comer primeiro? Por favor.

No qual a maré começa a virar

Duas palavras sobre nós. Ao olharmos para o passado, é difícil pôr-nos no lugar de nossos ancestrais, para os quais o aparecimento, em sua vida cotidiana, de uma hora para outra, das forças implacáveis dos transmorfos, daqueles avatares da transformação que desciam do céu, representava uma perturbação chocante da urdidura da realidade, enquanto em nosso tempo isso é a norma rotineira. O domínio do genoma humano nos dá poderes camaleônicos desconhecidos por nossos predecessores. Se queremos mudar de sexo, muito bem, fazemos isso sem rodeios, graças a um processo de manipulação de genes. Se corremos perigo de perder a calma, podemos usar os *touchpads* incorporados aos antebraços para ajustar nossos níveis de serotonina, e com isso nos tranquilizamos. Nem mesmo nossa cor é hoje determinada no nascimento. Adotamos a tonalidade que quisermos. Se somos loucos por futebol e metemos na cabeça assumir as cores do time do qual somos torcedores doentes, o Alviceleste ou o Rubronegro, é um, dois, três, já, e pigmentamos o corpo com listras azuis e brancas ou vermelhas e pretas. Há anos, uma pintora brasileira pediu a seus conterrâneos que indicassem sua própria cor de pele e distribuiu tubos de tinta para que eles representassem cada tonalidade, sendo que cada pigmento era nomeado como os donos da cor desejassem (Negão Legal, Lâmpada Elétrica etc.). Hoje em dia os tubos acabariam antes que os brasileiros dessem por findas todas as variações de tonalidades, e de modo geral não há quem não considere isso ótimo.

Este relato narra coisas ocorridas em nosso passado, um tempo tão recuado que discutimos às vezes se devemos classificá-lo como história ou como mitologia. Há entre nós quem o chame de conto de fadas. Porém, num ponto concordamos: contar uma coisa ocorrida antigamente é falar do presente. Narrar contos imaginários, fantasias, é também uma forma de contar uma história sobre a atualidade. Se isso não fosse verdade, contar histórias seria inútil, e em nossa vida cotidiana procuramos, ao máximo possível, evitar inutilidades.

A pergunta que nos fazemos ao narrar nossa história é a seguinte: como foi que chegamos aqui, vindo de lá?

Duas palavras, também, sobre os raios. Por ser uma forma de fogo celeste, o raio tem sido visto, historicamente, como a arma de prestigiosos deuses masculinos: Indra, Zeus, Thor. Uma das poucas deidades femininas a brandir essa arma potente foi a deusa iorubá Oiá, uma grande feiticeira que, quando estava de mau humor, o que ocorria com frequência, era capaz de desencadear tanto o redemoinho quanto o fogo do céu, e que era tida como a deusa da mudança, invocada em épocas de grandes alterações, da rápida metamorfose do mundo para um estado ou outro. Além disso, era uma deusa fluvial. O nome do rio Níger, em iorubá, é "Odô Oiá".

É possível, e parece-nos provável, que a história de Oiá tenha se originado de uma intervenção prévia nos assuntos humanos — talvez há muitos milênios — da djínia Fada Celeste, em geral chamada aqui de Dúnia, nome que ela adotou mais tarde. Nesses tempos recuados, acreditava-se que Oiá tivesse um marido, Xangô, rei das tempestades, mas por fim não se teve mais notícias dele. Se Dúnia algum dia teve um marido, e se ele foi morto numa batalha anterior e desconhecida contra os djins, isso talvez explique seu apreço por Geronimo, que a morte privara igualmente da pessoa amada. Entretanto, isso é só uma hipótese.

Quanto ao poder de Dúnia sobre as águas, ao lado de seu poder sobre o fogo, é possível que ele tenha existido, mas não faz parte deste relato nem temos informações a respeito. Porém, quanto ao motivo pelo qual lhe cabia parte da responsabilidade por tudo o que acontecia às pessoas na Terra durante a época das estranhezas, da tirania dos djins e da Guerra dos Mundos, isso ficará claro antes de acabarmos o relato.

Quando as tradições africanas foram trasladadas para o Novo Mundo nos navios negreiros, Oiá foi junto, só para ver no que ia dar. Nos rituais do candomblé brasileiro, ela se tornou Iansã, e na *santería* do Caribe foi sincretizada com a Nossa Senhora negra católica, a Virgem da Candelária.

Todavia, como qualquer djínia, de casta Dúnia não tinha nada. Ela era a fecunda matriarca da duniazat. E seus descendentes, isso já sabemos bem, também possuíam nas mãos o dom do raio, embora quase nenhum deles soubesse disso até que as estranhezas começaram e tais coisas se tornaram imagináveis. Na batalha contra os djins das trevas, os raios se tornaram a arma crucial. E foi por isso que os maníacos dos raios, um grupo acusado, durante a tremenda paranoia daquela época, de estar por trás das rupturas que vieram a ser chamadas de estranhezas, na verdade se tornaram a proeminente e, por fim, lendária linha de frente da resistência à súcia de djins das trevas de Zumurrud, que procurava colonizar, e até escravizar, os povos da Terra.

E agora umas breves palavras sobre o projeto de Zumurrud. Conquista era coisa totalmente nova para os djins, aos quais o poder não chega com naturalidade. Os djins são intrometidos; gostam de interferir, fazer ascender este, derrubar aquele, saquear uma caverna de tesouros ou travar a máquina de um rico, jogando uma ferramenta nela. Eles gostam de criar confusão, encrenca, anarquia. Sabe-se, há muito, que carecem de talento administrativo. Contudo, um reinado de terror não pode ser imposto apenas pelo terror. As tiranias mais eficazes caracterizam-se por seus excelentes poderes de organização. A eficiência nunca fora o ponto forte de Zumurrud, o Grande; o que ele apreciava mesmo era amedrontar as pessoas. No entanto, o bruxo Zabardast acabou se mostrando uma pessoa bastante prática, embora não fosse perfeito, como também não eram perfeitos seus colaboradores de nível mais subalterno, e por isso (felizmente) o novo estado de coisas estava cheio de furos.

Antes de voltarem ao mundo inferior, Dúnia abriu, na cabeça de Mr. Geronimo, as portas secretas que levavam à natureza djínia que até então lhe estava vedada. Disse a ele: se você pôde, por si só, curar-se da peste da imponderabilidade e pisar de novo a terra sem nem saber quem era, imagine o que será capaz de fazer agora. A seguir, levou os lábios às têmporas dele, primeiro a esquerda, depois a direita, e *sussurrou*: "Abram-se". Foi como se todo o universo imediatamente se abrisse, e dimensões espaciais que ele nunca soubera que existiam se tornassem visíveis e utilizáveis, como se as fronteiras do possível tivessem sido afastadas para longe e muitas coisas antes inexequíveis agora fossem viáveis.

Ele se sentiu como deve se sentir a criança ao dominar a linguagem, formando e emitindo as primeiras palavras e, logo, frases inteiras. O dom da linguagem, ao chegar, nos permite não só expressar pensamentos como formá-los, possibilita o ato de pensar, e assim a linguagem que Dúnia abriu para ele, e nele, lhe permitiu formas de expressão que Mr. Geronimo jamais fora capaz de resgatar da nuvem de ignorância na qual elas tinham ficado ocultas. Ele notou com quanta facilidade exercia influência sobre a natureza, movia objetos, mudava sua direção, os acelerava ou imobilizava. Se piscasse os olhos depressa três vezes, os espantosos sistemas de comunicação dos djins se desdobravam diante de sua mente, tão complexos como os circuitos das sinapses do cérebro humano, tão fáceis de operar como um megafone. Para se deslocar, quase no mesmo instante, de um lugar para qualquer outro, bastava-lhe bater a palma de uma mão na outra, enquanto para criar objetos, como pratos de alimentos, armas, veículos motorizados, cigarros, era suficiente um movimento do nariz. Ele começou a ver o tempo de maneira diferente, e nesse ponto sua natureza humana — urgente, transitória, aquela que observava a areia escorrer na ampulheta — entrava em desacordo com sua nova natureza djínia, que não se importava com o tempo, que via a cronologia como uma enfermidade de mentes pobres. Ele entendia as leis da transformação, tanto a transformação do mundo externo quanto a de si mesmo. Sentia crescer em si o amor por tudo quanto cintilasse, pelas estrelas, por metais preciosos e pelas gemas de toda espécie. Passou a entender a sedução das calças harém. E percebia que estava só na fronteira da realidade dos djins, que, com o avançar dos dias, lhe poderiam ser mostradas maravilhas para cuja compreensão e articulação não lhe fora conferida ainda a linguagem necessária. "O universo tem dez dimensões", declarou, gravemente. Dúnia riu como o pai ou a mãe ri para uma criança que aprende depressa. "Não deixa de ser uma forma de ver o que você viu", ela respondeu.

Para a própria Dúnia, porém, a existência se estreitava. A mente dos djins tem múltiplas pistas, que eles utilizam de maneira magnífica, porém todas as atenções de Dúnia se fixavam num único objetivo: a aniquilação daqueles que haviam destruído seu pai. E foi em decorrência da morte do pai que ela sucumbiu a uma versão extremada da heresia antinomiana, conferindo a si mesma poderes de graça e exculpação reservados normalmente às deidades, e alegando que nada que ela ordenasse à sua tribo fazer na guerra contra os djins das trevas poderia ser tachado de errado ou imoral, uma vez que ela concedera seu beneplácito a tais ações. Geronimo Manezes, a quem ela nomeara seu lugar-tenente na luta, se via cada vez mais forçado a agir como o espírito acautelador de Dúnia, questionando suas certezas precipitadas, preocupando-se com o absolutismo que a dominava enquanto, impelida por uma dor indizível, ela fazia uso de sua imensa força.

"Venha", ela chamou Mr. Geronimo. "A reunião já vai começar."

Ainda não cessaram as discórdias entre os especialistas no assunto com relação ao tamanho total da população masculina (djins) e feminina (djínias) do Peristão. De um lado do debate acham-se aqueles sábios que afirmam, em primeiro lugar, que o número de djins e djínias é constante; em segundo lugar, que a espécie é estéril e não tem como se reproduzir; e em terceiro lugar, que tanto a população masculina quanto a feminina se compõem de seres que, abençoados com a imortalidade, não podem morrer. No outro lado das discussões estão aqueles que, como nós, aceitam a informação que nos chegou no tocante à capacidade de djínias, não somente de se reproduzir, como de serem até fertilíssimas, como a Princesa dos Relâmpagos, e também em relação à mortalidade dos djins (ainda que apenas em circunstâncias extremas). A história da Guerra dos Mundos é, ela própria, nossa melhor evidência com relação a esse ponto, como veremos. Como veremos muito em breve. Por conseguinte, não podemos aceitar que o número total das djínias e dos djins esteja fixado de modo imutável para todo o sempre.

Os tradicionalistas insistem em que esse número deve ser, ele próprio, o número da magia, ou seja, mil e um; mil e um djins, mil e uma djínias. Argumentam que assim deveria ser; portanto, assim tem de ser. Quanto a nós, aceitamos que a população não é grande e que talvez os números propostos pelos tradicionalistas estejam perto da realidade, mas insistimos em que não há meio de conhecermos a população exata dos djins em qualquer momento dado e que, portanto, fixar os números de forma arbitrária, com base em uma ou outra teoria de conveniência, não passa de mero palpite. Em todo caso, além dos djins, existiram e provavelmente existem ainda, no Mundo Encantado, seres vivos inferiores, do quais os mais numerosos são os *devs*, embora também haja *bhuts*. Na Guerra dos Mundos, ambos os grupos, os *devs* e os *bhuts*, foram mobilizados e enviados ao mundo inferior, integrados aos exércitos dos quatro Grandes Ifrits.

Quanto à população feminina, quase toda ela compareceu à histórica reunião das djínias no grande palácio de Kaf, convocada pela Princesa dos Relâmpagos logo depois da morte do pai. Portanto, esse colóquio constitui a maior assembleia dessa natureza de que se tem notícia. A medonha notícia do assassinato do rei do monte Kaf se espalhara velozmente por todo o reino, provocando indignação e solidariedade em quase todos os corações, e por isso, quando a princesa fez o chamado, pouquíssimas foram as djínias que não o atenderam.

Não obstante, quando Dúnia defendeu na convenção uma greve de sexo, radical e imediata, para punir os djins das trevas pelo assassinato de Xapal e forçá-los a pôr fim à injustificada campanha de conquista da terra, a solidariedade da plateia em relação ao luto da rainha não impediu que muitas djínias manifestassem sua chocada desaprovação. Uma amiga de infância, Sila, a Princesa da Planície, expressou o sentimento geral de horror. "Se não pudermos fazer sexo pelo menos uma dúzia de vezes por dia, querida", explicou, "será melhor virarmos freiras. Você sempre foi mais livresca", acrescentou, "e, francamente, parecida um pouco demais com os humanos. Adoro você, meu amor, mas a verdade é essa. Talvez você possa dispensar o sexo com mais facilidade do que a maioria de nós e prefira ler um livro, mas, minha querida, é disso que quase todas nós gostamos."

Um murmurinho de rebeldia correu pela plateia. Outra princesa, Leila da Noite, levantou a velha crendice: se os djins e as djínias interrompessem suas relações sexuais por um período, qualquer que fosse, o mundo dos djins haveria de desmoronar e todos os seus habitantes pereceriam. "Não há fumaça sem fogo, nem fogo sem fumaça", disse ela, citando um velho provérbio dos djins, "de maneira que, se o fogo e a fumaça não estiverem associados, a chama decerto se apagará." No momento em que ela se calou, sua prima Vetala, a Princesa da Chama, emitiu um uivo assustador e assustado. Dúnia, no entanto, não se deixou abater. "Zumurrud e sua quadrilha perderam o bom senso e desacataram todas as normas da conduta civilizada, não só entre djins e homens como também entre os próprios djins", respondeu. "Meu pai já está morto. O que leva vocês a acreditarem que seus reinos — seus pais, seus maridos, seus filhos e vocês mesmas — estão em segurança?" Diante dessas palavras, as rainhas e princesas, da Planície, da Água, da Nuvem, dos Jardins, da Noite e da Chama, pararam de se queixar da ameaça da falta de sexo e ficaram sérias, como também suas comitivas.

Entretanto, como hoje sabemos, o boicote sexual imposto por toda a população feminina do Mundo Encantado aos djins das trevas, com o intuito de dobrar Zumurrud, o Grande, e seus sequazes, mostrou infelizes efeitos contraproducentes — infelizes, seja dito, para as djínias, que mantiveram a continência e se abstiveram de sexo, embora a privação fosse difícil, como é difícil para os dependentes de toda e qualquer compulsão. Além disso, multiplicaram-se os sintomas de abstinência, como irritabilidade, tremores e insônia, uma vez que a conjunção da fumaça e do fogo era um requisito ontológico de ambos os gêneros. "Se essa situação perdurar por muito tempo", disse Sila, desesperada, a Dúnia, "todo o Mundo Encantado estará reduzido a um estado de ruína total."

Revisitando esses fatos, nós os analisamos através da ótica de um conhecimento obtido a duras penas e compreendemos que a violência extrema, o chamado *terrorismo*, termo generalizante e muitas vezes impreciso, sempre exerceu um fascínio especial para moços virgens ou que não conseguiam parceiras sexuais. As frustrações alucinantes e o concomitante dano ao ego masculino encontravam válvulas de escape em selvageria e agressões. Rapazes solitários e sem esperança para os quais se providenciavam parceiras sexuais carinhosas, ou ao menos lascivas, ou no mínimo condescendentes, logo perdiam o interesse por cintos de suicídio, bombas e virgens no céu, e preferiam viver. Na falta do passatempo predileto das djínias, os varões humanos voltavam seus pensamentos para finais orgásmicos. A morte, alternativa fácil e disponível em toda parte, era muitas vezes uma alternativa ao sexo inexistente.

Isso, no caso dos seres humanos. Os djins das trevas, no entanto, não cogitavam em autoimolação. Reagiram ao boicote sexual não se rendendo aos desejos de suas ex-parceiras, e sim aumentando os atos violentos de natureza não sexual. Inflamados pela negação do prazer físico, Ra'im Chupa-Sangue e Rubirrútilo dedicaram-se no mundo inferior a uma barafunda selvagem de subjugação pela força, entregando-se a um frenesi de descomedimento que no começo alarmou até Zumurrud e Zabardast; depois, passado algum tempo, a mesma fúria extrema aflorou nos olhos dos dois djins mais velhos, e a raça humana pagou o preço do castigo imposto pelas djínias aos Grandes Ifrits. A guerra entrou numa nova fase. Era chegado o momento de Dúnia e Geronimo voltarem à terra.

Ela o fez proferir um juramento solene, o mesmo que ela fez. "Agora que eu abri seus olhos para sua autêntica natureza e lhe dei poder sobre ela, você tem de prometer lutar a meu lado até que tenha sido feito o que precisa ser feito ou perecermos na luta." Os olhos dela fulgiam. Sua vontade era forte demais e não permitia resistência. "Sim", ele disse. "Juro."

Ela o beijou na face, expressando sua aprovação. "Há um garoto que você tem de conhecer", disse ela. "Ele se chama Jimmy Kapoor, mas também atende pelo nome de Super-Natraj. Um rapaz valente, e é seu primo. Aliás, falando de primos, há também uma garota nada boazinha."

Teresa Saca. Não dava para usar esse nome. Ela havia assassinado um homem, o que tinha acabado com todo o crédito que pudesse ter. Cortou o cartão ao meio, pois já não valia mais nada mesmo, e o jogou no lixo, cuspindo aquilo como goma de mascar. Foda-se seu nome. Ela estava fugindo e usando vários nomes, os que apareciam em cartões de débito roubados e em identidades falsas compradas em esquinas, os nomes que deixava nos manchados registros de hotéis baratos em que não dormia mais de uma noite. Não era boa em levar aquela vida de merda. Precisava de serviços pessoais. Nos bons tempos, um dia em que não fosse a um spa bacana ou à academia de ioga era um dia perdido. Mas aqueles tempos haviam ficado para trás e ela tinha de se virar de um jeito ou de outro, era uma bosta, cara, e pensar que tinha até cursado a faculdade antes de pular fora. Por sorte, tudo agora era uma zorra, a polícia não atuava como antes, e o caos da época permitia que ela se safasse pelas brechas. Pelo menos, tinha permitido até agora. Ou talvez a sociedade tivesse se esquecido dela. As pessoas estavam em outra, ela era jornal de ontem.

Teresa — ou Mercedes, ou Silvia ou Patrizia —, ou qualquer que fosse seu nome naquela noite, estava sentada sozinha num *sports bar* em Pigeon Forge, no Tennessee, rejeitando as azarações de homens musculosos e de cortes de cabelo militares, virando sucessivas doses de tequila, vendo os mais recentes tiroteios em escolas em gigantescos televisores de tela plana e alta definição. Ah, deus, murmurou com uma voz que o álcool enrolava um pouco, estamos num tempo de tiroteios e, sabe de uma coisa, para mim tudo bem. Estamos numa época de matança por aí e você parece até estar se aproveitando disso, não é, deus?, qualquer que seja seu nome. Você parece ter mais codinomes que eu. É, deus, eu estou falando com você. Você com esse nome neste país ou naquele país, sempre se dando bem nesse negócio de matança, você achando legal pessoas morrerem por causa de uma publicação no Facebook ou por não serem circuncidadas ou por terem ferrado as pessoas erradas. Não tenho problema nenhum com isso porque, sabe de uma coisa, deus, eu também mato gente. Euzinha. Eu também estou nessa.

Naquela época em que sobreviventes de quedas de raios eram objeto de suspeita, alguns deles se reuniam furtivamente aqui e ali para lamentar sua sina. Ela os procurava, querendo ouvir suas histórias, para o caso de alguns deles serem como ela, senhores do raio e não apenas vítimas. Se você é uma aberração, é bom saber que não está sozinho. Mas ali no centro turístico das Smoky Mountains os sobreviventes reunidos eram um bando de panacas, aglomerados numa salinha atrás do bar, um cômodo mal-iluminado numa ruela longe da via principal, onde no passado os turistas faziam tudo o que os turistas gostavam de fazer: comer comida de turistas, dirigir bate-bates de turistas, posar para fotos de turistas com um pôster de Dolly Parton e minerar ouro para turistas numa mina para turistas. Para aqueles que se deliciavam com coisas mais mórbidas, houvera uma atração especial, o Museu Titanic, onde se podia ver o violino de Wallace Hartley, o chefe da orquestra do navio, e apreciar as homenagens às cento e trinta e três crianças que haviam naufragado com o navio, os "pequeninos heróis". Tudo isso estava fechado agora que o mundo tinha mudado, agora que tudo era o *Titanic* e todo mundo estava naufragando. O *sports bar* ainda continuava de portas abertas porque os homens bebem em tempos difíceis, isso não muda, só que os jogos nos televisores eram reprises, todas as siglas famosas, a MLB, a NBA, a NFL, tinham cessado suas atividades, tinham sumido. De vez em quando seus fantasmas apareciam nas telonas, entre um ou outro noticiário ocasional, e isso quando conseguiam surgir tremulamente on-line por obra de jornalistas denodados que sabiam acessar os satélites.

Os sobreviventes de ataques de raios se dividiam em dois tipos. Os do primeiro tipo tinham muito que contar. Este fora atingido por raios quatro vezes, mas um outro detinha o recorde, com sete descargas. Muitos afirmavam que se sentiam confusos, com dores de cabeça e ataques de pânico. Suavam demais, não conseguiam dormir, a perna de um deles começou a encolher misteriosamente. Choravam quando não havia motivo nenhum para isso, batiam em portas e chocavam-se com móveis. Lembravam-se de que a descarga havia literalmente tirado seu corpo para fora dos sapatos e que suas roupas tinham sido arrancadas com violência, deixando-os nus e atordoados. A falta de marcas de queimaduras fazia com que as pessoas os acusassem de protestar demasiado ou por tempo excessivo. Falavam com temor dos raios que vinham do céu azul. Muitos diziam tratar-se de uma experiência religiosa. Haviam testemunhado, em primeira mão, a obra do demônio.

Os sobreviventes do segundo tipo guardavam silêncio. Sentavam-se a sós pelos cantos, trancafiados em seus mundos secretos. O raio os mandara a um lugar distante, e eles não podiam ou não queriam compartilhar seus mistérios pessoais. Quando Teresa ou Mercedes — ou quem quer que ela fosse naquele dia — tentava puxar conversa, eles pareciam assustar-se e se afastavam ou respondiam com súbita e intensa hostilidade, mostrando os dentes ou a arranhando.

Eles de nada adiantavam para Teresa. Essas pessoas eram fracas e arruinadas. Ela saiu da reunião e voltou para a tequila. Perto do fim da garrafa, uma voz dentro de sua cabeça lhe falou, e ela achou que devia parar de beber. Era uma voz feminina, serena e compassada, e Teresa a escutava com muita clareza, embora ninguém estivesse falando com ela. Eu sou sua mãe, disse a voz, e antes que ela pudesse abrir a boca para dizer Você não é não, porque minha mãe nunca me liga, nem na porra de meu aniversário, só vai ligar se arranjar um câncer e aí é bem capaz que eu receba uma bosta de mensagem de texto pedindo para eu ajudar nas despesas médicas. Antes que ela pudesse dizer alguma coisa assim a voz disse Não, não esse tipo de mãe, sua mãe de novecentos anos atrás, um pouco mais, um pouco menos, a mãe que pôs a magia em seu corpo, e agora você vai dar um bom uso a ela. Aquela era uma boa tequila, disse ela em voz alta, mas a mãe em sua cabeça não se calou: Eu vou aparecer para você quando estiver pronta, disse, mas, se isso ajudar a estabelecer minha credibilidade, posso lhe dar o nome e o número que estão em seu cartão de crédito roubado, assim como a localização e o segredo da porcaria do depósito onde você guardou o que chama de pertences de valor. Se você quiser, posso falar o que seu pai lhe disse quando você contou a ele que queria estudar inglês, o que é que você vai fazer com isso, ele perguntou, quer ser uma ajudante de advogado ou uma secretária, ou quem sabe você quer se lembrar de quando se mandou com o conversível vermelho caindo de velho que roubou quando tinha dezessete anos e saiu em disparada com ele de Aventura para Flamingo sem se importar se ia bater ou morrer. Você não tem segredos para mim, mas felizmente eu gosto de você como uma filha, o que fez ou deixou de fazer não me importa, até mesmo matar aquele senhor, isso não importa mais, porque estamos numa guerra e eu quero você como soldado, e você já me mostrou que é boa no que eu quero que faça.

Você quer dizer que não liga que eu mate pessoas, disse Teresa Saca sem falar, o que estou fazendo, pensou, estou conversando com uma voz em minha cabeça, será que dei para ouvir vozes agora? Quem eu sou? Joana d'Arc? Vi o programa na TV. Ela acabou queimada.

Não, disse a voz em sua cabeça. Você não é santa, nem eu.

Você quer que eu mate pessoas?, ela perguntou de novo, em silêncio, dentro da cabeça, sabendo que aquilo era mais que bebedeira, era loucura.

Pessoas, não, disse a voz. Estamos caçando presas mais sérias.

Ao se ver mais uma vez diante da entrada do The Bagdad, Mr. Geronimo estava armado com novas informações, das quais até aquele dia não fazia a menor ideia, não só sobre o mundo como também sobre si mesmo e seu lugar nele. Agora, porém, sabia algumas coisas; não tudo, mas era um começo. Precisava recomeçar, sabia onde queria fazer isso e pedira a Dúnia que o levasse de volta àquele lugar, para tentar sua primeira cura. Ela o deixara lá e fora tratar de seus próprios assuntos, mas agora ele tinha acesso ao sistema de comunicação dos djins e podia localizá-la com precisão, a qualquer hora, com aquele extraordinário sistema de posicionamento interno, de modo que a ausência física dela era um simples detalhe. Apertou a campainha e esperou, mas lembrou-se de que ainda tinha a chave. Ainda funcionava, girou na fechadura como se nada tivesse acontecido, como se ele não houvesse sido despejado daquele lugar porque transmitia uma doença terrível.

Quanto tempo tinha passado no Peristão? Um dia, um dia e meio? No mundo inferior, porém, esse tempo equivalia a dezoito meses ou talvez mais. Muita coisa muda na Terra em dezoito meses, na era da aceleração que começou por volta da virada do milênio e ainda continua. Todas as histórias são narradas mais depressa agora, estamos viciados na aceleração, esquecemos o prazer dos antigos vagares, dos remanchos, dos romances em três volumes, dos filmes de quatro horas, das séries da televisão em treze episódios, dos prazeres da pachorra e da contemporização. Faça o que tem de fazer, conte sua história, viva a sua vida, se mande, *chispe!* Parado diante da porta do The Bagdad, foi como se ele visse um ano e meio da história da cidade desenrolar-se diante de seus olhos: o terror ululante à medida que se reiteravam as ascensões, e também as situações opostas, os esmagamentos, as pessoas espremidas por um aumento local da força gravitacional, tal como na história da caixa chinesa, pensou Mr. Geronimo, as arremetidas aleatórias dos Grande Ifrits, que, montados em suas urnas voadoras, atacavam grupos de cidadãos ou ofereciam recompensas, grandes baús de joias, a quem dedurasse homens e mulheres sem lóbulos auriculares. Fora declarada a lei marcial, e os serviços de emergência tinham realizado um trabalho assombroso, com as equipes de combate a incêndios atendendo as pessoas que se desprendiam do chão e a polícia mantendo certa aparência de ordem nas ruas, auxiliada pela Guarda Nacional.

Bandos religiosos haviam vagueado pela cidade, à procura de pessoas a quem culpar. Algumas dessas corjas tinham incomodado a prefeita, cuja filha adotiva, a Bebê da Tempestade, a miraculosa árbitra da retidão, passou a ser tachada de filha de demônios. Convergindo de três direções — o terminal das barcas, a East End Avenue e a Franklin D. Roosevelt Drive —, uma multidão de carolas, para os quais a hostilidade parecia ser a companheira fiel da fidelidade, o que o Gordo era para o Magro, reuniu-se em torno da residência oficial da prefeita e, para revolta geral, conseguiu invadir o prédio histórico e incendiá-lo. A exitosa investida contra a Gracie Mansion chamou a atenção até naquela época de desordem, porque, confrontados por policiais equipados com armas pesadas, os membros da vanguarda dos atacantes não caíram mesmo depois de baleados várias vezes, na cabeça e no tronco (ou ao menos foi o que se disse), e apesar da precariedade das comunicações a notícia se espalhou rapidamente. Segundo um detalhe estranho de alguns relatos, foram atacados diversos veículos, entre os quais o furgão de um peixeiro, e, ao serem abertas suas portas traseiras, os peixes congelados — atuns, salmões-do-pacífico, salmões-do-atlântico, salmonetes, pescadas-polachas, hadoques, linguados e pescadinhas — lançaram o olhar vidrado para os manifestantes ensanguentados, e vários deles, apesar de mortos, escangalharam-se de rir. A história dos carolas fanáticos fez com que Mr. Geronimo se lembrasse imediatamente do caso que Blue Yasmeen contava sobre um peixe risonho, e mais uma vez ele constatou que muitas coisas antes tidas na conta de fantásticas tinham se tornado agora corriqueiras.

Ele nada sabia acerca dos djins-parasitos até Dúnia *sussurrar* em seus ouvidos e abrir seus olhos para a realidade de sua herança djínia. Rubirrútilo, um dos Grandes Ifrits, era o líder dos djins-parasitos, mestre em ocupar corpos durante algum tempo e depois abandoná-los vivos, como demonstrara com sua sensacional ocupação de Daniel Aroni, o titã das finanças, e todos os parasitos de menos hierarquia eram soldados rasos que cumpriam ordens do general Rubi. Entretanto, enquanto Rubirrútilo podia atuar sem um ser vivo para ocupar, seus coadjutores eram menos maldosos e mais inábeis. Na terra, precisavam de hospedeiros — cães, cobras, morcegos hematófagos ou seres humanos — e os destruíam ao deixá-los.

Para Mr. Geronimo, era visível que a gangue de Zumurrud estava guerreando em muitas frentes. Não seria fácil derrotá-la.

A prefeita e sua filhinha, Tempestade, tinham escapado incólumes do prédio em labaredas. Também nesse caso, a história que corria dava preferência a uma explicação sobrenatural. Segundo essa versão (e não chegou a nós outro relato, mais plausível), a mãe desconhecida da Bebê da Tempestade era uma djínia que não desejava criar a filha adulterina e meio humana, e por isso a abandonara no gabinete da prefeita. Contudo, mesmo à distância, mantinha um olhar vigilante sobre a criança e, percebendo que ela corria perigo de vida, penetrou no palacete incendiado e arremessou um escudo protetor sobre Rosa Fast e a pequena Tempestade, o que lhes permitiu retirar-se em segurança do prédio. *Faute de mieux*, essa é a explicação que temos.

Como a história é traiçoeira! Meias verdades, ignorância, burlas, trilhas falsas, erros e mentiras, e sepultada em algum ponto no meio disso tudo está a verdade, em que é fácil perder a fé, sobre a qual é fácil, pois, dizer que se trata de uma quimera, que isso não existe, já que tudo é relativo, já que a convicção absoluta de um homem é o conto de carochinha de outro; mas com relação à qual insistimos, enfaticamente, que se trata de uma ideia importante demais para a abandonarmos aos mercadores do relativismo. A verdade existe, e dela eram prova visível, naquela época, os poderes mágicos da Bebê da Tempestade. Em sua egrégia memória, nos recusamos a deixar que a verdade se reduza à "verdade". Podemos não saber o que é a verdade, mas ela existe. Podemos não saber ao certo como Rosa Fast e Tempestade escaparam das chamas da residência oficial da prefeita, mas podemos admitir nossa zona de ignorância e nos ater ao que sabemos: elas escaparam. Depois disso, atendendo à recomendação dos órgãos de segurança, a prefeita passou a governar a cidade de um local não revelado. A localização é desconhecida; seu governo heroico, não. Ela organizou a luta contra o caos infligido pelos Grandes Ifrits, falou pelo rádio e pela televisão a fim de assegurar que todo o possível estava sendo feito para ajudar a população e que novas medidas seriam tomadas em breve. Tornou-se o rosto e a voz da resistência e manteve seu dedo invisível no pulso da cidade. Isso se sabe, e o que não se sabe não prejudica o sabido. Essa é a atitude científica. Se a pessoa se mantém aberta quanto aos limites de seu conhecimento, cresce a confiança pública no que ela diz que se sabe.

A cidade era uma zona de guerra, que respingava no The Bagdad. Grafites, ditos obscenos, matérias fecais, um lugar devastado externa e internamente. Janelas fechadas com tábuas e muitas vidraças despedaçadas. Mr. Geronimo entrou no saguão escuro e na mesma hora sentiu que um objeto de metal era encostado em sua cabeça e escutou uma voz aguda e drogada num tom ameaçador, este prédio está *ocupado*, feladaputa, abre a camisa, abre a merda da camisa, ele tinha de provar que não estava usando um cinto com explosivos, ele não era um homem-bomba que alguém tinha mandado entrar ali e fazer uma faxina no prédio, quem foi que mandou você, feladaputa, de onde você *veio*. Era interessante, pensou, que ele estivesse se movendo calmamente como sempre, mas tudo a seu redor podia ser desacelerado, a voz do homem com a pistola podia ser retardada, tornando-se leeeenta, e ele conseguia desacelerar as coisas ainda mais só por desejar que se desacelerassem, só fazendo *assim*, e os sujeitos durões naquele saguão escuro agora pareciam estátuas, e ele podia levar a mão até o cano da pistola e beliscá-lo, *assim*, e esmagá-lo como se fosse feito de massa de modelar, era quase engraçado. Podia fazer *isso*, e agora todas as pistolas nas mãos dos caras que ocupavam o prédio tinham virado cenouras e pepinos. Ah, e podia também fazer *isso*, e agora todos eles estavam nus. Deixou que eles se acelerassem — ou que ele próprio desacelerasse — e teve a alegria de ver outra transformação, de quadrilheiros perigosos em meninos assustados, quem é o que é, vamos dar o fora daqui. Enquanto recuavam, afastando-se dele e tapando o sexo, ele lhes fez uma pergunta. A Irmã Allbee, Blue Yasmeen, vocês conhecem esses nomes? E o homem que tinha encostado a arma em sua cabeça agora enterrou um punhal em seu coração. Aquelas donas voadoras? Os *balões*? O homem afastou as mãos da genitália e abriu os braços. Puf!, rapaz. Aquilo foi uma zona. O que você quer dizer com isso?, perguntou Mr. Geronimo, embora soubesse muito bem o que o homem queria dizer. Ih, aquilo foi que nem uma brincadeira de quebra-pote, disse o homem nu. *Bum*. Uma merda de verdade.

Não era aquele o caminho que essa parte da história devia tomar. Era para ele vir do Mundo Encantado com superpoderes e resgatar Yasmeen e a Irmã. Ele esperava usar suas recém-adquiridas qualificações e trazê-las suavemente de volta ao solo, ouvir suas queixas, admitir a culpa, pedir desculpas, abraçá-las, devolver-lhes a cotidianidade de sua vida, salvá-las da loucura e comemorar juntos a salvação delas, como amigos. Era para ser o momento em que o bom senso voltaria ao mundo e ele, junto com os outros, deveria ser o restituidor desse bom senso. O tresvario que tomava conta do mundo já durava demais. Tinha chegado a hora do retorno à sanidade, e era ali que ele pretendera que o processo começasse. Mas estavam mortas... Podiam ter morrido de fome ou sido assassinadas, talvez tivessem atirado nelas por diversão, talvez fossem aqueles garotos nus, quando a loucura tomou conta deles, e aí os corpos ficaram flutuando na escada, enchendo-se dos gases da morte até a explosão, até suas entranhas caírem como uma chuva pegajosa... Não era para ter sido assim.

Inspecionou o prédio, que estava agora bem perto da ruína total. Havia sangue nas paredes. Era possível que parte daquele sangue proviesse da explosão dos corpos da Irmã e de Yasmeen. Num dos quartos, um fio desencapado emitia faíscas, o que poderia causar um incêndio a qualquer momento. Quase todas as privadas estavam entupidas e havia colchões rasgados no chão de vários apartamentos. Seu próprio apartamento tinha passado por muitos saques. Agora ele não possuía mais nada além da roupa do corpo. Do lado de fora, não esperava encontrar sua caminhonete onde a deixara, de modo que não foi surpresa descobrir que tinha sumido. Nada disso lhe importava. Ele saiu do The Bagdad dominado por uma nova força, uma raiva que lhe permitia compreender a cólera abrasadora de Dúnia diante da morte do pai. A guerra acabava de se tornar uma questão pessoal.

A frase *até a morte* ganhou forma em seu pensamento, e ele percebeu, com certa surpresa, que a formulara a sério.

A Dama Filósofa e Oliver Oldcastle não estavam em parte alguma. Talvez ainda estivessem vivos. Talvez tivessem encontrado o caminho de volta. Ele tinha de ir, e logo, a La Incoerenza, antes de qualquer outra coisa. Para isso não precisava da caminhonete verde. Dispunha de um novo meio para ir aonde quisesse.

Pouco a pouco, Mr. Geronimo ia compreendendo o que havia acontecido em sua vida. Que ele ascendera, sabia bem. Tinha aceitado e enfrentado a situação. O descenso fora tão involuntário quanto a ascensão, e ele tinha consciência de que a cura resultara de ter se aberto dentro dele um eu secreto de cuja existência ele nem desconfiava. Mas talvez houvesse em sua descida também uma dimensão humana, o fato de ter superado o que ele com frequência julgara ser um defeito, defeito seu. Naquelas horas solitárias e pênseis ele enfrentara os momentos mais sombrios de sua vida, a agonia da separação de sua vida anterior, a dor do caminho rejeitado, o caminho que o rejeitara. Ao aceitar a grave mortificação, exibindo-a a si mesmo, ele se tornara mais forte que sua afecção. Havia recuperado sua gravidade e descido à terra. Com isso, o Paciente Zero tornou-se não só a fonte da doença como também da cura.

Sentia-se como se tivesse ganhado outra pele. Ou como se ele, agora outra pessoa, tivesse se tornado o novo ocupante de seu corpo, agora estranho para ele. A idade havia sumido de suas cogitações, e um imenso campo de possibilidades se estendia diante de sua imaginação, repleto de flores brancas, e cada uma delas acenava com a promessa de um milagre. A abrótea branca era a flor do além-túmulo, mas ele nunca se sentira mais vivo. Ocorreu-lhe ainda que a maldição da ascensão tinha um coisa em comum com seu estado atual: seus efeitos físicos transcendiam as leis da natureza. Por exemplo, aquela capacidade de mover-se com rapidez, enquanto o mundo parecia estar parado, um poder sobre o movimento relativo que ele nem começava a compreender, mas cuja facilidade de utilizar era surpreendente. Uma pessoa não precisava conhecer direito os mistérios do motor de combustão interna para dirigir um carro, ele pensava. Esse tipo de bruxaria era a essência dos djins. Cabia lembrar que ele era feito de carne e osso, e isso o tornava um pouco vagaroso. Não era capaz de mover um objeto com a velocidade da Princesa dos Relâmpagos, mas ela lhe insuflara no corpo os segredos da fumaça e do fogo, o que lhe possibilitava um razoável sucesso.

E assim, passado um breve momento de confusão espacial e alteração temporal, ele se achava de novo nos destroçados relvados de La Incoerenza, e seu lado jardineiro se deu conta de que pelo menos uma pequena vitória estava a seu alcance. Se havia uma história de djins que todos conheciam era aquela em que o gênio da lâmpada construiu para Aladim um palácio com belos jardins, para ali viver com sua amada, a formosa princesa Badralbudur, e, embora a história fosse, provavelmente, uma fraude francesa, o fato era que todo djim que se prezasse era capaz de produzir um palácio decente, com jardins, em menos tempo do que era preciso para estalar os dedos ou bater palmas. Mr. Geronimo fechou os olhos e diante dele estendia-se o campo de abróteas brancas. No instante em que se curvou para aspirar seu aroma delicioso, La Incoerenza surgiu inteira e em miniatura diante dele, perfeita em cada pormenor, como tinha sido antes da grande tempestade, e ele era um gigante ajoelhado para incutir nela a vida renovada, enquanto as flores brancas, também enormes em comparação com a casa e o terreno pequeninos, balouçavam de leve.

Quando ele abriu os olhos, o sortilégio fizera seu trabalho. La Incoerenza fora devolvida à sua antiga glória, já sem vestígio algum do lamaçal e dos detritos que o rio ali depositara. As escórias indestrutíveis do passado haviam desaparecido, e as árvores imensas, antes derrubadas, estavam de novo em pé, como se suas raízes, revestidas de lama negra, jamais tivessem arranhado o ar, e todo o seu trabalho de muitos anos estava refeito: as espirais de pedra, o jardim abaixo da superfície, o analema, o bosquezinho de rododendros, o labirinto minoico, os recantos secretos escondidos por sebes, e ele ouviu um grito de felicidade que vinha do bosque dourado, comprovando que a Dama Filósofa estava viva e descobria que o pessimismo não era o único modo de encarar a vida, que as coisas podiam mudar para melhor, assim como para pior, e que milagres aconteciam.

Alexandra e o administrador Oldcastle tinham vivido como pássaros, no começo esvoaçando em cômodos vazios. Mas depois, à medida que iam subindo, cada vez mais, foram obrigados a deixar a casa e flutuar sob a proteção das copas das árvores. Contudo, eram pássaros com dinheiro: Alexandra Fariña mantivera o hábito paterno de conservar montantes absurdos de dinheiro vivo trancados no cofre atrás da tela florentina, e esse tesouro permitira que ela e Oldcastle sobrevivessem. O dinheiro vivo proporcionara um certo grau de segurança, e conquanto tivessem ocorrido assaltos, talvez cometidos pelo próprio pessoal da segurança, com o roubo de muitos objetos, ao menos não ocorrera violência física ou sexual naqueles meses sem lei. A propriedade permanecera mais ou menos protegida, pois raras vezes fora invadida, e afinal de contas eles tinham sofrido somente roubos, não homicídios ou estupros. O dinheiro em espécie pagava serviços de entregas que forneciam regularmente alimentos, bebidas e todos os suprimentos de que necessitavam. Já tinham subido a uma altura de cerca de três metros e meio, e conservavam os objetos de uso frequente numa rede complicada de caixas e cestas que pendiam de galhos. Essa rede tinha sido construída por trabalhadores do lugar, pagos, evidentemente, com dinheiro do cofre. O bosque lhes possibilitava privacidade, e havia momentos em que viver daquela forma era quase prazenteiro.

No entanto, a tristeza crescia, e, à medida que transcorriam os meses, Alexandra Bliss Fariña viu-se acalentando a esperança de um fim, desejando que ele viesse logo e, se possível, sem dor. Ainda não utilizara nenhuma parte de seu dinheiro para adquirir as substâncias capazes de realizar seu desejo, mas pensava nisso com frequência. Porém, em vez da morte, foi Mr. Geronimo quem chegou, e milagrosamente o mundo acabado se restaurou, o tempo retrocedeu e surgiu uma esperança — uma esperança perdida que era redescoberta de forma improvável, como um anel precioso que, sumido durante um ano e meio, era achado numa gaveta fechada havia muito tempo. A esperança de que talvez tudo pudesse voltar a ser como fora antes. Esperança. Alexandra com uma improvável esperança na voz. *Estamos aqui. Aqui. Estamos aqui.* E a seguir, quase numa súplica, temendo uma resposta negativa que furaria aquele pequeno balão de otimismo: *Pode nos fazer descer?*

Ele podia, podia fechar os olhos e imaginar as figuras minúsculas descendo para os gramados restaurados da propriedade reparada, e lá vinha ela, correndo para ele e abraçando-o, e Oliver Oldcastle, que um dia o havia ameaçado de morte, agora esperava de chapéu na mão, com a cabeça curvada numa atitude de gratidão e sem protestar, ao ver a Dama Filósofa cobrir de beijos o rosto de Mr. Geronimo. Obrigado, murmurou Oldcastle. Diacho, como foi que ele fez isso? Mas não importa, muito, muito obrigado.

E, além de tudo, mais isso!, exclamou Alexandra, rodopiando várias vezes. Você é um jardineiro maravilhoso, Geronimo Manezes, isso é o que você é.

Se houvesse cedido a seu lado djim, ele a teria possuído ali mesmo, ali no relvado renovado por artes mágicas, diante dos olhos de Oliver Oldcastle, e na verdade o desejo dele era intenso, porém estava dedicado a uma causa, estava a serviço de Dúnia, a nova rainha djínia da montanha Kaf, e sua parte humana insistia em que não esquecesse seu juramento. Antes que a vida, a vida dele, a vida humana, pudesse mesmo se normalizar, a bandeira dela teria de ser hasteada em triunfo no campo de batalha.

Preciso ir, disse ele, e a expressão desapontada de Alexandra Bliss Fariña foi o mais perfeito oposto do petulante sorriso de alegria de Oliver Oldcastle.

Era uma vez, há muito tempo, no distante país de A., um rei gentil que todos os seus súditos chamavam de Pai da Nação. Homem de espírito progressista, ele ajudou a inserir seu país na modernidade, instituindo eleições livres, promovendo os direitos das mulheres e permitindo que metade de seu palácio fosse utilizada como hotel, onde era comum ele tomar chá com os hóspedes. Ganhou a gratidão da juventude de seu próprio país e do Ocidente ao autorizar a produção e a venda de haxixe, que, submetido a um controle de qualidade pelo órgão competente, era comercializado com selos oficiais de aprovação, nas categorias ouro, prata e bronze, indicadores de graus variados de pureza e custo. Foram bons anos aqueles, os anos do tempo do rei, anos inocentes, talvez, mas infelizmente ele não gozava de boa saúde: padecia de dores nas costas e tinha a vista fraca. Viajou à Itália para se submeter a uma cirurgia, porém enquanto estava ausente o primeiro-ministro realizou ele próprio uma cirurgia: destronou o rei e assumiu o reino. Durante as três décadas seguintes, com o rei no exílio, satisfazendo-se, como era de sua inclinação, com atividades serenas, como o xadrez, o golfe e a jardinagem, criou-se um completo pandemônio em seu antigo reino. O governo do primeiro-ministro não durou muito, e seguiu-se uma fase de lutas entre facções tribais, o que fez pelo menos um dos poderosos vizinhos de A. considerar que o país estava pronto para ser ocupado.

Ou seja, aconteceu uma invasão externa. Isso, tentar conquistar A., era um erro que os estrangeiros cometiam de vez em quando, mas sempre saíam com o rabo entre as pernas ou seus corpos simplesmente jaziam no campo de batalha, para a alegria dos cães selvagens, que não eram muito exigentes quanto ao que comiam e estavam dispostos a digerir até esse tipo de horrível carne estrangeira. Entretanto, repelida a invasão externa, sobreveio um regime até pior, uma récua de assassinos boçais que davam a si mesmos o nome de Ladinos, como se a mera palavra lhes desse o saber de autênticos intelectuais. O que os Ladinos tinham estudado com afinco era a arte de proibir coisas, e em muito pouco tempo já haviam proibido a pintura, a escultura, a música, o teatro, o cinema, o jornalismo, o haxixe, o sufrágio, as eleições, o individualismo, a discordância, o prazer, a felicidade, a sinuca, o queixos barbeados (em homens), os rostos femininos, os corpos femininos, a educação feminina, o esporte feminino e os direitos femininos. Gostariam de ter proibido as mulheres inteiramente, mas como até eles mesmos se deram conta de que isso não era inteiramente exequível, satisfizeram-se com tornar a vida das mulheres tão desagradável quanto fosse possível. Quando Zumurrud, o Grande, esteve em A., nos primeiros tempos da Guerra dos Mundos, percebeu de imediato que aquele era um lugar ideal onde instalar uma base ofensiva. Um detalhe interessante e pouco conhecido é que Zumurrud, o Grande, era fã da época áurea da ficção científica e poderia discutir com os amigos, se tivesse amigos, a obra de mestres do gênero, como Simak, Blish, Henderson, Van Vogt, Pohl e Kornbluth, Lem, Bester, Zelazny, Clarke e L. Sprague de Camp. Entre seus livros favoritos estava *Fundação*, o clássico de Isaac Asimov da década de

1950, e em sua homenagem ele decidiu dar a sua base em A. o nome dessa obra. A "Fundação", que ele criou e dirigiu — no começo com a assistência do bruxo Zabardast, mas, depois da briga entre eles, sozinho —, logo dominou A., graças ao simples artifício de comprar os novos governantes do país.

"Eu comprei o país", jactou-se com seus seguidores. "Agora ele é nosso."

E não foi muito caro. As cavernas de Zumurrud, o Grande, repletas de joias, são famosas nas tradições dos djins. É possível, e cremos que isso seja mesmo provável, que pelo menos uma dessas cavernas ficasse nas inóspitas áreas montanhosas de fronteira no leste de A., bem no sopé das montanhas e protegidas dos olhos humanos por portões de pedra. Quando Zumurrud se apresentou aos líderes dos Ladinos, eles ficaram atônitos com seu tamanho gigantesco, além de apavorados por se verem na presença de um djim feito de fogo, mas também desatinados de cobiça diante dos vasos de ouro, repletos de brilhantes e esmeraldas que ele trazia, casualmente, um em cada mão, como se pouco ou nada valessem. Diamantes maiores que o Kohinoor caíam dos vasos e rolaram no chão, parando junto aos pés trêmulos dos Ladinos. "Peguem tantas dessas bugigangas quanto queiram", disse Zumurrud com sua voz de gigante, "e também façam o que quiserem com esses cafundós onde vocês moram. Podem proibir o vento, para mim tanto faz, ou podem proibir que as nuvens despejem chuvas ou que o sol brilhe, não me importo. Mas de hoje em diante a Fundação é a dona de vocês, Ladinos, de modo que é melhor vocês acharem um jeito de me manter feliz. Caso contrário, coisas ruins podem acontecer... Como isso." Estalou os dedos e um dos Ladinos, um sujeitinho magricela e curvado, de dentes podres e que nutria ódio profundo pela música de dança, virou um montinho de cinzas fumegantes. "Foi só uma demonstração", murmurou Zumurrud, o

Grande, pondo no chão os vasos de gemas. E nada mais foi dito ou perguntado.

Enquanto Dúnia e Mr. Geronimo se encontravam no Mundo Encantado, o grupo de Zumurrud fez uma série dessas "demonstrações", em maior escala, a fim de intimidar a raça humana e fazê-la baixar a cabeça. Dizemos "o grupo de Zumurrud" porque, como já foi dito antes, o próprio Grande Ifrit era uma pessoa de notável indolência natural, e preferia que coubesse a outros o trabalho sujo, enquanto ele se deitava sob uma árvore, para beber, comer uvas, ver pornografia na TV e ser atendido por uma coorte pessoal de djínias. Trouxera do mundo superior para a terra um pequeno exército de djins de baixa extração e os mandava em qualquer rumo que lhe desse na telha, e lá iam eles, a fim de assassinar pessoas de destaque, afundar navios, derrubar aviões comerciais, interferir no funcionamento de computadores nos mercados de ações, lançar sobre algumas pessoas a maldição da ascensão, sobre outras a do esmagamento, e usar as gemas que ele possuía em quantidade infinita para subornar governos e aliciar outros países para sua esfera de influência. Não obstante, o número total de djins das trevas de alto nível que desceram ao mundo inferior nunca ultrapassou, quase com certeza, uma centena de indivíduos, a que cumpre acrescentar a espécie inferior de djins-parasitos. Vale dizer, duas ou três centenas de conquistadores num planeta de sete bilhões de almas. No auge do Império Britânico não havia mais de vinte mil britânicos na Índia, aquele vasto território, para governar com êxito trezentos milhões de indianos, mas mesmo essa façanha admirável empalidecia em comparação com o sucesso dos djins das trevas. Os Grandes Ifrits não duvidavam que os djins fossem superiores à raça humana em todos os aspectos; que os seres humanos, malgrado suas pretensões de civilização e progresso, eram pouco mais que primitivos armados de arco e flecha; e que a melhor coisa que poderia acontecer a esses seres inferiores seria passar um ou dois milênios a serviço de uma raça superior e aprendendo com ela. Isso, Zabardast chegou a dizer, era o ônus que os djins das trevas tinham imposto a si mesmos, um dever que estavam decididos a cumprir.

O desprezo dos Grandes Ifrits por seus súditos só aumentava devido à facilidade com que recrutavam seres humanos para ajudá-los na manutenção de seu novo império. "A cobiça e o medo", disse Zumurrud a seus três companheiros, que habitualmente se reuniam numa nuvem carregada que girava em torno da Terra na altura do equador, e da qual observavam e julgavam os meros mortais embaixo deles, "o medo e a cobiça são os instrumentos com os quais esses insetos podem ser controlados com uma facilidade quase cômica", comentário que fez o bruxo Zabardast desatar a rir, pois Zumurrud era tido e havido como destituído de qualquer coisa que mesmo de longe se assemelhasse a senso de humor. Zumurrud o fitou com aberta hostilidade. O abismo entre os dois Ifrits mais importantes crescia a olhos vistos. Haviam remendado a rixa que os separava, feito uma trégua e voltado a reunir suas forças, mas nem por isso fora sanado o problema que os separava. Fazia muito tempo que se conheciam, mas a amizade entre eles estava por um fio.

Um relâmpago correu no interior da nuvem. Ra'im Chupa-Sangue e Rubirrútilo fizeram o possível para mudar de assunto. "E a religião?", perguntou o Chupa-Sangue. "O que vamos fazer com ela? Os crentes estão se multiplicando lá embaixo ainda mais depressa que antes." Rubirrútilo, que adotara o título de Possessor de Almas, nunca tinha se interessado por nada que se relacionasse a religião. O Mundo Encantado já era bem paradisíaco para ele, e não havia nenhum motivo para que alguém imaginasse a existência de um jardim melhor e mais perfumado. Demonstrando um gosto bastante semelhante ao dos Estudantes pela proscrição, disse: "Devemos proibir de imediato a religião. Trata-se de um circo".

Essas palavras fizeram com que tanto Zumurrud, o Grande, quanto Zabardast, o Feiticeiro, espumassem de raiva. À beira de uma explosão, eles chiaram como cem ovos fritando numa frigideira, e Rubirrútilo e o Ra'im Chupa-Sangue perceberam que alguma coisa tinha mudado nos dois Ifrits de mais prestígio. "O que está havendo com vocês?", quis saber o Chupa-Sangue. "Desde quando aderiram ao exército do altar?"

"Não diga bobagens", disse Zabardast, malicioso. "Estamos em pleno processo de criar um reino de terror na terra, e só uma palavra justifica isso no que diz respeito a esses selvagens: é a palavra deste ou daquele deus. Agindo em nome de uma entidade divina podemos fazer o que bem entendermos, e a maioria dos idiotas lá embaixo vai engolir isso como uma pílula amarga."

"Ah, então é uma estratégia, uma tramoia", disse Rubirrútilo. "Isso eu consigo entender..."

Agora foi a vez de Zumurrud, o Grande, se pôr de pé, embravecido, e a cólera do gigante assustou até os outros djins. "Chega de blasfêmia", gritou. "Respeitem a palavra de Deus, ou vocês também serão considerados inimigos dele."

Essas palavras chocaram os outros três. "Bem, isso é outra história", disse Ra'im Chupa-Sangue, para demonstrar que não estava impressionado. "Onde foi que aprendeu isso?"

"Você passou a vida toda matando, jogando, trepando e depois indo dormir para descansar", acrescentou Rubirrútilo, "de forma que a carolice fica tão esquisita em você como essa coroa dourada, que, aliás, é pequena demais para você, porque foi feita para uma cabeça humana, que, como deve se lembrar, você separou desnecessariamente do resto do corpo do dono."

"Venho estudando filosofia", resmungou o gigante, ruborizando-se, embaraçado, e não pouco, por admitir isso. "Nunca é tarde demais para aprender."

A transformação do cético gigante Zumurrud em soldado de uma potência maior foi o último feito do falecido filósofo de Tus. Ghazali era pó, e o djim, fogo, mas mesmo em seu túmulo o pensador ainda dominava as manhas do ofício. Ou, para dizermos isso em outros termos: quando um ser que, durante toda a vida, se definiu por ações abre os ouvidos, enfim, para as palavras, não é difícil fazê-lo aceitar todas as palavras que forem despejadas neles, quaisquer que sejam. Zumurrud o procurara. Estava disposto a escutar o que o defunto tinha a dizer.

"Todo ente que começa tem uma causa para esse começo", declarou Ghazali. "O mundo é um ente que teve um começo; portanto, houve uma causa para seu começo."

"Isso não inclui os djins", contrapôs Zumurrud. "Não precisamos de uma causa."

"Vocês têm mães e pais", disse Ghazali. "Portanto, começaram. Por conseguinte, também são entes que começam. Por conseguinte, vocês devem ter uma causa. É uma questão de linguagem. Quando a linguagem insiste, só podemos seguir."

"Linguagem", repetiu Zumurrud, devagar.

"Tudo se reduz a palavras", disse Ghazali.

"E Deus?", perguntou Zumurrud no encontro seguinte, genuinamente intrigado. "Ele também não teve um começo? Se não teve, como surgiu? Se teve, quem ou o quê foi a causa *dele*? Deus não teria de ter um Deus e assim para trás, eternamente?"

"Você não é tão tolo quanto parece", admitiu Ghazali, "mas deve compreender que sua confusão surge, mais uma vez, em virtude de um problema de linguagem. O termo *começa* pressupõe a existência de um tempo linear. Tanto os homens como os djins vivem nesse tempo: nós temos nascimentos, vidas e mortes, começos, meios e fins. Deus, entretanto, vive num tipo de tempo diferente."

"Existe mais de um tipo de tempo?"

"Nós vivemos no que podemos chamar de Tempo Tornante. Nós nascemos, nos tornamos o que somos. E depois, quando a Destruidora dos Dias nos faz sua visita, nós nos destornamos, e o que resta é pó. Pó falante, em meu caso, mas sempre pó. O tempo de Deus, porém, é eterno: é simplesmente o Tempo Que É. Passado, presente e futuro existem ao mesmo tempo para ele, e por isso essas palavras, *passado*, *presente* e *futuro*, perdem o sentido. O tempo eterno não tem nem começo nem fim. Não se move. Nada começa. Nada termina. Deus, em seu tempo, não tem nem um fim em pó, nem um meio viçoso e brilhante, nem um começo choramingas. Ele simplesmente é."

"Simplesmente é", repetiu Zumurrud, não convencido.

"Isso", confirmou Ghazali.

"Então, é como se Deus viajasse no tempo", propôs Zumurrud. "Ele passa de seu tipo de tempo para o nosso, e com isso se torna infinitamente poderoso."

"Se você quiser dizer assim, está bem", concordou Ghazali. "Só que ele não se torna. Ele apenas é. É preciso ter cuidado ao usar as palavras."

"Certo", disse Zumurrud, ainda em dúvida.

"Pense nisso", recomendou Ghazali.

"Esse deus Apenas-É...", disse Zumurrud numa terceira visita, depois de pensar a respeito. "Ele não gosta que discutam com ele, não é?"

"Ele é *essencial*, quer dizer, é pura essência, e como tal é também *indiscutível*", disse Ghazali. "A segunda proposição decorre, inevitavelmente, da primeira. Negar a essência de Deus equivale a chamá-lo de *inessencial*, o que equivale a discutir com ele, que é, por definição, *indiscutível*. Portanto, discutir com sua indiscutibilidade é usar mal a linguagem, e, como eu já disse, é preciso ter cuidado com as palavras que empregamos e como as usamos. A linguagem mal usada pode voltar-se contra a pessoa."

"Como explosivos", disse Zumurrud.

"Pior", disse Ghazali. "É por isso que não podemos tolerar palavras erradas."

"Tenho a impressão", conjecturou Zumurrud, "de que esses pobres mortais do mundo inferior fazem mais confusão com as palavras do que eu fazia."

"Ensine a eles", disse Ghazali. "Ensine a eles a língua do Apenas-É divino. As aulas devem ser intensivas, severas e, pode-se dizer, atemorizadoras. Lembre-se do que eu lhe disse sobre o medo. O medo é o destino do homem. O homem nasce com medo: do escuro, do desconhecido, de estranhos, do fracasso e das mulheres. O medo o leva à fé, não como uma cura do medo, mas como uma aceitação de que o medo de Deus é a condição natural e apropriada da vida humana. Ensine o homem a temer o mau uso das palavras. Não há crime que o Todo-Poderoso julgue mais imperdoável."

"Posso fazer isso", respondeu Zumurrud, o Grande. "Eles vão falar do meu jeito logo, logo."

"Não do *seu* jeito", corrigiu-o Ghazali, mas sem severidade. Quem lidava com um Grande Ifrit precisava fazer certas concessões a sua vasta vaidade.

"Compreendo", disse Zumurrud, o Grande. "Agora descanse. Não é preciso mais palavras."

A aula acabou ali. Como Ghazali em breve descobriria, orientar o mais poderoso dos djins das trevas a enveredar pela senda da violência extrema geraria resultados que alarmariam o orientador. O discípulo logo sobrepujou o mestre.

* * *

Dúnia despertou Ibn Rushd em seu túmulo pela última vez. Vim para lhe dizer adeus, disse ela. Esta é a última vez que venho aqui.

O que tomou meu lugar em seu afeto?, ele perguntou, com a voz carregada de sarcasmo. Um montinho de pó conhece suas limitações.

Ela lhe falou da guerra. O inimigo é forte, disse.

O inimigo é estúpido, ele respondeu. Há motivos para esperança. Os tiranos não têm originalidade e nada aprendem com o insucesso de seus predecessores. Mostram-se brutais e sufocantes, criando ódio e destruindo o que os homens amam, e isso sempre os derrota. Todas as batalhas importantes são, no fim das contas, conflitos entre o ódio e o amor, e temos de nos ater à ideia de que o amor é mais forte que o ódio.

Não sei se posso fazer isso, disse ela, porque agora também estou cheia de ódio. É fato que, quando olho para o mundo dos djins, vejo meu pai morto, mas, além disso, vejo sua superficialidade: a obsessão com quinquilharias reluzentes, a amoralidade, o desprezo generalizado pelos seres humanos, que devo chamar por seu verdadeiro nome: racismo. Vejo a maldade narcisista dos Ifrits e sei que existe um pouco disso em mim também, sempre há escuridão junto de luz. Não vejo nenhuma luz nos djins das trevas agora, mas percebo a escuridão em mim. É dela que vem o ódio. Por isso eu questiono a mim, bem como meu mundo, mas sei também que este não é o momento de discussões. Estamos numa guerra. E uma guerra não pede perguntas, e sim ações. Por isso, nossas discussões também devem acabar, e o que deve ser feito tem de ser feito.

Esse é um discurso triste, ele disse. Reflita. Você precisa de minha orientação.

Adeus, respondeu ela.

Você está me abandonando.

Você uma vez me abandonou.

Então, essa é sua vingança. Deixar-me consciente e impotente na tumba por toda a eternidade.

Não, ela replicou, afetuosa. Não é vingança. Só adeus. Durma.

O Super-Natraj dançando a dança da destruição. Procure o djim que está dentro de você, disse-lhe a garota gostosa, a magrinha que falou que era no mínimo sua octavó. A casa dele não existia mais, sua mãe não tinha durado muito mais, a mãe que até então tinha sido a única mulher que ele realmente amara. O choque daquela noite do gigante e da casa incendiada tinha acabado com ela. Ele a enterrou e passou a dormir no sofá do primo Normal, sentindo cada vez mais a falta dela a cada minuto de cada dia. A porra do primo por quem ele tinha um ódio que crescia a cada minuto de cada dia. Quando eu dominar meu duende interior, Normal, é bem capaz de você vir a ser o primeiro panaca que eu vou barbarizar. Espere, espere, você vai ver.

O mundo inteiro tinha ido para a cucuia, e ele, Jimmy Kapoor, passava as noites despedaçando esculturas de túmulos em cemitérios, com um raio pintado na testa, como Harry P., já que era um sujeito engraçado. Em geral ele ia ao cemitério de São Miguel, que fica entre os dois ramos da autopista Brooklyn-Queens, ou, como ele pensava nessa bifurcação, na bosta do sinal em V na autopista, lá havia muitas daquelas lápides com anjos empoleirados que lançavam olhares tristes para os defuntos. Ele mudou, desde que a vovozinha gostosa sussurrou em seu corpo, primeiro nas têmporas, depois no coração, pode crer, brô, ela encostou os lábios em meu peito e fez a mágica, sabe como é, do tipo Hogwarts. Foi *pá!*, e sua cabeça abriu como naquele filme de Kubrick, foi como uma corrida para um lugar muito legal, e ele está vendo umas merdas com que nunca sonhou, a grade dos conhecimentos e das capacidades dos djins. Cacete, é mesmo uma coisa de doido, cara, a mente dele literalmente se desdobrou, mas o mais interessante foi que ele não pirou. Vai saber por quê. Vai ver, aquele duende interior está acordado dentro dele e pode lidar com essa coisa. Deve ser isso que as pessoas sentem quando dizem eu me sinto outra pessoa ou eu me sinto um novo homem.

Então, ele agora é outra pessoa que não tem outro nome, só o seu mesmo. E essa outra pessoa é ele.

Primeiro tinham aparecido o buraco de minhoca e o gigante fingindo que era seu personagem só para foder com sua cabeça, agora sua avozinha gostosa tinha *realmente* fodido com sua cabeça e, sabe de uma coisa, é como se ele fosse o super-herói. O rei dançarino e mágico. *Botando pra quebrar.*

E ah, sim, ele está se dando bem. Pode se mover muito rápido, desacelerar o mundo e logo em seguida disparar. E pode transformar isso naquilo. Um punhado de pedrinhas vira joias num abrir e piscar de olhos. Ele aperta um galho caído e o galho se transforma num bloco de ouro. Quem é que precisa de você, Normal, com seu sofá vagabundo, eu estou rico. Mas aí ele ouve a voz de Dúnia em sua cabeça, é como se ela escutasse cada pensamento, se você não se concentrar na luta vai estar morto antes que possa imaginar. Ele pensa na mãe e isso o enraivece. Isso o deixa emputecido. Dúnia diz que está organizando um exército. Jimmys diferentes em cidades diferentes. Ele olha dentro de seu cérebro novo e vê a rede se espalhando. Estende o braço e o suco escorre por ele e *pá*, o raio, e pronto. Menos um anjo de cara triste. Nisso ele pode acreditar. É seu sonho.

Alguém deixou abóboras ali, naquele lugar de descanso final, bem, aquilo era o mesmo que pedir isso, cara, desculpe. *Bum*. Sopa de abóbora.

Quando ele começou com aquilo, não queria nem saber de raios, ele queria saber era de metamorfoses. É claro que arrancou a cabeça de uns anjos de pedra, aquilo era divertido, ele estava exercendo, de conformidade com a Segunda Emenda, seu direito de portar armas, ainda que, provavelmente, os Pais Fundadores não pretendessem se referir a *armas reais* — mas ele logo descobriu que se destacava mesmo era na atividade de transformação. Não era preciso ser joias, isso é que era importante. Não se tratava só de transformar cascalho em rubis. Cumpre admitir que ele experimentou seus poderes em seres vivos. Aves. Gatos sem dono. Vira-latas sarnentos. Ratos. Ora bolas, ninguém se importa se você transforma ratos em cocô de rato ou em salsichas de rato, mas pássaros, gatos, cachorros... Existem muitas pessoas que se interessam por esses seres, a começar por sua falecida mãe, a criadora de aves, de modo que, me desculpem, pessoas, me desculpe, mamãe.

O melhor foi quando ele descobriu que podia converter seus alvos em *sons*, por exemplo. Eeeepa! Podia transformar um pássaro canoro num canto de pássaro, sem o pássaro, só o canto, saindo do nada, podia transformar um gato num miado. Ao pegar o jeito de fazer isso, começou a se tornar brincalhão. Dirigia a atenção para uma lápide e dela começava a emanar uma espécie de som lamentoso que se espalhava. Isso mesmo, ele estava descobrindo uma espécie de veia doentia, era possível que dentro de todos os contabilistas houvesse um super-herói doentio tentando escapar, e ei, pensou, que tal as *cores*, será que posso transformar baratas, bandeiras ou cheeseburgers em cores, cores suspensas no espaço, e depois, é, se *dissipando*. Precisava praticar em animais maiores. Será que acho carneiros por aqui? Ninguém vai dar pela falta de alguns carneiros, não é? Talvez as metamorfoses fossem reversíveis, e nesse caso, oba, nenhum carneiro iria sofrer lesão no exercício desse superpoder. Mas os carneiros ficavam em fazendas lá no interior do estado, a menos que as fazendas tivessem ido para o beleléu e os animais estivessem vagando à solta por lá, e a quem ele poderia pedir que o levasse onde tinha, precisava ir? Asia tinha carro, era provável que até soubesse onde conseguir gasolina, a fantástica *a-si-a*, não *ei-cha*, ela era uma *signorina* italiana, não uma moça de cor, uma bailarina, não uma prostituta, não fazia strip-tease, era pessoa de classe, fazia *balé*. Era bem capaz de haver uma fila de dois quilômetros de homens a esperando, cada um com duas latas de gasolina nas mãos. Quem dera que ele tivesse o superpoder, esse útil de verdade, de saber passar a conversa em garotas.

No fim das contas, entretanto, ele deu um jeito de chegar aos bichos que queria. Ligou para a bailarina, achou umas palavras boas e explicou o que lhe tinha acontecido, contando tudo, a vovó gostosa, o sussurro, o *pá*!, os efeitos especiais tipo uma odisseia no espaço, de Stanley Kubrick, as coisas que conseguia fazer. Acreditar nele, no duro, ela não acreditou, mas se interessou o suficiente para acompanhá-lo ao cemitério, e lá, puxa, ele mostrou do que era capaz. Tendo a garota como sua plateia, ele foi mesmo *impressionante*. As transformações em sons, as mudanças de cores, os relâmpagos.

E ali mesmo, no cemitério de São Miguel, depois que ele se exibiu para a garota, ela dançou para ele. Oba. E agora, *adivinhe*. Ele não tinha só uma motorista para viajar para o norte, subindo o Hudson, à procura de carneiros. Ele tinha uma *namorada*. Uma namorada. *Oba!*

E assim transcorreu mais ou menos um ano e meio. Durante os longos meses de autodescoberta, em que aprendeu a andar como um djim antes de poder correr como um deles e, depois, aprendeu a voar, durante a fase da segunda infância acelerada pela qual Geronimo Manezes também tinha passado, Jimmy Kapoor compreendeu que uma parte dele tinha estado esperando aquilo, que havia pessoas, e ele era uma delas, que desejavam que o mundo dos sonhos e da imaginação se tornasse parte de sua vida cotidiana, pessoas que esperavam e acreditavam ser capazes de tornar-se parte do maravilhoso, de chutar para longe a poeira da banalidade e ascender, renascidas, à sua verdadeira natureza miraculosa. No fundo, ele sempre soubera que sua criação, Super-Natraj, não era lá grande coisa, não o tiraria do ramerrão da mediocridade, o que só fez aumentar sua alegria ao descobrir que poderia ganhar um lugar ao sol não através da ficção, mas como ele mesmo. Ele mesmo tornado ficcional, pensou — ou melhor que ficcional: real —, porém finalmente, contra todas as esperanças, extraordinário. Talvez fosse por isso que aceitou com tanta facilidade, tanta naturalidade, seu recém-revelado lado djim. A existência desse lado nele era um fato do qual sempre tivera consciência, mas sem acreditar naquilo. Só acreditou quando Dúnia *sussurrou* em seu coração.

Estava à espera de uma palavra da Princesa dos Relâmpagos. De vez em quando, para mudar de ambiente, mudava de rota e ia para o sul, para o cemitério do Calvário ou o de Monte Sião, e também neles rebentava a cabeça de leões de pedra e praticava novas metamorfoses. Aprendeu a transformar objetos sólidos em *cheiros*: de um instante para outro um banco de jardim virava um peido, virava a soma de todos os peidos já soltados por velhos peidorreiros, homens e mulheres, que, sentados naquele banco, tinham recordado outros peidorreiros, já falecidos.

Ele se lembrou da coleção de gibis antigos, que tinham deixado de existir na conflagração de sua casa, e recordou que naquelas revistinhas aparecia Charles Atlas, o Superman da vida real, com uma sunga de pele de leopardo, o criador de uma técnica de fisiculturismo, a Tensão Dinâmica, que o transformou no "Homem Mais Perfeitamente Desenvolvido do Mundo". Agora as garotas já não debochavam dele pelas costas. Nem o Velho Jimmy existia mais. Quer dizer, aquele Jimmy fracote com quarenta e quatro quilos. Agora Jimmy era um "homem de verdade", como diria Mr. Atlas. Ninguém mais chutaria areia na cara dele na praia.

Enfim, ali vinha Dúnia, avançando entre as lápides do cemitério de São Miguel, à procura dele. Não era mais uma princesa, mas uma rainha. No cemitério, à meia-noite, ela o consolou pela perda da mãe. Também ela perdera o pai. Perguntou se Jimmy estava pronto. Ora, se estava!

Ela murmurou em seu ouvido, dando-lhe uma lista de bandidos para matar.

Os djins-parasitos, como se manifestaram aqui na terra durante a Guerra dos Mundos, eram criaturas que não causavam a menor impressão, seres cuja capacidade cognitiva era extremamente limitada. Orientados por seus superiores, seguiam no rumo indicado a fim de provocar a destruição estipulada, tal como aconteceu por ocasião do ataque à residência oficial da prefeita. Feito isso, passavam o tempo à procura de corpos em que pudessem habitar, pois sem hospedeiros humanos não tinham como sobreviver no mundo inferior. Assim que se instalavam num homem ou numa mulher, iniciavam a ação esbulhadora, sugando todo o alimento e as reservas nutritivas da vítima, até ela não ser mais que uma casca vazia. Quando isso ocorria, dispunham de pouquíssimo tempo para encontrar um novo hospedeiro. Há quem diga hoje que essas criaturas não devem ser incluídas no rol dos verdadeiros djins, visto que eram pouco sencientes, formando praticamente uma classe servil ou uma forma inferior de vida. O argumento tem seus méritos, mas ainda assim nossa tradição lhes atribui um lugar na taxonomia dos djins, quando mais não seja porque, ao que se diz, eles foram os primeiros djins a ser abatidos por um ser humano, ou, melhor dizendo, por um ser híbrido — humano, mas com fortes componentes de djins —, a serviço da rainha do Mundo Encantado.

Certas imagens que chegaram a nós — fixas ou animadas —, apesar dos conflitos do passado, hoje nos parecem pornográficas. Essas imagens são mantidas em recipientes lacrados e em salas de acesso restrito onde especialistas podem estudá-las: historiadores, estudiosos de tecnologias caducas (fotografia, cinema), psicólogos. Não há necessidade alguma de nos aborrecermos sem motivo com a exibição de tais cenas para o público.

Não nos detivemos indevidamente, nestas páginas, e continuaremos a proceder assim em relação a pormenores de cenas sangrentas. Orgulhamo-nos de termos evoluído desde esses tempos distantes; e com o fato de a violência, que por tanto tempo agoniou a humanidade como a maldição de um djim, ter se tornado coisa do passado. Uma vez ou outra, como acontece com qualquer viciado, ainda a sentimos no sangue, tomamos consciência de seu cheiro em nossas narinas; alguns de nós chegam a cerrar os punhos, mostrar os dentes quando enraivecidos, com uma expressão agressiva, e até, por breves momentos, a elevar a voz. Contudo, resistimos, abrimos os punhos, fechamos os lábios, baixamos o tom. Não sucumbimos. Estamos cônscios, porém, de que qualquer relato sobre nosso passado, e sobretudo a respeito da época das estranhezas e da Guerra dos Dois Mundos, padeceria de grave deficiência se fosse inteiramente omisso em relação a aspectos desagradáveis de lesões e mortes.

Os djins-parasitos iam e vinham entre cidades, países e continentes. Tinham mais de um território, mais de um povo a atemorizar, e empregavam todos os meios de transporte em altíssima velocidade à sua disposição — como os buracos de minhoca, os deslocamentos temporais e, às vezes, até as urnas voadoras — para viajar de um lugar a outro. Naqueles receptáculos que são mantidos em salas de acesso restrito, preservamos imagens de djins-parasitos canibais devorando cabeças humanas em Miami, na Flórida; de djins-parasitos verdugos apedrejando mulheres até a morte em povoados no deserto; de djins-parasitos suicidas fazendo os corpos de seus hospedeiros explodirem em bases militares, transferindo-se na mesma hora para o soldado que estivesse mais próximo e assassinando seus companheiros numa espécie de operação que era denominada ataque endógeno, o que com certeza não deixava de ser, mas não no sentido em que se usava normalmente a expressão; e de djins-parasitos paramilitares que, incumbidos de operar unidades blindadas no leste da Europa, se valiam dos canhões de tanques para derrubar aviões de passageiros. Bastam essas poucas imagens. Não há por que empreendermos uma ampla catalogação de horrores. Bastará dizer que caçavam em matilhas, como cães selvagens, e que eram mais ferozes que qualquer quadrúpede. E coube a Jimmy Kapoor a tarefa, que lhe foi passada pela recém-coroada Rainha dos Relâmpagos, de caçar os caçadores.

Os homens e mulheres em que os djins-parasitos se instalavam não podiam ser salvos, uma vez que estavam condenados no momento em que eles penetravam em seu corpo. Mas como atacar os parasitos, que permaneciam sem corpo até ocuparem (vale dizer, matarem) uma pessoa, de forma que não pudessem mais fazer a mesma coisa no futuro? Foi Jimmy Kapoor quem solucionou esse enigma: se objetos sólidos podiam virar cheiros e sons, talvez, invertendo o processo, entidades vaporosas pudessem ser solidificadas. Teve início, então, a operação Medusa, assim chamada porque os tênues parasitos, quando tornados seres visíveis por Jimmy, lembravam os monstros de pedra que as pessoas incorretamente chamavam de górgones, muito embora, de acordo com os gregos antigos, a Medusa, uma das três irmãs górgones, fosse a petrificadora e não o ser petrificado — era seu olhar que transformava os homens em pedra. (O mesmo ocorreu com o dr. Frankenstein e seu monstro. O golem sem nome, o homem artificial, passou a ser chamado pelo nome de seu criador.)

Talvez seja também impróprio chamar aqueles seres petrificados de "monstros". Eram formas complexas, sinuosas, não antropomórficas, que se contorciam, às vezes formando bolos de ferrões, em outras oportunidades emitindo "braços" articulados que se arrematavam em lâminas. Podiam ser multifacetados como cristais, ou fluidos como fontes. Jimmy os combatia onde os encontrasse, onde seu recém-adquirido sistema de informações o enviasse a fim de perseguir esses pequenos demônios, nas margens do rio Tibre, em Roma, ou nos píncaros metálicos e cintilantes de um arranha-céu na ilha de Manhattan, e os abandonava ali mesmo onde os transformava, com os corpos mortos decorando as cidades do mundo como novas obras de arte, escultóricas e belas, cumpre admitir. A beleza das górgones conduzia as pessoas a uma pausa para reflexão, mesmo naqueles tempos de desnorteamento, e o vínculo entre a arte e a morte, o fato de que ao morrer os djins-parasitos deixavam de ser adversários letais e se tornavam objetos cuja contemplação era esteticamente agradável, suscitava uma espécie de aliviada surpresa. A geração de solidez a partir de evanescência: essa era uma das mais novas artes da guerra, e uma das que, dentre tais artes, tinha a suprema pretensão: a de ser incluída no catálogo da própria Arte, uma grande arte, na qual beleza e significado se combinavam de formas reveladoras.

O perseguidor e carrasco dos parasitos não se considerava um artista. Ele era Jimmy Natraj, o deus da destruição, dançando sua dança destruidora.

* * *

Zumurrud, o Grande, anunciou que sua "Fundação" era apenas o primeiro passo na criação do sultanato djim global, cuja autoridade em todo o mundo ele proclamou. Além disso, fez-se ungir, por sua própria mão, como o primeiro sultão. Imediatamente, porém, os outros três Grandes Ifrits expressaram sua insatisfação com essa primazia imposta de boca própria, e ele foi obrigado a recuar um pouco. Impossibilitado de manifestar seu enfado com os outros três membros do quadrunvirato governante, Zumurrud empenhou-se numa bárbara campanha internacional de decapitações, crucifixões e apedrejamentos que criaram, logo nos primeiros dias do sultanato, uma corrente de ódio que haveria de alimentar, sem demora, a contrarrevolução. Sua aliança com os perigosos e analfabetos Ladinos de A. lhe proporcionou o que ele fez passar por um programa de governo, e ele começou a proibir coisas animadamente, da mesma forma que eles: poemas, bicicletas, papel higiênico, fogos de artifício, histórias de amor, partidos políticos, batatas fritas, óculos, endodontia, enciclopédias, camisinhas e chocolate. E começou a queimar na fogueira ou a serrar ao meio, ou ainda, à medida que se entusiasmava com a atividade, a enforcar, torturar na roda e esquartejar todos aqueles que levantavam uma objeção — a excelente e tradicional punição inglesa para alta traição desde o século XIII. Como disse aos outros Grandes Ifrits, estava disposto a aprender as melhores lições das anteriores potências imperiais, e anunciou a inclusão dessas sanções medievais no código penal do novo sultanato, com efeitos imediatos e devastadores.

Sua medida mais idiossincrática foi declarar uma aversão inarredável por todas as modalidades de recipientes que pudessem ser lacrados, todos os jarros com tampas rosqueadas ou os frascos com rolhas, todas as malas com fechaduras, todas as panelas de pressão, todos os cofres de segurança, ataúdes e caixotes. Dos outros três Grandes Ifrits, Rubirrútilo e Ra'im Chupa-Sangue não tinham lembranças de prisão, e reagiram a essas declarações com gestos de indiferença. Zumurrud lhes disse que um ser que passa uma eternidade enjaulado numa garrafa odeia a masmorra. "Tudo bem", replicou Rubirrútilo, "mas desperdiçar o tempo com bagatelas não é um indicador de grandeza." Zumurrud deixou passar essa desfeita. Os homens o tinham encarcerado. Chegara a hora da desforra. Havia nele um ódio, causado por aqueles anos de prisão, que não tinha como ser aliviado, nem por todas as proibições e execuções do mundo. Às vezes ele pensava que, na verdade, seu maior desejo era presidir à brutal extinção da humanidade, mais que somente governá-la.

Ao menos no tocante a essa questão, Zabardast, que também conhecera a prisão, estava plenamente de acordo com Zumurrud: tinha chegado a hora da vingança.

A vingança dos djins arde com chamas inextinguíveis.

Não demorou para que a sede de sangue de Zumurrud começasse a preocupar o que restava de Ghazali. Ao ser informado pelo grande djim do rigor com que ele estava cumprindo sua recomendação de que a humanidade fosse atemorizada, para que o medo a levasse à divindade, o pó do filósofo foi obrigado a refletir sobre a diferença entre a teoria filosófica e a prática sanguinária, e concluiu que Zumurrud, embora sem dúvida zeloso, talvez houvesse, em certo sentido, *ido longe demais*. Ao saber disso, Zumurrud entendeu que o filósofo não lhe seria mais útil. Ele já havia ido além de qualquer coisa que o velho idiota poderia lhe ensinar. "Meu dever com você chegou ao fim", disse ele a Ghazali. "Eu o devolvo ao silêncio da sepultura."

* * *

Zabardast, sempre o mais controlado dos dois principais djins das trevas, sempre mais introspectivo e sereno, embora na verdade não menos e talvez até mais implacável, porque mais inteligente, propôs que, tal como os corpos que Zumurrud estava fazendo em pedaços, o novo sultanato também fosse dividido em partes. Era grande demais para ter um único governo central, e a "Fundação" de Zumurrud, no longínquo território de A., não chegava a ser uma grande metrópole, apta a desempenhar o papel de capital. O grosso da atividade de Zumurrud, ele observou, já ocorria naquela área que se poderia chamar vagamente de "Oriente", ao passo que ele tinha realizado seu melhor trabalho, provocado os maiores transtornos e gerado mais medo no poderoso "Ocidente". Com isso, a África e a América do Sul ficavam para Rubirrútilo e Ra'im Chupa-Sangue. O resto do mundo — a Australásia, a Polinésia e a terra dos pinguins e a dos ursos-polares — provavelmente podia ser posto de lado por enquanto.

Essa partilha desagradou a todos, até a seu proponente (uma vez que Zabardast planejava secretamente tomar para si o mundo inteiro), mas os quatro Grandes Ifrits por algum tempo a aceitaram — *por algum tempo*, até começarem os conflitos. Rubirrútilo, sobretudo, não ficou nada satisfeito com o que lhe coube. Os djins se sentem mais felizes nos lugares em que suas histórias são mais conhecidas; mais ou menos contentes em terras onde suas histórias chegaram na bagagem dos imigrantes; e muito aborrecidos em zonas que não conhecem bem e onde também são pouco conhecidos. "América do Sul?", queixou-se Rubirrútilo. "O que eles sabem de magia lá?"

As guerras de conquista brotaram como flores negras em todo o globo, e muitas delas eram guerras limitadas, travadas por homens que os djins controlavam de todas as formas que um homem pode ser controlado — por possessão, encantamento, suborno, medo ou fé. Os djins das trevas continuavam na indolência em suas nuvens, envoltos em névoas de invisibilidade tão densas que durante muito tempo nem Dúnia soube por onde andavam seus inimigos mais poderosos. Ficavam lá, inertes, vendo seus fantoches matar e morrer, e às vezes mandavam djins subalternos participar da destruição. Dentro de pouco tempo, entretanto, os velhos defeitos dos djins — a deslealdade, a incúria, a esquisitice e o egocentrismo — falaram mais alto. Cada um dos quatro logo veio a crer que ele, e somente ele, era e devia ser reconhecido como o maior dos maiores, e o que começou como uma discrepância cresceu rapidamente e alterou a natureza do conflito no mundo inferior. Nesse momento, a raça humana se tornou a tela em que os djins das trevas pintaram a hostilidade mútua que os dividia, a matéria-prima a partir da qual cada um dos integrantes do quarteto buscava forjar a saga de sua supremacia absoluta.

Em retrospecto, nossa conclusão é a seguinte: a loucura que os djins provocaram entre nossos ancestrais era a loucura que também residia em cada coração humano. Nós podemos culpar os djins, e realmente os culpamos. Para sermos honestos, porém, temos de culpar também as deficiências humanas.

É penoso registrar que os djins sentiam um prazer especial em assistir a ataques a mulheres. Antes da separação dos dois mundos, as mulheres eram consideradas, quase universalmente, seres secundários, menos importantes, bens móveis, donas de casa, respeitadas como mães mas desprezadas em outros aspectos, e, embora tais atitudes tivessem mudado para melhor, ao menos em algumas partes do planeta, os djins das trevas ainda acreditavam que as mulheres existiam para servir aos homens e ser por eles usadas. Ademais, a frustração causada pelo boicote sexual imposto pela população feminina no mundo superior os deixava furiosos, e por isso não protestavam contra as reações de violência por parte de seus subordinados, contra o fato de as mulheres serem não só violadas como mortas, pois essas novas mulheres, muitas das quais rejeitavam a ideia de inferioridade, precisavam ser postas em seu devido lugar. Nessa guerra contra as mulheres, a rainha Dúnia lançou mão de uma guerreira que lhe era muito próxima, e o curso da batalha começou a mudar.

Teresa Saca tinha agora um nome de super-heroína. Nada de Madame Dínamo ou qualquer outra bobagem desse tipo, coisa de gibi. Ela se lembrou da voz de Dúnia em sua cabeça, dizendo *Eu sou sua mãe*. Também serei a mãe de alguma coisa, pensou, vou ser a Mãe, a mamãe flamejante da própria morte. Aquela outra mãe, Madre Teresa, mais virtuosa, também se envolvera com a morte, porém Teresa Saca estava mais interessada na morte súbita, e não naquela que acontece em hospitais; não queria saber de facilitar a passagem serena dos vivos para o descanso eterno, mas sim de descargas violentas, de alta-tensão, pôr fim a vidas. Ela era o anjo vingador de Dúnia, ou ao menos era isso que dizia a si mesma, a vingadora de todas as mulheres maltratadas, injuriadas e abusadas que já tinham vivido.

A isenção moral — ter permissão para matar, para destruir sem sentir culpa pela destruição — era uma situação inusitada em que uma pessoa podia se ver, e havia nela algo contrário à natureza humana. Quando ela matou Seth Oldville, estava enraivecida, mas a fúria não justificava seu ato, isso estava claro em sua mente: a raiva era uma razão, mas nunca uma justificativa. Oldville podia ser mesmo um cretino, mas nem por isso ela deixava de ser uma assassina. O criminoso era culpado do crime, e nesse caso ela era a criminosa, e talvez a justiça tivesse de ser feita. Entretanto, de qualquer modo, Teresa acrescentou em silêncio, primeiro eles vão ter de me pegar. E aí, de repente, a ancestral djínia *sussurrou* em seu ouvido, libertou a guerreira que existia nela e a incumbiu de ajudar a salvar o mundo. Foi como num desses filmes em que tiram uns sujeitos do corredor da morte e lhes dão uma chance de se redimir. Se morrerem… Bem, eles seriam fritados de qualquer jeito. Muito justo, ela pensou, mas quando eu bater as botas vou levar um monte desses putos comigo.

Fechar os olhos mostrava o sistema de coordenadas dos djins, e sua comandante, Dúnia, lhe enviara os dados de que ela precisava. Virando-se de lado e curvando-se um pouco, ela se introduziu numa fenda no ar, passando para a dimensão de deslocamento. A partir daí, ela seguia para onde as coordenadas determinavam. Ao sair do túnel entre as dimensões, não fazia ideia de onde se encontrava. As informações plantadas por Dúnia em sua mente lhe diziam o nome do lugar, A., P. ou I., mas aquela sopa de letras não era muito útil, pois uma das características de sua nova realidade, da nova forma de viajar e da realidade alternativa que a criara, era a perda de conexão com o mundo material — ela podia ter ido parar em qualquer lugar, qualquer espaço ermo e marrom, qualquer parque verde luxuriante, qualquer montanha, qualquer vale, qualquer cidade, qualquer rua, qualquer mundo. Passado algum tempo, porém, ela compreendeu que não importava, qualquer país em que ela estivesse era sempre o mesmo, o país dos ataques a mulheres, e ela era a assassina que fora enviada para vingá-las. Ali estava um "homem" possuído por um djim — possuído, encantado, subornado por joias, isso não importava. O que ele tinha feito o condenava, e na ponta dos dedos dela estava o raio que executava a sentença. Não, não havia necessidade de introspecção moral. Ela não era juíza nem jurada. *Meu nome é Mãe*, dizia a seus alvos. Eram as últimas palavras que eles ouviam no mundo.

Viajando pelas incríveis passagens entre o tempo e o espaço, pelos túneis abertos nas espiraladas nuvens de Magalhães da inexistência, possuída pela solidão melancólica da assassina errante, Teresa Saca contemplava sua mocidade, seu desespero, as noites em que pisava fundo no acelerador e dirigia seu primeiro carro, um conversível, antigo e azul elétrico (o primeiro carro que lhe pertencia de verdade, não o conversível vermelho roubado de sua primeira e desvairada corrida), o mais depressa que podia por estradas vicinais e pelos pântanos, e na verdade para ela tanto fazia viver ou morrer. Na época, era autodestrutiva, havia drogas e homens inadequados, mas ela aprendera na escola a única lição que valia a pena aprender, *beleza é dinheiro*. E, assim que apareceram seus peitos, alisou o cabelo, comprido e preto, e partiu para a cidade grande a fim de gastar aquele dinheiro, o único que tinha. E vejam só, não tinha se saído tão mal, olhem para ela agora, era uma assassina com superpoderes, sua carreira tinha sido sensacional para uma garota saída do nada.

De qualquer forma, aquela garota não importava mais. O passado se soltava dela como uma pele de cobra. Teresa descobriu que era hábil em sua nova função: a aparição súbita, o horror temeroso no rosto do alvo, o raio lhe atravessando o peito como uma lança fulgente, ou às vezes, só por diversão, a genitália ou o olho, tudo saía à perfeição. Depois, era voltar para o nada, o próximo estuprador, o próximo abusador, a próxima criatura sub-humana, o próximo pedaço de lodo primevo, a próxima coisa que merecia morrer, e que ela matava feliz, matava sem remorsos. E a cada ato ela se tornava mais forte, sentia a força invadi-la, tornava-se, e isso lhe parecia bom, menos humana. Mais djínia que feita de carne e osso. Em breve seria igual a Dúnia. Em breve seria capaz de olhar para a rainha de Kaf nos olhos e dobrá-la. Em breve ela seria *invencível*.

Era uma guerra estranha, aleatória e fortuita como são os djins. Estava aqui hoje, sumia amanhã, para voltar sem aviso. Era colossal, absorvente, e daí a pouco distante, ausente. Um dia, um monstro se erguia do mar; no dia seguinte, nada; e daí a pouco, no sétimo dia, chuvas ácidas caíam do céu. Reinavam o caos e o medo, e havia investidas de gigantes sobrenaturais vindos de covis nas nuvens, e a seguir hiatos demorados durante os quais prosseguiam o medo e o caos. Havia parasitos, explosões, possessões e, por toda parte, a fúria. A fúria dos djins era parte de sua natureza, e se amplificava, no caso de Zumurrud e Zabardast, pelo longo cativeiro de ambos, era uma fúria repercutida por inúmeros corações humanos, como um sino que, badalando numa torre gótica, fosse respondido por seu eco, vindo do fundo de um poço, e talvez a guerra fosse assim agora, talvez aquela fosse a última guerra, aquela descida ao caos devastador e aleatório, uma guerra em que os conquistadores se agrediam uns aos outros com a mesma violência com que maltratavam a terra destroçada. Por ser informe, essa era uma guerra difícil de travar, e mais ainda de ganhar. Parecia uma guerra contra uma abstração, uma guerra contra a própria guerra. Teria Dúnia capacidade para vencê-la? Ou essa guerra requeria uma malevolência maior, uma malevolência que Dúnia não possuía, mas que ela, Teresa Saca, estava adquirindo a cada relâmpago desfechado contra o coração de um homem culpado? Em algum momento isso não bastaria para defender a Terra. Seria preciso atacar o mundo superior.

Estou velho demais para combater num exército, pensava Mr. Geronimo nos túneis atmosféricos. Quantos de nós fazemos parte da brigada anárquica de Dúnia — jardineiros, contabilistas e assassinas? Quantos membros de sua linhagem a rainha da magia convocou com *sussurros* para combater os mais temíveis inimigos dos mundos conhecidos? E que chances temos realmente contra a selvageria sem peias dos djins das trevas? Será que mesmo Dúnia, apesar de sua cólera, será capaz de derrubar os quatro e também seus partidários? Ou será o destino do mundo render-se às trevas ao encontrar a escuridão análoga também dentro de nós? *Não, não se eu puder evitar isso*, respondeu uma voz interior. Quer dizer que ele era mesmo um soldado naquela guerra, apesar de todas as suas dúvidas? Apesar das dores e dos gemidos de seu corpo muito sofrido? Não importava. Já era difícil definir o que seria uma guerra justa, mas ele estava disposto a desempenhar seu papel naquele conflito, o mais estranho de que se tinha notícia.

"Seja como for", pensou, "não me deram um papel de protagonista. Estou mais para o corpo médico que para a linha de frente. Eu sou o MASH."

Baixar os que tinham ascendido e levantar as vítimas da praga do esmagamento. Esta era a missão que lhe fora dada: corrigir os desajustes na lei da gravitação. Em sua mente, o sistema global de coordenadas assinalava as vítimas, e em sua retina os mais necessitados luziam com maior intensidade. As pragas da ascensão e do esmagamento estavam em toda parte, pois o feiticeiro Zabardast as espalhara pelo planeta inteiro, e o terror imprevisto da chegada dessas pragas excedia o que teria sido causado por um mal "normal"; e por isso o campo de atuação de Mr. Geronimo era o mundo todo. Aqui uma balsa se aproximava dos antros de jogatina de Macau, com a multidão assustada fugindo de sua presença no momento em que ele surgia do nada para salvar um viajante cujos gritos de dor tinham sido ignorados por todos. Mr. Geronimo se curvava sobre ele, com sussurros, e o homem se erguia, ressuscitado dos mortos, ou quase mortos, enquanto o jardineiro se virava de lado e partia, deixando o Lázaro chinês entregue a seu destino, com os outros ainda o olhando como se ele tivesse contraído uma doença contagiosa. Talvez já naquela noite ele fosse apostar suas economias numa mesa de jogo, só para comemorar o fato de estar vivo, mas essa era uma história que caberia a outra pessoa contar, mesmo porque agora Mr. Geronimo estava na encosta de uma montanha no Pir Panjal, resgatando um operário que trabalhava na abertura de um túnel ferroviário e subira ao céu, e assim que acabasse ali faria o mesmo aqui e acolá.

Às vezes ele chegava tarde, e a pessoa já ascendera demais para ser salva, estava morrendo de hipotermia ou enfrentando dificuldades respiratórias no ar frio e rarefeito de um céu andino, ou um esmagado fora comprimido numa galeria de arte de Mayfair, tivera os ossos quebrados e compactados, enquanto o corpo virava uma sanfona rasgada que vazava sangue pelas roupas, com o chapéu em cima daquela horrenda meleira, que mais parecia uma instalação. Com frequência, porém, descendo depressa pelos buracos de minhoca, ele surgia a tempo, levantava os caídos e baixava os ascendidos. Em alguns lugares a doença tinha se propagado depressa, viam-se verdadeiras multidões de vítimas aterrorizadas que flutuavam acima dos postes de iluminação, e com um gesto ele trazia todos para baixo suavemente. A isso se seguia, ah!, a gratidão, que beirava a adoração. Mr. Geronimo compreendia. Ele próprio tinha passado por aquilo. Conhecer a tragédia de perto estimulava a capacidade de amor do ser humano. A expressão no semblante de Alexandra Bliss Fariña depois que ele restaurou a glória de La Incoerenza e a trouxe de volta à terra, com Oliver Oldcastle: todo homem gostaria de ser fitado daquela maneira por uma bela mulher.

Embora ao lado dela estivesse o hirsuto administrador de sua propriedade, com o mesmo ar de adoração.

O pessimismo eterno da Dama Filósofa fora totalmente dissipado pelo pequeno milagre de Mr. Geronimo, cuja magia o desvanecera tal como o calor do sol dissipa as nuvens. Essa nova Alexandra contemplava Geronimo Manezes como se ele fosse uma espécie de salvador, apto a socorrer não só a ela e sua propriedade como toda a terra incoerente. Era para a cama dela que ele se retirava ao fim daqueles dias prolongados e estranhos. Aliás, ele se perguntava: o que significava agora um "dia"? As jornadas pelos buracos de minhoca, nas quais ele cruzava espaços e fusos horários, como também as idas e vindas, repetidas cem vezes ou mais a cada dia, o dissociavam de toda percepção real da continuidade da vida, e quando, vencido pela exaustão, pelo esmorecimento dos imigrantes sem raízes, ele voltava para ela. Seguiam-se então momentos roubados, oásis no deserto da guerra, quando um fazia ao outro promessas de momentos mais longos no futuro, momentos de sonho em lugares de sonho — sonhos de paz. Nós vamos vencer?, ela lhe perguntava, aconchegada em seus braços, com a cabeça na mão dele. Vamos vencer, não vamos?

Vamos, ele dizia. Vamos vencer pois a alternativa é perder, e isso é impensável. Vamos vencer.

Ele dormia mal, extenuado, sentindo o peso dos anos, e nas noites meio insones refletia sobre aquelas promessas. Dúnia tinha sumido, ele não sabia onde ela estava, mas sabia por quê: ela estava caçando as presas principais, os quatro grandes inimigos, cuja destruição assumira como encargo seu. Mensagens e instruções dela afluíam dia e noite para a recém-aberta área djínia de seu cérebro. Ela ainda comandava a operação, quanto a isso não restava dúvida, porém era uma comandante ausente, que atuava longe e rápido demais para ser vista pessoalmente por suas tropas. E "nós" poderíamos de fato vencer?, ele se perguntava. Seria o número deles suficiente ou havia, na realidade, mais pessoas seduzidas pela negrura dos djins? Seria a "vitória" o que as pessoas queriam de verdade ou a palavra parecia triunfalista e errônea? Porventura as pessoas preferiam a ideia de uma acomodação com os novos senhores? Seria a derrota dos djins das trevas vista como libertação ou apenas como a afirmação de uma nova superpotência, situação em que a Rainha dos Relâmpagos os governaria no lugar do Gigante e do Feiticeiro? Essas reflexões borboteantes debilitavam seu ânimo, mas a mulher deitada a seu lado o restaurava. Sim, "nós" venceríamos. "Nós" tínhamos para com os entes queridos a obrigação de não perder. Tínhamos essa obrigação para com a própria ideia de amor, que poderia morrer se os djins das trevas dominassem o mundo.

O amor, durante tanto tempo represado em Mr. Geronimo, o inundava agora. O processo fora ativado por seu fascínio pela própria Dúnia, um fascínio provavelmente fadado ao insucesso desde o início, já que era feito de ecos, cada um vendo no outro o avatar de seu genuíno amor... Mas isso já parecia ter ocorrido havia muito tempo, e ela se afastara dele pela realeza e pela guerra. O próprio amor, porém, permanecera nele, e Geronimo Manezes o sentia esparramar-se dentro de si, enormes marés de sentimentos que fluíam e refluíam em seu coração, e Alexandra Bliss Fariña ansiava por mergulhar nessas águas, *vamos nos afogar no amor juntos, meu amor*. Talvez, ele pensava, lhe fosse permitido um último grande amor, e ali estava ela, pronta para ele, e sim, por que não, ele mergulharia também. Ele se deitava tão esgotado na cama dela que não restava muita margem para o ato físico do amor, e uma noite em quatro ou cinco era mesmo sua frequência naquela altura, mas ela entendia plenamente. Geronimo era seu guerreiro, a ser amado e aguardado, e ela receberia dele o que fosse possível e ficaria à espera do resto.

E do outro lado da porta do quarto, quando ele partia novamente para as viagens, estava Oliver Oldcastle, não o Oliver iracundo dos dias passados, mas o novo, grato e obsequioso Oldcastle, de olhos umedecidos como um spaniel, de gorro na mão, com um doentio sorriso de dentes amarelados afixado no rosto em geral lúgubre, como se atado por um pedaço de barbante. Há alguma coisa que eu possa fazer pelo senhor, alguma coisa de que o senhor precise, basta dizer. Não sou exemplo de guerreiro, mas, em caso de necessidade, estou às suas ordens.

Essas mesuras aduladoras aborreceram Mr. Geronimo. Acho que eu gostava mais de você antigamente, disse ele ao administrador, quando você ameaçava me matar.

A Rainha das Fadas

No berço da vida, entre o Tigre e o Eufrates, onde um dia se situou, a leste do Éden, a terra de Nod, que quer dizer Vagueação, coube a Omar, o Ayyar, mostrar a Dúnia, sua rainha, os primeiros sinais das fissuras que começavam a aparecer no corpo do monstro tetracéfalo que se dispusera a dominar a terra. Naquele tempo ela circulava em torno do mundo como uma sombra brilhante que parecia um vago clarão, percebido pelo canto do olho, e com ela, inseparavelmente, seguia seu espião predileto, ambos procurando em toda parte os quatro Grandes Ifrits. Esses rapazes se escondem melhor hoje que antigamente, quando a gente brincava por aí, disse ela a Omar. Nessa época eu achava os esconderijos deles sem me esforçar. Vai ver, no fundo eles queriam ser achados.

Se relativamente poucas informações chegaram a nós a respeito do espião-mor de Kaf, é bem provável que isso se deva ao preconceito residual que havia entre os djins em relação a homossexuais masculinos, travestis etc. As djínias do Peristão não faziam, é claro, nenhuma objeção ao lesbianismo, e, na realidade, durante a greve sexual houve um notável aumento desse comportamento, mas entre os djins do sexo masculino grassavam antigos preconceitos. A notória eficiência profissional de Omar e a excelente coleta de informações que ele realizava, fosse disfarçado de eunuco num harém, fosse vestido de mulher, lhe valiam excelente reputação como espião, mas, por outro lado, o excluíam da sociedade masculina. Ele próprio dizia que, de qualquer forma, sempre fora mesmo alvo de exclusão. Vestia-se de maneira deliberadamente exibicionista, jogando xales de brocado sobre os ombros com meticulosa desenvoltura e ostentando chapéus extravagantes; seu jeito era decadente e sensível, e ele se fazia passar por esteta e dândi, como se não ligasse a mínima para o que seus pares pensavam. Juntava espíritos afins a seu redor no serviço de informações de Kaf, o que teve a consequência indesejada de levar muita gente no Mundo Encantado a suspeitar bastante da capacidade profissional daquelas borboletas saltitantes, quando, na verdade, eram os mais eficientes arapongas do mundo superior. Dúnia, entretanto, sempre teve irrestrita confiança nele. No conflito final contra os Grandes Ifrits, ela também veio a se sentir excluída, ao tomar para si vingar a morte do pai, a quem nunca lograra agradar, matando gente de sua própria raça. Omar, o Ayyar, a acompanhava todos os dias na caçada que ela empreendia contra o quarteto do mal, e ela veio a considerar que eram espíritos afins em vários aspectos. Seu apreço pela raça humana, seu amor por um homem e seus descendentes também a distinguiam de sua gente. Dúnia estava ciente de não possuir as características pessoais que tinham feito seu pai ser amado e apreciado. Era direta, dedicada e enérgica, enquanto o pai fora oblíquo, distraído e encantador. E o fato de insistir na greve sexual só piorava as coisas. Dúnia já previa o dia, num futuro não muito distante, em que a população feminina do Peristão deixaria de apoiá-la e se desinteressaria pela guerra aos Grandes Ifrits. Afinal, o que significava o mundo inferior para elas? E por que motivo ela própria se mostrava tão belicosa? Era uma guerra que ela poderia perder se durasse muito mais. Encontrar depressa os quatro djins das trevas era essencial. O tempo para isso estava se esgotando.

Na verdade, por que tanta impetuosidade de sua parte? Essa pergunta tinha uma resposta, que ela levava consigo a toda parte e que jamais dera a ninguém, nem mesmo a Omar, o Ayyar, o supremo descobridor e guardador de segredos. Era a seguinte: *ela sabia que em parte era responsável pelo que estava acontecendo.* Durante os longos séculos de placidez em que as frestas entre os mundos haviam se solidificado e o mundo superior e o inferior tinham perdido o contato entre si e levavam vidas separadas, havia muita gente nos vales e lagos do Mundo Encantado que julgava a situação excelente, pois o mundo inferior era um lugar conturbado e cheio de contendas, ao passo que em seus jardins flagrantes eles conheciam algo muito semelhante à beatitude perpétua. No reino montanhoso de Kaf, a situação era um pouco diferente. Para começar, os Grandes Ifrits tinham os olhos postos no reino, e era necessário estar sempre vigilantes e manter altos os muros. Além disso, a Princesa dos Relâmpagos sentia saudade da terra e de seus descendentes que nela viviam, muito dispersos. Durante o período da separação, com frequência ela sonhava congregar a duniazat, liberar os poderes de seus membros e edificar um mundo melhor com a ajuda deles. Por isso investigara os mundos entre os mundos, as camadas entre as camadas, à procura de portais em ruínas, buscando reabri-los. Ela se transformara numa arqueóloga do passado sepulto, escavando os caminhos abandonados, destruídos, obstruídos, sempre na esperança de achar uma passagem. E sabia que outras forças no Mundo Encantado, forças sinistras, estavam empenhadas no mesmo trabalho, e não podia negar que estava cônscia dos riscos para o mundo inferior se os caminhos fossem reabertos. Ainda assim, no entanto, como procederia toda mãe, continuou a tentar encontrar sua linhagem espalhada, que era tudo o que lhe restava do homem que ela um dia amara. No mundo inferior, as buscas, pelos djins, do caminho para sua antiga área de prazeres tinham provocado tempestades, ou assim cremos hoje. O próprio céu estalava sob os punhos ansiosos dos djins. Por fim o céu se abriu, e já se sabe o que se seguiu.

Bem, aconteceu. Ao contrário da maioria dos membros de sua espécie, Dúnia era capaz de reações humanas: responsabilidade, culpa, remorso. À semelhança de todos os membros de sua espécie, era capaz de guardar ideias indesejadas em lugares profundos e nebulosos em seu íntimo, onde, na maior parte do tempo, jaziam esquecidas, como imagens veladas, como vagos rolos de fumaça. Havia tentado esconder Ibn Rushd dessa maneira, mas não conseguira. Foi então que ele voltou para ela na forma de Geronimo Manezes, e por um momento ela sentiu de novo aquela velha e perdida emoção humana: o amor. Ah, como ele lembrava seu amado! O rosto, aquele rosto adorado. Os genes escoando pelos séculos para recriar sua forma. Ela poderia tê-lo amado se permitisse que isso acontecesse, e não podia negar que havia em seu coração, ainda agora, lugar para ele, que estava nos braços da Dama Filósofa, a quem ela poderia alegremente fritar viva com um simples movimento do pulso letal. No entanto, não faria isso. Porque Mr. Geronimo afinal não passava de uma ilusão do passado, e agora aquele amor quimérico fora substituído em seu peito por um ódio autêntico.

Era chegada a hora de achar seus velhos companheiros de meninice e destruí-los. Onde estavam? Como poderia encontrá-los?

Olhe para o chão, não para o céu, disse-lhe Omar, o Ayyar. Eles serão achados por seus efeitos.

E ali, no berço da vida, no alto da ruína do Grande Zigurate de Ur, a "casa cujos alicerces criavam terror", eles viram os exércitos encantados investindo uns contra os outros, como se os sumérios e acádios do passado, simbioticamente integrados, havia tanto tempo, numa única cultura plural, tivessem perdido o juízo e começado a trucidar seus vizinhos na rua. Bandeiras pretas eram agitadas na batalha, contrapostas a outras bandeiras pretas. Ouviam-se lá embaixo gritos sobre religião, sobre infiéis, hereges ou ateus imundos, e era como se a gritaria religiosa capacitasse os guerreiros a injetar uma contundência adicional em suas espadeiradas, mas Omar percebeu o que estava de fato acontecendo: o Grande Ifrit Rubirrútilo abandonara seu indesejado reduto na América do Sul e viera pelejar contra Zumurrud, o Grande, em território que estava destinado à Fundação de Zumurrud no deserto. O exército enfeitiçado de Rubirrútilo, o Possessor de Almas, arremetia contra os regimentos mercenários que Zumurrud havia comprado com joias, drogas e prostitutas. E eram os homens possuídos de Rubirrútilo que levavam a melhor. A selvageria de sua investida inicial aterrorizou os mercenários de Zumurrud, que não haviam recebido um volume de joias suficiente para se dispor a arrostar aqueles assassinos infernais, enlouquecidos, em transe e de olhos vidrados. Largaram as armas e correram, deixando o campo de batalha aos homens de Rubirrútilo. Por onde andará Zumurrud?, Dúnia perguntou a Omar. Será que ao menos está aqui? É tão preguiçoso que provavelmente está dormindo em alguma montanha, enquanto sua gente leva uma sova. O problema dele sempre foi a confiança excessiva.

Nesse momento um buraco de minhoca apareceu no céu, fumegando nas bordas, e dele saiu Rubirrútilo, triunfante, montado numa urna voadora. As latitudes latinas que vão para o diabo que as carregue, bradou. O berço da civilização é meu. Hei de fincar minha bandeira no próprio Jardim do Éden, e todos os homens temerão meu nome.

Fique fora disso, disse Dúnia a Omar, o Ayyar. Você não é um guerreiro.

Neste ponto, mais uma vez teremos de superar nossa arraigada aversão cultural a atos de violência extrema e relatar um dos raríssimos assassinatos ocorridos na tribo dos djins. Ao que saibamos, aliás, foi o primeiro a ser cometido por uma rainha do Mundo Encantado. Ao subir, enfurecida, do zigurate e ascender ao céu, em toda a sua formidável majestade, num tapete de relâmpago, Dúnia decerto pegou Rubirrútilo de surpresa. Fez sua urna em pedaços com um raio e o arremessou na terra aos trambolhões. Entretanto, é preciso mais que uma queda feia para matar um Grande Ifrit, e ele se pôs de pé, um pouco ofegante, mas incólume, para enfrentá-la. Dúnia avançou contra ele, desfechando raios dardejantes, forçando-o a abandonar a forma humana e mostrar-se na terra como um pilar de fogo, e a seguir ela se enrolou ao redor dele, tornando-se um rolo sufocante e grosso de fumaça densíssima, negando o ar de que o fogo necessitava, asfixiando o Ifrit com vastos nós corrediços de fumaça, comprimindo-o com fumaça, arremessando a essência de sua feminilidade contra sua profunda natureza masculina, espremendo-o em fumo e fazendo-o se agitar e debater, e logo depois se crispar e tremer. E morrer. Quando ele se foi e Dúnia retomou a forma humana, nada sobrara dele, nem mesmo um montinho de cinzas. Até essa luta de morte ela não tinha certeza de sua força, mas depois do combate passou a conhecê-la. Restavam três Grandes Ifrits, que tinham agora mais motivo que ela para temer a luta que se avizinhava.

Morto Rubirrútilo, seu exército livrou-se dos encantamentos de possessão, e os soldados ficaram atoleimados, piscando e coçando a cabeça, sem saber onde estavam ou por quê. Os mercenários de Zumurrud tinham se dispersado e nem mesmo aqueles que haviam testemunhado a repentina perplexidade dos inimigos tinham ainda algum ânimo para a refrega, de forma que a batalha acabou num absurdo cômico. O mundo dos djins, porém, não achou graça, e a proeza de Dúnia foi vista como uma afronta. A notícia se espalhou quase de imediato através da rede de comunicações internas dos djins, e o Mundo Encantado foi tomado de horror. Durante vários dias, Dúnia não se importou. Como normalmente acontecia em tempo de guerra, os civis se mostravam sensíveis, e imagens de mortandade e destruição os deixavam ansiosos pela paz. Os noticiários e o falatório se concentraram em tais imagens e perturbaram o trabalho que vinha sendo feito nas linhas de frente. Ela não se dignou a responder aos críticos. Tinha uma guerra a travar.

Dúnia mandou Omar, o Ayyar, de volta ao Peristão para descobrir o que pudesse, e ao voltar ele disse que achava melhor ela ir lá. Por isso, ainda que a contragosto, Dúnia deixou o mundo inferior e retornou aos jardins sossegados do outro lado. Quando chegou, percebeu que, ao matar um Grande Ifrit, ela deixara de contar com a boa vontade de seu povo e que nem a memória de seu falecido pai bastava para reconquistá-la. Rubirrútilo, alto e esguio, um djim exibicionista e brincalhão, um sujeito de boa aparência e enorme encanto pessoal, apesar da língua longa e serrilhada, era muito benquisto pelo belo sexo do Peristão, e sua morte causou um movimento feminino de repúdio à guerra e pôs fim à greve sexual. Na maioria, os djins do sexo masculino estavam ocupados com a guerra, é claro, o que em nada ajudava a aplacar o humor insatisfeito do contingente feminino. No entanto, um dos poderosos tinha voltado e reinava grande comoção no palácio dos banhos porque ele estava de visita ao estabelecimento a fim de se entreter com toda e qualquer dama do Mundo Encantado que se dispusesse a se distrair com ele. Os gritos de prazer que vinham da magnífica casa de banhos informou a Dúnia o que ela queria saber. Estava presente ali um transmorfo, agradando às damas com numerosas formas diferentes, como dragão, unicórnio ou até um felino de grande porte. O pênis do leão — e de vários outros felinos análogos — é coberto de espinhos moles voltados para trás, de modo que, quando o membro é retirado, essas espículas arranham as paredes da vagina da leoa de uma forma que pode ser prazenteira ou não. O palácio dos banhos achava-se abarrotado de djínias que, famintas de sexo, se dispunham a provar de tudo, até isso. Era difícil determinar se os gritos que se ouviam traduziam dor, prazer ou uma interessante combinação das duas sensações. Dúnia não se importava. O tamanho da multidão e o alvoroço das mulheres deixavam claro que a entidade transmórfica ali presente devia ser um talento e tanto. Um dos Grandes Ifrits devia estar de visita. Ra'im Chupa-Sangue, ela pensou, ah, Ra'im bundudo e tão difícil de beijar, sua lascívia acabou de pôr você a meu alcance.

Proteu, figura da mitologia grega, era uma divindade metamórfica marinha, tão fluido em suas transformações quanto a própria água. Ra'im Chupa-Sangue era dado a se transformar em monstros do mar, e é possível que ele e Proteu fossem o mesmo ser: talvez Proteu fosse o nome pelo qual os antigos helenos o conheciam. Dúnia entrou furtivamente no salão de banhos do Peristão, e ali, na ciclópica piscina de água salgada, sem fundo, exibia-se o príncipe dos Ifrits, ora como uma enguia longa e escorregadia, ora como um monstro inominado das fossas abissais, espinhento e olhudo, e em torno dele brincavam as cortesãs do Mundo Encantado, guinchando de prazer antecipatório. Dúnia precisava agir com rapidez. No instante em que mergulhou na água para agarrar Ra'im Chupa-Sangue pelo órgão genital —

pois, fosse qual fosse o fabuloso ser abissal que ele personificava no momento, faria questão de conservar o equipamento de que precisaria para satisfazer as damas do Mundo Encantado —, ela lhe *falou* na silenciosa linguagem privada dos djins. Nunca gostei de peixes, disse, mas chegou sua hora, homem-peixe.

Uma coisa ela sabia sobre os transmorfos masculinos: para se esquivar a um ataque, eles se transformavam em água e escapavam pelos dedos do atacante, a menos que este fosse rápido o suficiente para agarrá-los pelos testículos e não os soltar. Eles tentariam libertar-se de todas as formas imagináveis, mas, se o perseguidor mantivesse aquela situação até o fim, agarrado aos testículos deles, o sucesso estava garantido.

Falar é fácil. Fazer é que são elas.

Aquele não era um metamorfo comum, mas sim Ra'im Chupa-Sangue, o Grande Ifrit. Ora era um tubarão a fitá-la com suas imensas presas serrilhadas, ora uma serpente enrodilhando-se em torno dela para esmagá-la. Num instante era uma alga marinha que a imobilizava; no seguinte, uma baleia que queria engoli-la ou uma enorme raia capaz de feri-la mortalmente com o aguilhão. Ela se aferrava a ele e evitava suas armadilhas. Era uma nuvem negra, da qual se projetava um punho, agarrado à sua genitália. Eram estonteantes sua velocidade, suas fintas, suas negaças. Respondia aos golpes dele com contragolpes e os superava. Era invencível. As formas de Ra'im se multiplicavam, cada vez mais aceleradas, mas Dúnia escapava de cada uma delas. Por fim ele estava exausto, dando os últimos suspiros; foi quando ela se ergueu sobre a água, eletrificou-a com as mãos e ele nada mais pôde fazer, lançado longe e fritado. Seu corpo ficou a boiar, como restos de um naufrágio.

Jantar de peixe esta noite, disse ela, e o deixou afundar.

Ao sair do palácio dos banhos, ela confrontou a multidão hostil. Escutou apupos e gritos — *Que vergonha!* Ah, o desnorteio e o temor das djínias do Peristão diante de uma delas, ninguém menos que a rainha da montanha Kaf, transformada em homicida, assassina de príncipes das trevas. Todas elas tinham fugido das termas quando começou a luta, e agora viam o palácio bastante danificado, com os arcos dourados derrubados, o teto abobadado de vidro quebrado, o palácio a lembrar uma imagem das muitas estruturas destroçadas pela guerra no mundo inferior. Tudo bem, sabiam que as ruínas poderiam ser reerguidas num átimo, um ato de magia lhes devolveria o palácio imaculado e intacto, mas não era essa a questão. Não havia sortilégio capaz de trazer Ra'im Chupa-Sangue de volta. Também Rubirrútilo não existia mais. Essas eram verdades irremediáveis. As damas do Mundo Encantado viraram as costas para a rainha Dúnia, que compreendeu ter perdido seu lugar entre elas. Não tinha importância. Estava na hora de voltar ao mundo inferior para pôr fim à guerra.

Em meio à batalha, tinha aparecido tempo para uma pequena boa ação. O Signor Giacomo Donizetti, de Nova York, ex-sedutor de mulheres malcasadas, e depois vítima de um feitiço tipo olho por olho (um bruxedo malvado, mas não imerecido, que o levava a adorar sem reservas todas as mulheres, tornando-o logo um pobre-diabo sem rumo), o tolo Signor Donizetti, dizíamos, não teria nenhuma utilidade para Dúnia como guerreiro, mas talvez ela pudesse curá-lo. Ela era a mãe de toda a sua ninhada, tanto dos inúteis quanto dos prestantes. Viu algo de bom nessa ovelha tresmalhada da duniazat, algo oculto sob a depravação e o cinismo, apiedou-se dele e lamentou o encanto que lhe fora lançado por algum djim insignificante e de maus bofes. Quebrar o encanto foi fácil, e logo Giacomo estava imune a recepcionistas de consultórios médicos ou a moradoras de rua, mas continuou a ser uma alma perdida até ela ter *auscultado* seu coração e lhe *sussurrado* o que devia fazer e onde estava sua salvação. Logo depois ele inaugurou um novo restaurante.

Aquela era uma época mais que absurda para a criação de um estabelecimento de alto nível, mesmo para alguém que no passado fora um dos príncipes da vida noturna da cidade. Esses tempos pertenciam ao passado remoto, e agora, época de guerra, as pessoas raramente saíam para jantar, e quando o faziam era para pedir algo fácil, algo que não requeresse investimento de tempo ou dinheiro nem por parte do vendedor nem do adquirente. Na ruína do que fora um dia a capital gastronômica do mundo instalou-se então Giacomo Donizetti, novamente nos trinques, com uma casa de madeiras polidas e de metais e vidros mais polidos ainda. O lugar fulgurava como um novo sol, e, embora quase ninguém o frequentasse, os integrantes da cozinha de Donizetti, pinçados entre *master chefs*, *pâtissiers* e sommeliers recém-desempregados nos Estados Unidos, produziam a cada dia um menu tão deslumbrante quanto as instalações do lugar, e por isso a casa vazia, com suas mesas impecáveis e seu pessoal, de uniformes imaculados, tornou-se um farol de esperança, uma Estátua da Liberdade feita não de cobre, mas de pratos e vinhos. Mais tarde, quando a paz retornou ao mundo, a casa fez a fortuna de Giacomo Donizetti, impondo-se como símbolo da resistência, um emblema de desafio e otimismo, as tradicionais qualidades distintivas da cidade. Durante a guerra, porém, as pessoas admiravam a loucura desmedida que era criar um lugar como aquele: um salão opulento e de iluminação feérica que continha o melhor de tudo, exceto clientes.

Donizetti batizara seu restaurante à maneira veneziana, Ca' Giacomo, e também veneziana era sua cozinha, que oferecia iguarias como *baccalà Mantecato*, ou bacalhau ao creme, *bisato su l'ara*, que era uma enguia assada com folhas de louro, e *caparossoli in cassopipa*, ou mariscos com salsa. Havia arroz e ervilhas, *risi e bisi*, e pato recheado, *anatra ripiena*, e como sobremesa havia um carrinho em que se destacavam *crema fritta* e *torta Nicolotta* e ainda *torta sabbiosa*. Como Donizetti fazia aquelas coisas?, as pessoas perguntavam. Onde obtinha os ingredientes? E o dinheiro? Ele reagia a tais indagações com uma máscara veneziana de indiferença e um encolher de ombros. *Querem comer? Não façam perguntas. Não gostam? Vão comer em outro lugar.*

Os bolsos de seus clientes eram fundos. Zumurrud, o Grande, não era o único que possuía cavernas repletas de pedras preciosas maiores que ovos de dragão. E uma rainha djínia pode encher de carne e peixe seu freezer com um gesto de mão.

Ele sempre tentava manifestar sua gratidão, mas ela dispensava agradecimentos. Isso é bom para mim também, dizia. Não importa onde estive ou quem tive de matar, eu posso vir aqui todas as noites e comer com o pessoal da cozinha. E se eu sou sua única cliente, que importância tem isso? É meu dinheiro que estou gastando. *Fegato, seppie*, biscoitos *baicoli* venezianos. Uma taça de bom vinho Amarone. Pois é. Isso também me cura.

Na calmaria súbita e imprevista que se seguiu à morte de Rubirrútilo e Ra'im Chupa-Sangue, as coisas passaram a ficar diferentes na cidade, embora todos hesitassem em usar a palavra *melhor*. No entanto, à medida que crescia a resistência e as chusmas de djins-parasitos desapareciam das ruas, vendo-se muitos deles petrificados aqui e ali — sinais de uma mudança no conflito —, e à medida que as estranhezas diminuíam em número, frequência e ferocidade, as pessoas começaram a sair de novo para as ruas e os parques. Como se fosse a primeira flor da primavera, um corredor foi visto no calçadão ao longo do Hudson, não fugindo de um monstro, mas correndo *por prazer*. A renascida noção de prazer parecia, em si mesma, a chegada de uma nova estação, ainda que todos soubessem que, enquanto estivessem à solta os odiosos Zabardast e Zumurrud — esses nomes tinham se tornado familiares a todos no planeta —, o perigo subsistia. Emissoras de rádio da Resistência passaram a transmitir de forma intermitente e todas faziam a mesma pergunta: *Onde estão os ZZ Top?*

Ao se aproximar o milésimo dia da época das estranhezas, a prefeita Rosa Fast tomou uma decisão corajosa e voltou para seu gabinete com a pequena Tempestade. Também a seu lado estava o recém-nomeado chefe de segurança, Jinendra Kapoor, o conquistador e petrificador dos djins-parasitos.

A julgar pelo que você fez aqui, disse a prefeita a Jimmy, você é, ao menos em parte, feito da mesma substância deles. Mas se a gente está combatendo monstros, é bom termos monstros do nosso lado também.

Não vou trabalhar no gabinete, disse ele à prefeita. Já passei grande parte da vida em escritórios e não quero mais saber disso.

Eu chamo você quando for preciso, disse a prefeita, colocando um dispositivo na mão dele. Isso funciona na frequência de segurança máxima, disse. Eles ainda não têm essa frequência. O aparelho toca ou vibra, e essas luzinhas vermelhas na borda piscam.

Quando o comissário Gordon queria entrar em contato com Batman, também conhecido como Jimmy Kapoor, mandava o bat-sinal. É como esperar seu sanduíche ficar pronto na Madison Square.

É isso aí, disse ela.

Por que a menina está olhando para mim assim?

Ela quer ver se eu posso confiar em você.

E pode?

Se eu não pudesse, disse a prefeita, neste momento seu rosto estaria coberto com as pústulas de sua traição. Bem, acho que você é leal. Vamos trabalhar.

O sequestro de Hugo Casterbridge no Heath, perto de sua casa em Hampstead, foi um fato novo na espiral sombria da guerra. O compositor tinha saído para a habitual caminhada matinal, levando seu terrier tibetano Wolfgango (na partitura original de *As bodas de* Fígaro, o nome de Mozart tinha sido absurdamente italianizado, um episódio que Casterbridge contava com frequência e o levava a gargalhar). Mais tarde, o público recordou ter visto o compositor agitando seu bastão diante do tráfego na East Heath Road, ao cruzar a pista para o Heath. Foi visto pela última vez caminhando na direção nordeste, pela Lime Avenue, para o Bird Sanctuary Pond. Mais tarde, naquela mesma manhã, Wolfgango foi achado latindo ininterruptamente para o céu e protegendo a maça abandonada como se fosse a espada de um guerreiro caído. No entanto, de Hugo Casterbridge não havia nenhum sinal, para resumir.

É neste ponto, perto do fim de nosso relato sobre o conflito, que somos forçados a deixar Londres tão subitamente quanto Casterbridge e voltar a Lucena, na Espanha, onde tudo começou, onde a djínia Dúnia um dia batera à porta do filósofo andaluz por cuja inteligência se apaixonara, e onde deu a Ibn Rushd os filhos em cujos descendentes ela despertara pouco antes a latente natureza djínia para que eles a ajudassem em sua luta. Nessa época, Lucena conservava grande parte de seu encanto antigo, ainda que no velho bairro judeu não restasse nenhum indício da morada de Ibn Rushd. A necrópole judaica sobrevivera, assim como o castelo e o antigo palácio Medinaceli, mas é para uma parte menos pitoresca da cidade que devemos dirigir nosso olhar. Nos séculos transcorridos desde o tempo de Ibn

Rushd, os empreendedores de Lucena tinham se dedicado com considerável entusiasmo à fabricação e ao comércio de móveis, de modo que às vezes se tinha a impressão de que todo o burgo se compunha de unidades fabris que produziam coisas em que as pessoas se sentavam, se deitavam ou guardavam as roupas, e ao lado de uma dessas fábricas, seus proprietários, uma dupla de irmãos de sobrenome Huertas, haviam construído a maior cadeira do mundo, com cerca de vinte e seis metros de altura; e era nessa cadeira que estava calmamente sentado, frio como uma serpente, o Grande Ifrit Zabardast. Era um gigante menos corpulento que seu ex-companheiro Zumurrud, o Grande, e tinha numa das mãos a figura indefesa de Hugo Casterbridge, uma cena que, inevitavelmente, fez antigos cinéfilos reunidos à multidão lá embaixo se lembrarem de Fay Wray se contorcendo na mão de Kong.

E foi dessa cadeira que ele proferiu o seguinte desafio à sua adversária: *Aasmaan Peri, rainha Fada Celeste do monte Kaf, ou qualquer outro nome que tenha adotado, você, Dúnia deste degradado mundo inferior, que demonstra prezar mais esse globo patético e a própria prole, esses roedores mestiços que nele se entocam, que sua própria gente, ah, filha frívola de um pai muitíssimo mais digno, veja o que vou fazer agora. Eu matei seu pai. Agora vou devorar seus filhos.*

Zabardast perguntou a Hugo Casterbridge se pretendia dizer algumas palavras finais. O compositor respondeu que era terrível uma pessoa falar metaforicamente e a metáfora se tornar uma verdade literal. Quando eu disse que os deuses inventados pelos homens tinham se erguido para destruí-los, basicamente usei uma figura de linguagem. É inesperado, e quase gratificante, descobrir que eu estava mais certo do que pensava.

Eu não sou um deus, disse Zabardast, o Feiticeiro. Não se

pode imaginar deuses. Você mal pode fazer uma ideia de mim, mas eu sou quem vai comê-lo vivo.

É lógico que eu não poderia ter imaginado um deus canibal, disse Casterbridge. Isso é... desapontador.

Chega, disse Zabardast, abrindo a bocarra e engolindo a cabeça de Casterbridge de uma vez só. Depois foram os braços, as pernas, o tronco. A multidão fugiu aos gritos.

Em seguida, pela primeira vez Zabardast levantou a voz, que soou como trovões. *Onde você está,* num urro, ainda de boca cheia, e pedacinhos de Casterbridge caíram de seus lábios enquanto ele falava. *Dúnia, onde é que você está? Não se importa de me ver comendo seu filho?*

Ela se manteve em silêncio, em lugar não sabido.

O que sucedeu em seguida foi muito inesperado. Zabardast, o Feiticeiro, levou as mãos aos ouvidos, ao mesmo tempo que emitia gritos agudos e descontrolados. A multidão que fugia se deteve para ver. Ninguém escutava nada, ainda que, agitados, os cães de Lucena não parassem de latir. Na cadeira gigantesca, o Grande Ifrit escabujava em agonia, gritando como se um dardo quente lhe furasse os tímpanos e lhe esbraseasse o cérebro, e de repente ele perdeu o controle de sua forma humana, explodiu numa bola de fogo e consumiu a grande cadeira de Lucena. A seguir, o fogaréu se extinguiu e ele desapareceu.

Uma ebulição agitou a abóbada celeste, um buraco de minhoca se abriu e Dúnia e Omar, o Ayyar, desceram do firmamento.

Quando descobri como agia o encantamento venenoso, quando aprendi a utilizar as artes negras e comprimir as fórmulas assassinas ocultas, como aguçar suas farpas e dirigi-las como seu destino, murmurou Dúnia para Omar, já era demasiado tarde para salvar meu pai. Mas ainda estava em tempo de matar seu assassino e vingar sua morte.

* * *

Uma coisa era apoderar-se de territórios na Terra e declará-los um reino. Outra, bem diferente, era governá-lo. Antes mesmo da chegada do milésimo dia, os djins das trevas — rebeldes, desatentos, vaidosos e cruéis, temidos, mas também odiados — não demoraram a descobrir que seu projeto de colonizar a Terra e escravizar seus povos era uma empreitada que exigiria uma eficiência e uma competência que estavam acima da capacidade deles. O único componente do poder que possuíam era a força. Não bastava.

Mesmo naqueles tempos violentos e amorais, tirania alguma foi absoluta. Nunca a resistência foi de todo esmagada. E agora que três dos quatro Grandes Ifrits não existiam mais, o grande projeto começou a esfacelar-se rapidamente.

Repetimos: mais de mil anos transcorreram desde que se deram esses fatos, de maneira que muitos pormenores do colapso do projeto imperial dos djins das trevas se perderam ou são a tal ponto inexatos que seria impróprio incluí-los aqui. Asseveramos com alguma confiança que a recuperação foi rápida, o que indica tanto a resiliência da sociedade humana quanto o escasso controle dos djins sobre suas "conquistas". Alguns estudiosos comparam esse período com as fases tardias do reinado do imperador mogol Aurangzeb na Índia. Na verdade, o último dos seis grão-mogóis estendeu o poder do império ao extremo meridional da Índia, mas a conquista não foi mais que uma ilusão, pois assim que seus exércitos retornaram à capital, no norte, as terras "conquistadas" no sul reafirmaram sua independência. Seja essa analogia aceita por todos ou não, o certo é que depois da queda de Rubirrútilo, Ra'im Chupa-Sangue e Zabardast, o Feiticeiro, seus sortilégios se tornaram inoperantes em todo o mundo, homens e mulheres recobraram os sentidos e foram restauradas a ordem e a urbanidade em toda parte. Logo as economias voltaram a funcionar, os campos a ser colhidos, as engrenagens das fábricas a girar. Os empregos ressurgiram e a moeda recuperou seu valor.

São muitos, inclusive os presentes autores, aqueles que fazem remontar a esse período, há dez séculos, os começos da chamada "morte dos deuses". Outros preferem diferentes momentos de origem, posteriores. Parece-nos evidente, porém, que o uso da religião para justificar a repressão, o horror, a tirania e até a barbárie, fenômeno que, sem nenhuma dúvida, antecedeu a Guerra dos Mundos mas foi, com certeza, um aspecto significativo daquele conflito, fez por fim que a humanidade se desencantasse de uma vez por todas com a ideia da fé. Já faz muito tempo que alguém se deixou embair pelas fantasias desses arcaicos sistemas de crenças, hoje extintos, a ponto de a questão parecer acadêmica; afinal, durante pelo menos quinhentos anos, os templos que sobreviveram à Dissolução assumiram novas funções, funcionando como cassinos, hotéis, conjuntos de apartamentos, terminais de transportes, centros de exposições ou centros comerciais. No entanto, acreditamos que esse é um ponto que merece ser destacado.

Voltemos a nosso relato para analisar a conduta do personagem que, ostensiva e seguramente, era, em seu próprio entendimento, o mais poderoso dos djins: o último dos Grandes Ifrits, o mais ilustre príncipe dos djins das trevas, Zumurrud, o Grande.

Dentre todas as suas cavernas de joias, aquela era a melhor, aquela em que ele se refugiava quando buscava consolar-se. Para aliviar suas penas e ganhar uma infusão de ânimo, ele precisava estar sozinho com aquilo que lhe proporcionava mais alegria, isto é, esmeraldas. Era nas profundezas das pontiagudas e áridas montanhas de A. que ficava a cidade de esmeraldas cujo único habitante era ele: Sésamo, a Verde, mais formosa que qualquer mulher. Abra-se, ele ordenava, e a cidade se abria. Feche-se, e ela se fechava às suas costas. Ali ele repousava, envolto numa manta de pedra verde, no interior da montanha, pranteando seus irmãos perdidos, que a um só tempo odiara e amara. Era difícil crer que os três tivessem sido superados e destruídos por uma djínia. Entretanto, era verdade, como também era verdade que um dos mais temíveis combatentes terrenos que a Rainha dos Relâmpagos lançara contra sua própria gente era uma mulher, uma tal Teresa Saca, cujos raios por vezes rivalizavam com os da própria rainha de Kaf. Havia dias em que a vida parecia incompreensível. Nessas horas, as gemas verdes lhe falavam de amor e afastavam a perplexidade de seus pensamentos. Venham a mim, criaturas preciosas, ele bradava, colhendo braçadas das pedras mágicas que estreitava contra o coração.

Como era possível que de repente as coisas saíssem tão mal? Durante mais de novecentos dias não surgira nenhum obstáculo real a seu grandioso plano, e agora uma calamidade se sucedia a outra. Ele culpava seus camaradas, os demais djins das trevas, pelos fracassos crescentes. Eles tinham se revelado indignos de confiança, até traidores, e pago o preço disso. Até a forma como Zabardast encontrara seu fim fora uma espécie de traição, pois o djim feiticeiro sabia que ele, Zumurrud, tencionara fazer com que um dos servidores da Rainha dos Relâmpagos, um certo Airagaira, servisse de exemplo. Esse Airagaira fora subjugado e capturado com enorme dificuldade depois de tentar sabotar a Máquina da Glória, que Zumurrud mandara construir fora da cidade de B. Para anular a habilidade desse Airagaira — uma criatura sem o lóbulo auricular — no manejo dos raios, Zumurrud determinara que ele fosse amarrado a um dispositivo de eliminação de descargas que sugou automaticamente para o solo os relâmpagos desse sujeito. Atado assim a um poste ao lado da máquina que tinha depredado, Airagaira seria um exemplo para todos, que veriam o resultado da subversão. Porém Zabardast tentara roubar a cena com sua tola e exibicionista demonstração de canibalismo saturnino, e vejam só como aquilo tinha acabado. Não se podia confiar em ninguém, nem nos aliados mais antigos.

Dominado por uma espécie de torpor furioso, Zumurrud, o Grande, rolava de um lado para outro em seu leito de esmeraldas, com as pedras deslizando por seu corpo. Em dado momento, seu pé tocou num objeto que não era uma pedra preciosa, e ele estendeu a mão para pegá-lo. Era um frasco. Não um artefato refinado, feito de metais preciosos e cravejado de gemas, como se poderia esperar de um recipiente perdido na caverna de tesouros de um djim, mas uma garrafinha comum, barata, de seção retangular, feita de um grosso vidro azul-escuro e sem rolha. Ele a ergueu e a contemplou com repugnância. Era sua antiga prisão. Certa vez um simples mortal o persuadira com engodos a se meter nela, e ele permanecera cativo dentro daquelas paredes azuis durante séculos, até Ghazali, o sábio de Tus, o libertar. Ele guardara o frasco ali, no coração de seu tesouro, sepultado sob gemas de valor, como lembrete de sua história de cativeiro e humilhação, que era a causa de sua cólera. Contudo, ao segurá-lo, compreendeu a razão pela qual ele voltara para fazer-lhe uma visita naquele momento.

Cárcere, disse ao frasco, você emerge das sombras como a resposta à pergunta que não formulei. Você foi a maldição de meu passado, mas será agora a maldição do futuro de outra pessoa.

Zumurrud estalou os dedos. A garrafa estava novamente arrolhada. Bem tapada e pronta para ser usada.

La Incoerenza continua ainda de pé, passados mil anos. É um bem-tratado lugar de peregrinação profana e de reverência, com a mansão restaurada e conservada, os jardins cuidados com esmero, em memória do grande jardineiro que os criou há muito tempo; é um lugar que merece ser visto, como todos os grandes campos de batalha do mundo — Maratona, Kurukshetra, Gettysburg, o Somme. Não obstante, a pugna travada ali, a batalha final da Guerra dos Mundos, diferiu de todas que já tinham ocorrido no mundo. Não envolveu exércitos, mas foi, em lugar disso, um combate entre dois seres sobrenaturais, tão poderosos que sobre eles já houve quem dissesse que valiam por exércitos inteiros. Cada um deles era uma figura fenomenal, super-humana, implacável. Uma figura masculina e uma feminina; a primeira feita de fogo, a segunda, de fumaça. Havia outras criaturas presentes. O maior dos djins das trevas trouxera meia dúzia de seus comparsas como auxiliares, e Dúnia, a Rainha dos Relâmpagos, convocara também seus oficiais mais dignos de confiança: o espião Omar e três terráqueos, Teresa Saca, Jimmy Kapoor e Geronimo Manezes. Como espectadores, à distância, cônscios de que o destino deles e o da Terra dependiam do que viesse a ocorrer, estavam a proprietária do lugar, a Dama Filósofa Alexandra Bliss Fariña, cujo pessimismo eterno estava para ser justificado de forma permanente ou ser posto de lado, a depender do resultado da peleja; seu hirsuto administrador, Oliver Oldcastle; e a prefeita, Rosa Fast, que fora alertada por seu chefe de segurança, Jimmy, também conhecido como Super-Natraj. (A pequena Tempestade não se achava presente, uma vez que, com toda razão, haviam considerado que a batalha seria perigosa demais para ela estar ali.) Todos aqueles que estiveram em La Incoerenza naquela noite, a chamada Milésima Noite, entraram para os livros de história; e hoje seus nomes são pronunciados no tom respeitoso reservado aos partícipes dos mais grandiosos episódios da história humana. Contudo, os combatentes não eram humanos.

A batalha foi acertada da forma como, nos tempos de antanho, combinavam-se duelos. Zumurrud, o Grande, lançou um desafio que, enviado rapidamente pelo sistema de comunicações dos djins, logo foi aceito. O local foi especificado por Zumurrud com maldisfarçado desdém. *Aquele lugar onde seu namorado, que lhe lembra seu falecido amante, agora se diverte com a mulher que ele prefere a você. Vou esmagar você diante dele, e depois decidirei o que fazer com ele, quando todo o mundo for meu.* Os insultos e seu revide eram parte da convenção do desafio para um combate singular, mas Dúnia manteve sua dignidade, e a hora e o local ficaram assim definidos. Ele está lhe dando a vantagem do terreno, disse-lhe Omar, o Ayyar. É a confiança exagerada que o anima a proceder assim. Isso o torna vulnerável. Eu sei, respondeu ela. E chegou a hora.

Em La Incoerenza, lugar de extrema beleza, dedicada por seu criador, Sanford Bliss, à ideia de que o mundo não fazia sentido, Dúnia e Zumurrud se viram por fim frente a frente para decidir que tipo de sentido o mundo faria a partir de então. O sol já se pusera, e o luar incidia, trêmulo, sobre o grande rio que delimitava a propriedade. As urnas voadoras com as quais Zumurrud e seu grupo tinham chegado pairavam junto do relógio de sol no relvado, como abelhas gigantescas e aflitas. O buraco de minhoca pelo qual tinham vindo agitava-se no céu. Mr. Geronimo, Jimmy Kapoor e Teresa Saca faziam rondas nos limites do amplo relvado, acautelando-se contra qualquer trapaça por parte dos auxiliares do Grande Ifrit. Os antagonistas giravam um ao redor do outro no gramado, preparando os primeiros lances. As nuvens disparavam no céu, e quando o luar se toldou e uma escuridão misteriosa caiu sobre os contendores, instilando em suas narinas o cheiro da morte, Zumurrud, o Grande, atacou.

Fora ele que invocara o vento, cujo furor agora cresceu. Os espectadores na periferia do campo tiveram de se abrigar, por medo de serem carregados, pois aquele vento soprava do inferno, e seu objetivo era a aniquilação da forma humana de Dúnia, de maneira que sua essência fumosa pudesse ser levada para os quatro cantos do mundo. Todavia, ela não seria derrotada tão facilmente e resistiu à treta, reagindo com uma ventania que se acrescentou a chuva, um aguaceiro tão grosso que se tinha a impressão de que o próprio rio se erguera de seu leito e caía sobre eles, uma chuva cuja finalidade era apagar o fogo de que era feito o Ifrit. Mas isso também falhou. Nenhum dos contendores seria prostrado com tanta facilidade. Seus escudos estavam mais que à altura da tarefa de desviar esses golpes.

Apesar dos uivos do vento e das marteladas da chuva, Mr. Geronimo escutou uma estridente voz feminina que despejava insultos contra a comitiva de djins. *E se o mundo de vocês ficasse devastado como o nosso*, essa era a pergunta que a voz fazia reiteradamente, pontilhando-a com muitos termos chulos. Mr. Geronimo percebeu que a mulher que gritava era Teresa Saca, convocada por Dúnia para lutar ao lado deles. Ela parecia a Geronimo Manezes mais que um pouco tresloucada. Também não estava claro se sua cólera se voltava apenas contra o Grande Ifrit e seus áulicos. Era um furor que parecia propagar-se como uma peste, infectando tudo o que tocava, e era possível, pensou Mr. Geronimo, que parte daquela fúria tivesse também Dúnia como alvo. Era um uivo cheio de ódio, uma invectiva que, se dirigida a um grupo humano, considerando todos os seus membros portadores do mesmo defeito, teria sido considerado... preconceito racial. Era isso! Ouvindo o uivo de Teresa Saca em meio aos elementos enraivecidos, respondendo à fúria da natureza com sua própria ferocidade, ao mesmo tempo que seu corpo arrojava descargas elétricas, Mr. Geronimo entendeu que Teresa nutria um forte preconceito contra todas as criaturas que se originavam do mundo superior e, portanto, também contra a djínia que ela trazia em si. O ódio dela ao outro era também um ódio a si mesma. Teresa era uma aliada perigosa.

Contudo, como um assistente de pugilista numa luta pelo título, Mr. Geronimo começava a se preocupar com a atitude de Dúnia no combate. Ela parecia se satisfazer com reagir, em vez de tomar a iniciativa, o que ele julgava errado. Tentou lhe falar, sem palavras, mas ela não estava *auscultando* ninguém agora, todo o seu esforço se canalizava para a batalha. Zumurrud não cessava de mudar de forma, açulando o pior dos monstros que trazia em si: a criatura com dentes de ferro, mil cabeças e mil línguas, conhecida no passado como a Besta Clamorosa ou a Difamação. Com as mil línguas, ela podia não só ladrar como o cão, bramir como o tigre, roncar como o urso, uivar como o dragão e tentar dilacerar o adversário com muitos ferrões de três pontas de serpentes; era também capaz de lançar literalmente centenas de bruxedos, feitiços e encantamentos contra Dúnia ao mesmo tempo, feitiços paralisantes, feitiços debilitantes, feitiços homicidas. E sobravam ainda muitas línguas para proferir ofensas em muitos idiomas, dos homens e dos djins, que revelavam em Zumurrud um nível de degradação moral chocante para todos que o escutavam.

Vendo Zumurrud, com a forma da Besta Clamorosa, atacar Dúnia de centenas de formas diferentes e ao vê-la regirar, esquivar-se, desviar golpes e defender-se como uma valquíria ou uma deusa do Olimpo ou do Kailash, e calculando até quando ela poderia defender-se de golpes tão ferozes, ao mesmo tempo que ouvia os uivos de Teresa Saca, *o que vocês sentiriam se isso acontecesse em seu mundo*, Mr. Geronimo teve uma espécie de visão interior ou epifania. Abriram-se as portas da percepção e ele entendeu que a maldade e a monstruosidade dos djins eram um espelho do que havia de monstruoso e mau nos seres humanos, que a natureza dos homens encerrava a mesma irracionalidade — corrupta, deliberada, malevolente e cruel — e que a batalha contra os djins era um retrato da batalha travada no interior do coração humano. Isso significava que os djins eram tanto abstrações quanto realidades e que a descida deles ao mundo inferior servia para demonstrar àquele mundo o que precisava ser erradicado nele: a própria insensatez, a insensatez que era o nome do djim das trevas que vivia dentro das pessoas. E ao entender isso, Geronimo Manezes compreendeu também o ódio de Teresa Saca a si mesma, e soube, como ela sabia, que o djim que existia dentro dele e dela tinha de ser extirpado, que a irracionalidade no homem e nos djins tinha de ser derrotada, para permitir o advento de uma idade da razão.

Ouvimos o que ele nos disse. Continuamos a ouvir, mil anos depois. Afinal, ele é Mr. Geronimo, o Jardineiro. Todos sabemos o que foi que ele entendeu naquela noite, a Milésima Noite, quando Dúnia, a Rainha dos Relâmpagos Aasmaan Peri, ou Fada Celeste, lutou com Zumurrud, o Grande.

Ela estava se cansando, e Zumurrud percebeu isso. Esse era o momento que ele esperava, como um matador espera para ver a admissão da derrota nos olhos do touro. Foi nesse momento que ele abandonou a persona da Besta, reassumiu sua própria forma, tirou o frasco azul de uma dobra da camisa vermelha, desarrolhou-a e gritou bem alto:

Djínia tola, djínia valente,
Presa estás em minha mente!
Confina-te agora neste lugar
Que para sempre será teu lar.

Isso foi dito na Língua Secreta dos djins, na qual estão escritos os encantamentos mais poderosos, e que exige um tremendo dispêndio de energia por parte do falante. Os humanos ali presentes não entenderam as palavras, mas perceberam seu efeito. Viram Dúnia vacilar, cair e ser puxada pela grama, com os pés na frente, para a garrafinha que a aguardava de boca aberta, como a boca de um demônio.

O que foi que ele disse?, gritou a Dama Filósofa para Omar, o Ayyar, mas Omar via, de olhos esbugalhados, Dúnia ser arrastada para o frasco. Diga, gritou Alexandra, e Omar a atendeu, murmurando as palavras mágicas e dando uma tradução aproximada. Triunfante, Zumurrud voltou a falar.

Djínia valente, toda coração,
Presa estás em minha mão!
Confina-te agora neste lugar
Que para sempre será teu lar.

O que foi?, perguntou Alexandra, e Omar lhe respondeu. Acabou, ele admitiu. Ela perdeu.

Nesse instante, Dúnia gritou. Foi o mesmo grito potente que Mr. Geronimo tinha ouvido por ocasião da morte do pai dela. O grito derrubou humanos e djins e desfez o poder de Zumurrud sobre o encantamento. O Ifrit cambaleou para trás, com as mãos nos ouvidos, e a garrafinha azul rodopiou no ar, voando para a mão direita de Dúnia; a rolha caiu na esquerda. Ela se pôs de pé e reverteu o encantamento.

Ifrit poderoso! Por quem és,
Vem e senta-te a meus pés.
Confina-te agora neste lugar
Que para sempre será teu lar.

O que foi que ela disse?, gritou Alexandra, e Omar lhe explicou. Agora foi a vez de Zumurrud ser arrastado para o frasco, com a barba estendida à frente dele como se uma mão invisível a puxasse, junto com o dono, para a prisão da garrafa azul. E Dúnia voltou a gritar, usando suas últimas energias:

Ifrit temido, ó Ifrit poderoso,
Já deixarás de ser tão belicoso.
Confina-te agora neste lugar
Que para sempre será teu lar.

No mesmo instante, Dúnia percebeu, como todos os que ali estavam, que tinha ido longe demais. Perdeu as forças e desmaiou. O encantamento se quebrou. Zumurrud começou a se pôr de pé, em sua estatura descomunal. E a garrafa,

para a surpresa de todos,

começou a girar no ar, quase devagar, e

parou na mão direita estendida da Dama Filósofa, Alexandra Bliss Fariña,

com a rolha em sua mão esquerda,

e, para espanto de todos e alegria de seus aliados, ela repetiu, palavra por palavra, o primeiro encanto de prisão proferido pela Rainha dos Relâmpagos, e Zumurrud voltou a estatelar-se no chão, tão exaurido quanto esgotara Dúnia, sendo puxado para a frente inexoravelmente, até todo o seu corpo colossal e sem forças ser comprimido no interior do minúsculo frasco azul. Alexandra logo meteu a rolha no gargalo, e com isso ele estava preso, tudo havia terminado e seus seguidores fugiram. Foram localizados mais tarde e receberam o castigo merecido. Mas isso é outra história.

Mr. Geronimo, Omar, o Ayyar, e Jimmy Kapoor rodearam

Alexandra, curiosos. *O que fora aquilo? Como, em nome de...? Como é que ela...? Como, como, como?*

Eu sempre tive jeito para línguas, ela disse, felicíssima, dando risadinhas, como se estivesse de namoricos com adolescentes numa festa de verão ao ar livre. Perguntem em Harvard, disse, rindo. Eu as pegava depressa, com toda facilidade, como se fossem conchinhas na praia.

Dito isso, caiu desfalecida, e Mr. Geronimo a segurou, enquanto Jimmy Kapoor agarrava a garrafinha antes que ela caísse no chão.

Todo esse episódio poderia ter terminado aí, mas Geronimo Manezes notou que faltava uma pessoa. *Onde está Teresa Saca?*, gritou, e só então viram que ela montara na última das urnas voadoras, a de Zumurrud, e estava subindo nela para o céu, rumo ao buraco de minhoca que ligava o mundo superior ao inferior. E se pudessem avistar seu rosto veriam uma assustadora onda de sangue congestionar seus olhos.

E se o mundo de vocês ficasse devastado como o nosso, lembrou-se Geronimo Manezes.

Ela foi atacar o Mundo Encantado, disse ele em voz alta. E destruí-lo, se puder.

Uma batalha provoca muitos tipos de baixas, e as que são invisíveis, como os traumas mentais, rivalizam em número com as mortes e os ferimentos físicos. Ao relembrarmos tudo o que aconteceu naquela época, lembramos de Teresa Saca Cuartos como uma das heroínas da guerra, pois a eletricidade em seus dedos foi responsável por muitas vitórias contra as forças dos djins. Contudo, nós a lembramos também como uma vítima trágica do conflito, uma pessoa cuja mente foi destroçada não só pelas calamidades que ela via a seu redor como também pela violência com que se conduziu depois que a Rainha dos Relâmpagos lhe determinou que respondesse ao desastre da guerra. No fim das contas, por mais justificada que seja, a cólera destrói o colérico. Do mesmo modo que somos alentados pelo que amamos, o que odiamos nos reduz e nos destrói. No fim da batalha culminante da Guerra dos Mundos, com Zumurrud, o Grande, preso na garrafa que Jimmy Kapoor segurava com firmeza e Dúnia recobrando a consciência vagarosamente, foi Teresa quem sofreu um colapso e lançou-se, intrépida, rumo a um buraco no céu.

Ela devia saber que aquela era uma missão suicida. O que esperava? Penetrar no mundo superior sem ser molestada? Que os jardins olorosos, as torres que tocavam as nuvens e os palácios deslumbrantes se dissolvessem perante sua ira sem deixar rastro? Que tudo que era sólido se desmanchasse no ar, no ar rarefeito, ante sua fúria vingativa? E depois? Que voltasse à Terra como uma heroína ainda mais celebrada por ter causado a ruína do mundo mágico?

Não sabemos, e talvez nem devamos mesmo especular. Melhor será lembrarmos com pesar o desvario de Teresa Saca e a inevitabilidade de seu último momento. Porque é claro que ela não chegou ao Peristão. A urna, gigantesca, não era um veículo de fácil manejo, era tão difícil manter-se nela como num garanhão selvagem, e só obedecia a seu senhor abatido. Segundo contam, enquanto a viam disparar céu acima — o vento amainara, como também a chuva, e uma lua cheia iluminava sua ascensão —, Geronimo Manezes e os demais perceberam que ela estava tendo dificuldade para segurar-se na urna. E ao se aproximar das bordas tempestuosas do buraco de minhoca, a fresta entre os dois mundos, cresceu a turbulência, que logo aumentou ainda mais, e ela se soltou de seu corcel encantado, e o grupo que a tudo assistia viu, horrorizado, que ela escorregava para um lado e, depois, para outro. A seguir, precipitou-se céu abaixo. E caiu, como uma ave de asa quebrada, no relvado encharcado de La Incoerenza.

Epílogo

De vez em quando refletimos sobre o conceito de heroísmo, sobretudo depois de passado tanto tempo. Se alguém tivesse perguntado aos protagonistas deste relato quem eles julgavam ser os heróis de mil anos antes, quem teriam apontado? Carlos Magno? O autor ou os autores, que desconhecemos, das *Mil e uma noites*? Ou Lady Murasaki? Um milênio é tempo excessivo para a sobrevivência de uma reputação. Ao escrevermos esta crônica, reiteramos, estamos perfeitamente cientes de que grande parte dela degenerou da situação de relato factual para a condição de lenda, especulação ou ficção. Contudo, se persistimos no projeto foi porque as figuras em nossa história estão entre aquelas raríssimas a quem ainda se liga a ideia de heroísmo, um milênio depois de terem vivido e morrido, embora saibamos que as lacunas nos registros são imensas, que sem dúvida houve outras pessoas que resistiram ao ataque dos djins das trevas com tanta coragem quanto aquelas que citamos: sabemos que os nomes que nos infundem tamanho respeito foram selecionados de forma aleatória por registros históricos eivados de lacunas e que quiçá outros nomes, para nós desconhecidos, seriam mais merecedores de nosso tributo se a história tivesse se dado ao trabalho de registrá-los.

No entanto, temos de dizer: eles são nossos heróis, pois ao vencerem a Guerra dos Mundos acionaram o processo pelo qual pudemos chegar a nossos novos e melhores tempos (assim acreditamos). Esse foi o momento decisivo, em que a porta do passado, onde ficou o que éramos, fechou-se de uma vez por todas, e a porta para o presente, que levou ao que somos hoje, abriu-se como a rocha de entrada para uma gruta de tesouros, talvez a própria Sésamo, a caverna de Ali Babá.

Por isso, pranteamos Teresa Saca Cuartos, apesar de todos os seus defeitos, pois ela possuía o que se fazia necessário em certas horas, era espalhafatosamente valente e dura quando tinha de ser, e uma brisa de magnetismo destemido bafeja sua memória. E festejamos Tempestade Fast, a bebê da verdade, que veio a ser uma juíza respeitada e justíssima, em cujo tribunal nenhuma inverdade podia ser proferida, por menos grave que fosse. E Jimmy Kapoor... Bem, todos conhecem o nome *dele*, é um dos raros cuja celebridade sobreviveu a todo um milênio, porque não só recebeu, enfim, seu bat-sinal, a imagem, projetada no céu, do deus dançarino de muitos membros que apunhala o coração de facínoras assustados, como também porque muito tempo depois de se tornar um velho encanecido e partir desta vida passou a ser o herói de mil entretenimentos, o herói de filmes e de jogos, de canções e de danças, e até daquele veículo bolorento e obstinadamente persistente — o livro em papel. O fracassado artista gráfico tornou-se o herói de uma das mais longas séries de novelas gráficas, e também de romances feitos de palavras, um corpus que hoje classificamos entre os grandes clássicos, o mito do qual derivam nossos prazeres atuais, nossa *Ilíada*, digamos assim, lançando mão de uma comparação antiga, ou nossa *Odisseia*. Hoje, os visitantes da Biblioteca contemplam essas relíquias, extasiados, como no passado nossos ancestrais se embasbacavam diante de uma Bíblia de Gutenberg ou do Primeiro Fólio de Shakespeare. O "Super-Natraj", também chamado Jimmy Kapoor, é uma de nossas verdadeiras lendas, e apenas a um homem do tempo das estranhezas é atribuída maior importância.

A figura de Geronimo Manezes, Mr. Geronimo, o Jardineiro, veio a tornar-se a mais significativa para todos nós — o homem que se desprendeu da terra e depois a ela voltou para resgatar tantos contemporâneos seus, vítimas de duas maldições: a ascensão (a separação horrível e potencialmente fatal de nossa terra enigmática) e o esmagamento (o apego opressivo e exorbitante a essa terra). Alegra-nos que ele e sua Dama Filósofa, Alexandra Bliss Fariña, tenham tido um final feliz nos braços um do outro, protegidos pelos cuidados de Oliver Oldcastle; passeamos com eles pelas aleias de La Incoerenza; sentamo-nos silenciosamente com eles, que ao crepúsculo contemplam, de mãos dadas, o rio caudaloso correr para a frente e para trás sob a lua crescente; como eles, baixamos a cabeça junto da tumba da falecida mulher de Mr. Geronimo na colina da propriedade, como que silenciosamente lhe pedindo autorização para se amarem, e sendo atendidos em silêncio; e nos demoramos à beira da mesa de trabalho na qual, sentados um diante do outro, escreveram o livro — em sua própria língua, apesar da sugestão de Alexandra de que talvez ele ficasse melhor em esperanto —, o livro que é o texto da antiguidade que mais admiramos, *Em coerência*, um apelo em favor de um mundo regido pela razão, pela magnanimidade, pelo conhecimento e pela moderação.

Esse é o mundo em que hoje vivemos, o mundo no qual refutamos a afirmação feita por Ghazali a Zumurrud, o Grande. Em última análise, não era o medo que impelia as pessoas aos braços de Deus. Em vez disso, o medo foi vencido, e com sua derrota os homens e as mulheres puderam pôr Deus de parte, como os meninos e as meninas põem de lado os brinquedos da meninice ou como os rapazes e as moças deixam a casa dos pais para criar novos lares, em outro lugar. Há centenas de anos, esta tem sido nossa boa fortuna, viver na situação pela qual Mr. Geronimo e Miss Alexandra ansiavam: um mundo pacífico, civilizado, de trabalho duro e de respeito pela terra. O mundo de um jardineiro, onde todos devemos cultivar nosso jardim, entendendo que fazer isso não é uma derrota, como pensava o pobre Cândido de Voltaire, mas a vitória de nossos melhores dotes sobre a treva interior.

Sabemos — ou "sabemos", pois não podemos ter certeza de que a história é verídica — que esse afortunado estado de coisas não se teria concretizado se não fosse o grande sacrifício de Dúnia, a Rainha dos Relâmpagos, no fim da história aqui narrada. Ao recobrar os sentidos depois do duelo com Zumurrud, ela decidiu que tinha de fazer duas coisas. Pegou o frasco azul que estava com Jimmy Kapoor. Esses frascos têm uma magia própria, disse. Podemos ocultá-los, mas eles decidem quando querem reaparecer. Mas agora essa garrafinha não pode ressurgir em parte alguma da terra, e por isso vou escondê-la num lugar de onde seja impossível sair. Depois, passou o resto da noite fora, e ao regressar anunciou apenas que o dever estava cumprido. Já se passaram mil anos desde aquela noite, mas a garrafa não apareceu. Talvez esteja debaixo do monte Everest, sob o leito da fossa das Marianas ou enterrada bem fundo na Lua. Porém Zumurrud, o Grande, não nos apoquentou mais.

Ao voltar, naquela última manhã, depois de ocultar a garrafa azul no coração das trevas ou no fogo do Sol, ela disse a seus aliados reunidos em La Incoerenza: Está claro que os dois mundos têm de separar-se de novo. O mínimo contato entre eles provoca o caos. E só há uma maneira de fechar as fendas de modo tão radical que elas hão de ficar fechadas, se não eternamente, pelo menos durante alguma coisa parecida.

Uma djínia, lembremos, é feita de fumaça sem fogo. Se delibera largar a forma feminina, pode transitar de um mundo para o outro como a fumaça, transpor qualquer porta e entrar em qualquer cômodo, infiltrar-se através de qualquer passagem e penetrar em qualquer frincha, preenchendo completamente os espaços em que se inseriu, como a fumaça ocupa uma sala; e então, se assim desejar, ela pode mais uma vez se solidificar, assumindo a natureza dos espaços em que se introduziu, transformando-se em tijolos entre tijolos ou em pedra entre pedras, e esses espaços deixarão de ser espaços. Será como se nunca tivessem existido e nunca voltarão a existir. No entanto, quando assim dispersada, assim espalhada, quando tão diversamente modificada e transfigurada... uma djínia, mesmo uma rainha, perde a força, ou, pior ainda que a força, perde a vontade, a *consciência*, que lhe possibilitaria juntar forças e recuperar sua forma indivisa.

Assim procedendo, você vai morrer, disse Geronimo Manezes. É isso que está nos dizendo. Para salvar-nos dos djins, você se dispõe a sacrificar a própria vida.

Não é bem assim, ela respondeu.

Você quer dizer que continuaria viva?, ele perguntou.

Mais uma vez, não é bem assim, ela retrucou. Mas a razão assim exige, e isso tem de ser feito.

A seguir, sem uma palavra de despedida, sem sentimentalismos ou discussão, ela se foi. Num momento estava ali, e logo não estava. Nunca mais voltaram a vê-la.

Quanto ao que ela fez, ao que foi feito dela, se Dúnia efetivamente lançou mão de si mesma para lacrar as passagens entre os dois mundos, só podemos especular. Contudo, daquele dia até hoje não se viu nenhum ser do mundo superior, do Peristão, do Mundo Encantado, neste mundo inferior, a Terra, nosso planeta.

Aquele foi o milésimo primeiro dia. E de noite, sozinhos e entregues ao amor no quarto dela, Mr. Geronimo e Alexandra tiveram a impressão de estarem flutuando no ar. Mas não estavam.

E assim acabou a época das estranhezas, que durou dois anos, oito meses e vinte e oito noites.

* * *

Dizemos com orgulho que nos tornamos pessoas racionais. Temos consciência de que, durante muito tempo, o conflito foi a narrativa definidora de nossa espécie, mas já mostramos que a narrativa pode ser alterada. As diferenças que antes existiam entre nós — de raça, lugar, língua e costumes — já não nos separam. Elas nos dizem respeito e nos mobilizam. Somos uma só gente. E de modo geral estamos satisfeitos com aquilo em que nos transformamos. Seria até possível dizer que somos felizes. Nós — aqui nos referimos, brevemente, a nós mesmos, e não ao "nós" maior — vivemos nesta grande cidade e entoamos seu louvor. Corram, rios, como corremos entre vocês, misturem-se, correntes fluviais, como nos misturamos com correntes humanas oriundas de outras partes, distantes ou próximas! Moramos à beira de suas águas, entre as aves marinhas e as multidões, e estamos felizes. Homens e mulheres desta nossa cidade, seus trajes nos agradam, justos, sem cor, elegantes; grande cidade, suas comidas, seus cheiros, sua sensualidade acelerada, os encontros casuais iniciados, consumados quase com fúria, interrompidos, aceitamos tudo de você; como aceitamos também os significados que se entrechocam na rua, acotovelando-se com outros significados, sendo que o atrito gera novos significados, não imaginados por aqueles que os geraram; fábricas, escolas, locais de diversão e locais de má fama, que formam nossa metrópole, vicejem, vicejem! Você é nossa alegria e nós somos seus, e seguimos juntos, entre os rios, rumo a um fim depois do qual não há começo, e para além disso, nada e ninguém, só a cidade alvorecente a reluzir ao sol.

No entanto, alguma coisa nos sucedeu quando os mundos foram separados. À proporção que os dias se tornavam semanas e as semanas perfaziam meses e anos, à medida que passavam as décadas, e também os séculos, parou de acontecer uma coisa que antes acontecia toda noite a nós, a cada um de nós, a cada um dos membros do grande "nós" que nos tornamos. Não sonhávamos mais. Talvez aquelas frestas e buracos estivessem agora tão bem selados que nada podia escapar por eles, nem mesmo os respingos da magia dos seres encantados, o orvalho do céu, que segundo a lenda caía em nossos olhos adormecidos e nos possibilitava fantasias noturnas. Agora, durante o sono nada há senão escuridão. A mente escureceu, para que o grande teatro da noite desse início a suas produções imprevisíveis, porém nada aconteceu. Um número cada vez maior de nós, a cada geração sucessiva, foi perdendo a capacidade de sonhar, até que nos vimos numa época em que os sonhos são coisas com que sonharíamos se pudéssemos sonhar. Ó sonhos, lemos sobre vocês em livros antigos, mas as fábricas de sonhos fecharam: é o preço que pagamos por tolerância, prosperidade, compreensão, sabedoria, bondade, verdade e paz: domesticou-se em nós o estouvamento, que o sono desencadeava, e atenuou-se nossa escuridão interna, que promovia o teatro da noite.

Estamos felizes. Todas as coisas nos alegram. Carros, aparelhos eletrônicos, danças, montanhas, tudo isso nos traz grande alegria. Caminhamos de mãos dadas em direção ao lago e as aves descrevem círculos no céu sobre nossa cabeça, e tudo isso, as aves, o lago, a caminhada, a mão em outra mão, nos traz alegria.

Todavia, as noites passam caladas. Mil e uma noites podem passar, mas passam em silêncio, como um exército de fantasmas, com passos mudos, marchando, invisíveis, pela escuridão, sem serem ouvidos, sem seres vistos, enquanto vivemos, envelhecemos e morremos.

Na maior parte do tempo, somos felizes. Temos uma vida boa. Entretanto, às vezes desejamos que os sonhos voltem. Às vezes, porque não nos livramos totalmente do capricho, temos saudade de pesadelos.

Nova York

ESTA OBRA FOI COMPOSTA EM ELECTRA PELO ESTÚDIO O.L.M./ FLAVIO PERALTA
E IMPRESSA EM OFSETE PELA GEOGRÁFICA SOBRE PAPEL PÓLEN SOFT
DA SUZANO PAPEL E CELULOSE PARA A EDITORA SCHWARCZ EM MARÇO DE 2016

A marca FSC® é a garantia de que a madeira utilizada na fabricação do papel deste livro provém de florestas que foram gerenciadas de maneira ambientalmente correta, socialmente justa e economicamente viável, além de outras fontes de origem controlada.